情漫老潍河

范海钟 著

四川民族出版社

图书在版编目(CIP)数据

情漫龙滩河 / 范海钟著. -- 成都：四川民族出版社，2021.6
ISBN 978-7-5409-9953-7

Ⅰ.①情… Ⅱ.①范… Ⅲ.①长篇小说-中国-当代 Ⅳ.①I247.5

中国版本图书馆CIP数据核字（2021）第122808号

情漫龙滩河
QING MAN LONG TAN HE

范海钟 著

出 版 人	泽仁扎西
责任编辑	王 婕
封面设计	力扬文化
责任印制	勾云溪
出版发行	四川民族出版社
地 址	四川省成都市青羊区敬业路108号
邮政编码	610091
印 刷	成都兴怡包装装潢有限公司
成品尺寸	145mm×210mm
印 张	14
字 数	330千字
版 次	2021年6月第1版
印 次	2021年6月第1次印刷
书 号	ISBN 978-7-5409-9953-7
定 价	56.00元

版权所属，盗版必究。

对当代乡村的一曲深情颂歌

——读范海钟《情漫龙滩河》有感(代序)

我与作家范海钟是在2017年西充文广局组织的"家国长歌"研讨会上初识的。当时,因一些观点相近,而且浏览了他的长篇小说《铜鸳鸯》样稿,甚为欣慰,此后便有相见恨晚的感觉。近日,他登门为他的第二部长篇小说《情漫龙滩河》求序。我先是叹服他的高产:短短五年时间,他两部长篇小说问世,两篇短篇小说获全国性征文比赛奖,一篇诗歌获部优奖,还创作了两首歌曲的歌词,其中一首村歌《跳蹬河之歌》红遍了巴蜀大地。这首村歌词曲都很好,既有当代乡村欣欣向荣的风貌展示,又有乡村的历史文化记忆,两个童声段很吸引人,整首歌反映了乡村振兴时代主题,如果歌舞编排得好是完全可以登全国大舞台。更令人意外的是,他告诉我,他的写作受了我的"非构思写作学"的影响，十分注意写作思维技术的发挥。他说《情漫龙滩河》在上报省作协争取重点扶持时，列了两万字的提纲，计划写十六万字，三十六章。结果他写着写着，感情奔放，思如泉涌，就抛开了原来的提纲，笔走偏锋，洋洋洒洒写了三十三万字，四十二章。想不到他是我"非构思写作理论"的践行者，这么短的时间，创作这么多优秀作品。出于专业角度的考量，我不得不暂时丢下手头的课题，接过他沉甸甸的小说。通过几天的阅读，我发现海钟的作品果然立意新颖，不落俗套，直击时代的敏感话题，而且真的具有一气呵成、无中生有的非构思写作的特点。于是，我情为才所动，非说几句不可了。

我认为《铜鸳鸯》《情漫龙滩河》和《跳蹬河之歌》是海钟写龙滩河畔的故事的"三部曲"，这也是"忠义之乡"的西充县近百年来保家卫国、建设家乡的英雄儿女的颂歌。特别是《情漫龙滩河》（以下简称《情》）更是波澜壮阔的改革开放在西充城乡建设上的精彩回放，当然也是"有机西充，生态田园"的一篇光彩照人的史诗般的佳作。

《情》按人物划分有一条主线，四条辅线。主线就是搞有机农业的第一人任守青，她因为种种原因与高考失之交臂，但她是家乡敢于承包荒山的第一人。她在一批抗战老兵的感召和支持下，经过二三十年的不懈努力，不怕被进城的负心人抛弃，不怕被诬陷，不怕被骚扰，守住青山不放松，硬是将荒山变青山，最后走上了有机农业的道路，实现了人生的巅峰——荣获了省劳动模范、全国巾帼英雄称号；她是中国改革开放以来默默奉献的中国优秀农民的代表。第一条辅线就是高考脱了农皮，进城读书还当了为减轻农民体力劳动的农机厂厂长的何文，他虽然受功利主义影响曾经是"陈世美"，但他是典型的五六十年代出生的人，具有这一代人相似的婚姻、工作包括仕途的特点，在人性被压抑扭曲时，仍不失为一个守持正义和良知的人，最后经受住了下岗的考验和出卖工厂挣大钱的诱惑，守住了道德底线，成了现代有机农业事业的成功人士；他是我们这一代人中优秀工人阶级的代表。第二条辅线是何武，他是恢复高考的第一代大学生，烈士后代。他起点高，思想纯，他是国家公务员优秀的代表。第三条辅线是刘畅等历届县委书记，他们代表共产党带领老百姓建设社会主义新农村，脱贫攻坚，他们不搞形式主义，扎扎实实为了老百姓过上好日子而奋斗，肯定他们是正义的化身。第四条辅线是不择手段发家致富的代表彭晨，他不是十恶不赦的"坏人"，只不过受"一切向钱看"的影响，耍了一些发财的手段，他是计划经济向市场经济转型时期的真实存在。这几条主线与辅线之间存在着种种重复、渲染与反衬对比的艺术形象思维的情感逻辑，所以读来感觉铺陈得恰到好处，相得益彰。这些人物刻画得个性鲜明，代表性强，栩栩如生，既有各自的风采，又紧紧围绕主题——建设美丽新农村，实行城乡一体，共同奔小康而施展拳足功夫，使故事最终有板有眼，感人至深，几近完美。

按故事思想性分，小说还各有一条潜在的明线和暗线。明线就是搞有机农业为抓手的自然生态文明，暗线就是建设政治生态文明。这两条线又形成异质性的重复和渲染赋形思维的关系。作家以家乡打造"有机食品基地"为载体，把两个文明有机结合起来，把一个敏感而深刻的政治命题蕴含在故事之中，反映了我国社会主义核心价值观不断形成、发展的心路历程，展示了意识形态领域里的暗流涌动和回归本真的潮流。这样的文艺作品少之又少，也很难达到一定的文学高度和政治高度，这正是《情》最大的成功之处。

写作的本质应该是追求人类生命自由的最大化，从而缔造一个理想的审美秩序与世界。细细研读《情》，我觉得在以下几个方面都值得肯定。小说的故事性很强。首先是"胖嘟嘟"和何文的爱情故事很精彩，这是那个城乡差别严重割裂的时代的共性产物。一开始爱得死去活来，后来又移情别恋，再后来又不得不接受良心的审判。小说中悲剧色彩最浓的是单诚忠与黎丽的爱情，更是时代造成的苦果。至于杨梅与何文、杨梅与彭晨彼此的感情纠葛，作家更是刻画得一波三折又符合时代特点。其次，几个抗战老兵的故事也是感人肺腑。三个老兵锅盔店偶遇，我是看得哭出声来了的。还有，他们在仁和场化妆别父，更让家国情怀尽显其中。这显然是作家在强烈的情绪状态下产生的强烈的写作动机，才激发出来的思维的丰富多彩。这样的生离死别我还是第一次看到。当然，我看到这里也是动容的。还有就是，故事的结尾，美好而又来自我们的生活，看起来十分让人向往和憧憬，更为人与自然和谐相处而欢呼。故事结构巧妙。《情》除了满满的正气，还体现了很好的灵气。这就是作家很巧妙地应用日记的方法在小说中有时埋伏笔、丢噱头，有时又解套子、揭盖子，使人产生不得不一气呵成地读下去的冲动。

《情》的文气很浓。该小说，语言很有地域特色，特别是很多方言、歇后语为作品增色不少，也许这正是作者的用心所在。但更使人高兴的是作家的行文如流水，有娓娓道来、庖丁解牛之感。这正是我的非构思写作的特点。

我认为写作美学背后受作者的时代、地域乃至文化精神的制约、推动和控制。范海钟先生之所以大器晚成，这和他的厚积薄发有关系。我与他都是1977年恢复高考的幸运儿，他虽然当时读的是专业班，但1985年他又在四川教育学院读了大学，1996年还在西南师范大学经济管理系进修了三年（函授）"马克思主义理论与思想政治教育专业"经济哲学与现代管理研究方向研究生课程。我看了他的现代经济哲学研究、西方辩证法史研究、马克思主义哲学方法论等7门专业课成绩都是高分，可见他是一个勤奋的学习型人才。这样说来，我们还是校友呢，感到特别亲切。加之海钟是我的"非构思写作"的成功践行者，我感到非常高兴，这一次又一次地证明，我的"非构思写作学"还是有用有效的写作学知识。更让我吃惊的是，海钟是非文学专业出身的国家公务员，但他对小说的结构、语言、修辞驾驭得如此成熟老道，让人另眼相看，确实不简单，可以想见他为此付出了多少汗水与心血。

望海钟先生在文学艺术领域创造出更多优秀的作品，歌唱我们的人民和时代，丰富人们的精神生活。

是为序。

马正平　二〇二一年五月四日
于川北西充紫岩桐子河畔"远亭山庄"

序者简介：马正平（1950—），四川西充人。当代著名写作学家、美学家、思维学家、语言学家、语文教育家。四川师范大学二级（正厅级）教授、博士生导师、国务院享受特殊津贴优秀专家、四川省政府文史研究馆馆员、四川省首届突出贡献专家、四川省首届大学"教学名师"、原成都市政协委员、原四川省人大代表。中国写作学会荣誉副会长，原中国写作学会青年写作理论家协会、文化写作专业委员会会长，中华全国美学学会资深会员，中国思维科学学会常务理事兼人脑思维专业委员会主任，四川省写作学会执行会长。

目 录 CONTENTS

引子 / 001

上篇

第一章　高考钟声　/ 004
第二章　山乡炸雷　/ 013
第三章　月下初吻　/ 020
第四章　你爹不是你亲爹　/ 030
第五章　春闹太保山　/ 045
第六章　感怀恩师　/ 062
第七章　惜别鳌鱼石　/ 068
第八章　我从大山来　/ 073
第九章　借光读书　/ 082
第十章　校园风流事　/ 090
第十一章　城乡篱笆断情缘　/ 101
第十二章　鳌鱼落泪　/ 107
第十三章　老兵锅盔店偶遇　/ 119
第十四章　女人的性就是命　/ 131

中篇

第十五章	还我一片青山	/ 137
第十六章	青草悠悠	/ 147
第十七章	会游泳的打谷机	/ 159
第十八章	城里人的体面	/ 166
第十九章	嘴上没毛的厂长	/ 171
第二十章	犁把式任拔群	/ 178
第二十一章	进棺材求死的人	/ 188
第二十二章	老八路与凤和黄酒	/ 198
第二十三章	烈女、孝男、"烧火佬"	/ 206
第二十四章	简单之歌	/ 220
第二十五章	茂林深处	/ 227
第二十六章	夺命苏丹红	/ 237
第二十七章	迷惘的洋马马儿	/ 249
第二十八章	土佬坎的困顿	/ 256
第二十九章	毒西瓜风波	/ 262

下篇

第三十章	农业与奶业之辩	/ 270
第三十一章	平衡　平衡	/ 282
第三十二章	关火与恼火	/ 291
第三十三章	膨肿成彭总	/ 302
第三十四章	有钱就任性	/ 313
第三十五章	重走来时路	/ 322
第三十六章	高人指路	/ 336
第三十七章	漏油灯盏	/ 347
第三十八章	情殇	/ 356
第三十九章	日记揭秘	/ 362
第四十章	鸳鸯谢幕	/ 373
第四十一章	有机勃发	/ 380
第四十二章	生机无限	/ 394

简析《情漫龙滩河》的题材坐标与文学质感

　　　　　　　　　　　杨贵飑 / 404

川北城乡改革开放四十年的缩影

　　　　　　　　　　　　赵文宝 / 410

后记　　　　　　　　　　　　/ 414

003

引 子

在巴山蜀水的怀抱，流淌着一条古老的河，它积溪成河、聚沙成滩，注溪涧而狭折，在群壑间湍飞；两岸九龙九凤^(注)相伴，沿途青山绿水相随。老祖宗用高贵的龙凤文化冠其美名"龙滩河"。

相传龙滩河神出道东海，远眺迴龙、鸣龙，二龙抢宝；宝马河却拐弯躲过红苕乡，偏东流向嘉陵江。然而，龙滩河心无旁骛，独辟蹊径，源出青狮镇半角山，过观音桥问道神仙："善哉、善哉，南无阿弥陀佛。"于是，它不抢潮头东逝水，顺其自然绕南山，不亏苕乡去抗旱。

它来到观凤场万年山观凤舞，去双龙桥情人谷听凤鸣；在青龙湖沐浴之后，接受桃溪丽水，与仁和、凤和阴阳和合；以尺蠖之屈丈量三湾九倒拐，用龙蛇之蛰攻克激流险滩，终于峰回路转达平川。

它卧在凤头山下长石板，仰望凤凰洞的神仙；邀龙泉溪入伙继续向南，去到皇后娘娘母仪天下的凤仪垭，润泽干渴的山野良田；它包容并蓄，兼收盐亭县长明山水，过凤冠桥去圭心寺参禅："灵明空寂，与佛无殊""天人合一，道法自然"。

它顿悟圭峰禅师的开示，南流化泉院、龙台湾，与会龙场奔涌而来的金凤山神灵之水汇合，去车水马龙的车龙集结，绕道龙潭书院修学业。它如切如磋、如琢如磨，满腹经纶书卷气，志存高远却走低；它与苕国依依别离，调转潮头顺庆西。终于与宝马河殊途同归嘉陵江，滚滚东流入长江。

善哉，龙滩河！龙行天下兮，福荫苍生。

壮哉，龙滩河！回归东海兮，轮回自然。

在龙滩河畔，雄踞一座同样古老的山，史称战朝山、九宝山，它与长明山相峙，巉岩危峻，深谷谽谺，峰连凤头、赐子诸山，距县城以西二十公里。早在唐代佛教兴盛时期，山顶建有殿堂，殿门上悬刻着府堂大印的鎏金大匾"第一名山"。

战朝山下坐落着一座古老的村庄，名曰西花庭何家。这里自古耕读传家、崇文尚学，史上曾因"一门四进士"、兄弟两宰相誉满华夏，故名"宰相之乡"。战朝山因兵燹而屡毁屡建，迄宋代治平年间，太保何金逝后墓在山下。因此，战朝山与山寺皆被神宗皇帝赐名为"太保山"。

时代在发展，太保山始终地灵人杰。抗日战争时期，这里"百福寺四结义，个个皆神勇"。一九七七年高考的钟声，在山乡如春雷炸响……

一方水土养一方人。龙滩河积溪成河、河下成江的品格，浸润着沿岸的土地，在苕乡人的血脉中流淌。这里的一批后生，沐浴改革春风，偏要顶起碓窝降神，竟然承包荒山，敢叫老天还我一片青山。他们积跬步以至千里，历经四十多年的峥嵘岁月，终于让人性回归本真，使生态回归自然，乡村美丽如画。

注：受厚重的龙凤文化影响，在龙滩河沿岸有九龙九凤的地名相伴：迴龙、鸣龙、双龙、青龙、龙泉、龙台、会龙、龙潭和车龙等九龙，观凤、凤鸣、凤和、双凤、凤头山、凤凰洞、凤仪垭、凤冠桥、金凤山等九凤。

上篇

第一章　高考钟声

"你背时娃儿忙里慌张的，要去赶考么？"母亲周学莲经常用口头禅责备桀骜不驯的儿子。

"赶考！"在那个知识近乎荒芜的特殊年代，是多么神圣而又遥不可及的事情啊，特别是对于普通老百姓来说，那简直就是"光脑壳打扬尘——莫望"！

1966年以来，国家公开面向社会的"高考"已经叫停11年啦。可今天，1977年12月10日，何文、何武闻鸡而起，俩农家子弟要去接受国家公开选拔，真的是"赶考"哩！

何文随便抹了一帕脸，就直奔灶屋。他看见母亲还围着灶头转，担心考试迟到，半是催促半是回应母亲平时的责备："妈呀，饭还没做好么？今天我们可真的要去赶考哟。"

"儿子，迟不了。赶得早不如赶得巧。"母亲转身就揭开旧铁锅做成的锅盖，一股热气腾空而起，弥漫在低矮的灶屋。小半锅香喷喷的上气干饭在何文的眼前放射着白晃晃的光芒。嘿，米饭上面还蒸有几个红苕丸子哩。母亲利索地舀了两品碗"傍鼻子干饭①"，又捡了一碗红苕丸子放在桌子上。咦，饭桌上还有中午备用的四个煮熟的鸡蛋、八个连麸面馍馍、四元盘缠钱。

兄弟俩最喜欢吃妈妈做的红苕丸子——母亲美其名曰"红苕包子"，其实它只不过是指弹子那么大的一颗腊油和大葱、蒜苗捣碎后加少许食盐与红苕浆混合成团，蒸熟而成的东西。红苕浆，是母亲深更半夜就起来在自制的镔铁擦子上一上一下"嚓嚓嚓"磨成的。蒸熟后的红苕丸子，亮闪闪、泡酥酥的，有盐有味、又香又甜。在吃不成肉包子的当下，红苕丸子的确也不输味。

"我的两个乖乖儿呀，吃了老娘做的红红的红苕包子，一定鸿运当头，包打太阳包儿②"。母亲接连说了三个红字。她老人家辛苦了大半辈子，就指望何文、何武有出息啦。

何文、何武两弟兄看见平时省吃俭用的母亲，还是头一回这么舍得。但当他们转身看见白生生的米饭都舀进了他们的碗，锅里只剩下黑糊糊的酸菜和间或几块红苕颗颗了，心里酸得像盐水坛里的老酸菜。

何文闻到白米干饭的熟香味，口水就包不住了。这可是一年忙到头，过年才吃得成的白米干饭呀！他第一口舍不得碰

---

① 形容饭堆得很尖。
② 十拿九稳的意思。

"傍鼻子干饭"的尖尖，而是顺着碗边往下刨了一口红苕酸菜，他来不及细嚼慢咽，便囫囵吞下，脑子里却只顾默背毛主席的诗《七律·长征》。

"啊！"一种特别的苦涩，严重刺激着何文的味蕾，使他如鲠在喉。按往常的习惯，他会"呸"地就将烂红苕吐在地上，但他舍不得随同烂红苕进肚的几颗米粒呀。他就只好将沾有米粒的烂红苕强咽下肚。然后埋怨道："妈，您削的啥子红苕嘛？"母亲看了看孩子们，惭愧里夹着无奈："孩子啊，今年大天干，红苕减产都不说，牛屎虫还特别多。你莫嫌得这烂红苕，苕坑早就现底了，烂红苕都没有多的咯。你们就烂的一口，好的一口，鼓捣吞下去嘛。"

"烂的一口，好的一口，鼓捣吞！"母亲好无奈呀！何武看见已经驼背的母亲熬夜后脸色蜡黄，便扯了扯何文的衣裳："哥，快吃！还要赶考哩。"接着，何武也做了一个"鼓捣吞"的难受动作，显然他也强咽下了一口烂红苕。母亲看着两兄弟争气的乖样子，额头上挤成一堆的皱纹立刻舒展了许多，眼睛里充满了怜爱和酸楚，脸上流露出赞许的表情。

事实上，何文不止十次提醒母亲"烂红苕有毒，要削干净"。但确因红苕是他们的宝贝疙瘩啊！戏称"苕国"的充汉县，流传着"红苕半年粮，苕窖当米缸""早上熬红苕，中午蒸红苕，晚上改个刀""要吃饭，苕窖看"等歌谣。母亲从来舍不得把红苕削干净，她总是教育孩子们"好孬间搭"。今天两个儿子参加决定命运的高考，看您怎么说，当母亲的总不至于给儿子吃烂红苕吧。何武揣测母亲的心思，不仅仅是舍不得几块红苕那么简单，可能另有深意。

何文、何武从母亲期盼的脸上，联想到她经常挂在嘴边的话："吃得苦中苦，方为人上人。"贫寒的农家子弟明白了母亲的用意。

"何文、何武——走咯！"是河对岸的任守青、任卫青两姐妹用清脆的高嗓门发出的呼唤。他俩赶紧收拾出门，用手电筒忽明忽暗的信号回应了对岸的招呼。本村与他俩一同赶考的还有同学彭晨、彭曦、任铁锤和几个重庆知青以及孩子都在读小学的"老三届"毕业生何三爷——何荣庆。

时节正值霜降，浓雾笼罩大地。龙滩河平静的河面上悬浮着一层浓浓的雾烟。田里结了一层薄薄的冰，何文捡起一把土抛向田里，其中的小石头"啵啵啵"便滑向远方，泥土自由飘荡成一簇活力四射的射线。地里白皑皑的霜，压得麦苗匍匐在地，一动不动地像在睡眠。人们佩服麦苗耐寒的天性，不然它怎么叫冬小麦呢。凛冽的冬风转弯抹角专往行人的袖口、领口等热和的洞里钻。行人有的将手对插在袖口里，有的将手戳在裤包里，弓着背缩头缩颈地赶路。

龙滩河畔太保山下这批朝气蓬勃的回乡和上山下乡知识青年，一个个却热血沸腾，心里充满激情与梦想，他们兴高采烈地踏着晨曦赶往充汉县中学考场，去接受祖国的挑选。

他们跨过曲折山路的坎坷，跃过山涧干涸的小溪，高一脚、矮一脚、泥一脚、水一脚，摸索着向前。"啪"，是任铁锤脚绊在石头上，摔了一跤。但爱说"锤子"的他，在家排行老二，诨名"二锤"，没有哼一声，爬起来又跌跌撞撞继续前进。

他们身上衣着单薄，心里装着暖和；口里吐出的一团团热气在空中升腾，以至于迎面袭来的寒雾都躲着热气，被大家甩在身后。他们一边走，一边还在默背着复习的内容，争取热炒热卖。有的还在问："什么是两分法？""我们党的三大法宝具体内容是什么？""余弦定理，记得不？"大家取长补短，互相交流，怀揣梦想，快快活活行进在赶考的路上。

只有何文还有点不烫然①，总感觉肚子还没有"嗨②胀"——他是惦记着包包里的熟鸡蛋，想着它就馋得流饿口水，手就不由自主地伸向了装有熟鸡蛋的口袋。他想，我一定要吃饱吃好，铆足力气，珍惜这次公平竞争的机会，这可是脱下草鞋穿皮鞋的良机呀！他想着，拿出已被他捏烂的熟鸡蛋，蛋壳都没有剥干净，就囫囵吞枣般地吃了其中一个。他将另一个塞给女朋友任守青，被对方摆手谢绝了。他也不客气，两口就将第二个鸡蛋也消灭了。他再没有遗憾了，便与一直关注他的任守青相视一笑，继续赶考。

何文暗暗提醒自己："吃了这么多好东西，还考不出好水平，就说明你何文有何文化可言！如果你考不起，就不配老爹取的'文'！"父亲何斌把自己的名字拆开，"文"交给老大，"武"交给老二。希望他们一文一武，两弟兄合起来就是文武双全了。

东方的太阳正冉冉升起，路上的浓雾渐渐消退，暖意正在升腾。此时的中国百废待兴，各行各业和有志之士都在接受新形势、新任务的大考，到处都有赶考人。太保山这几个热血青年踏着坚实的步伐，渐渐融入了匆匆赶考的人流。

这是一九七七年十二月十日，上午八点整。

---

① 不高兴。
② 吃。

"当、当、当——当、当……"沉寂了十一年的高考钟声，在充汉县中学如期敲响。这钟声与全国其他考场的钟声汇聚在一起，响彻云天，震撼大地，像滚滚春雷，回荡在中国广袤的山川、河谷，预示着干渴的田野和万物生灵即将得到春雨的滋润！

何文、何武听见铿锵、悦耳的钟声，看见大门两边"为中华之崛起而读书""一颗红心，两手准备，接受祖国挑选"的大红标语，心情异常激动：我们终于赶上了好时机！一种神圣的使命感和自豪感，在广大考生心中油然而生，同时每个人的心脏里的血泵都在"咚咚咚"地紧张工作，加速给大脑传输血液。大多数人都在绞尽脑汁争取努力答题，考出最好的水平，向祖国交一份满意的答卷。

何文信誓旦旦地对兄弟何武和始终不离左右的恋人任守青说："啥子两手准备？老子只有一种准备——过去写作文是'为革命而学习'，今天有了更响亮的口号：'为中华之崛起而读书！'"

何文跻身人流之中，与大到已经当父母、小到只有十四五岁的考生们一起，像潮水般涌向考场开闸的大门，奔向各自的竞技场。

这庄严而又具有承前启后的伟大时刻，在广大青年命运，不，在中国命运的拐点上，何武在他的日记中做了真实的记录。

一九七七年十二月十一日　星期六　（晴）云开雾散

这两天，是我人生最神圣的日子——高考。我与哥哥何文以及大青、小青等同学，为了节约歇旅馆的钱，昨天吃了早饭，走了二十里山路才赶到了充汉中学考场。

我们来到考场门口,看见熙熙攘攘的人群中有毕业几年或十几年的校友、叔侄甚至夫妻,有刚刚毕业的小弟小妹。他们是累积了十一届的高考大军,摩肩接踵地聚集在学校大门口的拱桥和小广场上,等待庄严而神圣的进军号令。

当我听到"当、当、当——当、当……"入场的钟声,看见千军万马进军"独木桥"的场面,异常兴奋。我知道这"三响一停两响"用0.618黄金分割法间隔的特殊钟声,是"文化大革命"后母校的敲钟人、被打倒的校长刘畅,"官复原职"前站好最后一班岗的杰作。他曾经告诉同学们,他这样敲出来的钟声符合华罗庚优选法的原理,穿透力特别强,悠扬婉转,乐感惑爽。听钟声,想命运,我知道高等学府的大门向广大平头老百姓洞开了,公平、公开的招生方式恢复了,知识不再荒芜,读书不再无用了,像恩师刘畅这样的"臭老九"回来了,大家的前途有希望了;而且,我预感到这公平、这前途、这希望,不仅仅属于参加考试的青年,更属于我们的祖国和全体人民。于是,我们踏着钟声铿锵有力的节奏,奔向神往已久的考场。我还特意走到我最敬重的数学老师、敲钟人身边,向他挥手致敬!精神矍铄的刘校长,看着众多意气风发的考生,激动得热泪盈眶,他也特意向我和大家挥挥手,并做了一个握拳加油的动作。

监考老师分发考卷的那一刻,大家屏住呼吸,浏览了题目,便摩拳擦掌,恨不得把积压多年的理想抱负一股脑儿迸发出来,变成满意的答卷。所以,当老师刚刚宣布"开始答题"时,呼吸声、嘀咕声、咳嗽声都戛然而止,教室里除了微弱均匀的鼻息外,只有笔走龙蛇的"沙沙"声。考生们人人心情都是亢奋的,仿佛像如饥似渴的春蚕,正咀嚼着桑叶享受美味大餐,我大脑高速运转、倒海翻江寻找积累多年的灵感,却感觉老师当年"书到用时方恨少"的教诲是多么经典。当然,在我遇到难题准备放弃的时候,妈妈用烂红苕给我们刻意制造的苦涩味道真的涌上了心头,产生了催化剂作用,增添了我战胜困难的原始动力和灵感。

我印象最深刻的是数学考试。开考大半小时,个别考生面面相觑,久违的数学符号认得他,他却把这些洋符号还了老师。曾经反潮流"小将"却抓耳挠腮,看见并不深奥的数学符号虽然似曾相识但不会应用,有的还干脆提前交了白卷。老师看着累积了十一年的考生参差不齐的学习基础非常理解,没有半点责怪和嘲笑的意思,反而生怕我们轻易放弃,考不出水平,就赶紧提醒我们答题时应先易后难,反复思考,反复检查,不要轻易丢题,更不要马虎交卷。好在我从小喜欢数学,平时看似枯燥无味的指数、对数、三角函数等数学符号,包括尘封多年的解析几何知识,像开闸的洪水涌入我的笔端,跃然纸上,描绘着我梦寐以求的大学蓝图;特别是数学符号,纷纷排列组合起来,证明一个命题:"学好数理化,走遍天下都不怕"。后来我才知道,不少考生数学考了零分,败在数学。所以,我在心里再次感谢门口那个敲钟人——我的数学老师、刘校长,是他给我奠定了良好的数学基础!

"当、当、当——当、当!"交卷时间到,同样是老校长一丝不苟的钟声响起。军令如山!考生们全体起立,即便只有最后的答案没写,大家也严格遵守考场规则,就此搁笔交卷。

原来万籁俱寂、落一根针都听得见的考室,顿时出现了"哗啦啦"桌凳挪动的音响和互相对答案的声音;静悄悄的校园里立刻人声鼎沸,考生们"一窝蜂"涌出教室。有的考生竟然哇哇大

上 篇 · 011

哭、捶胸顿足。他们埋怨自己过去没有用功,担心自己一辈子都要在农村"捞得高,挖得深"。但大多数同学都能正确对待,虽然谁也不知道自己有多少成胜算,认为总算过了一把"高考"瘾,毕竟他们过去都没有升学的门道,也没有招工的指标,甚至没有参军的可能,他们成了被遗忘的角落。只有面向社会公开、公平、公正的高考,他们才可以公平一搏。他们感谢国家最终并没有遗忘他们,更没有嫌弃他们。

我永远不会忘记这久违的高考钟声,不会忘记为了敲响这钟声,在台前幕后奔走呼号的改革者!因为这"当、当、当"的钟声,像从天而降的神仙,"啪、啪、啪"拨亮了手电筒,瞬间照亮了黑夜里迷途羔羊灿烂的前程。

第二章　山乡炸雷

　　自从儿子何文、何武参加完高考，何斌心里总算有了盼头，干什么都往两个儿子考试的事上想。因为一九六四年"小四清"把他清理出干部队伍退党后，日子一直过得非常憋屈。加之，老八路的父亲何雍被靠边站一直赋闲在家；同样是抗战老兵、老共产党员的岳父周玉，虽然一直是县乡的先进典型，挣得了许多荣誉，但也有人说他曾经在国民党手下当过兵，也没有给家里遮风挡雨，带来什么好运。他多么希望两个儿子能有一个好的前途，为这个家庭带来一点希望，至少不受拖累啊。所以，他天天听广播、看报纸，每个当场天的中午有事无事都要往公社跑一趟，看看有没有关于儿子"高考"的消息。

　　高考后等分数通知的日子是难熬的。何武看见考试已经两个月了，还没有消息，急得更像热锅上的蚂蚁，除了每天看报纸、听广播外,只有干着急。何文才不会安分守己哩,他经常晚上偷偷与任守青在太保山下"鳌鱼晒背"的大石头上约会,相互慰藉。

一家人只有爷爷何雍处事不惊,凭他多年的经验,认为恢复高考是个好兆头。他告诉大家不要着急:"只要邓小平同志不被第四次打倒,高考就会给老百姓带来福音。"

"对。'我们应该相信群众,我们应该相信党,这是两条根本的原理'。"每逢丈夫受批判或者两个爹受委屈,家庭主妇周学莲就要用曾经背诵的毛主席语录安慰大家。

何雍不愁两个孙子没有出息,每天与亲家周玉出工的时候,看着巍峨挺拔但光秃秃的太保山,总是嘟起嘴巴叹息不已:"十年树木,百年树人啊!国家通过恢复高考,尊重知识、重视人才的风气回来了;可是生态环境何时才能恢复啊!"在家接受"劳动改造"的这几年,他总是阻止生产队上山铲草皮子、积绿肥,反而建议生产队大搞植树造林,防止水土流失。但冬闲时节,生产队除了兴修水利、修桥补路,就是积农家肥,总是只顾眼前。社员最喜欢下雨天,因为下雨就是政治学习,男人可以打瞌睡,妇女好趁机扎鞋底、打毛线。

终于有一天傍晚,鸡鸭应该进圈了,何斌从太保山水库工地风风火火地赶回来后,神神秘秘地"呼"的一声把门关上了:"何文、何武!快点进屋来!"这已是一九七八年二月中旬了。两个儿子被爸爸神秘兮兮的动作吓得冷汗都出来了:"啥子事哟?"

何斌把两个儿子紧紧搂在怀里,激动得说不出话来。半天才小心翼翼地从喉咙里挤出几个字:"考起啦,考起啦啊!"说完又看了看门缝,生怕隔墙有耳,走漏了风声。

"你哪里来的道听途说哟?谁考起了?"何武半信半疑。

"整个修水库的工地都嘲啈①了。"何斌情不自禁而且一本正经地说。

何文感觉爸爸把何武要抱得紧些,就赶紧问:"是不是只有弟弟考起了哟?"

"考起了,你们俩弟兄都考起了!明天你们都到县上参加体检。"何文攥紧了拳头,狠狠砸向兄弟何武,然后把父亲紧紧抱住,生怕他跑了,说话不算数。何斌之所以紧闭房门,是心有余悸,他生怕"愿人穷,厌人富"有小农意识的人装怪,因为还有政审关啊。

"真的吗?爸爸!"何文松开父亲,高兴得跳八丈高,"呼"的一声,头碰在顶上的楼板上,又弹回来,碰了一个包一吊起。一家人都喜出望外,但何斌很快就镇定下来,这只是儿子们的分数上了体检、政审线,还有少许预备名额哩。

"哦,还有哩。"何斌故意卖关子,还有更安逸的。

"嘿,爸爸,大青、小青呢?"何文急不可耐地问。大青、小青分别是任守青、任卫青的小名,也可以说是大家对她两姊妹的爱称。

"他——们——嘛?没——考——起。"何斌一字一顿地回答,脸上好像神情严肃。

"哦——豁!"何文、何武异口同声地叹惜,特别是何文脑袋一下就耷拉下来了。

看看一下蔫了脑壳的两个儿子,何斌不忍心让他们受痛苦的煎熬:"哄你们的哟。大青、小青也考起了!"何斌高兴得像小孩

---

① 声音很大。

子似的流下了激动的泪水,好像在他身上受的委屈,被这四个年轻人给弥补了,失去的面子被儿子们挽回来了,他多年直不起腰的老毛病一下子好了——可以挺直腰杆过日子了。

"啊——中了,中了!"何文在心底里大声呐喊,压抑的情绪一下子释放了出来。是啊,他想:"老八路爷爷那年提拔正师职,外调人员来调查家庭成分,本来三代人都是贫农,竟然有人说我家祖上是大地主。正在噌噌往上长的嫩竹子,看着要出头了,才整成了卷颠颠儿。要不然……即便爷爷不是大官,也不至于受没完没了的审查呀;还有老党员爸爸何斌的冤案压得他直不起腰;'屋漏偏遇连夜雨'——女朋友的爸爸任骞,本来是抗战老兵,却因为是地主分子,常常挨批斗;还有外公周玉,高风亮节,自愿回家支援农业,够高尚的吧,却……"所以,有人骂他们家是"一盘豆芽生卷了——一窝牛鬼蛇神"。害得他们当子女的受到了影响,多次有当兵、当工人、推荐读书的机会都因此化为泡影。

"中了,都中了,我们终于有出头之日了。"何文近乎癫狂,在屋里跳圆圈。

"哥,你在演'范进中举'么?"何武稳得起,戏弄哥哥,被何文捶了一坨。

何斌始终把门顶得紧紧地,生怕这天大的好消息,招人嫉妒,又引来不测。

突然,院子里的广播响了:"东方红,太阳升,中国出了个毛泽东……"《东方红》播放完毕,乡广播员开始播放通知。

"伟大领袖毛主席早就教导我们:'世界是你们的,也是我们的,但归根结底是你们的。你们青年人朝气蓬勃,正在兴旺时期,好像早晨八九点钟的太阳。希望寄托在你们身上。'社员同志们,下面播放重要通知:下列考生,明天上午到县防疫站参加大中专生体检:太保山村何武、任守青、何文、任卫青,庞家湾村庞邦彦、庞定聪……"

何文"轰"的一声推开房门:"怕啥子哟,广播都通知了!"

紧接着,只听见太和公社党委王书记接过通知的话题,热情洋溢地讲:"太和乡的父老乡亲们,盼望已久的高考结果终于出来了。我们乡七个知识青年都考上大学、中专啦。特别是太保山曾经有'一门四进士',如今粉碎'四人帮'刚好一年,我们老八路何雍、抗战老兵周玉他们'一家四中榜',又是奇迹啊!这是我们全公社人民群众'举旗抓纲'学大寨的结果啊!在这里我们怀着无产阶级的革命感情,向何老革命一家表示热烈的祝贺……"原来南京军区外调人员来了解何雍的情况时,就透露何雍可能要落实政策、官复原职了,否则他才不敢这样称呼何家老爷子为老革命哩。

是啊,太保山可不是一般的山。宋代有位耕读传家的农人,名叫何善性,膝下有三子。长子何金,字品三,封太保;次子何贱,官拜左宰相;三子何涉,字济川。金之子名安常。此四人皆金榜题名,高中二甲进士,成为国家栋梁。在当代也曾经出过十个青年加入了"八百壮士",其中何雍、任骞、周玉、何荣禄"百福寺四结义,四个锤子兵,个个威震敌胆,人人皆是英雄"的故事曾经传遍川北,妇孺皆知。眼下又有"一家四中榜",太保山真乃地灵人杰啊。

经乡党委书记这一点评,太保山何家"一家四中榜"的消息不胫而走,像春天里的一声炸雷,传遍了太和乡的大街小巷和村村寨寨。

收工回家的社员们听闻自己大队有四个高考上线的后生，而且都是平头老百姓，大队干部的儿子一个都没有考起。顿时，左邻右舍的父老乡亲全部来到何斌的街阳上，嘲哄①何家。大人娃儿把何家围得水泄不通。

他们诧异：形势难道真的要变了？有的赶紧回去教育自己的儿孙要好好读书，历朝历代都是"读书做官哟"。炊烟袅袅的院子里，不时传出对读书的议论。

"二锤，你看你大哥、二哥多能干，就要成为国家的人了。"铁锤他妈夸何家的两个儿子，贬自家的儿子。任铁锤怄怵怵的，自言自语地骂自己："球大爷叫你读望天书！"说完他自己扇了自己一巴掌。

"幺姑娘，好好学习哟，你的两个任姐'鲤鱼跳龙门啦'。"

太保山村，家家户户都在讲"一家四中榜"的新闻。

落榜的彭晨看到两个老同学光荣"中榜"，心里不是滋味，嘀咕着"我就不相信地富反坏右的子女能过政审关。"但面子上还是假惺惺地拱手道贺。

乡亲们有的说："读书不是无用！"有的说："'臭老九'回来了。"有的心里更加坚定："穷不丢书，富不离猪"的老传统又回来了啊。

冬天夜幕降临得早。何家的鸭子今天回来得早，一摆一摆地扑闪着翅膀"嘎、嘎、嘎"地吆喝，像是给主人庆贺。

彭曦虽与何文一样是高中毕业，都可以是"主劳"，但他有当干部的爸，经常就做一些看牛、记工分的轻松活路，挣粑粑工

---

① 庆祝。

分。他骑在牛背上,还哼着《王二小》:"牛儿还在山坡吃草,放牛的却不知哪儿去了。不是他贪玩耍丢了牛,那放牛的孩子王二小……"彭曦慢腾腾地进入生产队的牛圈,他还不知道自己落榜了哩。

正当大家议论纷纷,庆祝情绪高涨不退的时候,但见何文拨开人群,就往龙滩河跑。人群中有人在喊:"何文又要去耍新客咯,哈哈。"

第三章　月下初吻

何文、何武是何雍的孙子，大青、小青是任骞的孙女，他们都有抗战老兵的爷爷，加之儿时都是玩伴，彼此知根知底，自然两小无猜，便成闺蜜。他们四个都是初中同学，学习成绩都很好。当时是贫下中农当家做主管理学校，一开始他们都因为直系亲属的历史问题，被内定在推荐读高中之外的行列。在刘畅校长的坚持下，学校"贫下中农管理学校委员会"终于同意两家二选一读高中。于是，两个家庭都不约而同决定，大让小继续读高中，就这样何文、大青在家"修理地球"。

为此何文和父母扯筋，向爷爷何雍和外公周玉求情，但是一家人意见高度一致，同意维持不变。何文问其原因，老人们缄口不言，似乎另有隐情。所以，天时地利形成何文与大青是一伙，何武与小青是一对。久而久之，他们两两结合成朋友，慢慢成了两对人人称慕的恋人。

这次考试结果，何文、大青上了初中升中专的体检线，何武、小青上了高中升大学的体检线。虽说有区别，也都是百里挑一，不简单啊。

龙滩河畔，太保山麓这块"鳌鱼晒背"的地方是一块麻爪石，足足有两床大晒簟那么大，传说是当年大太保何金晨读的读书台，现在成了何文和大青谈情说爱的宝地。这块特殊的石头已经披上了夕阳最后一抹金辉。何文老远就看见隐隐约约有人在东张西望了，余晖之下除了看见石头上的她婀娜多姿的身段外，还看见她红扑扑、胖嘟嘟的脸蛋是那么迷人。

的确，任守青、任卫青本身都是村里的两朵金花，用爱说俏皮话的彭晨同学的话说："她是地主分子任骞的孙女，新中国成立前地主仗着有权有势，娶妻生子自然也是挑漂亮的，你看大青的婆婆范华先嘛，老了依然风韵犹存。大青、小青俩姑娘也是天生丽质，喝凉水都长肉，就像她婆，再晒太阳都是粉嘟粉嘟的、嫩闪嫩闪的。"所以，以彭晨为首的同学给大青取的诨名是"胖嘟嘟"，给小青取的是"粉嘟嘟"。何文就喜欢大青"胖嘟嘟"的样子，当然何武就喜欢小青"粉嘟嘟"的模样。

何文一踏上"鳌鱼晒背"的大石堡，"胖嘟嘟"早就如约而至，她显然也是因为听到广播里的喜讯才来到秘密联络点的。何文不由分说，迫不及待地用双手紧紧箍住心爱之人丰满的双胸，半天才从激动得发抖的嘴唇里挤出几个字来："乖乖，我们就要有出头之日了！"

任大青、任小青是书香门第里的大家闺秀。可惜属于"五类分子家庭"，也受了一些牵连，被人另眼相看。爷爷任骞是当初大家公认的开明地主，还是当年的抗日英雄，虽然运动一来是要挨批斗，但谁都说不出他有多少劣迹。大队治保主任彭春阳，也就是彭晨的爹，每次批斗任骞的时候，都只能说他是国民党的兵，其他也说不出一个咸淡干稀来。所以，任家在乡亲们眼里是"坏人"中的好人。

品学兼优的大青、小青两姊妹样样都能干，讨人喜欢。他们两姊妹能够双双中"皇榜"就是证明。与何家隔河相望的任家，从广播里知道两朵金花榜上有名，当然也是欢呼雀跃。但真正的喜悦莫过于与心爱之人分享彼此的成功。俗话说女大不中留，大青思念如意郎君之心更加迫切，所以她比何文还要早一些来到平常约会的大石头。她听了何文出自内心的感叹，感同身受。两个人联想这些年来的相知相识，心里真是倒海翻江。

任大青和何文的记忆回到了孩提时候。有一天，孩子们正唱着何雍改编的儿歌上学去。

青杠叶儿，背背黄。
提起书笼上学堂。
书笼搁在条桌上，
又想爹来又想娘。
娃儿不读望天书，
学好本事孝爹娘。

青杠叶儿，背背黄。
兄弟姐妹上学堂。
书笼搁在心儿上，
耕读传家莫要忘。
书山有路勤为径，

长大要当好儿郎。

唱着唱着,彭晨从背后拿出一根猪耳子虫,在大青、小青眼前晃来晃去。两姊妹看见全身放射墨绿的凶光、足足有两寸长、肥墩墩、肉裸裸的家伙不停地一伸一缩地蠕动,恐怖极了,吓得惊叫唤,拔腿就跑。彭晨还不罢休,就在后面喊:"地主分子'胖嘟嘟',地主分子'粉嘟嘟'!"他不仅拿吓人的大虫捉弄两个无辜可怜的小朋友,还要打大青。

何文路见不平,上去狠狠给彭晨一拳,打得彭晨一个趔趄,不得不退避三舍。但两个小家伙都是不甘示弱的人,不由分说,很快抱作一团,打得不可开交。何武他们把两个拉开后,双方也是鼻青脸肿了。虽然两个小家伙不分上下,但从此过后同学们都知道何文是"胖嘟嘟"大青的保护伞,何武是"粉嘟嘟"小青的跟屁虫。

相似的经历也发生在何文、何武身上。一九六四年,何斌成为"四清运动"的典型,被定为多吃多占的"贪污犯",家里辛辛苦苦养的两头猪杀了,全部用于赔退"贪污款"一百三十六元,还被开除了党籍。当然何文、何武也受到了牵连,被一些同学欺负。有事无事,像彭晨这样的死对头就要把何文、何武喊成"四清下台干部,贪污犯"。

小孩子尴尬之后就是拳脚相加,久而久之,大青、小青都看不下去了,就自然站在曾经帮助过自己的"恩人"一边,形成两大阵营,把彭春阳的诨名转送给了彭晨:"茧疙瘩,茧疙瘩"。揭别人的短,喊人家的诨名是小孩子们的惯用小伎俩。

物以类聚,人以群分。何、任两家儿女你帮我,我帮你,两小无猜,青梅竹马的一对一的关系渐渐形成。

上 篇·023

特别是"一只断臂的泡沫凉鞋"的故事，使大青与何文的友谊经历了一次生死考验，使他们的感情提高了一个档次。

一九七四年夏，老天两个月没下雨，人们可以在龙滩河里走来走去。凤头中学的学生们没有洗碗水，每次洗碗都是先用河沙擦碗，再从作业本上扯下一张写过的纸来擦碗。

但是，一个傍晚，突如其来的一场暴雨，使洪水泛滥，龙滩河河水猛涨。晚上下自习后，何文与同桌的任大青去河边洗脚。大家看着波浪翻滚的河面，都小心翼翼把脚伸到水面，然后用手去搓脚。何文的泡沫凉鞋本来鞋扣就坏了，在搓洗的过程中，鞋被洪水卷跑了。

何文见状，心疼万分，这可是妈妈每场背一背篼青菜，卖了四场才积攒了四块钱，给兄弟俩一人买一双的呀。他平时看见有的同学穿的确良衬衣，羡慕极了。看见别人已经穿上了轻便美观的泡沫凉鞋，自己还穿的是汽车轮胎底子做的简易凉鞋，就给妈妈提出了要求。要知道，这时生产队的劳动日值每十分工分才三角六分，也就是说男劳动力一天才能挣这点钱。尽管如此，母亲很快满足了儿子的愿望。谁知，何文身上唯一值钱的工业品——泡沫凉鞋，被无情的龙王没收了。

何文想到凉鞋来之不易，就要扑向洪水，幸好有一起洗脚的男生相助，不然大青一个人肯定抱不住何文："命重要，还是鞋重要！"大青果断喝止了何文的危险行为。

天刚蒙蒙亮，大青与何文就按头天晚上约定的方案，沿龙滩河两岸搜索，期盼偶然在河边树枝上或岸边草丛中发现那只已经断臂的泡沫凉鞋。天上还在下着毛毛雨，洪水虽然回落了一些，但仍是波涛汹涌。雨后往往有雾。那天能见度不足百米，天空雾蒙蒙一片。龙滩河水弯弯曲曲、蜿蜒前行，把凤头中学围成一个半岛。河的两岸虽有被洪水冲毁了的横七竖八的苞谷杆，但仍有垂柳依依、绿树成荫的美感。要是平时，多么适合情侣幽会啊，可是大青、何文两个农家子弟隔河相望，心儿不在肝儿上，他们不是为了儿女情长，而是在为两块钱而冒险，不，已经不值那么多了，是在为一块把钱锃而走险。大青搜寻内圈，何文走外圈，他们凡遇有草丛的地方都要实地踏看，遇到河边树林，就要深入其中进行寻觅。他们从新校门口找到跳蹬河，又一直找到楼底子，足足有七八里路。说来也怪，也许老天还真是眷顾天下有情人。忽然任守青发现，在胡家嘴的大湾头，距离跳蹬河的石头蹬子五六米远的回水沱，有一棵桉树的干树丫上挂着一个"泥巴裹带"①的东西。任大青睁大眼睛注目一看，如获至宝，赶紧一边呼唤对岸的何文："快过来呀！鞋找到了！"一边奋不顾身地向桉树靠拢，她急于"立功受奖"。

何文听见喊声，飞快跑到蹬子桥，一步跳一个石蹬子，十三座石蹬子一眨眼的工夫就跳过来了。跳蹬河的石蹬子可是清朝末年搭建的。听老人们说本来方方正正的石蹬子已经被河水冲刷了大半个世纪。现在石蹬子都失去了棱角，变成了圆不圆、方不方、粗细不一、东歪西倒，甚至摇摇欲坠的石桩。人们在上面走，不是过河，而是跳河。曾经一个小女子背着一夹背谷子，从朝门子范家远道而来，在这里的水轮打米机上打米。谁知一不小心在跳一个歪脖子石蹬时连人带谷子滚下了石蹬。幸好小女孩被好心人救起，但可惜的是一家人要吃一个月的二十来斤谷子喂了鱼虾。

---

① 沾满泥巴。

何文已管不了那么多，跳过石蹬后，他远远看见大青已经下到了桉树下面，洪水漫卷膝盖，何文声嘶力竭地叫喊："不要乱动，不要动，危险呀！我来了！"

虽然龙滩河边长大的男男女女都会游泳，但任何人此时看见身边汹涌而去的洪水肯定都是战战兢兢的，毕竟是洪水猛兽呀。但勇敢的大青眼疾手快，硬是把凉鞋取下来了，还高兴地拿在手里一甩一甩地摇晃。何文踩着烂泥，踏波斩浪，三步并着两步走，过去把大青拖上岸来。同时说了一声从来不好意思说出口的话："我的青！谢谢你！"一个字的称呼意味着什么，少男少女彼此都明白，同桌、同学、同乡的关系正在发生微妙的变化。

不过他们感情的升华还是在一起参加大队宣传队的时候。

一九七六年九月九日，全国人民敬爱的毛泽东主席逝世，全国人民都以不同的方式表达对伟大领袖的哀思。太和乡每个大队的"毛泽东思想文艺宣传队"都排演了文艺节目，轮流在乡舞台上上演。

在大队文艺宣传队，大青、何文凭大胆的表演和出众的身段、漂亮的脸蛋，当了男女主角。何文演样板戏《智取威虎山》里的少剑波，大青就演白茹；大青扮演《沙家浜》里的阿庆嫂，何文就扮演郭建光。他们还自编自演音乐舞蹈喜剧《咱们的书记下队来》。他们的演出配合默契，达到了把握剧情准确，刻画人物细腻，表演技术专业，有的表演简直惟妙惟肖的程度。无论社员群众私下议论，还是宣传队内部公认，大青、何文真是天生一对，地配一双。他们自己，随着青春的激荡与飞扬，自然日久生情，慢慢达到了如胶似漆的程度，要不是恢复高考政策的到来，两人可能已经在谈婚论嫁了。

这次高考他们能双双中榜，更是天赐良机。所以，当何文紧紧抱着大青的时候，大青不仅没有退缩，反而迎上前去，与他默契地依偎在一起，第一次享受被异性相拥的愉悦。何文的鼻息均匀地在大青的脖颈里抚摸，大青身上的馨香令何文紧箍着的大手久久不愿松开。

一分钟过去了，两分钟过去了……何文坚持不住了，他感觉脑门上血管在剧烈膨胀，好像要爆炸。他的手开始不听使唤，不由自主地在她的长发上摩挲。她头发滑溜得使他有一种丝绸之感。这种感觉令他心旌摇动，手竟然不自觉地往她身上隐秘的部位摸索。

突然，何文的理智战胜了邪恶："我们马上就要脱农皮了，可不能犯错误。"于是，他们都暂时收住了已经走在爱河中间的心。嘿！今后我们就是夫妻双双吃皇粮啦。好不安逸哟，今后就是双职工了！

说起双职工，何文想起初中毕业后回到农村养蚕，去偷桑叶的情形。养蚕是生产队的重要副业。那年，眼看蚕子该"大眠"了，却没有桑叶吃。饿蚕子抬起高高的头四处张望，等待主人喂桑叶，生产队长心焦得和蚕子一样发慌。蚕宝宝马上要吐丝做茧了，岂能前功尽弃？栽桑种桐，子孙不穷啊。养蚕收入可是队里的重要经济来源啊。生产队长看见银子要化成水，马上发动全队的男女老幼到处去捡桑叶。说的是去捡，实际上是去有桑叶的生产队悄悄地偷。

何文那天五六点就与其他社员一起来到中学附近的胡家嘴去捡桑叶，由于想念学校，也想看看老师，就顺道来到学校。他来到刘畅老师住的地方，看见他们正在吃早饭。在一张课桌上摆了一盘咸鸭蛋，一个蛋切成四瓣，雪白的蛋清包裹着绯红的、油沁沁的蛋黄；餐桌周围是四碗绿豆稀饭。那破口的绿豆点缀着白米稀饭，白里泛绿，何文馋得吞饿口水。何文向老师和师娘腼腆地问好，老师立即给他挑了两瓣像白银锭一样的鸭蛋，他心里像猫抓一样。可是，何文还没有伸手，他看见刘畅的两个女儿四只眼睛放绿光，既像看见讨口子一样反感，又像看见强盗一样憎恨，两种眼光里都分明是坚决抵制爸爸行为的信号。于是，何文硬起心肠，说了声"谢谢老师，我吃了饭的，你们保重身体"。说完，转身就跑。他边跑，边小肚鸡肠地赌气：我说的"你们"之中可不包括那两个小的"国家人口"哈！

何文妒忌当工人的国家人口，包括社办企业的工人，眼气他们"敲钟吃饭，按月拿钱，生病报销，老了都衣食无忧有退休金"。所以，但凡对面走来了一个穿好衣服，有点像国家工作人员的人，或者骑自行车的人，他都是抬头挺胸地往前走，从不主动让路。他说"这是不卑不亢"。何文的理由是，我们种的粮食便宜卖给粮站，国家工作人员就吃低价，如果农民去买出来，就要粮票，粮票往往比粮食的价钱还高，这就是低价卖出去，高价买进来。对农民不公平！后来何文才知道这就是计划经济体制下国民收入的初次分配带来的农产品价格"剪刀差"。

何文想，与大青即将成为双职工，也可以坐在"不怕天干水旱、不怕酷暑严寒"的房子里，用绿豆稀饭下油沁沁的咸鸭蛋了。他控制不住自己的情绪，重新燃起了爱的欲火，双手把青妹紧紧地抱在怀里。

春打六九头。春天的气息已经来到了龙滩河畔，树枝和草丛已经长出了嫩绿的新芽。河风习习，撩拨着大青美丽的乖毛儿[1]，

---

[1] 刘海。

加之何文激动的揉搓，青丝呈现出特别的凌乱美。何文摸着柔软滑溜的长发，调皮的手又忍不住滑向了大青丰满的臀部，一种舒心的感觉触动了双方敏感的神经，何文下意识地颤抖了一下，大青也吓得颤抖："不，不，不！"

大青如梦初醒，先用螃蟹爪子般的肥手紧紧钳住何文冲动的触角，然后挣脱出何文的怀抱。大青郑重其事地告诉何文："我婆说'女人的性就是命，性命与生命一样金贵。贞操就是女人的性命'。所以，我婆说'女人要夹紧脚杆做人'！""我婆说"——大青要记住哩。

何文因大青突如其来的一击，羞愧得想钻石头缝，立刻收回多情的手。

周围的空气都充满春意。土里的蟋蟀"吱吱吱"地在向情人发出邀请，田里的青蛙"呱呱呱"地呼喊，仿佛鼓起腮帮唱情歌。大青还是允许何文拥抱，她依偎在何文温暖的怀抱里，沉浸在甜蜜的遐想之中，憧憬美好的未来。远处的灯光已陆续熄灭，到了该回家的时候，大青突然"嘣"的一声狠狠在何文脸上亲吻了一口，然后飞快地往家跑。

何文被初恋神圣的初吻"奇袭"之后，感到十分满足，这是她送给他的最好礼物。他用手摸了摸脸，感觉爽极了，手像沾在脸上一样，舍不得放下来。他捂住脸，踏着轻快的脚步往家走。当他小心翼翼走到生产队的晒坝时，看见弟弟何武和小青也坐在一隅的大礤磴上"促膝谈心"。看起来他们也是那么缠绵哩，抱得好紧哟。

何武看见何文回来了，也送别小青，尾随哥回家。

第四章　你爹不是你亲爹

  何文、何武蹑手蹑脚开门回到家里,广播已经接近尾声,正在播放"大海航行靠舵手,万物生长靠太阳……"一家人,爷爷何雍、外公周玉以及爸爸何斌、妈妈周学莲还围坐在家里随时都擦得黄澄澄的八仙桌旁。一盏墨水瓶做的煤油灯,灯芯今晚拨得特别长,以至于强光之上有一缕未完全燃烧的黑烟盘旋着熏黑了楼板。何武想起往天他两弟兄挑灯夜读时,妈妈总是提醒"娃儿些,灯看得见就对了,我们家的洋油①票又没有了,要打瞎摸哟"。可今天家里,灯火通明,好舍得哟。
  "二娃,过来,坐。"父亲何斌郑重其事地指了指身边特意留下的座位。

---

 ① 煤油。

"你们还在摆龙门阵？"何武还沉浸在约会的兴奋中，高兴地与大家打招呼。

"二孙子，过来坐吧，我们终于把你盘大了，马上就是大学生了，成人了，我们终于等到这一天啦。现在，应该让你知道一些关于你的身世了。"爷爷何雍慢条斯理地挑明，两眼饱含晶莹的泪花。

何武，听其名应该是五大三粗，其实自幼体单、文质彬彬。他爹何斌当年取名时，将"武"字给他，一是因为他是老二，二是希望他习武强身，少生病痛。何雍当年指望何斌文武双全，但如今他的两个孙子真可谓文武双全了，了却了三代人的夙愿。完美啊！

何武的身体看似瘦弱，但从小何斌、周学莲对其怜爱有加，好吃的生怕亏了他，每年缝新衣服更是与老大一样的布料，一样的样式。这不，何斌正准备春节到缝纫社去给他们一人量身定制一套灯草绒中山装哩。以往一家的衣服都是何斌两夫妇买白布自己染自己缝的哩。

何武生长在这样的家庭，自然感到非常幸福。但今晚一家人这么严肃，他顿时感到疑惑，甚至有点憷。他赶紧看着一向对他特别温和的何斌，问："爹，啥子事这么严肃哟？"

何斌抚摸着何武的头，然后仔仔细细端详了又端详，就像欣赏难得一见的宝贝，许久都不愿意开口。

"爹？妈？"何武怀疑有什么大事。

"爹，妈，爷爷，有什么事你们快点说嘛。"倒是性情急躁的何文急不可耐了，帮助弟弟央求。

"爹，对，您老人家说嘛。"何武恳求。

"何武呀！你爹……我不是你的亲爹！"何斌终于鼓起勇气说出了在心里隐瞒了近二十年的秘密。

"啊……"何文、何武一下子都惊呆了，两弟兄半天都回不过神来。何武呆若木鸡，感觉太保山垮下来了，大脑被这晴天霹雳猛击了一下。

"爹……您，您，说的啥子话哟？"何武不知所以，眼泪扑簌簌流了出来。

何斌再也不愿启齿往下说了，他也是泪流满面，一家人都泪流满面。其实他并不担心失去这么优秀的儿子，而是这孩子的命运太苦了，说出来怕他接受不了。

何武只好求助于爷爷何雍："爷爷……爷爷！"

"爷爷也不是你的亲爷爷。"何雍平静地说，眉头稍微皱了皱。

何文坐在凳子上听得入迷，感觉一家人在演戏，而且在演自己曾经和恋人任大青演的《红灯记》里的"痛说革命家史"。于是触景生情、身不由己地说："你奶奶也不是你的亲奶奶！"一句话，把大家仿佛带到了《红灯记》故事的情节之中，也把何武之外的人逗笑了，连煤油灯上的灯花也"噗噗"爆响两声。

何雍也忍不住哈哈一笑，屋子里的气氛终于缓和过来。只有何武的脑海里仍然是一片混乱，平时对自己无微不至地关爱，甚至对自己比对何文还要溺爱的爷爷和父母，一下子才说不是亲的，这是怎么回事嘛？说什么也接受不了。何武上前抱住妈妈。

"妈，妈妈！"何武只有求助于母亲。

"妈，也不是你的亲妈，但胜似亲妈！"周学莲也是文绉绉的。就像李奶奶在说"奶奶也不是你的亲奶奶"一样认真。

何文哭喊着说:"爷爷你们为什么不要我?你快说这不是真的?"

"这是真的。"何雍停顿了一下,"孩子,这是真的,你不是我们的亲儿子、亲孙子,但你也是英雄的后代,永远是我们亲如一家的亲人啊!"

"孩子,你永远也是我们何家的儿孙,我们永远爱你,呵护你。"何雍接着告诉何武,也是在告诉何文:"何武啊,乖孙子,你是我们充汉县八百壮士中闻名川军、威震敌胆的何荣禄的孙子。你爷爷参加抗日上前线时,你的父亲才两岁。你爷爷有文化,足智多谋、骁勇善战,是'锤子兵敢死队'的队长和爆破手,在血战武汉战役中立下了赫赫战功,但在长沙第二次保卫战中深入虎穴偷袭敌人的机场时,不幸光荣牺牲。你父亲在你出生后不久就遇到了'大跃进'和自然灾害,得疾病,离开了人世。我和你爷爷在老家是拜把子兄弟,在抗日战争时期,我们还互相通信,相互托付,谁能活着回去,必须照顾殉国的一方的家庭。你现在的爹和你亲爹从小受我和你亲爷爷的影响,也是好老庚。所以,你们家的事,就是我们家的事。当时我们家有我这个吃国家粮的外援接济,日子稍微好点,我也给你们家带过钱和粮票。当年你现在的父母收工之后,也常去照顾你和你妈。后来你的亲生母亲得了重病,不久就不治身亡。你母亲在临终前托孤于你现在的父母,恳求让你给他们当二儿子。你们家和我们家是同宗同族的堂弟兄。你母亲走后,你现在的父亲连夜不声不响把你抱回我们何家了。当时,你的哥哥何文仅仅早来到这个世界半个月。为了让你身心健康成长,大家都一直隐瞒了你的身世。孩子啊,你永远不能忘记你的亲爷爷,他可是我们的英雄。你也不能忘记你的亲生父母,在那个特殊的年代,他们不知克服了多少困难,才有幸生下了你,给抗日英雄留下了传宗接代的革命种子。他们后继有人就是最大的幸福。当年我们英勇杀敌,不惜牺牲生命,就是为了我们千千万万个家庭的子孙后代能够过上幸福日子,这才是英雄的价值所在啊!"

何武听到这里,心里如倒海翻江一般,久久无法平静。他想:"原来我还有那么复杂的家庭背景啊。他为有何荣禄这样的英雄爷爷骄傲,也为父母亲的不幸而伤心,更为有幸成为现在的何家人感到荣幸。没有何家人,我就是孤儿啦,哪有我的今天啊!"

他立即双膝下跪,泣不成声地说:"不,不!你们就是我的亲爷爷,亲父母。"接着,面向何雍磕头致谢:"爷爷!"又转向何斌、周学莲磕头致谢:"爸爸,妈!"

老人们立即扶起何武,心里如释重负,终于顺利了却了近二十年来的一桩心事,也算向老朋友有一个圆满的交代了。

当晚,何家人都夜不能眠,大家认认真真听了何雍详细讲述有关何武爷爷何荣禄和其他三个拜把子兄弟的抗日故事。

何武的亲爷爷何荣禄,与何雍、周玉、任骞三人都是龙潭书院的同班同学,他们被称为"太保山抗战四杰",其中何荣禄、何雍被称为"何氏双雄"。

龙滩书院与当时的七宝寺中学距离只有半小时的路程。七宝寺当时是川北的红色革命根据地,虽然国民党政府随时都想把红色革命种子扼杀在摇篮之中,甚至欲置"赤匪"于死地,但于江震及其地下党员英勇不屈、前赴后继,经常在川北特别是七宝寺周边传播红色革命火种。尤其是"七七卢沟桥事变"之后,全国抗日浪潮一浪高过一浪,四个同学耳濡目染共产党人的言行,早在读书阶段心里就装进了一些进步思想。过去按老人们的安排人生目标是耕读传家，现在看来虽然大都在教书，但是内忧外患，民不聊生，哀鸿遍野，有几个家庭的孩子读得起书啊！现在看来读书人也没有什么前途，而应该从戎报国，等到国泰民安了再回到耕读传家的老路来。所以他们四个拜把子兄弟在仁和乡百福寺古庙里"桃园结义"，立志改"耕读传家"为"从戎报国"。

那是"七七卢沟桥事变"不久，他们四个老同学相约百福寺，看到千年古刹古柏参天，听到松涛阵阵，想起杨瞻的诗"茅庵小结俯清泉，闲说圭峰此坐禅。细雨山前飞白鹭，香风石上吐青莲"，更加激发了他们的爱家乡名人名山大川的激情。多美的河山啊！于是四个壮士歃血为盟、立志报国。

其实四个年轻人家境除任骞家里殷实一点外，都是"耕种养家糊口，织布穿衣零用，看猪过年吃肉"的小户人家。除周玉在龙滩书院因交不起学费而中途辍学外，其他人都是高等小学毕业，所以后来他们三个都当了私塾老师。何雍在安乐寺教书，这里就成了他们四个拜把子兄弟联络感情、商量重要事情的据点。

一九三七年暑假，全县中、小学教师都参加了充汉县中学的暑期培训。第一课就是康冻县长作抗日形势报告。在康县长演讲之前，充汉县的进步人士还教唱了《松花江上》：

　　我的家在东北松花江上，

　　那里有森林煤矿，

　　还有那满山遍野的大豆高粱。

　　我的家在东北松花江上，

　　那里有我的同胞，

　　还有那衰老的爹娘。

九一八、九一八，

从那个悲惨的时候！

九一八，九一八！

从那个悲惨的时候，

脱离了我的家乡，

抛弃那无尽的宝藏。

流浪！流浪！

整日价在关内，流浪！

哪年，哪月，

才能够回到我那可爱的家乡。

哪年，哪月，

才能够收回那无尽的宝藏？！

爹娘啊，爹娘啊。

什么时候，才能欢聚一堂？！

哀婉悲凉的歌声撼人心魄，立刻使课堂的气氛沸腾起来：有人泣不成声，有人窃窃私语，有的摩拳擦掌。康县长从一九三一年"九一八事变"讲到一九三七年的"七七卢沟桥事变"，具体介绍了上海一触即发、敌我双方箭在弦上的"淞沪会战"前的紧张情况。他慷慨激昂地演讲："一九三七年七月八日之后，日军侵占北平、天津，即调集三十万大军对黄河渡以北地区展开战略进攻，狂妄叫嚣三个月解决中日战争。中华民族到了最最危险的时候……四川的大门危如累卵啊。"最后，他号召有志青年，在国家生死存亡的时候，踊跃报名参军，保家卫国。

听了康县长的动员报告，大家群情激愤，振臂高呼：

"打倒日本帝国主义！"

"抗战到底，中国必胜！"

"我们要从军，誓死保卫祖国！"

"一人参军，全家光荣。"

此时，中国共产党和国民党已经达成最广泛的民族统一战线，团结一切可以团结的力量一致抗日。于江震奉命从延安回来负责川北地区的抗日宣传。他与充汉县地下党员一道动员进步青年参加八路军，奔赴抗日前线。

何雍和参加暑期教师培训的任骞、何荣禄当然也接受了于江震的动员。八月初，在充汉县城小南街的晋南茶馆，地下共产党员何九龄、贾元吉、何铁钢等在这里进行抗日宣传。大家学唱《义勇军进行曲》：

"起来！不愿做奴隶的人们！把我们的血肉筑成我们新的长城！中华民族到了最危险的时候……"

何铁钢奉于江震之命，介绍了共产党抗日主张，特别是延安解放区苏维埃人民政府的情况，大家知道"解放区的天是明朗的天"，都十分向往。何铁钢号召大家：

"中国自鸦片战争以来，外国列强就企图瓜分中国，特别是一九三一年'九一八事变'之后，日本军国主义加紧了侵略中国的罪行，最近又悍然发动'七七卢沟桥事变'，敢冒天下之大不韪，公然向我国挑战，所有这一切，都使我们本来就灾难深重的中国人民更处于战争的火海。倭寇不除，国无宁日。

同志们，老乡们：最近上海又发生了'八一三事件'，意味着上海保卫战已经打响，中国抗日的烈火已经熊熊燃烧起来了。日本鬼子号称三十万大军，妄想在三个月之内踏平中国。敌人来势之凶猛，海陆空并进，前所未有啊。如果我们不把敌人的嚣张气焰打下去，华中、华北很可能沦陷，西南地区危在旦夕，四川的大门就要打开了。我们四川人民本来就饱受军阀混战之苦，再也不能雪上加霜了呀。乡亲们，我们'国将不国'了，还有什么心情读书、教书呀？倭寇不除，我们还有什么条件创业呀？如果我们国人都等闲视之，还有什么脸面和理由在这里高谈阔论啊！"

何铁钢的讲话博得了阵阵掌声。最后决定，愿意马上去参加八路军的，地下党提供路线，还可以资助部分盘缠。何雍、何荣禄、任骞他们认为，教师培训期间各自的换洗衣服都在身边，为了不影响家庭成员日后的安全，防止国民党政府秋后算账，又像国共第一次合作时的"四·一二政变"一样，国民党出尔反尔，蒋介石翻手为云覆手为雨，又屠杀共产党人，殃及共产党人的家庭，他们决定立即秘密启程，乔装打扮成生意人，一起投奔八路军。

不料临行前，何荣禄家里带信来，仅仅两岁多的儿子，也就是何武的亲生父亲突发疾病，要他回去想办法。无奈之下，只好让何荣禄回去救孩子，附带委婉告诉何雍和任骞家里，只说他们出去参加打日本鬼子去了，其他什么都不要讲。当时，三个兄弟告别，何荣禄向大家保证："听说充汉县马上要组织义勇壮丁支援前线。你们先走一步，我一定参加我们县组织的义勇壮丁队，与你们在抗日战场上相见。"

何雍讲到这里，补充说："哎！谁知道呀，与你爷爷就此一别，竟成永别。"说完，何雍鼻子一酸，掉下了缅怀战友的伤心泪。

何雍调转话题："我与大青、小青的爷爷任骞的故事以后再给你们讲。今天我主要讲讲何荣禄的故事。"

"爹，你休息一下，由我来讲荣禄大爷《壮士别妻上战场》的故事。这个故事我们家喻户晓。"

何斌接过父亲的话题，继续讲何荣禄的故事。

一九三七年，四川刚刚遭遇"丙子丁丑年"连续两年大天干，我们川北又遭遇特大洪水，加之四川军阀连续多年混战，家乡人民真是民不聊生，在不少地方甚至出现饿殍遍野的现象。荣禄回到家里，发现儿子果然病了，而且是急性肺炎，高烧达三十九度五，非常危险。他赶紧一边为儿子求医问药，一边联络从戎报国的事项；同时给何雍、任骞、周玉三家通报了儿子已经去抗战的情况，要老人们不要牵挂，请私塾另请先生。

过了大半个月，充汉县没有等上级政府颁发征兵令，就开始自行为抗日前线征兵——名字叫"义勇壮丁队"。全县上下在国共两党组织和进步人士的宣传发动下，许多青年人踊跃报名应征，何荣禄一马当先。志愿当兵的人数很快招募到八百五十六人，其中因条件不合格退回一人，这就是史称"八百壮士"。

一九三七年"八·二八"这天，是八百壮士辞别家乡，奔赴战场的日子。这一天，县城万人空巷，人们敲锣打鼓，抬上自家蒸的肉包子，拿上煮的熟鸡蛋，做的布鞋、打的草鞋，来送壮士出川。

首先，部分壮士们满怀拳拳报国之心来到纪念爱新觉罗·豪格的"肃王庙"参加誓师大会："不杀倭寇，誓不回还！""为国立功，回报家乡！"口号声声，震耳欲聋。

然后，八百壮士统一来到大佛寺广场。这里早已是人声鼎沸，各界人士、学校师生的代表，上万人为义勇壮丁们壮行。父母送儿子，妻子送丈夫，哥姐送弟弟，弟妹送哥哥，还有儿女送父亲，亲戚送亲戚，朋友送朋友，同学相互告别："你先走，我随后就到。"其场面之壮观，场景之感人前所未有。特别是何荣禄与家人别离的场景感动了在场的所有人。

广场上，充汉县抗日后援联谊会写的对联"万里赴戎机壮怀激烈，早日平胡虏回望乡关"熠熠生辉，主席台上"热烈欢送八百壮士出川抗日"的横幅光彩夺目。首先是县长康冻致辞，然后是壮士代表何荣禄表决心，接着是中小学生给八百壮士献花。但轮到壮士们与家人道别时，一片地动山摇的哭泣声，震耳欲聋，感天动地。

此时，只见何荣禄的小儿子紧紧拽着爸爸的衣裳不撒手，"哇哇哇"号啕大哭，震得"嗯嗯嗯"的，满脸鼻涕，脑壳不断打摆摆，从牙缝里挤出几个字："爸、爸、不走！爸、爸、不走！"

也是肝肠寸断的母亲力图松开儿子的手，说："乖乖，让爸爸走，爸爸去打日本鬼子。"

"爸爸不打架！爷爷教娃娃的，乖娃娃不打架。"小儿子真是天真无邪。

"爸爸打的是坏人。坏人害得我们许多同胞妻离子散，不能与家人团圆，害得我们很多娃娃有家不能回，破坏了我们和和美美、团团圆圆的日子。"爷爷想方设法说服孙子。

"圆圆！爷爷骗人，中秋节不给娃娃吃圆圆。"

此时，距离刚刚过去的中秋节才十几天，爷爷拉着孙子的手，面向围观的壮士和送行的人，声情并茂地说："老乡们，我们的家园支离破碎,吃什么月饼呀,国家不圆满,小家不团圆。不赶走日本帝国主义,我们家就不吃月饼,就不过中秋节。"

何荣禄抱起儿子:"圆圆被日本鬼子抢去了,赶走日本鬼子,爸爸就给你买圆圆回来。到那时,天天给娃娃吃圆圆。"哦,原来他们家因为日本鬼子的侵略,就没有过中秋节,没有吃月饼呀。周围的人明白了,全部鼓掌,表示赞赏。

"哇哇哇!"小儿子哭得更伤心了,"我要吃圆圆,我偏要吃圆圆嘛!"

"儿啊,我的乖乖儿啊!有一伙东洋的强盗,要抢走了我们的家园,杀死了我们的叔叔阿姨,偷走了我们的米和面,怎么做娃娃最喜欢吃的月饼圆圆嘛?儿子呀,爸爸不是去打架,爸爸是去给娃娃赶走破坏我们家园的强盗,抢回给娃娃做圆圆的粮食,我们才可以天天给娃娃吃圆圆哈。"父亲说的话,儿子好像听明白了,终于松开了小手。

然后,轮到父母与儿子道别了:"孩子,你要像当年戚继光一样啊!"何荣禄的老父亲颤巍巍地嘱咐。

何荣禄铿锵有力:"'十年驱驰海色寒,孤臣于此望宸銮。繁霜尽是心头血,洒向千峰秋叶丹。'请父母放心:'犯我中华,虽远必诛。不诛倭寇,誓不回还!'"

"儿啊,你一定要活着回来啊,家里离不开你啊!"老母亲、儿媳妇、孙子哭作一团。

"母亲呀,您老人家保重!"何荣禄面向众人,双手合十,拱手作揖。

此时此刻,只听见壮士出发的号令声声入耳,令人心碎,催人泪下。荣禄的妻子文秀赶紧拿出一对小巧玲珑、亮锃锃的铜鸳鸯作为彼此的信物。她含着眼泪,满怀深情地说:"荣禄啊,鸳鸯是最恩爱的夫妻,我把她交给你,你见她如见我,我见他如见你,愿他们给我们力量,给我们吉祥,保佑你杀敌立功,早日归来。"

"文秀啊,父母、孩子就交给你啦,这个家就交给你啦,拜托啦!"说着,双手抱拳,给妻子深深地鞠躬。

"荣禄啊,你就放心吧,前方后方都是抗战。你在前方抗战杀敌,我在后方也是抗战保家呀。你放心吧,我在后方一定孝顺父母,不让你在前方有任何牵挂,等你凯旋,我一定送给你一个幸福美满的家!"说着,一家人紧紧抱在一起。何荣禄很快挣脱出来,面向父母双膝下跪:"爹娘,儿给二老磕头了!"

此时,在场的人泪如雨下,悲悲戚戚之声不绝于耳。

跪毕,何荣禄转身挥舞铜鸳鸯,高喊:"不诛倭寇,誓不回还!"

小儿子、文秀、父母一起挥泪,各自呼喊:"爸爸!""荣禄!""儿子!"

送行的人一直送到两里路远的朱涯庵。

何荣禄到了战场后,三天两头部队都会寄回他们杀敌立功受奖的战报,人们称他与何雍为"何氏双雄"。

何武闻所未闻,句句钻心。当天写了感怀养父母的日记。

一九七八年二月十六日　晴

昨天晚上发生的事情,恍如隔世,我彻夜未眠,终生难忘。我在何家成长了这么多年,竟然不是现在的爸爸妈妈亲生的,这是多么突然啊。其实,我出身于什么家庭不要紧,通过这件事我终于明白了许多事情。

我明白了,青春的格局决定人生的高度。包括我爷爷何雍在内的四个老兵,在青春勃发的时期,按照"耕读传家"的传统,教书育人,后来顺应国家需要弃教从戎,报效祖国,实现了人生的高度。现在正是我构架人生格局的时候，怎样设计我的人生，我的四个爷爷就是我的榜样。

我明白了，平凡之中见证伟大。我的爸爸何斌、妈妈周学莲是平凡中的好人、能人：第一，是他们救了我。在大跃进那么困难的时候，他们自身都很困难，却收养了我，真是大恩大德。第二，患难见真情。一九六四年"四清运动"在我们乡搞点，爸爸被当作贪污犯，还是走地富路线的"当权派"，天天被上级派的工作组中的三个干部守着，强迫交代问题。不交代"下不了楼"，交代了也下不了楼，因为还要逼你说更多的问题。其实生产队只有八分钱的劳动日值，硬要说我们的粪坑通活水，卖给生产队的粪多，是多吃多占，工作组拼拼凑凑，认定我爸贪污了一百三十六元，相当于一个全（男）劳动力挣一千七百二十五天呀。爸爸不想活了，妈妈给爸爸背毛主席语录："我们应当相信群众，我们应当相信党，这是两条根本的原理。"结果，我家把两头猪赔进去了，还借了十元钱。但还没完，最后还把爸爸清除出党。第三，善于熬苦日子。生产队除了过年和下雨天不出工外，从来没有节假日，社员每天早上、上午、下午都要出工，有时还要出夜工，但生产队分的粮食我们一直不够吃。妈妈为了维持一家人的生计，总是闲不住。冬天下雨天不出工，她就翻山越岭去到已经种了粮食的地里捡红苕藤，目的是看苕藤后面有没有连着一块没有挖尽的红苕。因为集体的活路做得马虎，的确偶尔会遇到这样的好事。落在地里的红苕经过雨淋就现在外面了。妈妈捡了"现天胡豆"，还用镰刀在麦地、豌豆地里一镰刀一镰刀地到处钩，像大海捞针一样去挖掩埋在土里的红苕。方圆十里的人，都认得这个捡红苕的妇女。知道的好心人出于同情，不闹不骂不撵我妈，就是幸运的了；不知道的人有时还要骂我妈。有一次妈妈捡红苕捡到隔了几座大山的姑姑山上，被姑姑发现了，抱住我妈哭得像泪人一样："嫂嫂，你们怎么这样苦啊！"但妈像没事一样，脸不红，心不跳，不怕累。她说，人穷志不短，捡别人掉在地里的红苕不丢人。话是这么说，但妈为了避嫌还是把捡到的红苕放在背篼下面，上面放苕藤。所以称为捡苕藤。夏天和秋天妈妈就漫山遍野掏麻芋子①，割夏枯草、金钱草和柴胡等中草药，有时还在大山的悬崖上割梭草卖。有一次妈上山割梭草，在悬崖上踩空了，滚下了坡，擦得遍体鳞伤，依然一拐一瘸地坚持干活。我妈坚强啊！伟大啊！

我更加明白我的爹妈，他们对我可比对他们的亲儿子何文还好啊！吃、穿、用我不比何文差不说，就是平时妈妈给何文舀的烂红苕也肯定比给我舀的多。那年我俩只能推荐一个读高中，家里选择了我。他们的亲儿子在家扛锄头，晒太阳。我在舒适的阴凉暖和的教室里幸福地读书，结果我现在考的大学，他们的亲儿子只能考中专。多么感动啊！我是因为爸爸卖竹子，妈妈卖青菜和掏麻芋子读的高中。曾记得，我们家的两分自留地可谓精耕细作，从来没有长一苗杂草，但青菜生长的速度总是跟不上卖菜的速度，青菜只要长到五匹叶子，最下面的两匹就要被摘下来为我读书贡献力量，所以到后来一定是只有菜脑壳上的两三匹"瘦弱"得可怜兮兮的嫩叶儿了；如果这场菜没有长出来，我爸爸就在家里的竹林里找两三根竹子去卖。到我高中毕业，我家原来葱茏的竹林只有光刷刷，没有一年以上的老竹子了。我永远感恩我的何斌爸爸、周学莲妈妈。

我要学习爷爷、外公等老一辈的家国情怀，认真确定好人生格局的高度。

---

① 半夏。

第五章　春闹太保山

　　一九七八年的春天来得特别早，注定是中国社会主义革命和建设的里程碑。自从恢复高考后，太和乡的形势日新月异，"举旗抓纲学大寨"成果累累，太保山水库胜利竣工，地里的麦苗绿油油的，长势喜人，最实惠的是通过核算全乡社员的劳动日值提高到了平均四角九分，太保山何家生产队跃居全乡前十位，达到了六角。西花庭的梅花开得特别绚丽，四季栀子花香气扑鼻，生产队里的油菜花已漫山遍野金黄一片。到处是春意盎然，生机勃勃的景象。

　　惊蛰蛰伏，万物复苏，所有的生灵都将蓄势待发。成群结队的喜鹊天天围着太保山何家院子里的三棵香樟树"喳喳喳"叫个不停，何斌一家真是喜事连连。

　　第一，春节后机关单位刚刚上班，南京军区落实老干部政策办公室又来人调查核实何雍老八路家庭出身，否定了有人举报他老家是大地主成分的事实，否定了何雍是不认前妻的陈世美的事实。看来何雍的命运很快就会逆转了。

第二，正月二十，即阳历二月二十七日，何武收到了中南财经学院的录取通知书。一家人高兴得不得了。何雍说："这真是天意啊，当年我们为了保卫武汉，浴血奋战，在鄂豫皖一带转战八年，八百壮士牺牲殆尽，几无生还。现在何武又去武汉读大学，也算是享受我们当年为了子孙后代舍生忘死保武汉的回报啊。"

"何武、何武，与武有缘，该在武字上出头。"有老年人如是说。

何武拿到中南财经学院的录取通知书，高兴得差点把裤子都跳落了。因为他两弟兄的裤腰带都是拴了很久的鸡肠带，他用力一震，就"砰"的一声，断了。要不是何武捞得快，就要丢人现眼了。何斌赶紧上街给两个儿子一人买了一根皮带，免得何文拿到通知书再丢人现眼。这根新皮带，可是何文、何武身上除了一双解放鞋外的第二件比较昂贵的工业品。

何武拴上新皮带，在何斌和周学莲的陪同下，前往亲生父母的坟前和爷爷何荣禄的衣冠冢前"报喜"。他长跪不起，低着头饱含深情地说："爸、妈，我考上大学了，儿子是大学生了！爷爷，您是抗日英雄，孙子没有辜负您的期望，如今也要为建设国家出力了。你们就一百个放心吧，我一辈子都不会忘记现在的爸爸妈妈，不会忘记爷爷他们这些当年'百福寺四结义'的抗日英雄，一定好好学习，报效祖国！"

第三，就在何武拿到入学通知书的第二天，"粉嘟嘟"的小青考入川北师范学院的通知书也下来了。任骞拿着大红喜报般的通知书,高兴地说:"教师好啊,自古耕读传家呀,这是过去爷爷我从事的事业啊!"曾经的"地主分子"的孙子也能读大学,左邻右舍的乡亲们感到现在的政策真正好,都来到任家道喜。只有"胖嘟嘟"的大青姑娘怄怵怵的,一脸的疑云。

第四,何文的通知书来了——四川省工业学校农机专业班。何文拿到通知书,马上报告外公和爷爷。"我就是要为改变农民脸朝黄土背朝天的劳动强度而奋斗。"

眼看何文上学的时间就要到了,何武、小青的上学时间也只有四五天了,但任大青的通知书始终没有消息。好在又一重大好消息来了:何雍老八路的正师职职务恢复了,等几天南京军区就要派车来接老领导哩。

公社和大队决定,不管任守青的录取通知书何时到,马上要在太保山村放三晚上电影,还要举行庆祝老八路官复原职、庆祝"一家四中榜"的活动。因为老三届的何三爷也接到扩招的"高师班"的录取通知书,"一家四中榜"依然圆满。

新中国成立以来,太保山人民翻身做了主人,经过将近二十年的建设,人民的生活水平和精神风貌都发生了根本性改变。如今,人民安居乐业,人人有饭吃,个个有衣穿。一九七七年恢复高考第一年,又重现了"一家四中榜"的奇迹。

所以,在四个大中专生临行前,在老八路何雍落实政策,官复原职、走马上任的时候,在太和乡王书记的安排下,县委新任宣传部长刘畅慕名来了,何文、何武、小青、老三届何三爷的二三十个同学来了,何、任两家的亲戚来了。山沟沟里一下子飞出了一群金凤凰,所以整个西花庭比过年还热闹。

上 篇 · 047

何文、何武、小青等同学们看见刘畅老师来了，高兴得很，又是端茶倒水，又是让座："感谢恩师当年的教诲。"

大学生和老八路的饯行座谈会在西花庭的院坝里举行。

西花庭是何雍祖上的杰作。当年何家老祖为了逃避兵燹，先后在充汉县东太乡的响沙坪，太和乡太保山下买田置地，修造房屋。何家老祖分别在两个地方各建庭院一座，设花台栽种花草树木，院落取名花庭。因为东太乡在东面，太和乡在西面，所以东花庭、西花庭就此得名。西花庭有一座富丽堂皇的祠堂，本家秀才何文成将何氏后来拟定的辈分撰写成一副对联："安富尊荣永作乾坤正仕；仁义忠信遂承道德渊源"。横批是"何氏宗祠"。今天，为了教育后代，何雍刻意把老祖宗在庭院墙上刻的家训重新用红色油漆勾画得熠熠生辉。

"穷不丢书，富不浊流，福寿康宁，为善最乐"。

在堂屋的两边写了一副对联：

"救国安邦九死一生终无悔，安家立业十年寒窗梦有真"。

横批是"后继有人"。

庆祝活动由公社党委书记、革命委员会主任王道光主持。他首先请何雍这个教师出身的老八路好好给乡亲们讲讲"一门四进士"的故事，讲讲崇文尚学、耕读传家的典范；再讲讲英雄的太保山过去的美丽景色，一定要把太保山建设得更加美丽。

太保山从前叫战朝山，因为这座山一共有九个突兀的山包，又称九宝山。在唐代，这里曾经是古柏参天、浓荫蔽日的深山老林。一九五六年兴建太保水库，清挖水库坝基时，从小河沟里的底部挖掘出一根一尺余长的鹿角就是佐证。

太保山因宋太保何金墓在其山下而得名。其山势磅礴，巍峨峻峭，素有自秦岭千里来龙之称。有"鳌鱼晒背""龙眼甘泉""双狮戏宝""狮望朝阳"等胜迹奇观。北望万年山高耸，南睹牛头山雄伟，东眺金华山葱郁，西瞩佛拱山横陈，四周群峦叠嶂，俯视沟壑纵横，太和公社繁荣在目，此乃天成佳境也。

山巅曾有古寺，名曰太保山寺，隋唐始建，传说观世音曾飞相于此，是背西面东的四水道堂。山门即前殿，门上悬刻有县正堂方印的"太保山"鎏金匾额一道。殿中为桂香殿，武圣帝君关羽像威坐于上，关平、周仓左右侍立。左供文昌帝君，右为乡贤祠，奉宋太保何金牌位。关帝背壁后，塑韦驮一尊，左右塑日光、月光菩萨像，皆面朝正殿。

正殿即后殿，柱子和檩子粗如黄桶，全是斗拱顶柱，无钉无缝连接，是方圆百里能工巧匠智慧的杰作。门前立有滚龙抱柱一对，其雕刻彩绘，颇为精致。殿门上悬刻有府堂大印的鎏金大匾"第一名山"。正中是观音殿，观世音菩萨妙像慈祥，跏趺于莲台之上，善财、龙女侍立左右。柱嵌木对联一副，文曰"观音观世音寻声救苦，自在观自在慈起无缘"；殿左普贤菩萨坐骑白象，文殊菩萨端坐青狮，有木对联云"一片婆心奉尘刹，但愿众生得离苦"；殿右供眼光菩萨，挂柏木对联一副，联曰"显神通盲人脱苦楚，赐甘露瞎眼见光明"。堂内左悬钟，右置鼓，上悬匾额重叠，有"慈航普度""泽润四境""世代流芳"等匾额，通计七十余方，多为清乾隆、嘉庆、道光、光绪诸朝各县正堂及各位信众敬献。正堂两边山墙全用条石叠砌，清安上顶，高二丈有余。

前后殿之间，乃有一方形天井，南北各有厢房两间。龙神殿设在南厢一间，龙神、风伯、雨师侍立左右。有木刻对联一副，文曰"遣就东海洪波锄旱魃，送来西方甘露救黎民"。

寺前岭上建有三楹戏楼一座。雕梁画栋，翘角飞檐，八斗藻井，是峻极宏伟的明清双蝎式建筑。并修筑板长四尺的石级大道，经过山下的太保桥沿着太保山拾级而上，直达山寺。

相传当年香火十分旺盛，观音殿的那盏观音灯被点活了，每当夜阑人静，无论远近，都可以看见"圣灯"升在殿空，这一令人难以理解的奇观，竟直照到鸡鸣方止。由此可见，太保山堪称圣山、第一名山，乃名不虚传。

但太保山曾经兵燹而毁建频仍，起起落落，遗憾的是毁于二十世纪六十年代。

太保山海拔五百九十一米。山不在高，有仙则灵。太保山因"一门四进士"而成"名山"，何家因"太保"而声名远播。于是，何家第二十八代嫡孙何雍讲了有关"一门四进士"的传记。

"要说何家四进士，必说太保山何氏的由来。"何雍老人慢条斯理地讲。他讲的比太和乡王书记在广播上讲的要详细多了。

公元九〇七年，是唐朝最后一个皇帝李柷在位的最后一年。这年四月，后梁太祖朱温登基，历时二百九十春秋的李唐王朝宣告灭亡，长达五十三年的五代混乱时期开始了。这时有个名叫何根本的人，为了逃避兵燹之灾，从外地逃到今充汉县东路太平响沙坪，继续做布料生意。后来家资渐殷，开始购置田产，他到充汉西路的战朝山下，买田置地修房造屋，定居于此。何根本单传一子名善性，为人笃实敦厚，好善乐施，广为乡亲们颂扬。他膝下三子，在应学求知的时候，便在家里开办学馆，聘请知识渊博、品德高尚的贤达人士为三子授业解惑，遂使三个儿子和一个孙子皇榜题名，高中进士，而且位列朝堂。

长子何金，一〇六四年北宋英宗治平年进士，官拜观文殿大学士①；同时，加封太保辅佐国君，位列太师、太傅、太保三公之一——这是皇帝对朝中元老重臣所加的官衔。

二子何贱，一〇七〇年北宋神宗熙宁三年进士，派任晋江，即今福建省晋江地区。这里海岸曲折，港湾较多，为著名侨乡。他在任时，为官廉洁，勤于政务，深入黎民，关心民疾，治理沿海潮汐之患，政绩颇为显著。因而多有迁升，官至仆射②。

何涉，金之三弟，字济川。据《宋史》记载："何涉，泛揽博古，一过目，则终身不忘，登进士第。范仲淹辟彰武节度推官，掌勘问刑狱之权。复庞藉奏迁著作佐郎③。官句④、鄜⑤、延⑥等路经略安抚招讨司，机宜文字。时元昊⑦，军中绘画，涉预有力。累官尚书司，封员外郎⑧卒。诏恤其家，官其一子。涉长厚有操行，事亲至孝。平居，未尝谈人过。所致多建学馆，劝诲有诸生。从之游者甚众。虽在军中，亦有为诸将讲《左氏春秋》，狄青之徒，皆横经以听。有《治道要术》《春秋本旨》《庐江集》七十卷。"《县志》记载"宋员外郎何涉墓在天马山⑨"。

何金之子，何安常。北宋神宗元封⑩时进士，官中书舍人⑪，

---

① 一般由曾任宰相的大臣担任，以示尊宠。
② 北宋以左仆射兼门下侍郎，右仆射兼中书侍郎，均为宰相。
③ 即著作郎，掌管国史资料和撰述的文职。
④ gōu，即句注山，庚置雁门关。
⑤ fū，地名，今陕西西安市北。
⑥ 今延安市。
⑦ 即赵元昊，西夏国景宗，一〇三一年至一〇四八年在位。
⑧ 为中央官吏中的要职。
⑨ 今西充县东太乡。
⑩ 一〇七八年戊午至一〇八五年乙丑。
⑪ 官名。

即负责起草皇帝诏令的官员,要参与机密要事的处理。

　　由于太保山曾经出现过"一门四进士"的奇迹,而且其中一位加封太保,位列"三公",官拜观文殿大学士;一位(何贱)官居北宋神宗年间左宰相,位列群臣之首,所以这里的官府所在地就被称为"宰相之乡"。

　　太保山经何雍的回忆和讲述,没有一点封资修的色彩,而且勾起了大家对诸多名胜古迹神往的遐想。其实何雍在这个年代敢于讲文庙古刹,反而让大家更加热爱家乡,为建设家乡增添了兴致。特别是太保山"一门四进士",是为政者崇文尚学的成功案例,是读书人"耕读传家"励志的典范。

　　何雍讲完古代的故事,大家报以热烈的掌声。

　　乡党委王道光书记听完何师长的讲解,感觉耳目一新,想不到太保山还有这么多故事,难怪这里人才辈出。他自己亲自讲抗日战争时期的"太保山四杰——何雍、何荣禄、周玉、任骞"的故事。特别讲了老八路何雍在八百壮士还未开始报名时,就率先投奔八路军一一五师,正赶上了参加著名的平型关大捷的战斗。他说,何老革命当年真是眼光独到,信念坚定,特别值得今天的青年人学习。他还强调,老革命在前几年遭受了不公正停职审查的待遇时,对党的信任、忠诚不变,对家乡建设贡献很大。希望今天这几位大中专学生接过英雄爷爷的接力棒,好好珍惜学习机会,学成归来,报效祖国,建设家乡。

　　"同志们,共和国老兵周玉的事迹非常感人,今后有机会我们再慢慢讲。"王书记特别强调。

　　刘畅部长新官上任就深入基层,他还是当年校长严谨治校的务实风格,"敲钟"必须敲在点子上。他不讲那些冠冕堂皇的套话，首先慰问了老八路何雍和抗战老兵、解放军老班长、抗美援朝最可爱的人、老共产党员周玉，向他们表示敬意。然后，他点名要何文发言。

"何文同学，我知道你把读高中的机会让给了何武弟弟，你在家劳动了三年，这次居然以初中的底子中榜？你能说说其中缘由吗？"原来当了部长的老校长，不忘帮助这些暂时落榜的考生总结学习方法。

"老师？我？"平时扯兮兮的何文，一下子语塞起来。他看着大家期待的目光，理了理思路，冲口而出："我是靠偷了一本《四角号码新词典》，才勉强有今天的。"大家哈哈大笑，竟有如此怪事？知识也可以偷？但见何文原原本本讲了"窃词典的故事"。

何文、何武从小都喜欢读书，但父母坚持要弟弟读高中，他腿肚子犟不过大胯。他回家后，对父母偏袒弟弟很不理解，当然他当时不知道弟弟何武是烈士遗孤。但何文回家后并不气馁，更没有放弃学习，叛逆思想严重的他是个"犟拐拐"，始终坚信"天生我材必有用"。他听母亲的话："书读到肚子里，是自己的，没有人可以抢得去。"的确，在那个"阶级斗争年年讲、月月讲、天天讲"，"斗私批修""批林批孔"等运动不间断的年代，生产队的一草一木都是集体的，只有知识才是自己最牢靠的"自留地"，任何人都拿不去，抢不走，任何人也不会因为你的学问渊博而怀疑你是多吃多占。

有一天，何文到母亲认的姊妹家里去"出门"，看望孃孃家老母亲。他偶然在抽屉里发现了一本没有封面和封底的、已经蜡黄的《四角号码新词典》，这是一九五五年由中国商务图书馆出版的工具书。他如饥似渴地翻了翻，发现每一个字的所有读音、多层意思、由它组成的词和词组，包括成语、著名短语、诗句一应俱全；有些还有这个字涉及的科普知识、历史地理知识，简直就是包罗万象。它既是一本语文教材，又是一本科普读物。他拿到这本百科全书，如获至宝，爱不释手，根本没有还回去的意思。他想，如果借，又怕亲戚不同意，因为他们家也有还在读书的小学生；当然，主人也不一定在乎这本油渣书。但在把握不准书的主人同意还是不同意借的情况之下，何文不敢贸然启齿，因为他决意无论如何是要得到这个宝贝的。偷，又感觉不妥，不符合自己的做事风格。他突然想起鲁迅先生笔下的孔乙己：

"涨红了脸，额上的青筋条条绽出，争辩道，'窃书不能算偷……窃书！……读书人的事，能算偷么？'接连便是难懂的话，什么'君子固穷'，什么'者乎'之类，引得众人都哄笑起来：店内外充满了快活的空气。"

对，窃书，不为偷也。于是，何文突破了道德防线，从孔乙己的身上找到了精神安慰和自我解嘲的理由。何文悄悄把书藏在衣服下面的腋下，拿回了家，用纸壳做了封面和封底，将烂了的地方补起，放在他的枕头下面，伴随他度过了那无书可读的日子，打发了许多闲暇。从此，一有时间，他就拿出《四角号码新词典》来翻一翻，反反复复，一篇一篇，一字一字地读词典。特别是词典的成语解释最有意思，它先讲成语故事，再讲原意和引申意义，特别容易记忆，对他帮助很大，丰富了他的词库。就这样这本不仅包括语法、修辞、逻辑在内的语文知识，还有许多历史、地理知识的"宝书"，使何文知识大大提高。这本字典是繁体字，所以它也给何文奠定了古文基础。

何文最后说:"没有窃来的这本四角号码词典,我真不敢说今天我考得起中专。让老师、同学、父老乡亲见笑了。"说完,他转身向坐在不远处的一个老者深深鞠躬,并说:"二爷,对不起,侄儿无理了,这么多年过去了,现在才当着众人的面,厚着脸皮给你坦白,请二爷原谅侄儿。当年我们没有钱买书,使我酿成如此大错,在这光天化日之下丢人现眼。现在国家的形势正在发生翻天覆地的变化。过去我想都不敢想能读中专,如今我们平头百姓都如愿了。我现在也是国家的人啦,等侄儿挣了钱,一定来报答您、孝顺您老人家!"

没等何文讲完,下面掌声跟进,大家为何文不失时机,甚至不择"手段"爱书、"窃书"的锲而不舍的自学精神而鼓掌。

被何文称为二大爷的老者,缓缓站起来,颤颤巍巍地把手里的铜烟袋扬了扬:"你、你、你娃娃——"二大爷这一动作把在场的人都吓蒙了,何文正准备下跪求饶,以为老辈子是大发雷霆。

殊不知老爷爷收回长烟杆子,突然大笑起来:"哈哈,想不到当年我那本油渣书,还能发挥最后的余热培养出一个中专生。"他又指着何文的鼻子假装生气地说:"诚实的孩子是掩饰不了犯错的行为的。你娃娃当年慌慌张张的样子,哄不了老夫,你走后我就知道了你的'小九九'。但我们两家人亲如一家,还生什么嫌隙。你能让它变废为宝,我高兴还来不及呢。大侄子,你为我们何家增光了!"听言语就知道,老人家既然在那个年代就开始使用词典,绝不是等闲之辈。大家为老人家的睿智鼓掌,也跟着两叔侄高兴,整个西花庭再次响起了经久不息的热烈掌声,空气里都充满了快活。

何武赶紧补充："感谢二大爷，感谢哥哥，我也从窃来的词典里受益匪浅呐。记得那时煤油票发得少，妈妈既支持我们，鼓励我们两弟兄'书读到肚子里去不怕贼'，但家里灯油的确又不够，她半夜起来看见我俩还在挑灯夜读，就要来吹灯。我俩就给煤油灯做一个罩子，并把灯拿进蚊帐里面来偷偷摸摸地看书。有一次我俩不懂事，争灯光，差点酿成火灾，吓得我们从此不敢在蚊帐内、被窝里点灯看书了。"妈妈周学莲在旁边笑得咯咯的："两个淘气包，还在记老娘的仇么？当时把蚊帐熏黑了，差点没把你们的老妈累死。"

刘畅部长感动地向这个好妈妈示意，并表示赞赏。"知识是偷不来、抢不去的。何文、何武都是勤奋好学的好后生。特别是何文，一个本应该读高中的优秀青年，因为被当成'黑五类'的'狗崽子'，读高中的机会被限制掉了。但他发扬老祖宗笃学求知的精神，不失时机寻找学习的机会，终于考上了省级中专，真是可喜可贺，也是勤奋出人才的又一个成功范例。我们也要感谢这本《四角号码新词典》和它的主人。"

刘畅举目看了看坐在下面胖嘟嘟的长辫子姑娘，便亲切地询问："听说任守青同学也是初中生，也考上了中专，也值得称赞。"

"任守青，没考上。任守青没考上。"坐在最后一排的彭晨大声叫喊，似乎还有点幸灾乐祸的样子。坐在主席台上的王道光对刘部长耳语："不知为什么，大青姑娘的通知书今天都没有到。请刘部长帮忙在招生办公室过问一下。"

刘部长点头答应，但心里有点不祥的预感。因为昨天招办主任向他汇报说，录取工作已经基本结束。他意识到了什么，马上安慰未考上的同学："同学们，我此番前来，主要是因为太保山这个地方人杰地灵，我慕名已久，它是我们崇文尚学的圣地。现在，我们国家百废待兴，正是用人之际。但是，昨天县招生办公室主任告诉我，这次录取率不到百分之三，简直是千军万马过独木桥哟！考上大中专的同学你们是幸运的啊。但是没考上学校的同学们不要气馁，还有机会。"

说着，刘部长站了起来："同志们，我这里要告诉大家几个好消息。

第一，党中央决定今年要召开十一届三中全会，主要研究中国改革开放建设四个现代化的若干问题，对以阶级斗争为纲和对地主富农等成分问题，对'一大二公'的优越性问题，对一批老干部落实政策等十分敏感的问题，都要从理论上和实践上进行研究，要对新中国历史上的冤假错案进行纠正。

第二，今后我们要恢复秋季招生，所以今年秋季又要高考！"刘畅还没有讲完，台上台下已经掌声如雷。这掌声组成一曲响彻云天唱响春天的进行曲。

"我要继续复习，备战再次高考！"

"我的成绩孬，我要去当兵可以不？"

"我们'地主子女'，终于有机会过正常人的生活了！"

"我们吃饱饭的日子要来了！"

大队书记针对提出当兵的年轻人说："二锤，公社正在动员符合应征入伍条件的青年人报名哩，二娃，我们支持你。"

"谢谢书记。"任二锤，实际上名叫任铁锤，在家排行老二。因为说话老是把"锤子"挂在嘴上，动不动就是"锤子，我不怕""锤子，不行""锤子，不干"，所以大伙平常叫他"二锤"。

顿时，太保山下一批"恰同学少年"开始了青春畅想。

上　篇　·　057

"刘老师，我当年没有听老师的话，仗着自己根正苗红，不好好读书，还给你写大字报，反对你走白专道路，充当反潮流的'英雄'。我向老师您道歉，向同学们道歉！"彭晨的弟弟彭曦原来在生产队都做一些轻松活路，他知道遭了。"享童子福，背老来时啊"，所以后悔没有好好读书。他说完，向刘畅老师深深鞠躬，向同学们深深鞠躬。他接着面带惭愧到极度痛苦的样子，坦言："当年推荐读高中，我与哥哥学习成绩不是很好，但家庭成分好，三代雇农，占了两个名额，两弟兄都上了高中。唉，白白浪费了两个指标啊。"

"现在才知道错了，当初你们两个'傻卵子'多神气啊！"同学们称"闷墩儿"的白和贵，当年没有读成高中，后来当了木匠，至今对彭家两弟兄耿耿于怀，他还想骂什么，被身边的何武同学制止了。

刘畅部长赶紧接过话题："彭曦同学，你千万不要这样说，更不要背包袱哟！你刚才说的这些，怎么能怪你呢，这是那个时代的产物。我们大家都不能去计较那些是是非非和恩恩怨怨，都要从阴影中走出来，寻找自己人生最理想的坐标，实现人生最满意的价值。你彭家两弟兄，要珍惜自己是高中生的本钱，在四个现代化的建设中发挥应有的作用。白和贵同学，你就不要去挑我们大家过去的疮疤了，以和为贵嘛。再说过去的事我们就不要怨天尤人了！更不要迁怒于任何人，谁都不是'十年动乱'的赢家。"

刘畅接着讲："其实我今天来，还想告诉同学们，升学是成功之路，不升学也不一定就不会成功。下面我看见有石匠、木匠、篾匠等手艺人，还有想保家卫国的锤子二娃，还有会开拖拉机、会做鞭炮的人才，有种田能手，你们都是国家不可或缺的人才，四个现代化建设需要你们。恢复高考意味着什么？意味着公平、公正来到了，意味着公开的用人机制、任人唯贤的组织路线恢复了。同志们，一个大干快干、大上快上的时候来到了，让我们共同努力吧。希望何武等同学们，好好学习，早日学成归来，参与家乡的四化建设！"

掌声经久不息，再次响彻云天。

白和贵木匠立马趁热打铁："老师，我们帮助乡亲们做点木工活，农闲做点桌椅板凳，现在还算不算走资本主义道路？看几头'翻番猪'，哦，就是买了小猪，养到半大又卖了，赚点养家糊口的小钱，是不是投机倒把，要不要被割资本主义尾巴？"

刘畅笑了笑，十分肯定地说："同学们，社员同志们，刚才白和贵同学说的这些事，我相信党中央'十一届三中全会'一定会有一个明确的界定。不过，大家现在就要解放思想，凡是有利于大家吃饱饭，有利于四个现代化的事就要大胆地试，大胆地干。总之，同学们，读大学中专是为建设'四化'；在农村建设社会主义新农村也是搞'四化'，大家不要自卑，要挺直腰杆，敢拍胸脯，建设好我们祖祖辈辈生活的山山水水，让乡亲们迅速过上好日子。"

坐在后排，骨瘦如柴的"干豇豆"就是同学们中的石匠，名叫冯大志，也高兴地说："那我也可以开石窟打石头咯。"身体瘦得像干豇豆，却要去学石匠，冯大志当年是没有门路学其他手艺，当石匠是没有办法的办法。

挨着任铁锤身边的一个衣衫不整的同学，大家叫他"憨二娃"，他十分胆怯地问："那我做什么呢？"

上篇 • 059

刘老师回答两个同学："未来的农村一定是年轻人真正广阔的天地，我们不仅可以吃饱饭，还要吃好穿暖过好日子。但好日子不是等来的，要靠大家共同努力。"他进一步强调说："铁锤同学，你愿意当兵也是有志青年的好去处哟。"

"二锤"和"憨二娃"齐声应允："谢谢老师！"

何武在座谈会上代表考上大中专的考生表态，他说："太保山是英雄辈出的地方，我永远热爱这里的父老乡亲，热爱这片生我养我的土地，我一定会回来的！"刘畅紧紧抱着爱徒，说："你是英雄的后代，我们等你回来建设家乡哟。"

临行前刘畅告诉任守青，参加了体检的人，本身一部分是备取名额，录取时政审和身体没有问题就会按分数由高到低的顺序录取。他告诉她，现在都没有拿到通知书，就真的要做好两手准备了。刘畅鼓励守青，读大学中专能脱离农村是有出息，但要树立在农村也可以有出息的思想，要往前看。人生贵在始终如一，奋斗出英雄嘛。

所有同学和乡亲们听了刘畅部长的讲话，精神振奋，感觉春天的气息越来越浓厚了。在座的同学当着刘畅老师的面，除了祝贺即将荣幸进入高等学校、中专、师范学院大门的同学外，还提出了许多现实问题，如城乡差别问题、可不可以做生意等问题，有些东西何部长也暂时解释不了，但俗话说"各人心里都有一口打米碗"①，一定要摆脱贫困，自强不息，要向幸福出发！

同学们和刘部长都非常高兴，认为这不仅是大学生的饯行会、老干部官复原职的庆功会，还是以太保山知识青年为代表参

---

① 有主意的意思。

加的"向幸福出发、建设美好家乡的动员会、誓师会"。他们还决定以后的同学会每五年一小聚,十年一大聚。

老师和乡亲们对年轻人的谆谆教诲和同学们的铮铮誓言,与龙滩河的春水相伴而行,叮咚作响。

特别是三个晚上的电影,《南征北战》《地道战》《红灯记》,还加放了《天仙配》,让平时文娱活动很少的山村老百姓一饱眼福,过足了电影瘾。

第六章　感怀恩师

　　送走恩师刘畅，何武觉得老师不愧为高人：高瞻远瞩、高格局、高起点。他想起刘畅到县"高完中"当校长前，在凤头初级中学当校长时的情形，更加令人敬佩。
　　凤头初级中学地处龙滩河的中游。弯弯河水环绕学校，形成三面环水的半岛，幽静、平坦、宽阔。学校布局科学合理，教学大楼兴建于六十年代初，是典型的砖混结构的洋楼，木地板、玻璃窗，整齐划一，十分美观。更有礼堂，高大雄伟、气势磅礴，可容纳三千人左右，是师生集体聚会的好地方。教研大楼和教师宿舍，是清一色的木质结构，房间小巧玲珑，吊顶空旷讲究。教室和宿舍之间，以及稍远的男女学生宿舍之间的道路两旁，有一格一格的小花园相连接，花园里有四季常青的冬青镶边，中间是常开常香的月季、香气特别的栀子花和艳丽的玫瑰花组成的各色图案，真是别具一格，雅致极了。花园管理实行一个班一格，班与班之间相互竞赛，花样百出，百花竞放。凡是来这里的文人雅士，无不赞叹"凤头中学真是读书做学问的好地方"。

刘畅校长抓教改与"王科学"斗智的故事在师生中传为佳话，从这件事也可以知道刘畅的智慧。在批林批孔运动中，学校有个"文革"前的老大学生，因为失恋，得了间歇性神经病，学校只好安排他敲钟。他敲钟时，首先将铁棒高高举起，目不转睛紧盯挂钟，一动也不动，其专注程度就像科学家在指挥原子弹爆炸："三、二、一，敲！"只见铁锤与吊钟钟摆最后一摆同时稳稳落下，"当、当、当"洪亮的钟声准时传遍全校，从来不差一秒。他偶尔还给与他逗趣的学生讲讲达尔文的进化论等生物知识，同学们听得头头是道，所以师生都叫他"王科学"。

一次"王科学"到食品经营站去买肉，看见案板上没有肉了，但有一个猪舌头，就礼貌地喊："黄站长，把那个猪舌子卖给我嘛？"

"'臭老九！'想要吃猪舌子嘛，到猪肚子里去挖嘛。"肥头大耳朵的黄兴科站站长没把王老师打上单子，有职有物资分配权的他哪里会理睬一个无职无权的老师，更何况听说还是个"疯子"。

第二天，手无物资分配权的王老师在食品经营站门口高声朗诵他专门"歌颂"黄站长的诗：

兴科站长像财东，

是非不分糊涂虫。

革命群众他不认，

牛鬼蛇神打先锋。

本行业务他不懂，

还说猪舌长肚中。

王老师在经营站唱完,群众拍手称快:"唱得好,唱得好"。老百姓早就怨恨"走后门"的人了。就这样,王老师反复唱,遍街唱。害得黄站长满街去把王老师找回来,免一斤肉票卖给王老师两个猪舌头。那时候肉票可稀罕啦,有钱无票莫想买肉。从此,黄兴科不敢再鄙视教师了。王老师为"臭老九"出了一口不尊重知识和知识分子的怨气,刘校长还夸奖了王老师,同时还看出"疯子不疯"。

批林批孔运动中,"王科学"写了一段"顺口溜"的大字报,欲为难校方。

弯弯河水绕凤中,

乌烟瘴气如鸟笼。

学生白专嫌工农,

反动学术逞威风。

孤人半夜无春梦,

校长帐内有娇容。

奋起批林又批孔,

反击右倾翻案风。

刘校长看了大字报,略作思考,很快就和诗一首。他不露声色,让自己信得过的学生何武交给"王科学"。

弯弯河水绕凤中,

中学花开一遍红。

红心颗颗忙教改,

改革陈旧文学风。

疯人无洞于冲动,

动机不纯想娇容。

庸庸碌碌多美梦，

梦有南柯一场空。

空有银河高万丈，

帐内独眠喂蚊虫。

从今不要思淫欲，

药也难治心发疯。

"王科学"拿着刘校长讽刺挖苦他的首尾文字接龙诗，知道用"无洞于冲"的谐音代替"无动于衷"，连呼："妙哉妙哉呀！击中我无女人的痛楚了！刘畅能力在本人之上呀！"从此，他不但没有奇谈怪论，反而对刘校长佩服得五体投地，言听计从。不久刘校长托人给"王科学"介绍了一个附近农村的寡妇。虽然这女人相貌平平，但还贤惠实在，使王老师四十多岁才尝到了女人的温情味道，使他这个生物专业的老大学生对人体生理真正有机会接触。王老师终于把多年就想得发疯的与女性人体的生理实践活动变为现实啦。

刘校长的这一招硬是把"王科学"心疯病治愈了。过后，刘畅分析说：王老师本身学的是生物专业，对人体科学不仅精通，还有一定的造诣；但当年梦里想她千百回的大学女同学[①]却移情别恋，使他这个自认为"通人性"的高才生欲望得不到释放，所以有了不正常的举动，人们自然就说他"疯了"；王老师感到郁闷的时候，不仅没有得到同事的纾解和医生的治疗，大家反而疏远了他，慢慢还抛弃了他；他本人的精神处于压抑状态，时而郁

---

① 或许是单相思。

郁寡欢，时而亢奋暴躁，大脑慢慢就不正常了。

"刘校长搞教改有功，不仅知人善用，还把一个精神病都治愈了"的事迹在全县传为美谈。他因此很快调到县高级完全中学当了校长。他在县高完中推行在凤头中学积累的经验，大刀阔斧搞教改，迅速提高教学质量。谁知不久开始反击右倾翻案风，学校反潮流的小将攻击刘畅走白专道路。他被停职，与"王科学"一样，当了敲钟人。由于最近才落实的政策，他被调到县委宣传部工作。

何武等同学想到这里，更加敬慕刘畅老师的德行，决心不忘恩师，努力学习，将来做一个像刘老师一样能干的人。

再说刘部长，参加完太保山的座谈会后，骑自行车走了二十里山路，下午五点钟才回到县上。他一回到办公室，就要招生办公室查查"任守青为什么没有被录取"。

第二天，招办主任亲自到刘部长办公室汇报情况。原来，任守青同学本来分数只比最低录取分数线高一分；关键是，政审材料对任守青也不利：爷爷地主分子不说，还是国民党的上士班长；这还不算，有一封举报信，信中反映："任守青，是剥削阶级的孙女，一身资产阶级小姐的臭毛病，好吃懒做，还经常利用美色勾引革命青年，还与某某发生肉体关系。"

地区负责录取的同志，是搞运动起家的"造反派头头"，对政审工作不能"唯成分论，重在个人表现"的原则本来就有不同意见，从他与同志们的言谈之中，还能看得出来他很有抵触。所以，他看到匿名举报信，没有调查核实，就将唯一的一个名额让给了分数仅仅比任守青考生少两厘的考生。现在录取工作已经闭箱。

"请示一下省市招办，看还有机动名额没有?"招办主任回答："我来您这里时，明白您的意思，已经请示省市领导。省招办的同志答复'没有留机动名额'。"

"唉！这分明是莫须有的诽谤啊，我们的工作人员为什么要让这些卑鄙小人的阴谋诡计得逞呢？这说明依然有同志习惯于搞阶级斗争那一套嘛，极'左'路线余毒影响之大，拨乱反正任务非常艰巨啊。八分钱的邮费，就可以断送一个人才的前途啊。"刘畅感触良多，但又无能为力。

刘部长立即打电话给太和公社王道光指示：第一，查查是谁诬告任守青姑娘；第二，派人安慰任守青，叫她不要灰心，秋季招生的时候再考。

第七章　惜别鳌鱼石

任守青未被录取的事情很快传到太保山村，王书记特别要求何文好好安慰当年"铁姑娘战斗队副队长"的任守青。

任守青爷爷家庭成分虽然是地主，但轮到她都是孙子辈了，加之这孩子在窄缝中求生存，磨砺出来了"知书达理"凡事小心翼翼的性格；所以她从小乖觉，逗人想，大队还是把她发展为共青团员，破格提拔为"铁姑娘战斗队"的副队长。任守青长得跟她富态的婆婆一样，天生丽质，用彭晨的话说"喝白开水都长肉"，始终是"胖嘟嘟"的，一条长辫子经常在屁股上一打一打的，很吸引年轻人的眼球。像彭晨这样有当治保主任的爸爸作背膀子，有恃无恐，经常就在美女任守青面前逗毛毛惹草草。

何文听了公社王书记的说明，知道自己的心上人大青①因为一封匿名信没有被录取，而且无法补救，心里像失魂落魄一样难受。因为，他们俩已经预祝了自己是太保山村比翼双飞的"金凤凰"的喜事。他们为此拥抱过，亲吻过，现在才黄了，相当于煮熟的鸭子飞了。他不仅为青妹惋惜，自己也感到沮丧。当然，就是王书记不给他传达刘畅部长的指示，他也要好好安慰大青，毕竟还有再参加考试的机会，理想依然可能实现。所以，他约大青晚上去"鳌鱼晒背"的麻爪石作短暂的告别。

三月三，蛇出山。此时龙滩河畔青草悠悠，生机勃勃，嫩绿的柳条低垂着腰肢，在春风吹拂下呈现点头哈腰的媚态。河田里不时传来"呱呱"的蛙鸣，远方可见隐隐约约的灯光，近处可见星星点点萤火虫发出的光亮。何文还是一如既往按约定的时辰：鸡鸭完全进圈，社员全部回屋，家家户户房子上已经炊烟袅袅的时候，来到大石包与恋人相会。

今天晚上何文比大青早到了一碗饭的工夫。任大青还不知道自己彻底失望了，但她知道文哥明天就要到省城读中专去了，要等半年才能与心上人相见了。这是他们第一次要分开这么长的时间。所以，她刻意把自己收拾了一番，女为悦己者容嘛。她把长发辫子完全松散开来，让它自由舒展，迎风飘扬。她脸上还擦了一点雪花膏，那是何文参加高考体检时偷偷用妈妈给的盘缠买的，她要把这特别的香味还给投资者，她要把一个少女特有的浓郁芬芳留给恋人，让他多几分对自己的留恋。

何文心里虽然为完成安慰任务而心事重重，但看见美女来

---

① 何文一般直呼小名。

了，所有忧愁立即烟消云散。在朦朦胧胧的星光下，青妹儿的长发披肩过腰盖臀；额前乖毛儿微向上飘扬，真乖呀；白里透红的脸蛋就是一朵人面桃花，娇艳欲滴。

大青个儿不高不矮，一米六有余，配一米七的何文简直是绝配。当何文每次触摸到她飘逸的长发，心里都是美滋滋的，就有点微微的醉意了，甚至魂不守舍。青妹儿依然唱唱乐乐天真无邪的样子，哪里有委屈的影子？何文想，如果把诬告信的事告诉大青，犹如平静的河面，抛下一块巨大的石头，势必波涛汹涌，至少水花四溅。没考起就没考起，有什么了不起嘛？所以，他不愿去戳穿那封诬告信，他实在不忍心破坏眼前宁静而甜蜜的气氛，免得给陶醉在幸福中的恋人泼冷水。

何文索性紧紧搂着"胖嘟嘟"的脸蛋贴在自己的脖颈上，本想理智地给读中专已经成泡影的大青一些精神抚慰，想不到干柴遇到烈火，此情此景两个年轻人怎能不分享高考的胜利呢？何文首先满怀深情地还给大青艳若桃花的脸蛋一个热吻，久久不愿挪开，然后又不停地在胖嘟嘟的脸上乱啃，他的亢奋已经到了下意识的边缘，手开始不老实，慢慢滑向了青妹儿更加胖嘟嘟的臀部，而且大有继续进攻的趋势。任大青感觉心里有毛毛虫在爬，痒痒索索的。文哥还在往深处摸爬行进，害得本来禁锢在婆婆忠告的铁箍里的少女大青不知不觉也是春心荡漾。

"啊，文哥呀，你怎么在往里面进呀？"一下子，毛毛虫突然变成了猫儿在抓，大青姑娘一下子心惊肉跳，懵懵懂懂地说："文！不！不！"她抽身脱离何文，心里"砰砰砰"地吓得直哆嗦："你现在是国家的人了，读书期间是不能结婚的。等你读书归来，我都是你的。"意思是，没有到正式结婚的时候，有些地方是神圣不可侵犯的。她还是勉为其难地告诉何文："我婆婆说'女人的性就是命，性与命一样金贵'。"何文明白大青的"我婆婆说……"已经根深蒂固，于是不得不偃旗息鼓。

何文与大青，两个青梅竹马的年轻人，缠绵之后，何文心里余兴未尽，但又不得不慢慢回到了眼前。他们虽然没有从人间去到天堂，但也没有从天上回到人间那样明显的失落和反差，毕竟也到快乐王国的城池边上飘飘欲仙地溜达了一回，彼此都有一种从未有过的愉悦与幸福，达到了难舍难分的程度。作为受过婆婆的"女人的性就是命"的教育的任大青来说，初步晓得了婆婆说的"性"是魔鬼的诱惑力量。于是，她更加谨慎了。

他们至少是从半空中落到地下，面对当前的现实问题进行交流，还针对时弊进行了热烈的讨论：千百年来，形成了城里人与农村人的差别，他们深恶痛绝。你看城里的知识青年上山下乡，在广阔天地是可以大有作为，每个人还要发肉票、油票；我们农村的知识青年回到农村就是彻头彻尾的农民。他们怎么不继续在这里作为呢？最近他们招工的招工、顶替的顶替，陆续回城了。这说明什么？说明老子革命儿好汉，老子农民儿种田。还有儿女随母上户口，城市户口值千金，城里人吃供应，有工作。我们这些农村人好像低人一等，只有考起学校，才能进城。最后他们一起背毛主席和列宁语录："前途是光明的，道路是曲折的"，"面包会有的，牛奶也会有的"。形成一致意见：何文好好学习，不要牵挂家里的事，孝顺父母爷爷奶奶的事由大青负责；大青下年继续考试，实在考不起，也没关系。何文安慰大青："俗话说'一工一农，吃穿不愁嘛；亦工亦农，子孙不穷嘛'。"何文给大青吃了一颗定心丸。离别之前，何文即席吟诵了自己刚才的心得体会。

青发飘飘
——写给青妹

远望杨柳春风摇,
近看青妹长发飘,
清香扑鼻惹人醉,
曾经心随妹妹跑。

如今长发手中飘,
温柔原来很玄妙,
青丝在握不看柳,
春风化雨润发梢。

第八章　我从大山来

　　一九七八年，阳春三月是大中专新生入学的高峰。这年大学中专春季招生，在新中国历史上是绝无仅有的一次。可见当时国家领导人求才若渴，要加速四个现代化建设的愿望何等迫切。

　　何武的入学通知书来得最迟，他却走得最早。三月一日，天刚蒙蒙亮，任大青就来到龙滩河对岸的何家，帮助何文收拾行李。其实所谓行李，主要行囊就是一床七斤重的棉被；一口木箱子是"闷墩儿"白和贵木匠免费用香樟树板子给两个同学赶做的，一尺五宽，两尺长，八寸高。箱子里装了两件补了疤的单衣，一双平时穿的解放鞋，还有大青给何文做的一双平绒操鞋、两双花花绿绿的桃心鞋垫，留下的空间是未来书的世界。读两年书，肯定有很多书要装。何文身上穿的是今年过年两弟兄参加了体检后，爷爷何雍凑钱做的灯草绒中山装。何文感到最珍贵的是那只断臂凉鞋,他特意装进木箱的底层。他要把那只断臂凉鞋常看常思,因为它是为了不忘却贫穷的纪念品和初恋的见证物。

一家人把何文送到村口,这是一个三岔路口,一条通往太保山上,一条通往山沟里,一条通往外面的世界。何文把周围看了又看,他记住了我是从这里走出大山的。他抬头挺胸,豪情满怀地说:"你们回吧,我终于可以走出太保山了!"

妈妈坚持还要把大儿子送到公社汽车站,被何武拦了下来:"妈,让哥与大青单独处吧,他们好说说话。"妈妈两眼泪汪汪的,舍不得儿子:"儿子,要听老师的话,不要节约,在大城市里不要……要多给大青写信。"妈妈想说不要去拈花惹草,但转念一想,我儿子哪里会是这样的人呢,话到嘴边又收回去了。

"妈,我知道,你们回去吧。"妈妈把煮熟的四个熟鸡蛋塞给儿子,泪花在眼眶闪闪发光。儿子要远行,煮的鸡蛋比赶考那天多了两个耶。妈妈又紧随儿子走了几步,何文说:"妈,您回去吧,我又不是当年荣禄爷爷壮士出川,不要哭哭啼啼的。我是去读书,有什么值得担心的嘛?"

"大城市花花绿绿的,各人要自觉哈。"妈妈还是忍不住把想说的说出来了。何文不好意思,朝家里人和乡亲们挥挥手,说:"哎呀,妈呀,我知道,您保重!再见!爷爷、外公再见,你们保重!何武弟娃,信上见。感谢乡亲们,你们保重啊!"乡亲们羡慕地目送这位从贫寒农家走出去的学子。

远处彭晨注视着这边,看不见他冷漠嫉妒的表情,但见他也不自觉地朝这边挥了挥手。

何斌目送儿子,直到看不见了,才去生产队出早工。

"儿子去省城啦?"

"呃,到省城了。"

"安逸啊,你就是老太爷啰。"

"嘿嘿,一样的,一样的哦。"何斌谦虚中带有自豪。很显然,他心里乐滋滋的,腰杆挺直多了。

何武走到汽车站,正好碰见同学何周治,这个全区第一辆东方红拖拉机的机手要拖东西进城。拖拉机成为运输机了。"哎呀,老同学要到成都读书去了,好神气哟!上车吧,我们骄傲的同学!我顺路送你啥。"

"有钱人,大不同,身上穿的灯草绒!"旁边一个光足小孩,看了看何文,羡慕地唱起了何文小时候自己也唱过的童谣。

过去,何文羡慕别人,现在居然也有人羡慕他。何周治这个社办企业很吃香的拖拉机手,平时碰见招呼他:"何师傅,何师傅!"他爱理不理的,从鼻子深处哼两声:"嗯,嗯。"现在反过来了,他羡慕起何文这个凭本事考起中专的同学了。因为何文是吃国家粮的人了,何周治再怎么体面,也是从自己家里背米面去吃,也无法与国家人口比了。何文觉得考起学校体面多了,一路上投来多少羡慕的目光呀,过去冷冰冰熟视无睹的眼光,今天都为他放射出了热情的光芒。他多少有一点荣耀感了,今天搭了老同学的顺风车,还节约了六角钱哩。

轮到与恋人告别了。何文仔细端详了两眼绯红的大青。她还是昨天晚上那样的飘飘欲仙,脸上还是那样红润且散发出雪花膏的诱人的香味;她含情脉脉地望着何文,有怅然若失的感觉。本来昨天晚上彼此把该安慰的话都情到意到了,但今天临到别离,何文还是发现大青好像为落榜的事闷闷不乐,又好像还有许多话要跟心上人倾诉。何文知道心爱的人的心思,心生怜悯,但彼此

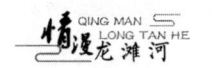

都不知道说什么好，只好轻轻说了一声："我到了学校，立即给你写信。"大青一句话也没说，只是拉着何文的手狠狠捏了一把作为告别仪式，令何文钻心地疼，但何文上车后感觉被捏的地方麻麻的，舒服极了。

拖拉机一路风驰电掣，何文坐在敞篷车厢里面欣赏家乡的美丽风景，惬意极了。老同学何周治真的出于佩服，硬是把何文送到了县城汽车站。

何文在候车室正好碰见一个打扮十分时髦，甚至有点妖艳的女子，也是赶往省城读书的。何文看见这些吃皇粮的城市宠儿，心里一直不平衡，便下意识地朝半边"呸呸"吐两口唾沫。过后他自己都嘲笑自己太小肚鸡肠了，典型的小家子气。

何文第一次走出充汉县，第一次走这么远，第一次去省城见世面，他感到新奇极了。一路上，他两眼眺望窗外，边看边自言自语："哦，这就是盐亭……哦，这就是黄继光的家乡中江……嗯，这是什么山？如此高峻，比太保山还高呐。"足不出户、没见过世面的农家子弟何文哪里见过海拔近千米，绵延四百余公里的龙泉山脉？何文想起曾经在大队宣传队唱的《歌唱二郎山》，便情不自禁地打高唱。

"二呀二郎山，高呀高万丈。古树荒草遍山野，巨石满山冈，羊肠小道难行走，康藏交通被它挡哪个被它挡。二呀么二郎山，哪怕你高万丈。解放军，铁打的汉，下决心，坚如钢，誓把那公路修到那西藏。"

"好，唱得好。"那个妖艳的女子带头鼓掌吆喝："继续。再来一个！"何文却戛然而止，不理不睬。何文在大队宣传队练就了一副好嗓子，当时可是男高音的"独唱演员"。妖艳女子自讨没趣，独自一人看着窗外发呆。

　　汽车傍晚才到达成都。夜幕下的成都华灯初上，繁华似锦。一路上，何文环顾左右，看不完鳞次栉比的高楼；抬头看，瞧不完川流不息的公共汽车、大货车，偶尔还有一辆高级领导才坐得成的"乌龟车"在路上奔驰；还有忙忙碌碌的人们在自行车上把车轮蹬飞起了，以至于车轮滚滚向前，人却东倒西歪、躲躲闪闪、互相避让，组成一串串自行车的洪流；林荫道上，路人匆匆，摩肩接踵，也有穿红戴绿的少男少女手牵手谈情。

　　何文经过人民南路，他从来没有看见过这么宽的公路，有生产队三个晒场那么宽呀！两边的高杆梅花灯矗立两旁，放射出五彩斑斓的光芒。到处都是灯光灿烂，花花绿绿，目不暇接的迷人景色。何文大开眼界，在心里赞叹："真是车水马龙，美丽繁华啊。"他禁不住高喊："成都——我来啦！"

　　汽车很快到了新南门汽车站，何文远远就从很多欢迎新同学的标语中发现了"热烈欢迎四川省工业学校新同学"的横幅。何文热血上涌，激动不已，真温馨呀，还有人接站！他下了汽车，径直向省工业学校新生接待处走去。

　　迎面过来一个瘦高个儿："同学，你是何文同学吧?"何文感到奇怪，居然在举目无亲的成都有人喊得出自己的名字。正说间，只见高个子又向同车的妖艳女子打招呼："同学，你是杨梅同学吗?"

　　"嗯。"哦，何文才知道她叫杨梅。该同学转身面向何文："我们等你们俩好久了，你们的车是车站最后一趟车。"接着，高个子自我介绍说："我是学生会宣传部长单诚忠，这几天专门负责新生接待。我们从你们录取的档案里就知道了你们县有一男一女是我们学校录取的新生,也看了你们的照片,所以看见你们的车进站,我就知道车上下来的你们,是我们的新同学。请上车吧。"

原来如此,何文预感到这是一个温暖的集体。单诚忠利索地推过来一辆人力三轮车,把杨梅的皮箱和何文的香樟树板子做的木箱以及笨重的被盖卷放在拖斗里,何文和这个妖艳的杨梅不得不屁股挨着屁股地坐在狭窄的皮坐垫上。何文嗅到了香水味,他从来没有闻过这么钻心的香味,他感觉这个味道与给大青买的雪花膏的味道迥然不同,这就是我们曾经批判的资产阶级臭小姐的香风毒雾吧,他不由自主地把屁股朝外挪了挪。单同学把足踏板踩飞起了,三轮车也在灯红酒绿的街上飞奔。何文感到晦气,怎么这么巧?偏偏与她是同学,还是老乡,嘿,她怎么不带被盖呢?何文想。

何文坐在三轮车上看见一幢宏伟气派的高楼下,一块巨大的大理石上雕刻着"四川省工业学校"几个遒劲大字,校门上背面挂了两个分别朝左右的高音喇叭,正在播放男女对唱胡适作词的《兰花草》:"我从山中来,带着兰花草,种在小园中,希望花开早——"何文感觉是那么亲切,"这写的不是我吗,我就是从太保山来的耶。"

"两位同学,我带你们去注册,拿宿舍的钥匙和饭票菜票。"单诚忠同学把何文、杨梅拖到报到处,帮两个新同学把报名的全部手续办妥当了。

何文看见新同学中,有提麻布口袋当行李的,有直接用几根棉麻绳捆绑一坨行头的,比自己还土;有拿像小柜子一样豪华的大皮箱的。但无论贫富,大家都来自五湖四海,见面都是笑脸相迎、和蔼可亲:"同学好!——你好!"原来以推荐为主入学的学员许多都自愿加入了单同学帮助新生入学的队伍。校园里充满浓厚的平等、互助、友爱的气氛。

当时学农和学师范的学生都不交学费，而且每月十二元生活费全部是菜票，三十二斤粮全部是饭票。听说每个学期还有几元到十几元不等的助学金。单同学告诉何文和杨梅，学校每天早餐是稀饭馒头咸菜，中午有回锅肉干饭素菜，晚上是面条。吃饭是八个人一桌。只见杨梅娇滴滴地说："每月十二元餐票怎么够吃嘛？"何文把她白了一眼，单同学解释说："不够的可以自己拿钱加餐。"杨梅问单诚忠同学："我嫌棉被太大麻烦，就带了钱，你知道哪里可以买棉被吗？"单同学回答："大城市里只要你有钱，没有什么买不到。你放心，现在商家聪明得很，每年这个时候，都会在学校门口摆摊卖生活日常用品。"

何文听了，在心里骂杨梅："狗日的有钱人大不同，带棉絮都嫌麻烦！"

何文拿着十二元钱的餐票，三十二斤粮的饭票，无比激动，这就是国家的人与农民的天壤之别呀！这可是他在农村两三个月都不一定能够企及的伙食啊，他感到荣幸，终于走出大山，跻身于大都市了。

何文来到宿舍，有上下两床铺的两张床，住八个学生，听说这是全省重点中专，条件算好的。

何文被分在八零级三班"农业机械设计制造专业班"。第一学期主要学高中的基础学科，第二学期开始学专业课程，两年要学完原来大学一年级的课程。何文看了看教学计划，什么马克思主义基本原理、大学语文、英语、代数、立体几何、物理、化学、工程物理、动力学、机械学、农业机械学等等。何文看见这

上 篇 · 079

些课程，既有信心又有压力，毕竟自己是初中底子，而班上不少学生是高中生。他暗下决心：开始向农业机械的科学知识攀登！

学校的开学典礼让何文大开眼界。校长做了动员报告《中国农机发展现状与方向》。何文作为学生代表表决心："我从大山走来，没有带兰花草，但心里装满了能吃饱穿暖的期盼，装满了家乡贫下中农对我们这些学子的期盼。通过这段时间的体验，我们天天都是大米饭和白面馒头，甚少是玉米糕，一周还要吃一顿肉，在我们老家除了过年过节可以吃肉，一年四季吃的是红苕酸菜，偶尔能沾点油荤就是富裕人家了。国家给我们这么好的条件，我们必须好好学习。

刚才听了校长的讲话，我们知道了农业机械化与四个现代化的关系。没有农业机械化，就没有农业现代化。在我们山区，虽然告别了刀耕火种落后的原始生产状态，但大多数地方都是肩挑背扛，犁头耙子就是当家农具，抽水机、拖拉机从来没有使用过，如果哪里有推土机或拖拉机在推土或耕地，漫山遍野都站的是人看稀奇。好在这几年县农机厂生产了半自动化的手摇打谷机，但是搅机器往往把人累得半死。我从十二岁就开始抱谷穗把子，一直抱到十八岁。这抱把子看起来简单，是轻巧活路，其实很麻烦。我抱着湿漉漉的谷穗把子，一脚踹下去，就陷入了泥潭，一天下来腿上小肚子上伤痕累累。妈妈看见，心疼得很：'娃娃呀，痛不？'怎么不痛嘛，但这就是我们的活路。不做活路就没有活路。只要睡一晚上，第二天又要拖着疲倦的身体上战场。但奇怪的是农民愿意累，喜欢累，累的时间越长越高兴，因为打的谷子越多，就能吃饱饭啊。我已经抱了六年谷把子了，有一天我认为有力气搅动手摇式打谷机了，殊不知我一个人根本搅不动。这东西太笨重了。如果用电动机作动力，代替人工手摇打谷机多好啊。这就是我们那个地方农民的期盼。当然时代在进步，我们那里已经有小麦脱粒机了，但一个公社就那么几台，排的轮子比当场天食品站买肉的轮子还长。当轮到自己生产队使用机器时，有的麦子已经发芽了，生麦蛾子了。多数生产队还是少不了用几千年的传统老式农具连枷。

还有，我们区十几万人只有一台拖拉机，用在哪里的事嘛。现在天天用拖拉机拖东西，真是高射炮打蚊子——大材小用啊。当然田地又一块一块的太小，怎么实现机械耕作嘛？所以我们学农业机械的学生任重道远。现在，我代表八零级三班宣读倡议。"

他满怀激情地朗读《倡议书》：

一、要坚持举旗抓纲，不断提高政治觉悟；

二、明确学习目的，为四个现代化而攀登；

三、珍惜来之不易的学习机会，刻苦钻研，争做三好学生；

四、遵守学校规章制度和作息时间，不迟到早退，不旷课；

五、尊敬老师，团结同学，相互帮助；

六、在校期间绝不谈恋爱。

"哈哈哈。"师生中有人唏嘘，有人尖叫，也有稀疏的掌声。杨梅几个女同学在下面窃窃私语，连谈恋爱都不行吗？不少同学有抵触。其实学校是明令禁止男女同学谈恋爱的。

何文之所以选为学生代表，是因为他是新生中的高分。不仅如此，开学不久他被选为班长和学生会副主席。在学生会与单诚忠同学成了同事，他们慢慢成了好朋友；与杨梅同班不说，老师还举荐杨梅当文娱委员，同学们表决结果，虽然何文没有投她的赞成票，但她仍然高票当选。他们开始了快乐的校园生活。

第九章　借光读书

何文听老师讲，现在一切都在拨乱反正，许多学校，特别是工科教材供不应求，很多教材、讲稿都是老师用钢板自己刻的蜡纸，用油墨印的讲稿。再者，现在知识更新很快，国家规定的教学大纲标准高，中专两年要学完相当于过去大学一年级的课程。所以，老师讲课拉得很快，同学们课前必须预习，课后必须消化，再加之师生一个共同的心愿，恨不得把十一年耽误的时间夺回来，所以学习时间普遍都不够用。

开学已经三个月了，何文除了"五四青年节"参加了学生会和班上在校园里搞的篝火晚会和游园活动外，还没有上过街，他说入学那天已经把成都看了个遍。他既要补习高中的全部课程，还要跟上新课程。几堂单元测验，大家的成绩都不够理想，杨梅科科不及格。全班同学人人都在发奋努力，形成了比学赶帮超的学习氛围。

早晨，六点钟不到，何文没等学校的起床号吹响，他就在路灯下看书，背诵课文。他偶尔发现杨梅也在不远处看书哩，他很诧异："她也知道用功。"

中午和晚上，他就在教室里演算数学、物理等需要动笔演算的科目。他夜夜挑灯夜战，学校统一熄灯后，他又在过道上看书，从来没有十二点前睡觉。久而久之别人嘲笑他，知道者佩服他是百尺竿头，更进一步，不知者说他读死书，瘟猪子、瓜娃子。瘟就瘟，瓜就瓜，只要能读书，他就不怕别人笑话。关键是有学校值日生去学生会告状："一个学生会副主席、班长不带头遵守学校作息时间。"值班老师找到何文，委婉提醒他注意劳逸结合。为了起模范带头作用，他只好想办法到隔壁宾馆的客厅里借光看书。一开始，学校门岗老大爷不同意，因为学校规定学生宿舍熄灯后就要关校门。但开学典礼上他的发言打动了全校师生，他成了学校的名人。

看门的老大爷也是山里人，非常赞赏何文的发言，禁不住何文苦苦哀求，就给他开了绿灯。不仅如此，老大爷又亲自去向隔壁宾馆的保安求情，说何文是他的侄儿，拜托同意其借光读书。人不亲行道亲，宾馆的保安不仅同意学校老大爷的拜托，同意何文在宾馆的一隅借光看书，而且当领导过问此事时，宾馆保安大爷又给领导求情说："嘿嘿，这是我老家的侄儿子，今年考起工业学校了。农村孩子考起不容易，想在领导这里借借光，多学点本领回去好建设家乡。嘿嘿，领导高抬贵手，嘿嘿。"

宾馆领导很感动，笑呵呵地说："噢，你侄子今年考得起学校，简直是百里挑一哟！你家烧高香了吧，这可是冷锅里跳出来

上篇·083

了个热胡豆哟,祝贺祝贺!借光,同意借光。叫你侄子好好学习,何必躲到角落里呢,只要客厅里没有客人,就随便坐嘛。"何文千恩万谢两个门岗大爷。

何文在隔壁宾馆借光读书,坚持了一年多时间的事迹,被《成都商报》记者知道后,专门采访了他,然后以《向隔壁借光的读书郎》为题作了报道。历史上,匡衡"凿壁借光"读书的故事流传至今;今天,何文隔壁借光读书的事迹传遍全国,"凿""隔"一字之差,两个故事激励了莘莘学子。就连远在中南财经学院的何武弟弟和在川北师范学院的任小青都知道了,专门写信表示要向哥哥学习。这充分反映了恢复高考得民心,顺民意,充分激发了广大青年才俊读书报国的激情。

何文赤膊上阵做功课的故事也感人。一九七八年盛夏的一个星期天,酷热难耐,单诚忠准备来约何文去百花潭公园踏勘踩点,商量学生会在公园搞一次暑期游园活动的事宜。结果,他看见何文寝室里的四个同学都是只穿了一条短裤,上身赤膊上阵做功课。有的在床上背力学公式,有的在箱子上解微分方程,有的在背英语单词,有的实在热得受不了"噗噗噗"在摇蒲扇。桌子上、床上到处都是书和稿纸,表面上一片狼藉,其实大家都在井然有序地攻克一个个难题。他们的"口头禅"是"不要星期天、节假日,奋斗两年,做一个合格的农机手"。单诚忠被这一浓厚的学习气氛感染,写了一篇表扬稿给学校广播站。至此何文同学学习狂的美名在全校传扬。在何文的带动下,他们班期期都是学习方面的先进集体,他们寝室个个同学的学习成绩都名列前茅。

功夫不负有心人。何文期中考试,哲学、大学语文、代数、解析几何、物理、化学、英语七科平均九十五分,是全校第一名。

何文不仅学习成绩名列前茅，而且是学生会的文艺活跃分子。这年七月一日，学校举行庆祝中国共产党成立五十八周年文艺晚会，在单诚忠的导演下，何文与杨梅唱了当时最流行的校园歌曲《兰花草》。何文本身仪表堂堂，声音高亢而婉转。杨梅打扮入时，一条紧身裤把翘臀包装得非常惹眼，加之声音甜润饱满，他们的男女声二重唱把胡适先生《兰花草》的意境演绎得淋漓尽致。

我从山中来，
带着兰花草。
种在小园中，
希望花开早。
一日看三回，
看得花时过。
兰花却依然，
苞也无一个。
转眼秋天到，
移兰入暖房。
朝朝频顾惜，
夜夜不相忘。
期待春花开，
能将夙愿偿。
满庭花簇簇，
添得许多香。

他们演唱完毕，单诚忠带头鼓掌，大声叫喊："唱得好，唱得好！"他们卸妆之后，单诚忠悄悄告诉何文："你俩有夫妻相哩。"惹得何文很久也不愿意与杨梅同台演出了。

何文真的成了学校明星,在一些女生中赢得了好感,杨梅就更不用说了。男女之情真是说不清道不明。杨梅明明知道何文对城里人态度偏激,特别是对像她这样喜欢化妆的女生心生厌恶,认为是妖精。但杨梅从看何文第一眼起就开始来电。她认为他器宇轩昂、仪表堂堂,还聪明好学,今后一定有出息。这就是你愈恨,她愈爱。恰好,缘分又使他们阴差阳错都在同一个班和班委会,还不得不一起同台搭戏,共同完成班委的任务。

巧的是何文锦江宾馆"碰壁"的事,让两人真的碰出了一丁点儿火花。那是第二学期的一个星期天,省团委在锦江宾馆举行"老山对越自卫反击战"英模报告会,因为人数受限,学校只有学生会和各班干部参加。

按理说何文今天应该穿正式一点,但刚好他的灯草绒衣服洗了还没有干,他就穿了一件有补丁的灰色衣服。这倒没有什么,只是显得寒碜一点。关键是何文一进入锦江宾馆豪华的迎客大厅,眼前忽然一亮,仿佛进入了皇宫。他看见足足有三人才能环抱的八根大柱子矗立其间,两米之上全是金箔包裹,金光闪闪、熠熠生辉。除了大门方向外,其余三面都是镜片,其中墙上是平面镜,柱子上与人等高处的两米以下全是凸透镜,又叫哈哈镜,把人拉得怪模怪样,游人看了自己的"光辉形象",无不捧腹大笑。天花板也装修得别具一格:一盏豪华的宫灯足足有三米见方,周围悬挂的是一串串晶莹剔透的玻璃珠子,中间是数盏霓虹灯紧紧烘托一盏小太阳般的大灯,梅花闪耀、彩光四射,典雅而豪华。

何文边走边自言自语地感叹:"这就是金碧辉煌啊!"话音

刚落,"乒乓"一下头碰在玻璃门上。几个外国人哈哈大笑,同学中也有人嘲笑"土包子、瓜娃子"。只有杨梅急走两步,上前给他精神慰问:"哦哟,起包了,痛不?"说着像对待恋人一样,用纤纤细手轻轻抚摸已经冒出来的血包,掏出雪白的手帕,给何文包扎。单诚忠也赶紧过来,"没关系,杨梅同学,你们就不参加今天的活动了,赶紧去附近诊所包扎一下。"何文感觉不怎么疼,但毕竟有血。他自然感觉很失格,大家都看着他哩,他本想说不用,他自己去。但他明白不少人在看他的笑话,还羡慕他这个"土里土气"的小伙子有桃花运,有的好像还在诧异"一朵鲜花插在牛粪上"。他只好故作镇静,主动拉起杨梅就走,杨梅也很配合地挽着他的胳膊,款款走出金碧辉煌的大厅。

他们一走出宾馆大门不足五米,何文就挣脱杨梅的手,往左边跑。"错了,诊所在这边。"杨梅喊住这个没见过世面的家伙。何文只好乖乖回来。

何文不是"瓜娃子",他是读书用功。他到成都快两学期了,除了买学习用品和洗漱用具到附近商店转转外,从来没有逛过街,而杨梅天不怕地不怕,经常与同学出来宵夜,吃零食,看电影,所以快成成都通了。他们来到附近诊所,女医生用酒精给何文擦擦,鉴于额头包纱布不好看,他给杨梅一管红霉素眼膏:"你每天给你男朋友涂三次哈。""嗯。"杨梅爽快地答应。何文的脸马上涨得绯红。

在回锦江宾馆的路上,杨梅在地摊又称了两角钱一捧的炒花生。她首先给何文抓了一大把香喷喷的花生,何文摆摆手。杨梅强行将花生揣在何文的衣服包包里,同时娇滴滴地说:"又没有毒。"何文第一次与杨梅说客气话:"谢谢你的帮助。"何文坚持回到锦江宾馆参加活动,他要证明自己失格没有大碍。到了会场他索性还是与杨梅坐在一起,他要用别的方式和虚荣挽回刚才失去的面子。杨梅大大方方不理不睬从四周射过来的异样目光,心里在说:"有你们什么事,我就喜欢这个土包子,这可是一个未来的才子呐。"

何文仔细看台上老山前线的英雄作报告:"咦,怎么像任铁锤呢?"只见任铁锤讲了老山前线"猫耳洞"两天三夜缺水缺食,遭蚊虫咬的情况,讲了他们如何布雷破阵的事迹,场下掌声阵阵。何文等散会后走到台前,果然是"二锤"。两人都紧紧拥抱在一起,高兴极了。但因"二锤"是集体行动,二人见面后就只能就此一别。

何文回到宿舍,吃了杨梅的炒花生,感觉又脆又香,从来没有吃到这么好吃的花生。想起"任二锤"没考起学校,却成了英雄,心里赞叹不已,更坚定了学习的信心和决心。

时间很快到了第三学期。有一天,何文正在教室里看书,杨梅拿着一封信,当着大家的面吆喝:"班长,女朋友来信了!"说完将信甩给何文。何文反感地回答:"谁说是我女朋友的信呀?讨厌!""是就是嘛,不敢承认。"杨梅低声辩解。其实,杨梅是仔细研究了何文的来信的,有南京军分区的,有充汉县太保山村的,有中南财经学院的,其中太保山村的来信明显就是女子的笔迹,字比杨梅写得好,但还是软绵绵的。

杨梅听见何文的话,心里明白:何文不承认是女朋友的信,就说明他心里对这个女朋友还有顾虑,至少还处于摇摆阶段。当然,学校是有规定的,在校不能谈恋爱,这可是何文在倡议书中承诺了的呐。

何文假装上厕所，其实是去看大青的信。这可是大青这期的第五封来信。从这一来一去的五封来信，何文知道，自从何文走后，大青帮助爸爸何斌写了申诉《我不是贪污犯》。县落实政策办公室很快派人调查，组织上知道当时太和乡的"小四清"是为全县"大四清"搞试点，搞得很左，害得生产队和大队干部人人自危，个个"下不了楼"。通过复查，何斌的贪污事实纯属捏造，粪坑里怎么会有一股活水嘛，那不成了水井吗！所以，何斌这个当年的生产队长恢复了党籍和名誉。这是何文最开心的事，十四年来，不仅何斌背黑锅，被错误地划入地富反坏右中的"贪污犯分子"的行列，家庭成员也被当作"五类分子"家庭。在阶级斗争扩大化的年代，这对一家人是多么大的打击啊。

从大青的来信还知道，她没有去参加高考，原因不明。这是何文最不可理解的：任大青如果不参加高考，我们就无法彻底脱离农村呀，因为子女的户口是由母亲的户口决定的呀！为什么违背我们的约定。这个任大青是怎么搞的嘛？

当然，令人感动的事是，大青在后三封信里都装进了两元钱，大青没有告诉他钱从何来，只是要他顿顿饭吃够，好好学习。何文哪里知道这零用钱，可是大青到果州当合同工的收入啊。

由于何文的勤奋努力，第一学期期末考试，何文全年级第一名。

第二学期期末考试，何文又是全年级第一名。

直到第三学期，何文都是全年级的前一二名。

但到了最后一学期，何文差点毕不了业。

第十章　校园风流事

一九七九年秋季开学啦，这是何文在四川省工业学校读书的最后一学期。紧张的学习，师生们都感觉是在打仗一样，简直是与时间赛跑。但读书对于何文来说，远没有栽秧打谷那么累人，背诵课文他不会看第四遍，反三角函数大家都说不好记，但他都运用自如，牛顿第三定律中的不同物质的摩擦力系数，他可以背几十种物质的系数。他说，这些东西比农村骄阳底下打谷子轻松多了。他热爱生他养他的农村，热爱农村依然十分贫穷的父母以及父老乡亲，但他这两年过惯了教室里冬暖夏凉的生活。这不，暑假归来，他简直是疲惫不堪，心力交瘁。这是他最累的暑假，他约杨梅提前一天到学校，准备好休息一天就开始最后一期的冲刺。

何文一走拢学校，就直奔寝室，赤裸上身，倒头就呼呼大睡。但他一闭上眼睛，这两年寒暑假家里所发生的事在脑海里像放电影一样历历在目。

第一件事就是任大青为什么没有按约定参加第二次高考，使他俩城市双职工的梦想彻底成为泡影。去年暑假，何文回到家，看见自己的妈妈躺在床上骨瘦如柴的样子，大惑不解，问："妈，你怎么了？"周学莲见日思夜想的大儿子回来了，喜极而泣："老大呀，要不是大青姑娘，你老妈都见不着你啦。是我耽误了大青考学校啊，对不起呀！"接着，爸爸何斌说出了事情的原委。

"你离开家以后，大青他幺姨婆范华香，就在果州城里为她在一个单位找了一个合同工的工作。原因是合同工轻松些，便于复习，同时还可以挣点钱补贴你在学校的零用。谁知道七月初她收到了一封匿名信，信中告诉她'上年为什么没有被录取，是因为他举报她是地主分子的孙女，而且乱搞两性关系'。如果她这次又考起了，他还要告，而且要连同何文一起告，要把何文也弄回农村，叫他毕不了业。

这可怎么办？大青和我们私下商量，不管他的，必须去考，现在政策变了，地主分子都要摘帽了，政府是坚持实事求是的。但大青仍然担心怕连累你，对参加高考产生了动摇，同时也不敢告诉你事情的真相，怕影响你的学习。但我们坚决支持她一定要珍惜人生难得的机遇。谁知道，天有不测风云，你妈早不犯病，晚不犯病，就在考试前一天半夜突发疾病。她先是咳嗽不止，然后脑壳就㪫到半边去了，喊都喊不答应，昏死过去了。家里又没有多的人，你外公又老了。我和大青赶紧用马架子绑成一个担架，把你妈往区医院抬。医生诊断你妈是脑溢血，如果不是送得及时，出血过多，就必须送县医院甚至地区医院，风险就太大了。你妈通过抢救活过来了，但是大青却因为赶车去县考场迟到了一点钟，按考场规则不准进场了。大青打电话到宣传部找刘畅部长，办公室的人说他到地区开会去了。大青因为救你妈的命，高考就这样被耽搁了。为了不影响你读书，大青一个人把这些都扛了。"

"儿子呀！你要永远感谢大青姑娘呀，没有她帮忙，你今天就只有在妈的坟地前磕头了。"妈妈周学莲吃力地说。

何文、任大青"比翼双飞"的梦想，被这突如其来的不幸击得粉碎。随着年龄的限制、考试难度的增加，看来可怜的大青的中专梦越来越渺茫了。何文听了爸爸妈妈的讲述，也十分动情地把大青紧紧抱在怀里，揉了揉大青的臂膀，眼泪汪汪地从喉咙深处挤出来两个字："谢谢！"何文左盼右盼，没想到是这样的结果，感到非常郁闷，但又无可奈何。如此歹毒之人，竟敢写诬告信、恐吓信，究竟是谁呢？到时一定要清算这个家伙。

第二件事，何文知道爸爸在大青的帮助下恢复了党籍和荣誉，还担任了村党支部委员，非常高兴，他们再也不是"贪污分子"的家属了，再也不怕别人喊"四清下台干部"了。

考起大中专的幸运儿何文、何武、小青，暑假回到农村，真让人羡慕。他们暑假期间国家都要发给他们全国通用粮票，至少是四川省粮票——这东西多么珍贵呀，赶场吃饮食要粮票，买肉包子要粮票，全国粮票还可全国通用；中专生还有十二元的生活费，大学生也有十四元的生活费。用何斌的话说，他的孩子们再也不愁天干水旱了，再也不必晴天一身汗，雨天一身泥，脸朝黄土背朝天了。

但何文不得不开始面对现实，农村除了父母外公，还有大青也是农村人,今后还是逃不脱要做农活。他试图开始尝试"一工一农"的生活,所以他暑假中参加了生产队稻谷收割。既显示不忘本,又为家里挣工分。可是,这样一来很久没有做农活的书生,怎么不累呢?

何文躺在床上,想起这两年假期在农村做农活的辛苦,深感加快农业机械化程度的紧迫性,更感到农机专业的学生任重道远。

但是,生存是人类的原动力。当自己生存在不吃苦就有保障的环境里,吃苦耐劳的欲望就没有那么强烈了,懒惰就开始探头了。何文随着体力劳动锻炼的减少,感到无法按亦工亦农的思路继续走下去了。但暑假他与任大青在"鳖鱼晒背"的大石包上初试云雨,犯了一次难以启齿的错误,使他痛苦不堪。

"乓乓、乓乓。"何文正想到与大青亲热的事,突然杨梅冒冒失失闯进了他的寝室。何文赶紧穿好衣服。

"单诚忠死了!"何文从床上一下跳下来,呆若木鸡。单诚忠是何文、杨梅共同的好朋友,不仅因为他是去迎接他们进校的第一人,而且在学生会他们配合得也很好。

"不可能?为什么!"何文开始哽咽。

单诚忠,也是川北农村人,果州市高中一九七二级毕业,一九七七年最后一批推荐上的中专,因为人长得帅,一米七五的个子,对人实诚,性格温和,循规蹈矩,是学校优秀的学生干部。不仅如此,篮球场上他是中锋,歌咏比赛他是领唱,学校很多女同学都喜欢他。

其实,他们这些学生都是二三十岁的人,如果不是提倡晚婚,都到了男婚女嫁的时候。但学校为了严格管理,按校规学生在校期间禁止谈恋爱。单诚忠暗恋一个重庆知青,叫黎丽。两人曾经在公社团委的宣传队一起搞过宣传,后来一起推荐到省工业校读书,这也算有缘分。一九七九年上学期,他们的中专生活就要结束了。单诚忠是农村的孩子,家里弟兄姊妹五六个,爸爸虽然在县里工作,如果回农村去结婚,修房置屋都是麻烦事情。再说这个重庆妹子,可谓小巧玲珑,五官精致且在脸上布置得恰到好处,找不出一点瑕疵,肤色白里泛红,嫩得像没有晒过一天太阳一样,她对单诚忠本身有好感。

好花自然香。花香招蜂引蝶,风流拈花惹草。学校里几个城市宠儿像老麻蜂一样,对黎丽缠住不放。她虽然不是脚踏几只船的"张花石①",但贞洁妇就怕厚脸皮。有一个其貌不扬的纨绔子弟对黎丽始终纠缠不休,一会儿说"你是我爸想方设法'开后门'弄到的推荐名额,才让你读的中专,不然你可能还在农村'接受贫下中农再教育'",一会儿说"你跟了我,我保证让爸想办法把你分配在地区农机局"。这些纠缠和诱惑,使黎丽一直没有对自己喜欢的单诚忠明确表态。越是这样,单诚忠越是着急,在毕业前夕他加快了追求的速度,提升了进攻的力度。

就在毕业典礼的头一天晚上,同学们都在互相赠送笔记本、照片,写离别赠言。在此关键时候,单诚忠自然要抓住最后的机会进行冲刺。他约黎丽到学校农场的玉米地里相会,双方对"做夫妻还是永远做朋友"作最后承诺。谁知他们的行动被一直窥探着他俩的那个纨绔子弟看见了,立即给学校保卫科长告了秘,说:"玉米地里有人强奸女学生。"强奸!可是大罪呀。

---

① 见异思迁的人。

在玉米地里，单诚忠向黎丽表示了"石头开花马长角，海枯石烂不变心"的山盟海誓后，就迫不及待地把心爱的人紧紧抱在一起。单诚忠这个农村学生太想得到黎丽这个城市姑娘了："我们就是双职工了，儿子儿孙就是城市户口了。"他恨不得马上为黎丽奉献一切，或者马上把她占为己有，以至于激动得全身颤抖。黎丽又何尝不是如此呢，只不过没有机会表达而已。于是，柴火相遇。他与黎丽互相抱得紧紧的，两张嘴唇紧紧贴在一起了，单诚忠边吻樱桃小嘴，边吸吮甜甜的液体，咬住对方的舌头不放，恨不得连根吞进肚。单诚忠不由自主地触摸到情人胸部敏感的神经，双方都开始发抖，尝到了从未有过的愉悦。

忽然玉米地前方响起了"嘀嘀嘀"的口哨声，接着手电筒的寒光四射，"抓流氓"的呐喊声由远及近。

黎丽真不愧是重庆大城市见过世面的人，她把自己收拾好后，若无其事地大摇大摆走出玉米地，理都不理那个纨绔子弟和满脸横肉的保卫科长。单诚忠平时是个循规蹈矩之人，这天晚上确实是情到深处理智难，居然有一种犯罪感，拔腿就朝学校后门的下水道方向跑。他跑到了死胡同。

这个下水道是附近绢纺厂专门排放剥茧抽丝的废水的。工厂二十四小时三班倒，废水就整天哗哗地流。在下水道穿墙而过的地方，是一个暗渠。但暗渠不暗，平时看得见外面的光线。单诚忠看见后面有人打着电筒朝这边找来，也不管臭水难闻，就慌慌张张伸长脖子由内朝外爬。不到一米宽的墙爬进去一个一米七五的人，致使人堵渠，水挤人，无孔不入的流体，凭借它势不可挡的势能，把单诚忠往墙外推。外面的地势，里面的人都并不知道。如果外面是一个陡坡，那么水推人爬，单诚忠就会一泻而

上 篇 · 095

下，里面就不会形成闭塞状态的"堰塞湖"，出去的人大不了受点擦伤。但是，外面实际上仍然是一条渠，而且是顺墙走的渠。这样，人堵水，水推人，一条不足一米的墙渠，把单诚忠里面淹半截，墙里塞半截，臭水必然堵塞我们亲爱的单同学的鼻孔，必然使他呼吸困难。在这种情况下我们的单同学进退维谷，前也前不得，退也退不得，挣扎都没有挣扎几下，很快就窒息而亡。等学校保卫科的人慢吞吞把人从堰塞湖式的水渠拖出来时，实际上已经停止了呼吸。虽然立即请来了校医做人工呼吸，但已于事无补。

单诚忠出事后，有人说风凉话，说他"风流花下死"；有人为失去这个品学兼优的学生干部而惋惜。听说很多男女生都哭了。第二天单诚忠的毕业证还是黎丽帮助领的，她本人受到了记大过处分，被分配到一个边远农机站。学校美其名曰给予单诚忠家里人道主义援助，但只给了八百元买衣木棺材的费用。

何文听了杨梅的哭诉，几乎崩溃了。多好的朋友，多么优秀的学生会宣传部长啊。他一反常态，从床上蹦起来："明天我们找学校去，我觉得对单诚忠的处理不合理。我们要帮助他处理后事，让他在阴曹地府安息。"

"走，太伤心了，出去逛逛，透透气。"何文被单诚忠这突如其来的"风流韵事"击得心里堵得慌，他几乎是毫无顾忌地拉着杨梅的手，从学校男生宿舍到教学大楼，直到大门口才松开把杨梅捏得生痛的手。这可是近两年来他第一次转商场，也是他和杨梅第一次结伴逛成都呀。他要从只读死书中解脱出来，重新寻求人生布局。

他们首先去逛曾经让何文失格的锦江宾馆。这里更加豪华了,已经成了成都对外接待的窗口。不少高鼻梁蓝眼睛的白人在进进出出;还有黑得发亮的黑人,现出白得发光的门牙和眼珠,操着流利的英语说说笑笑;也有中国人穿插其间充当翻译。他们又到了曾经碰壁的玻璃门前,这里已经有了提示:"小心玻璃"。

何文给杨梅解释说:"对啰,如果前年有这个提醒,老子也不会上当碰壁了!"杨梅顺着他的意思,一语双关地说:"我们国家才打开开放的大门,难免磕磕碰碰。"何文听了杨梅的话里有话,感觉杨梅还不完全是那种"金玉其外,败絮其中"的人,她既开解了他,又道出了深刻的政治含义,看来她还见多识广哩。从此,他慢慢开始改变过去对城里人偏激的态度了,觉得杨梅并不是妖精。

第二站,杨梅租了人力三轮车,把还在穿土布蓝衫的何文拖去看看"青年路"的自由市场。这条地处成都市中心的街道毗邻春熙路,长不过三百余米,宽仅十余米,但是周边交通顺畅,人流如织,已有数百年服装、鞋类和小商品批发传统,是成都市的商业发祥地之一。听说这里现在是由成都几个青年人最早办起的尼龙蚊帐和服装店。听说当时有人把它当作走资本主义道路的典型进行干涉,还惊动了党中央,得到了中央领导的批准才得以兴旺起来的哩。这里已经有喇叭裤、牛仔裤,有花花绿绿的连衣裙,有超短裙,有中山装,有各种西装,简直是琳琅满目。

杨梅把何文带到"杨百万"的门市前,给他介绍杨百万卖尼龙蚊帐起家,是勤劳致富的典型。何文说这不是剥削起家的吗?杨梅反驳说:"难道不剥削,就不可以有一百万吗?"问得何文瞠目结舌,在他学过的科学社会主义的知识里,还没有不靠剥削可以发财的。他们两个在这里见识了正在开放的自由市场。他们的思想正从"三自一包,四大自由"的束缚中走出来。

在这里杨梅买了一套西装外套和一套比较洋气的男生运动装。何文站在旁边:"你给你弟弟买的吗?""不,给哥哥买的。"杨梅认真地说。

第三站,杨梅把何文带到了春熙路小吃店。何文赶紧点菜,他想给杨梅办招待:"同志来两碗挂面。"没人理睬他。杨梅喊:"服务员,菜单。"一个穿喇叭裤的女子赶紧把菜单拿给杨梅。

"夫妻肺片。"杨梅首先点了一个何文绝对没有吃过的,给他开洋荤。何文害羞地嘀咕:"不、不,不是夫妻,吃什么夫妻菜。"杨梅也不理他,又点了两碗龙抄手和两扎啤酒。

等了一会儿,一个美女飘然而至:"夫妻肺片来啦。"何文一看才知是牛肺、牛肝、牛肚、牛肉的大杂烩。杨梅幽默地给他讲夫妻肺片的来历。

夫妻肺片来源于一对四川夫妻的故事。相传这对夫妻非常贫穷,没有谋生手段,日子过得很艰苦。但是,为了维持生活,两人就经常到屠宰场、菜市场这些地方打零工,赚取生活费。由于收入微薄,他们买不起牛肉,只有到屠宰场捡一些腥味很重的边角料来吃。当时,牛的内脏经常被大堆大堆地丢弃,他们夫妻俩看到了,觉得十分可惜,于是就经常去捡回家自己煮了吃。但是,牛的内脏腥味很重,他们只有用一些花椒、辣椒油等等拌了来吃。两人将这种牛的边角料做的东西取了一个美好的名字,叫作"夫妻废片"。后来为了提升好感将"废片"改成"肺片",虽然是一字之差,但从字面上来看,菜的品质上升了不少。这对贫寒的夫妻,在贫穷的日子里相濡以沫,将困难的日子过得有滋有味。他们创下品牌后,专门经营"夫妻肺片",后来还发了财。

故事讲完,何文感动不已。他们在讲故事的时候,一个美女早把"龙抄手"搁在桌上了。何文心里又嘀咕:"这不就是包耳朵吗?怎么美其名曰'龙抄手'。"

"书呆子,请吧!——我的秀才。"杨梅接过服务员手中的啤酒推给何文一杯,自己首先呷了一口,何文也喝了一口,惊呼:"呸!这不是马尿吗?"杨梅马上用手堵住他的嘴,小声说:"啤酒就是这个味,麦芽做的。"何文不容分说,狼吞虎咽,羞羞答答吃了一顿不要钱的"莫货",一张脸喝得绯红,吃得酒足饭饱。杨梅给了二两粮票,付了一块二角钱。何文想付钱,但摸了摸自己的包包,里面只有两角钱。他不好意思地低下了头。

何文第一次逛街,学到了很多书本上没有的东西,回来的路上他第一次感觉城市里的这个"洋妹儿"并不是那么低俗和讨厌,不由得正眼看了看杨梅:她与任大青一样都有一头乌黑的头发,只不过大青的头发整齐得有点呆板,杨梅的凌乱而不失自然;杨梅眼珠儿黑白分明,眼睛里有城里妹子高傲的成分,她有大多数城里女人都有的白皙而嫩嫩的肌肤,最欣慰的是颈项都像没有晒过太阳一样,也是白白嫩嫩的。何文原来误以为杨梅是涂脂抹粉,所以在心中用了"妖艳"的词语来形容她。今天他仔细瞧瞧,原来杨梅根本没有用胭脂,只不过用了一点口红,身上喷了一点正宗香水而已。要说身材,杨梅与大青各有特点,一个是"胖嘟嘟"美人,一个是"柳条腰"妙女,都好看。

何文还在欣赏杨梅,不觉已经到了学校门口,杨梅马上把手中的包交给何文,说:"你就是我的哥哥,专门给你买的。"说完,毫无顾忌和商量余地,将提包挂在何文身上,何文张口结舌，根本没有反应过来，杨梅就扭头走了。

"大爷您好！"杨梅主动与门岗大爷打招呼。大爷看了看何文，又看了看杨梅笑了笑："好，好好。"然后，跷起了大拇指。

何文和杨梅回到宿舍，室友一个都没有到。两个异性同学由于酒精的作用，胆子比平时大得多。杨梅主动大胆拉了拉何文的手，何文居然没有躲闪，杨梅顺势而为给何文一个热吻。

何文第一次被第二个女人亲吻，感觉"人有人不同，花有几样红"，这是真的咦，同样有心旌摇曳的感觉。他握住了杨梅没用茧疤的白嫩柔软的手，然后两眼发光，正准备热拥曾经认为妖艳的女子。不料，杨梅"扑哧"一笑，挣脱出何文的怀抱，夺门而出，撂下了一句"祝你好梦"。

何文可能由于酒精的作用，一晚上胡思乱想，一会儿单诚忠找他研究毕业典礼的晚会彩排，一会儿后悔暑假不该在鳌鱼石与大青做那事，一会儿想起"夫妻肺片"和细皮嫩肉比任大青更加"洋气"的杨梅。他开始有点喜欢这个曾经认为酸不溜秋的杨梅了。他把曾经与任大青做比翼双飞"双职工"的梦想，产生了嫁接在杨梅身上的闪念。杨梅，杨梅，"洋妹儿"是也。

第二天，何文联系了学生会的部分成员，向校方强烈反映："对单诚忠的处理不公，理由是他与黎丽的交往是正常的，即便他们亲吻也是情理之中的事情，如果没有学校保卫处去破坏他们的隐私，他们不会酿成今天的悲剧。"学校领导通过反复协商，最终采纳了何文等同学的意见，重新确定给单诚忠家里的补偿标准，八百元改为八千元，黎丽也重新照顾性分配到果州市农修厂。

第十一章　城乡篱笆断情缘

　　杨梅父母都是县上的机关干部。杨梅运气好，一九七六年高中毕业，刚好上山下乡不到一年。说是"接受贫下中农再教育"，其实是三天打鱼两天晒网、挂挂名而已，她还没有认识到盛夏太阳的毒辣，没有体会到北风呼呼地钻进篱笆墙侵骨的寒冷，也没有学到修理地球的真本领，在广阔天地没有一点作为，就赶上了恢复高考。父母通过在中学工作的同学弄到了当时十分珍贵的高考复习资料，又脱产复习了两个月，并且隐瞒了高中毕业的文凭，以高中肄业参加了初中升中专的考试，终于上了最低录取线。她是全地区录取的最低分。但她毕竟生在干部家庭，从小也是一个有理想的乖娃娃。至于顶替任守青录取到中专的事，她一概不知，也没有什么原则问题。

　　其实那年入学前，她在地区招生办公室的叔叔就告诉她爸妈，充汉县还有一个男生与她同校。所以，在车站候车室她就猜测何文是她农机校的同学。当时，杨梅就对这个同学有好感，到学校后她还知道，他是一个勤奋好学、有情有义、博学多能的才子。她受妈妈的影响，有心计，特别是耍男朋友更是如此。

在社会上，任何事情无不打上时代的烙印，择偶更是如此，具有十分明显的时代特色。

新中国成立之初，美女首选贫下中农和"南下工作队干部"以及"最可爱的人"，六七十年代美女依然首选军官，其次是走南闯北的能买到便宜货的司机和能开后门的、掌握着物资供应的人，如供销社'经营站'的人；八十年代知识分子不臭了，首选的是被社会称为"天之骄子"的大中专生。杨梅的妈妈六十年代是村姑里的一枝花，她就选的军官，后来随军后才转到地方，成为国家双职工。她尝到了"嫁汉嫁汉，穿衣吃饭"的甜头。

杨梅的妈妈平时炫耀选男人有眼光。这，潜移默化地影响着女儿。杨梅暗暗告诫自己，人生一定要选准自己吃饭穿衣的如意郎君。所以，杨梅一开始就非常关注何文。当杨梅发现何文收到农村的女朋友的来信的表情是遮遮掩掩、羞羞答答的时候，她就认定何文心底里并不满足现状，可能爱情还处在摇摆阶段，至少她还有进攻的机会。甚至，她认定何文就是她的白马王子。于是，她开始对何文穷追不舍。但她也是有头有脸的革命干部的千金，既要自由恋爱，又不可能不听父母的意见。她与何文在寝室拥抱时，首先"啪"地给何文盖了一个红唇的戳，然后欲言又止。何文哪里受得了眼前这个已经有好感的妖艳美女的诱惑，赶紧迎上前去。太有心计的杨梅却欲擒故纵，还要考验考验这个书呆子。

自从学校出了单诚忠事件后，学校管理受到了同学们的议论甚至指责。学校根据恢复高考后第一届学生的年龄悬殊较大，有三十几岁的，有二十岁不到的，再加之这批学生又到了毕业前夕，所以学校在强调遵守学校纪律的同时，取消了"严禁在校生谈恋爱"的禁令，改为"坚决不容许任何流氓行为"。所以，不少同学之间耍朋友的事，都在地下秘密行动。

何文通过将近两年的接触，知道杨梅喜欢他。同时，他现在也不认为杨梅是城市里娇生惯养的"小姐"，甚至从根本上治愈了一概否定城里人的病态心理。更何况，现在自己不已经是城里人吗？他终于明白，城里人也是正常的公民，城里人不都是剥削阶级，纨绔子弟是极少的一部分。人的品行不能看出生，正像大青、小青是地主分子的孙女，但仍然是好人一样。出身是个人无法选择的，关键看自己的造化。他开始爱杨梅了。班上有个一表人才的男同学与杨梅关系一直不错，好像也经常一起上街。一次被何文碰见了，他就以班长的身份气冲冲地过去批评："你们两个怎么不假上街？"那个男同学不理不睬："何文，快毕业了，赶紧行使你快到期的班长权力吧！但你先管好自己再说！"过后几天，何文都没有搭理杨梅。杨梅自然也不会因为他的吃醋而生气，反而看出何文心里开始真的有她。这是杨梅的第一次考验。

第二个考验，是杨梅要求何文必须与农村的女朋友断绝关系，绝对不准藕断丝连，不能脚踏两只船。对于这个问题，何文真的内心深处备受煎熬和折磨。一方面他与大青，从小青梅竹马，更何况已经发生"那个"了，感情难以割舍，现在就不要别人了，从良心上过不去。另一方面自己不愿回农村，害怕回去晒那红杠杠的大太阳。这个不二选择，结论就是一个：要么喜新，要么照旧。

何文这个重情重义的农民后生,晚上一闭上眼睛,大青、杨梅这两个都优秀的女子就在脑海里轮番轰炸。大青悄悄耳语:"文哥我爱你,我爱你!"杨梅苦苦哀求:"爱我,爱我!"甚至,上课时看见杨梅与他眉来眼去,更是心猿意马。

何文最近又收到了大青的信,信里仍然有两元钱,但他没有丝毫的高兴,反而在心理上形成了巨大的负担。任大青越投入,何文越痛苦。所以几门功课毕业考试,要不是老师给了他几分人情,他差点不及格。要解答大青和杨梅这个二选其一的选择题,比解微分方程还难。何文早知如此,何必要与大青亲热呢,特别不应该伤害大青的"性"命!显然,他的天平慢慢在向城市一边倾斜,有这山看着那山高的念头。

城乡差别像一道长满荆棘、不可逾越的篱笆,横亘在大青和何文之间。一本薄薄的户口本就是这堵篱笆的象征。这堵篱笆墙,隔断了任大青与何文的情。为了否定原来"亦工亦农"的路子,躲避农活,不继续栽秧打谷晒太阳;为了子子孙孙都是吃国家饭的城市人口,为了两口子都是"双职工"的荣耀,何文要当陈世美了,至少良心已经撕开了一个口子。何文安慰自己:"不,我不是陈世美,陈世美不认前妻,我只是不认前女友。我和大青是朋友关系,不是夫妻关系,所以不是不认前妻。再说,现在是自由恋爱,哪怕是朝三暮四也不违背法律,只是有违良心而已。"

何文几乎天天都在受良心的折磨,受道德法庭的审判,时时刻刻都在爱情的油锅里煎熬。

何文自我折磨与审判的结果,作为一个良心未曾泯灭的、负责任的男人,他又想起今年暑假在"鳌鱼晒背"的大石包上初试云雨的情形。从而,良心再次发现他应该对"长发飘飘"的大青负责任，他实在不忍心丢下他曾经引以为自豪的大青呀！

但是，何文在很久没有给大青写信的情况下，就在爱的天平正在向大青偏移的时候，他却收到了大青一封绝情信。

"听说你与你们班上的杨梅感情很好，我很高兴。我无法给你带来子子孙孙都是城市户口的美好未来，我早就有自知之明了，与杨梅相比我更是自愧不如，所以我决定主动退出我们的爱情长跑，成全男才女貌的你们。我俩这世不能做夫妻，来世再做比翼鸟吧。"大青在信上说，她准备与一个长期追求他的同学结婚，祝他与杨梅"比翼双飞"。

何文收到任大青信的时候，正与杨梅一起在省属农机企业实习。实习期间纪律相对松散，他俩交流了大青姑娘的信，何文感到诧异，甚至简直是不可思议，怎么大青会自动放弃他呢？杨梅却心知肚明，庆幸自己用了一点小小的计谋，农村姑娘任大青就败下阵来了。杨梅如释重负，当天就邀何文在成都名小吃一条街重温"夫妻肺片"，同样给他喝马尿味的啤酒，嘿，他们居然一人喝了两扎。然后，他们去了滨江公园，找了一个偏僻的两边有一簇一人高的冬青树的条椅，开始搂搂抱抱，庆贺他们的胜利，准确地说是杨梅的计谋的胜利。

何文接到杨梅伸过来的红唇时，心里一开始总觉得自己对不起青妹，眼前总看见一对惊诧中充满愤怒的眼睛；他还想起好朋友单诚忠的悲哀，不能情为神伤啊。但他哪里经得住"洋妹儿"用从手抄本小说《少女的心》和《第二次握手》里憧憬的动作的猛烈进攻。他深刻地感觉到城里的洋妹儿与农村的青妹儿相比，感情更加奔放，手脚更加放肆，舌头在他的嘴里也灵巧得多，口红的甜蜜更加激发出荷尔蒙那股特殊的味道。

杨梅真的十分动情与投入，她才没有"我婆婆说""女人的性就是命"的信条的束缚哩。上面，她那圆润的舌头在他口腔里不停地钻动、薅刨他那呆板的灵肉；下面，她的纤纤玉手不停地摸索心中的白马王子已经激动起来坚挺的隐秘武器。何文被薅刨出满口唾液，尽管在口里不停地吞咽，但喉咙还是干渴得很，感觉在冒烟，感到要窒息，周身仿佛在发烧，血液直往头上涌。何文脑海里"长发飘飘"的影子消失得无影无踪，单诚忠的教训荡然无存，近乎是一片空白，他本能地手口并用，乱摸乱啃。"洋妹儿"像一团滚烫的烈火，迅速点燃了何文的身体，他与她都滚到了火海里，一起在熊熊燃烧……

花团锦簇的滨河公园之下，府南河依然在静静地流淌，发出均匀的"哗哗、哗哗"声音，忠诚地一路向东，奔腾不息。

何文终于活力四射。他半天才清醒过来，他没有让杨梅十分尽兴，心有余悸地伸长了脖颈四处张望。好在他没有发现保卫科长，才又把杨梅揽在依然热气腾腾的怀抱。

何文回到寝室，大青的影子又回到了何文的脑海里：她可是一股清泉，是那样地清纯、甘甜，永远挥之不去。

因为杨梅给大青的书信何文一无所知，大青的突然"变故"使他丈二和尚摸不着头脑，所以，良心未泯的他暗自安慰自己："我只好借题发挥啦。不，不是借题发挥，是顺水推舟。断情缘是大青提出来的呀。"他以此聊以自慰。

就这样，何文一方面慢慢接受城里的"洋妹儿"，顺理成章实现了梦寐以求的双职工愿望；另一方面在良心上，种下了对大青的内疚和永久牵挂的种子。

第十二章　鳌鱼落泪

　　任大青写给何文的绝交信是怎么回事呢？信从性起，性由情生啊。故事还是要从杨梅写给大青的那封奇葩的信说起。

　　太保山大队自从恢复高考，何武、任卫青等第一批大学生走出大山之后，孩子们读书一个比一个发奋，他们远以"一门四进士"为荣耀，近以"一家四中榜"为榜样，连续两年又考起了几个大中专生。但任大青这个第一年就上线的优秀考生却阴差阳错，与可以成为国家人口的机会失之交臂。不仅如此，"麻索尽往细处断"。就在一九七九年暑假，在"鳌鱼晒背"的地方与何文亲热之后，满以为这辈子就是何文的人了。殊不知就在学校开学的第九天，就收到了一封何文的同学杨梅的信，犹如晴天霹雳，把她对何文的期盼以及何文"青丝在握不看柳"的诗句通通击得粉碎。

"青娃儿，你的信。"大青正在晒坝里帮助何文的父母晒谷子。今年是近年来收成最好的一年，他们家过去大半时间都空空如也的罐罐、柜子、坛坛都装的是粮食，大家都非常高兴，看来"天干都要吃饱饭"了。大青正高兴，看见村口赶场回来的何斌给她拿回来一封信。她想，才走几天就来信，肯定又在想我了。

不知怎么回事，这几天任大青脑海里始终重现"鳌鱼石"上初夜的镜头，心牵牵的还在陶醉，还在梦里。

那天晚上，打谷归来，鳌鱼石正好可以乘凉。这块神奇的麻爪石头，远离鸡鸣狗吠的村庄，坐落在太保山谷，又有河水环绕，好似天外来物。丙子丁丑年老百姓在这块石头上请雨，所以又有人把它叫"请雨石"。远看它像一只鳌鱼在这里悠闲自得地晒太阳，近看就是个小晒场，过去没有电力烘干，老百姓经常在这里晒粮食、苕干和萝卜丝。何氏四进士晨起背书的地方，现在成了何文与大青幽会之地。

一轮圆月挂在半空中，蓝蓝的天空，牛郎星与织女星以及寓意鹊桥的银河都依稀可见。何文与任大青来到"鳌鱼晒背"的石头上，看见天上的星星，掐指一算，才知道是"七夕节"。加之，仲夏的凉风习习，周围的蟋蟀低吟、青蛙高唱，萤火虫在周围穿梭飞舞，周围的一切都在煽情。她俩触景生情，自然而然依偎在一起，情意绵绵地享受情人节的快乐。

趁着皎洁的月光，何文看见自己的"长发飘飘"黑黑的眸子发出勾魂的诱惑，令何文春心萌动。这一年多在杨梅的引导下，他见识了大城市的花花绿绿，开化多了，加之他也想真心感谢大青这一年多的帮助，应该慰藉一下大青。所以他心中的欲火一点即燃。

特别是大青,她认为自从何文去读书后,她对何家的付出是实心实意的,村民们是有目共睹的,何家人都早已把她当成了自家的儿媳妇了。她抬头看到天上的星星在眨眼睛,自以为老天都点头同意何文就应该是他的了。大青看天看地,天地良心,她都可以把身体交给她的心上人何文了,她与何文的爱情已经是瓜熟蒂落的时候了。所以,大青认为"我婆婆说"的格式化的警告已经不适合此情此景的需要了。

她们双方都没有任何抵抗,也根本来不及欣赏对方的私密,甚至婆婆用旧衣服做的装女宝的肚兜都来不及解开,两座感情的火山就喷发出了岩浆。

没有任何杂念的"长发飘飘",今晚真的把心交给文哥了,不,应该说她早就把心交给文哥了。她是要第一次把身心全部交给文哥。她感觉自己到了天堂,快乐幸福得飘起来了,天人已经合一了,是上天了还是成仙了,她已经没有了思维能力。此时此刻,大青与何文的身体与情感达到了高度的统一,这就是先贤们说的"阴阳和合而美",这就是两情相悦的性爱融合啊!大青舒服得双目紧闭、大汗淋漓,飘飘欲仙。

何文感觉从未有过的快感,但很快一片空白的大脑恢复了理智:"我还是在校学生哩!"但也是欲罢不能,当他抽身时,现场也是一片血肉模糊。青妹儿痴情地沉浸在无比幸福之中,她用心在深情吸吮着对方滚烫的体液,当然她也付出了血的代价。大青没有埋怨何文的鲁莽,脸上幸福的花朵反而更加鲜艳。

任大青从幸福的回味与憧憬中回来,接过何斌爸爸递过来的信,腼腆地给老太爷抿嘴一笑,急忙把信揣在衣服包包里,准备回家慢慢欣赏。

"青娃儿，你又来帮我们了，这两年孙子们读书去了，里里外外全靠你照料了哟。"周玉看见大青这个未过门的外孙媳妇又过来忙这忙那，沟壑纵横的脸上绽放着一朵雕刻般的花朵。他已到古稀之年，历经战火和"运动"的洗礼，她认为大青是不可多得的孝顺女子。一家人都在把任大青叫"青娃儿"，视为己出，从未见外。

"外公，怎么见外咯。这是我该做的啥。我们团支部为了庆祝新中国成立三十周年，国庆节还要请您给我们作忆苦思甜的报告哟。"任大青在她没有参加第二次高考后，公社王道光认为任大青不是"飞鸽牌"，而是"永久牌"的太保山人了，就培养她当了大队团支部书记，今后还要培养她入党哩。

"妈，快把药吃了。"大青把药煎了，亲自送到周学莲的床头。任大青自从今年暑假在鳌鱼石把奶奶说的女人最珍贵的"性命"交给何文后，她就把自己彻底融入何家了，此后已经把何家的人改口叫爸妈了。

"青娃儿，乖乖女啊，我的病耽误了你的高考，你二话不说，这一年多还全靠你照料，我们何家欠你的太多了啊！"周学莲，自从去年脑溢血后，现在都还是卧床不起，仍然全靠大青护理。

"大家快来吃包子。岳父，你来吃肉包子。"何斌恢复党籍之后，像变了一个人一样。以前除了何文、何武考起了学校，喜欢上街打听消息外，很少赶场。"村里第一个入党的村长，怎么成了贪污犯？"他想不明白，也不好意思在人前走动。现在，恢复了党籍和荣誉，历史的包袱一把扔掉。加之，两个儿子考起了学校，父亲也解放了，他喜上眉梢，走起路来都是腿生风。现在是三天一场，除了上街去拿儿子和父亲的信外，他每场都要用两个儿子留下的粮票，用官复原职的父亲寄回来的钱，在街上买饮食回来，让大家高兴高兴，也算打打牙祭。他每次都给周玉和老婆买的肉包子，大多数时间给自己买的菜包子和馒头，他要让参加了抗日战争、解放战争、抗美援朝战争的老党员，享受他们老一辈九死一生浴血奋斗才得来的幸福生活。

任守青感觉这个家庭的老一辈都很牛，人人都有许多故事，他们的人格都很高尚；生活在这样的家庭，非常温馨和幸福；自己必须尊敬他们，孝顺他们。

"大青闺女，你回去吧，家里的事我有办法了。你该回去歇歇啦。"何斌吩咐准儿媳。

大青沿着龙滩河，唱唱乐乐地往任家走。她路过"鳌鱼晒背"的鳌鱼石，触景生情，这可是见证了他与何文幸福的吉祥物。她跃上这块大石头，拿出信，准备慢慢欣赏。

"咝，怎么不是何文的笔迹？"他赶忙拆开信。

尊敬的大青姐：

你好！我是何文的同学杨梅。今年暑假，我曾悄悄到过你们村转悠，远远地与你见过一面。我看见你是一个十分漂亮的姑娘，可能我都自愧不如。后来，我看见何文在田里收稻谷，我就回去了。今天我给你写这封信，很是冒昧，先请你原谅。但是，在万般无奈之下，我只有求你帮帮忙，救救我与何文，否则我俩将被学校开除。

任大青看到这里，全身肌肉绷紧了，一串串鸡皮疙瘩冒了出来，心脏"咚咚咚"地吓得惊恐万状。究竟是什么事吗？她不相信何文会有什么意外。于是，她继续看信，手开始颤抖。

事情还得从头说起。我自前年在县车站见到高大帅气的何文，知道他是我的新同学，后来又同在一个班，就觉得我俩有缘分。通过近两年的相处，觉得他是一个才子，不仅每门功课都是班上的前一二名，而且写诗唱歌都是高手，对人也耿直。我就控制不住自己了，就慢慢接触他。我觉得他什么都好，就是一个书呆子，对今后走上社会很不利，我就邀他出去认识灯红酒绿的城市生活。一开始他连啤酒的味道都不知道，什么是"夫妻肺片"也不知道，在锦江宾馆还闹过碰壁的笑话，后来终于懂得了一些书本之外的知识，也喜欢和我一道出去见世面了。我们一来二往，彼此信任了，还相互帮助。这学期是我们最后一期，班上不少同学都在耍朋友，有几个同学当了陈世美把在农村的朋友甩了，耍城里的姑娘。

现在，我们的感情与日俱增。他一开始很矛盾，觉得对不起你，后来就喜欢上了我这个生在城市、长在城市的城市姑娘，甚至达到了如胶似漆的程度。这也许是因为我可以给他带来儿子儿孙的城市户口，可以天天与他在一起比翼双飞吧，他也慢慢接受了我。的确，如果我们在一起，彼此都会很幸福。所以，我们同居了，最近我的月经没来，估计是有"喜"了。我们都被这突如其来的"喜事"吓懵了：如果去打胎，学校难免没有人不告我们的密；再说，医院没有结婚证是不会堕胎的，还要将未婚先孕的事反馈回学校。正因为这样，我们无计可施，所以我们才给你来信，希望你能理解我们，给我们一条生路。

大青崩溃了，太保山垮下来了，大脑"嗡嗡嗡"直响。

青姐：我的好姐姐，你能给何文的，我可以全部满足他。但我能给他的，你却不能给他。我的父母是县上的干部，今后毕业分配，我可以做工作，想办法把他留在县城。否则，他就要分配到区乡农机站。如果这样,他读了两年书,大不了只能算是一个拿工资的农民,并没有脱离农村。

青姐,成全他和我吧。我们永远记得你的大恩大德,我们永远把你当作亲姐姐看待。如果你不成全我们,我们都会被学校开除,何文难得走出大山,又要回到原点,当他的农民。我虽然觉得可惜,但我仍然是城市户口,还可以作为待业青年安排工作。他可是不愿意当一辈子农民的。哦,还要告诉你,何文如果被学校开除了,一辈子都没有资格考学校了。

最近我们学校有个同学道德败坏,把农村的女朋友肚子搞大了,又欺骗城市的姑娘搞三角恋爱,被原来农村的女朋友告到学校,结果被学校开除了,城里的女朋友知道后也不满意他,弄得鸡飞蛋打,两头失脱。

青姐,你不会让你喜欢的人又回去当农民吧?所以,如果你爱他,就主动放弃何文,让他幸福吧。如果你同意,请你给何文写一封绝交信,就说你爱上别人了。哎,你自己找理由吧。

我相信,你不会看着何文被学校开除回农村而坐视不管吧?

何文他不好向你启齿,只有以我的名义求你了。

另外,请你不要让双方父母弟妹知道,否则事情的真相公开了,我们的事就暴露了,那谁也救不了我们,我们就只有抱着我们未婚先孕的孩子回来过苦日子了。

大青姐,你可能会说:"回来就回来吧,我永远接纳他!"这当然不行,我的名声已经与何文捆在一起了,我们一损俱损,就只有破罐子破摔了。当然,我还有工作的机会,但何文就彻底完了。他完了我也不会放弃,我一辈子只有和他在一起"一工一农"了。

再见，青姐。

杨梅敬上

一九七九年九月十五日

大青坚持看完最后一个字，太保山和老天都塌下来了，她再也忍不住了，立即号啕大哭起来。"妈呀，我可怎么办呀？"但，她立即往周围看了看，她不敢惊动任何人呀！她只有在黄昏落日的余晖下孤独地悲泣。

"胖嘟嘟，怎么啦？你不高兴呀？"从东场窜西场卖耗子药的"跑摊匠"彭晨恰好赶场回来，如获至宝赶紧过来恭维。

"'胖嘟嘟'老同学呀，我看你就不要指望何文了。我知道他这个家伙心气很高，瞧不起我们农村人。'龙配龙凤配凤，老鼠的娃儿会打洞'，我们才般配。你就跟着我吧，我把你顶在我家神龛子上一样敬你，保管你一辈子吃香的喝辣的。哦，我再让我爸爸把你爷爷的地主分子的帽子摘了，慢慢培养你当民办教师，不晒太阳，不淋雨，'赚钱不吃力'。不像你现在这样'吃力不赚钱'，要的不？"

大青，什么也听不进去，什么也说不出来，但又不能引他到鳌鱼石上来，玷污这个神圣的石头。她只好跳下石头，跟跟跄跄地往家里走。彭晨在他的屁股后面，屁颠屁颠地跟到他们家门口。

"胖嘟嘟，你不要小看我这个'跑摊匠'，我小到耗子药，大到家用电器都卖，可来钱啦。现在改革开放了，那年欢送何文的座谈会上，刘畅部长讲的'看翻番猪都不是投机倒把了'。真的是这样耶。我也是在活跃市场，丰富人民群众的物资生活嘛，在为四个现代化贡献力量嘛。"

不管他怎么花言巧语，她心儿不在肝儿上，依然充耳未闻，只是跌跌撞撞麻木地朝奶奶经常讲"女人的'性'就是命"的故事的老屋走，她根本没有给他丢下一个字，也没有让他和爷爷奶奶看到一丝伤心的泪。

只有"鳌鱼石"才知道她的血与泪。

大青真是一个苦命的孩子。她的母亲在两姊妹小学毕业后就病逝了，父亲小时候家境不错，他爷爷在抗日前线，家里还是供他读了一肚子书，但作为地主分子的子女，一辈子都没抻皮，加之本身迂腐，三天不开九句腔，书就只有烂在肚子里了。在"文化大革命"中，父亲就抑郁而亡。她们的成长全靠同样是地主分子的婆婆。

范婆婆娘家是书香门第，她有一个妹妹名字叫华香，大青应该叫幺姨婆。范华香的老人公在果州市是红色资本家，新中国成立前开丝厂，经常与张澜、于江震有秘密联系，抗日战争时期家里捐了一辆汽车，是当时果州地下党活动经费资助的主要来源之一。新中国成立后，她们响应国家工商业改造的号召，企业收归国有，她们一家成了国家人口，参与了政府部门的工商工作。大青、小青很尊敬幺姨婆，她在任家困难的时候给了很多接济。

"大青回来了？你周孃孃好些了吗？"婆婆赶紧过来关心何家人的近况。

"嗯。"大青从喉咙底部发出了一点声音，之后就进屋蒙头大睡。

"孙女，生病了吗？"

大青回答："嗯。"

大青小时候一有委屈就要躺在富态的婆婆温暖的怀抱里痛哭一场，婆婆就是她倾诉的对象，也是她委屈时的"出气筒"。她是在婆爱与母爱合二为一的爱的襁褓中呵护长大的。今天她同样可以躺在婆婆宽大温暖的怀抱,把委屈倾诉出来,然后请教婆婆"我该怎么办呀?"但今非昔比,在她迈步进入家门的时候,就控制住了自己的情绪,暗暗告诫自己,这件事到此为止,两边家庭都不能知道。

大青躲进被窝里,欲哭不能,骂又不忍,痛不欲生啊。她折磨到天亮,慢慢才清醒过来:"哼,不对。怎么一个素昧平生的女子就把我支配了?我要试试何文,他不表态我不松手!"于是,她坐起来,决定先投石问路,给何文写信。这就是前文说的何文收到的同意成全杨梅的信。

又过了几天,中秋节到了。大青强打精神扠了糍粑给何家送去,让三位老人尝新。善良的任守青,脑子里想的是应对杨梅与何文的"风流韵事",思考如何保住又是心上人有可能也是"冤家"的何文的学籍,让他顺利毕业,尽快端上国家的饭碗。

眼看国庆节快到了,她还必须按原来的计划召开一次大队团员大会,抚今追昔,忆苦思甜,歌颂十一届三中全会后的变化。她在大队党支部书记处汇报情况时,书记从公社邮政所带回来了何文的回信。她心里惴惴不安,只好长话短说,汇报了开会时间、准备请周玉讲讲他的事迹等内容后,就匆匆忙忙往家走。临别大队书记告诉大青,她的爷爷等地富分子的帽子摘了,从此爷爷就是普通公民了,享有老百姓的一切权利,包括选举权和被选举权。大青按理应该高兴得跳起来,但怀揣何文的信,心里忐忑不安,是阴卦、阳卦还未可料,怎么高兴得起来嘛。

突然,天上乌云密布,眼看天要下雨,大青闷闷不乐,心里七上八下,加快了回家的步伐。

"咔嚓嚓!"大青前脚刚迈进家,电闪雷鸣也紧跟其后。她心急火燎地回到小屋,三下两下撕开曾经深爱的心上人的信:

青妹,我永远的青妹:

  收到你的来信,我从来没有像这样无助。我曾经写过"青发在手不看柳",但是现在城乡差别太大了,农村的活路我简直不能承受,我这次暑假参加生产队收割谷子,差点把我累死了,回到学校我大病了一场,要不是杨梅护理我,恐怕至今还在病床上,我真的受不了。但是,如果你不成全我们,我还是一辈子不会开口丢下你的。我不忍心啊,这五六年你对我的情和意,对我的家庭的付出,我一辈子都不会忘记,我不能没有良心呀。可是,今天你说你有新的朋友了,我虽然有点不相信,甚至我认为你主动放弃我,是为了要成全我与杨梅。但是,我真的很彷徨,又希望你说的是真心话。的确,我不愿意放弃杨梅这个城里的姑娘,只得委屈你了。不过,既然我的心愿你给说出来了,说明你很了解我啊,真是一个懂事的好人啊。知我者我的大青也。太谢谢你了!辛苦你了!委屈你了!

  当然,我和杨梅一辈子也会记得你的好,我们一定会报答你的。听说彭晨仍然在追求你,我觉得他这个人还是有头脑的,他会搞钱。但我估计诬告我们有不正当关系的人可能就是他。他是破坏我们"比翼双飞"计划的仇人。当然,我估计他是为了追求你才这么做的。你能否原谅他,由你决定。

  大青,不管怎么说,我们的关系一直保持了这么多年,我们不能说算了就算了,我永远认你为亲妹妹!

  最后,希望你坚强,你一定要保重!祝你幸福!

永远喜欢你的何文哥哥
于一九七九年中秋节

天啊，天地良心啊，这是什么道理啊？大青过去看小说看过"晴天霹雳"，现在她感受到晴天霹雳的打击了。她原指望，那个骚婆娘杨梅的信是假的，现在看来她与何文真的生米煮成熟饭了。这可怎么办呀？原本考验考验何文，结果弄假成真了！这件事又不敢向两家老人明说。怎么办？怎么办？难道只能把这天大的委屈藏在肚子里吗？难道我这个当年敢作敢为的"铁姑娘战斗队"的副队长就这样被人宰割吗？龟儿子何文，你千不该万不该，不该把彭晨这个断红苕给我搭上呀，你把我抛弃了，我就那么不值钱了吗？

雨下得越来越大，任大青越想越觉得伤心，她独自一人悄悄哭了起来。"咔嚓嚓"又是一声闷雷，大青的哭喊声被雷声淹没。老天爷，我们农村人就这样卑微吗？一张城市户口就那么值钱，可以抵我自幼青梅竹马六年的真感情吗？六年啦，我们彼此明确恋爱关系六年了，还不如她两年的露水红颜吗？大青在心底里呼喊："文哥，你舍得丢下我，我可舍不得你呀！"

可是，完了。任守青想，说出去的话泼出去的水呀，没法舔回去呀？是我上当了，还是他们两个狗男女给我挖的坑呀？

第十三章　老兵锅盔店偶遇

　　一九七九年国庆三十周年，举国上下一片欢腾。太保山大队的共青团员和入团积极分子欢聚在太保山西花庭，为祖国母亲祝福。

　　金秋十月，凉风送爽。西花庭院坝里的三棵高大挺拔的香樟树枝繁叶茂，散发出樟脑的芳香。这芳香之树，令飞蚊蚂蚁蛀虫等闻风丧胆，充当了树下生灵的保护伞，庇护着院坝里一片绿茵。最令人称奇的是，此树在树丫之上生长着一种像啄木鸟的头冠形状的枝丫，人称"啄木冠"，是小孩稀罕的玩具。

　　冠者官也，所以老百姓房前屋后栽香樟树为的是驱虫、避邪、出当官的。这里面的迷信色彩理当摒弃，但"前人栽树，后人乘凉"可是真的。这棵百年老树，要不是何雍这棵身为现役军人、老首长的大树为它遮风挡雨，可能它早就成了当年生产队修大猪圈的"顶梁柱"了，还很有可能会成为沾满猪粪的猪圈板板哩。当年，是何雍捐了两百元钱，才得以刀下留树的。本来在院坝边上还有三棵很大的核桃树，每年要打核桃六七背，可惜当年被当作资本主义的尾巴给割掉了。现在，这里只剩下这三棵香樟树，形成天然的绿荫，正好成为人们喝茶、乘凉、摆龙门阵和生产队甚至大队的人聚会的好地方。

庆祝大会由团支部书记任大青主持。会议最大的冷门新闻，是大队党支部书记专门请"地主分子"任骞参加了大会。任书记首先慰问了国宝级老兵周玉，然后破天荒第一次承认任骞是抗战老兵，第一次称任骞为同志，第一次把任骞称呼为老辈子、本家大公。

任骞这个刚刚摘去地主分子帽子的老农民，感觉自己摘去了戴了近三十年的枷锁，如释重负，兴奋得像小学生似的，逢人都彬彬有礼、点头称是。他古铜色的脸上布满阡陌纵横的皱纹，但依然笑容可掬，小心翼翼地给台上的领导和台下的年轻人行举手军礼。他凝固在台上，简直是一尊雕塑。

是啊，曾经为之奋斗的新中国已经而立之年了。无论是国家还是自己的小家，当年他们抛头颅洒热血不就是为了今天的幸福吗？任骞首先发言："感谢中国共产党解放了中国人民；感谢政府宽大为怀，解放了我们这些已经脱胎换骨、重新做人的'坏人'！我们要在有生之年多做有益于人民、有益于社会的事。今天我要好好讲讲我们三个抗战老兵不同的遭遇，三个全然不同的命运的故事。这就是'老兵锅盔店偶遇'。

孩子们，当年我们也是风华正茂、壮心不已，怎奈生不逢时，少年立志却恰逢四川军阀混战、民不聊生，我们是英雄无用武之地啊。但倭寇入侵我东三省,抗日战争爆发了,所以有百福寺'何雍、何荣禄、周玉和我四结义'的美谈。"

任骞话题转入七七卢沟桥事变之后,他们三兄弟出川抗日的精彩故事。任书记强调,我们这三个老兵比"八百壮士"还早两个月哩。

"一九三七年八月十三日,卢沟桥事变爆发。第三天,我与何荣禄、何雍先是受县长康冻在教师暑期培训班上演讲的影响,后又在于江震等地下党宣传的影响和具体安排下,准备保家卫国,目的地是奔赴延安,投奔八路军。我和何雍从县城徒步回到仁和场与周玉汇合,我俩都只带了参加培训班的两件单衣就出发了。担心家里人拖后腿,走不脱呀。为了减少旅途麻烦,行动还不敢公开,我们都化装成做生意的商人,因为目的地是'红色革命根据地延安',担心国民党的人告密,影响家人的安危。谁知刚刚出门,何雍的父亲我们的何大爷气喘吁吁地跑来了,估计是大家不小心走漏了风声。

老人家看见三个'商人'模样的人,赶紧询问:'何雍呢?你们看见我儿子何雍了吗?'大家面面相觑,不敢说话,只是摇摇头。老人着急地东跑西跑,寻找自己的儿子。

何雍把自己头上戴的垮草帽又往下拉了拉,让老爹看不见他的面孔,同时操着北方话:'这里只有我们三个生意人,没有您的儿子。据我所知,您的儿子已经抗击倭寇去了,老人家您回去吧,您就只当他已经为国尽忠去了吧。''他上有老下有小啊。'何雍不敢再说话,只顾夺门而出,言多必失啊。再说他差点控制不住自己的眼泪,这可能就是与父亲生离死别啊!我赶紧过去,也把草帽拉得他老人家看不见我的脸,也假装洋腔洋调地帮何雍说:'老大爷,自古忠孝不能两全。现在国家有难，匹夫有责。您儿子是去抗日的，一人抗日，全家光荣。您就回去吧，好好保重。'说完，我也跑出门去了。我平时把老人家叫何大爷，他也认得我呀。"

接着任骞讲了故事的后文。

何雍的父亲眼巴巴看着三个年轻人离他而去，眼泪扑簌簌直往黄铜板一样的脸上流，身体还不停地颤抖，饱含深情地朝已经走远的年轻人喊：

"我的儿啊，你们三兄弟要互相照应啊。愿菩萨保佑你们！阿弥陀佛！"只见老人双手作揖，不停地祷告。

原来老人家看出我们的破绽了，认出我们了，但为了不至于太伤心，都不敢相认啊。我们三个人只好站在马路上，齐刷刷跪在地上高喊："爹，爹呀！您保重啊！"我们都激动得说不出多的话来。只是磕头如捣蒜。心里敬佩，老人家真是深明大义之人啊。我们看见老人家双手像老鹰展翅欲飞似的，不停地扑扇着翅膀一样的双手，往上扬，口里还在喊："孩子们，去吧，去吧！多杀鬼子，凯旋啊！"

"告别家乡，我们跋山涉水风雨兼程，在路上遇到了川军，还是营山老乡邓锡侯的二十二集团军出川抗日的队伍。何雍认为，都是抗日的队伍，我们何不在战场上一边打日本鬼子一边找八路军。我们九月五日就很快坐汽车到达了江西。我们三个人都从来没有摸过枪，老兵只教了我们三个'暴伙子'一个半天，主要教我们怎么才能够眼睛、准星、靶子三点连成线。三点一线我们在老家栽秧都会，所以我们第二天就上了战场，参加了临沂保卫战。看见日本鬼子的残暴行径，我们的牙齿就咬得钢钢响，手就捏得发痒。但敌人天上有飞机丢炸弹，进行空中扫射，地上有大炮开路，水上有舰艇助阵，战斗之激烈可想而知。几场仗打下来，我们就打失散了。我后来先后当了轻、重机枪手，觉得得心应手，加之邓锡侯的部队里我们家乡人很多，大家可以互相照应，就没有按何雍的目标去找八路军。还有一个原因使我没有投奔八路军：八路军的给养条件比我们川军的后勤保障还差，这是我生在剥削阶级家庭长期贪图安逸享受造成的。在这里我要坦白，向党作检讨。"

"大公，您不要太过自责了。都是打鬼子，谁都不是未卜先知。"大队任书记听得非常专心，插话劝本家堂大公。

"后来一场战斗接着一场战斗，天天都是在紧张中度过，部队也离不开我这个神枪手了，兄弟们都彼此建立了生死相依的感情，谁也离不开谁了。所以后来又参加了台儿庄大捷的战斗和武汉保卫战、长沙保卫战，直到把日本鬼子赶跑，共打了几百场战都记不清了。我共负伤十几次，都是轻伤不下火线，重伤治愈后又重上战场。日本投降后，蒋介石又发动内战，我由于不愿意参加打共产党的内战，与部分川军兄弟回到了家乡，家乡人民还给我戴大红花，说是欢迎我这个抗日英雄，他们说当时收到过部队寄回的我立功的喜报。

后来的情况大家都是知道的，由于大青的婆婆是我在教私塾时娶的媳妇。当时我们两个，人人都说是门当户对的好姻缘，她娘家是资本家，我抗战回来后，她的嫁妆用来买了田地，新中国成立后就成了地主分子，人家说我抗战回来买了一个地主当。"

"哈哈哈！"任骞说到这里，年轻人觉得好笑。他们想起这个老人戴尖尖帽挨批斗的窝囊样子，真觉得同情和可惜，相当于拿钱买罪受啊。

"我回家后，立即到何雍、周玉家打听他们的情况，他们都是'杳无音讯'：县上抗战烈士的英名录没有他们的名字，周玉抗日战争和解放战争前期都有信回来，后来也是音讯全无。何雍离开家乡后，当年九月初写过一封信，从此过后就没有一封家书回来。不用说，我在抗日战争时期，也非常想念我们一起出去的三个兄弟，但通过很多努力，都没有打听到他们的消息。

直到'文化大革命'结束后，一些小商小贩可以存在了。一九七三年，何雍再次被审查后，回到家乡。我们才得以相见。"任骞讲到这里，周玉兴致勃勃地说："任兄弟，你歇歇，我来讲讲锅盔店老兵偶遇的故事吧。"

一九七三年的一天，太和公社当场天，刚刚从"五七校"结束改造的何雍，又因"九一三事件"牵连，回家接受劳动改造。那天何雍与周玉一起去赶场，他看见一个老头在打锅盔。只见老头把一点红糖和香料往小拳头般大小的面团上一抹，再用擀面杖不停地碾压，只见他左边擀两下，右边擀三下，一个圆圆的馍馍就做成了。此时他不急于做第二个，而是把打锅盔的擀面杖拿在手中，在左边空中飞快地转一圈，然后擀面杖的左头"啪，啪啪"在面板上猛敲三下；紧接着，又在右边重复左边的动作，像耍把戏一样干净利索。表演完毕口中开始吆喝："来呀，来呀，又甜又香的锅盔哈，椒盐锅盔哟！脆乒乓儿、香喷喷儿、热落落儿哈。"

何雍是小时候和周玉、何荣禄、任骞一起赶场时吃过椒盐锅盔的。那还是任骞蹦蹦跳跳去买来给大家办的招待哩，那个香味至今还在何雍的口里打转转儿哩。五十九年啦，何雍看见它，心里痒痒的，馋得口水包都包不住。他赶紧三步并作两步走，登上街沿,说:"给我来两个。"任骞赶紧在蜂窝煤炉子周围拿了两个滚烫的锅盔递到任骞手里,他没有正眼看这个穿着军装的人。何雍拿着锅盔,就像饿慌了的讨口子一样,左手右手轮换着散热,等都等不得就往嘴巴里送,他嘴巴里尖起的两颗门牙,开始不停地啃这烫手的馍馍,嘴巴不停地发出"啧啧啧"的声响。何雍啃了几口,过了"锅盔瘾",便抬头仔细瞧瞧这个与自己高矮胖瘦差不多,但年龄好像大得多而且老态龙钟、衣衫破旧的"老头"。

"呃,这人怎么这样面熟呢?"

此时,打锅盔的老头"啵啵啵"敲一阵后,猛然回头,他诧异:"这个军人,四个兜,这么大年纪了,还在穿军装?大官哩。好面熟哦!"

就在此时,周玉赶到了。只见任骞欠了欠干瘦的身体:"周书记来了,今天我请了假的。来,吃块锅盔。"任骞当时是受管制的五类分子,周玉曾经当过大队副书记。

周玉看着当年"同学四结义"一起投奔抗日队伍的三个兄弟中的任骞成了锅盔老人,周玉的眼泪一下子就流出来了。周玉不是为任骞打锅盔伤心,因为做生意是要本事的,也是正当生意,没有什么丢人;他是为任骞与他的生分见外而流泪——他不叫自己的名字叫书记,已经见外了、生疏了。当然,这都是形势所逼啊。周玉马上问何雍:"何亲家——何部长,你看看他是谁?"还没等何雍开口,任骞立即明白了:"这不就是我们抗战老兵中的骄傲何雍吗?何师长!"

何雍不由分说,激动的热泪、伤心泪混合在一起,倾泻而下,大半天才激动地自言自语地告诉自己,又像是问眼前这个陌生的老者:"这就是我日思夜想的战友任骞吗?是你吗?"

"报告长官，我是任骞。"任骞说完，毕恭毕敬地向二位共产党的干部弯了弯腰，以示尊重。他接着又麻利地立正、敬礼："地主分子任骞向你们报到！"

"你真的是任骞？"何雍不敢相信当年比自己标致的任骞成了眼前苍老甚至有点邋遢的样子。

"嗯。"

"你在打锅盔？"

"嗯。报告首长，为孙女上学挣点学费和零用钱，莫见笑。"

当时，街上看热闹的人见此感人场面都在哭。此时，会议现场已是哭声一片，周玉继续讲。

只见三个老兵抱成一团，"嗡嗡嗡"老泪纵横，号啕大哭起来。他们当着街上看热闹的人的面，久久地不能分开。过了几分钟，还是任骞主动退出，他不是为了生意："何师长，周书记，这样不好，我是五类分子之首的地主分子，会连累你们的。"

作为抗日战场上的生死兄弟，还怕什么连累不连累，何雍紧紧抱着任骞："兄弟，我们仨居然还活着呀，想起我们那些千千万万牺牲的战友，我们真是荣幸呀。三十六年了！任骞啊，我以为再也见不到你啦，我好想你啊！"

这次相见何雍给了任骞五斤全国粮票，十元钱。

三个都是抗战老兵，却是三种不同的命运。

何雍，一九三七年八月末在加入邓锡侯的川军后，很快与八路军办事处取得了联系，九月初就加入了八路军一一五师，九月二十五日参加了著名的平型关大捷的战斗，一九三八年八月就加入了中国共产党，成了一名光荣的共产党员。他的意志坚定，可以说视死如归，所以在仁和场与父亲一别，他把此次见面当作生离死别对待——他在远处向父亲磕了三个响头。他在抗日战争之后，在辽沈战役，平津战役中屡立战功，现在是某部队的后勤部副部长，师级军官。

周玉生于一九二一年，参加完抗日战争后，在解放战争中随赵璧光师长起义投诚，1948年5月在人民解放军渡江侦察中立下了战功，被团参谋介绍加入中国共产党。参加了解放全中国的战斗，后来又随中国人民志愿军抗美援朝，他从抗日战争打到解放战争，再打到抗美援朝都是侦察连的班长。一九五三年周玉在朝鲜受重伤后是回内地治愈的。朝鲜战争结束后，他被派往重庆荣校读书，两年后准备培养他当国家干部。他却自愿写申请回家务农，一直是大队干部，还当过推广农业高产技术的"万斤校"的党支部书记。

三个人相比之下，只有任骞回家当了农民，还管制二十几年，最惨。

大青听完三个老兵三个不同的选择，决定了三种全然不同的命运的故事。她大脑里茫然无序，联想到自己最近的遭遇，这也是一个人生十字路口，也是抉择的关键时候啊。怎么办？

"青年朋友们，听了刚才三个老兵的故事，可能你们很同情我，如果我当年与何雍一起参加八路军，我不也是共产党的高级干部吗？当年我们锅盔店相遇后，我也是顿足捶胸地说，要是我当年跟你走，我也是共产党员哦。何雍站得高看得远，他说我们三兄弟一九三七年是朝着一个目标奔延安北上抗日的，由于战争把我们拆散，各奔东西，但现在是殊途同归——日本鬼子赶跑了，新中国成立了，人民当家做了主人；抗美援朝美帝国主义被周玉等最可爱的人打败了，我们都成了和平中国的社会主义建设者。这就是胜利,这就是成功,这就是我们当年的目的啊。虽然表面上命运各异,政治地位有悬殊,经济待遇是天壤之别,但相信我们的国家一定会由弱到强,由贫到富的,差距会逐步缩小的。今天我们的困难是暂时的,因为共产党是人民群众的政党,是为最广大的人民群众谋利益的。尽管何雍当时这样宽慰我,但是我明白,就是毛主席语录说的'在阶级社会中,各种思想无不打上阶级的烙印',这是千真万确的真理。"

任骞最后解释说:"我们三个人当年的选择,从我个人的情况来分析,我是咎由自取,我出生在地主剥削阶级家庭,虽有爱国精神,但遇到关键问题就暴露了我们的弱点和缺点。当年如果我不图国民党的部队军需供应有保障,装备比八路军优越;不图享受,就有可能按照初衷,与何雍一样坚定地跟共产党走了,情况就大不一样了。

周玉兄弟顺其自然在川军里一直当侦察兵,在抗日战场屡立战功;最终,他在解放战争中顺应时代潮流起义投诚,走上了革命的道路,后来还参加了抗美援朝战争;他参加的战争最多,可以说九死一生;他本可以当国家干部,但最后选择了回乡务农,同样吃苦受累,但他想到牺牲了的千千万万的战友,他还在社会上走动,也就乐得而为之,没有丝毫后悔。

何雍不怕吃苦,信念笃定,现在最风光,他是志在必得,我是罪有应得。"

周玉听到这里,赶紧补充说:"青年朋友们,国家已经改革开放,摆在你们面前的路很多,你们已到了人生十字路口,一定要心无旁骛,紧紧围绕我们国家的四个现代化建设,站好队,选好路,贡献自己的力量。"最后,他坚定地说:"只要你们选准目标,雷打不动地坚持下去,最终也一定会到达胜利的彼岸。"

周玉说到这里，欲止又言："我们这人生一辈子啊，不刻意去做人上人，也不做人下人；不要欺负别人，也要争取不被别人欺负；不做穷人，也不要不择手段去做富人，有饭吃有衣穿就行。当然这有点中庸之道的意思，只供你们年轻人参考。总的意思就是顺其自然哈。"

大队团支部任守青书记刚才还犹豫不决，现在听了老兵的总结，终于踌躇满志深有体会地强调："三个老兵的人生之路，对我们年轻人是很好的启迪，这就是我们今天会议的主要目的。人生有很多选择的机会，三个老兵三种不同的命运，看似偶然，其实也有必然。我爷爷出生于地主家庭，虽然有精忠报国之心，但嫌贫爱富，跟了国民党抗日；何雍爷爷既有拳拳报国之心，又有乐道安贫，始终紧跟共产党的凌云壮志；周玉外公一开始顺其自然，中途顺应潮流，最终走上了革命道路。现在看来他们殊途同归，都是革命的有功之臣。他们的故事告诉我们：看准了的路，想好了的初衷，就要坚定不移地坚持。何雍首长说过'人生的格局，决定人生的高度'，我们在进行人生布局时，基点和框架很重要，不能小家子气去计较一时一事、一得一失，要矢志不渝，坚持就是胜利。"青年们个个心悦诚服，热烈鼓掌。

彭曦代表年轻人表态，向老兵学习，为祖国的现代化建设，为农业现代化贡献青春。他还即兴表演了一段金钱板：

　　人生的道路选不完，
　　谋事在人成事在天。
　　锅盔店里三勇士啊，
　　都是我们的好样板。
　　何公忠心跟党走，
　　一声荣耀有坡坎。

周公一生顺自然,

最终得福享平安。

任骞公公运气孬,

老来才把好运转。

侨辈青年多努力,

学习何公当大官。

彭曦表演完毕,大家哄堂大笑,彭晨等几个同伙鼓掌喝彩。周玉老革命立即纠正说:"共产党不相信运气,这是个人的觉悟决定的对时局的不同选择。"

村党支部任书记明白,年轻人的教育不可能一下就解决,看来还要继续。彭曦也有进步,但他马上纠正说:"同志们,我们要学习三个老同志正确的人生观,永远跟党走。不能只想当官发财。"

彭曦马上解释:"我才开始学习传统曲艺,我初次'献宝',大家莫见笑。我把最后一句改成'学习三公讲奉献',要得不?"

"好,好!"大家一起鼓掌。

会后与会者都吃了忆苦思甜饭——干苕叶和野菜煮苕渣糊糊。周玉、任骞也跟着吃得津津有味,他们是从困难时期过来的,感觉现在社会多好啊,今年又是大丰收,要是六十年代初的三年自然灾害时期,有这个吃的就不错了。但很多年轻人吃不下去,打干呃①,他们明白了新中国成立前的苦,知道了今天的甜。这说明忆苦思甜的目的达到了,任大青感觉自己完成了一个团支部书记的任务。但是,她却也吃不下去,吃了就要吐。她感觉不对,过去家里吃苕渣坨坨是家常便饭,比今天的还要难吃。今天这是怎么啦,心里难受极了。

---

① 作呕。

第十四章　女人的性就是命

"家中有老,如有一宝。"任大青受到"三个老兵三种命运"故事的很多启迪,晚上睡觉都在想:爷爷,还有何家的爷爷、外公都是国家的宝贝,更是我们家的宝贝啊!

你看爷爷任骞用一生的教训印证了一个真理:男人跟错了人,等如女人嫁错了人。我爷爷任骞就是跟错了人,如果当年他跟共产党走,我们就有可能要沾光了,还有可能我们也是像幺姨婆那样,也是红色资本家多好啊,说不定还是城市人口呢,那么何文与我都是城市的双职工了,我就不会这么伤心了。

"不听老人言,吃亏在眼前。"大青辗转反侧,心想:我没听富态的婆婆说的那句"女人的'性'就是命"箴言,吃亏真的就在眼前咯,现过现啊。

"大青,大青啊,出工了。"婆婆在喊。大青还在受没听老人言的折磨，肚子又一阵痉挛又要呕，她赶紧往猪圈里跑，这次更是吐得捞肠刮肚的。

"怎么了，忆苦思甜饭吃多了？"婆婆愁容满面。大青只是干呕，什么干苕叶或苕渣早就吐完了。她从猪圈里出来，扛起锄头就下地了。婆婆看在眼里，怄在心里。

任家婆婆娘家姓范，她名叫华先，人称范婆。爷爷范尧是晚清二甲进士，所以她可是书香门第。说起范婆婆的爷爷范尧，还有一段很精彩的故事。

范尧，字景堂，是充汉县范氏家族十房人中的第七房人司纯的后裔，清光绪充汉县大桥场大堰坎人。其祖父范裕普，曾任参将，清尚书白一平女婿。范尧才思敏捷，二十四岁考中二甲进士，任陕西知县。为官清廉，刚正不阿。任官三年后，奔母丧守孝在家，被充汉县府下聘分管宗教，在任职期间积极兴学，其门生遍布充汉县，出类拔萃者不计其数。一九零六年，天大旱，灾民无数，范尧倾其家产，施粥济民并断屠祭天。可是，官府仍赋税照收，催科不停。于是，范尧便率领众饥民前往县衙请求减税，赈灾放粮。当时，响应者越聚越多，县衙内外人山人海，水泄不通，以至于众多饥民爬上衙内梧桐树上，把梧桐树的丫枝压断了。时任知县刘洪生，县丞刘白丁不但不允，反以聚众抗税造反为由，欲加罪于领头人范尧。尧不屈，诉至顺庆府，其礼其情感动知府，判二刘充军黑龙江。人书一对联戏曰："女子行经流红身（刘洪生），豆芽去头留白丁（刘白丁）。"丙子丁丑年又值大天旱，顺庆府川剧届人士将此故事改编为川剧《倒梧桐》。

任家范婆华先除娘家是名门外，她自己也是模范妻子。她与教私塾的任骞结婚后不久，任骞就不辞而别上了抗日战场，一个月后,才火线传书,通报保家卫国去了。她没有埋怨丈夫半句,为成为抗战家属感到光荣,"国难当头,匹夫有责"嘛。她在家孝敬父母,扶养弟妹,抗旱魃,战水涝,女干男活,还要参与发动支援抗日前线的后援工作。男人在前线八年抗战,女人在后方抗战八年,前方后方都是战场啊。她白天劳作,夜晚独守空房,八年啊,多少地痞流氓骚扰她啊,但她秉持一个理念——"女人的性就是命"。耐得住寂寞,守得住贞洁。

最难能可贵的是,任骞这个有文化的地主分子在"文革"时期饱受冲击,天天挨批斗。范婆婆知道,自己的丈夫抗战那会儿经常翻山越岭扛重机枪,腰杆可多次扭伤啊。她到街上药房找私人医生开了一副专门治疗腰酸背痛的中药,用砂锅熬了半上午,到了"打幺台"① 的时辰,就连同药罐可怜兮兮地提到会场,告诉主持人:"任骞腰痛病严重,求求你们让他吃一点药。"主持人就是彭晨的父亲"茧疙瘩",他知道任骞抗战时受过伤,又看见病病歪歪的老太太给自己的丈夫端药来,出于人道主义,同意每天上午让她给任骞送药。任骞正好可以直一会儿腰,缓解一下痛苦。他也懂得起,慢腾腾地直起腰,又慢腾腾地走到药罐面前,慢腾腾地倒药,再慢腾腾地把加了甘草片的药喝下,要不是基干民兵在吼"喝药都在磨洋工",他还要慢腾腾地再喝一碗药。它可是治疗腰酸背痛的良药啊,任骞既休息了一会儿,又补充了水分营养,还相当于打了"幺台",解除了口渴和饥饿,还与爱人见了一面。由此可见,任家范婆婆是足智多谋的人。

再说范婆华先,看见自己一手带大了的乖孙女很少感冒咳

---

① 正餐之前的小吃。

嗽，突然呕吐不止的样子，什么都明白了，女大十八变啊。

任大青，白天心事重重，做活路都是懒心莫肠①的；晚上，夜饭也懒得吃，就躺在床上数天花板了。婆婆提着煤油灯来到大青漆黑的床前，语重心长地说："你怎么啦？"任大青明白精明的奶奶应该已经知道她是怎么一回事了，没有办法遮遮掩掩了。再说，她不向自己的婆婆又向谁倾诉这难言之隐呢？于是，含含糊糊把与何文的事说了。

"孩子啊，不听老人言，吃亏在眼前。你娃娃不听话，看你怎么办？如果街坊邻居知道了，指指点点的，你还见得人吗？你还有什么脸面当大队干部？口水唾沫都会把你淹死。人活是张脸，树活一层皮。所以，人没有脸面，不等于死了吗？女人的性就是命，你就是活梅子啊。"范婆顿足捶胸地哀叹。

大青怔住了。是啊，昨天在忆苦思甜大会上已经有人在看着她窃窃私语了。这可怎么办？有一点大青是坚定的，那就是不能让别人抓到把柄，更不能传到何文的学校，否则何文搞三角恋，饭碗就说落了。哪怕自己再苦再累，自己酿的苦酒，自己也要吃下去。

"孩子，话又说回来，我知道你与何文是彼此真心相爱，不是逢场作戏。如果能将自己的贞洁给自己心仪的人，是幸福的奉献，你也不要后悔。"大青听了婆婆的劝慰，好像有办法了。

"婆婆，你不是说，性命、性命，女人的性就是命吗？怎么又说是幸福的奉献呢？"大青实际上间接向婆婆承认，自己与何文已经有夫妻之实了。

---

① 方言，无精打采的意思。

范婆华先语重心长地说:"是啊,你一旦豁出去了,你的性命就不值钱了。两情相悦是极难得的福气。"

大青知道爷爷任骞在参加抗日战争的后三年,与家里失去了联系,都说爷爷光荣了,许多富家子弟都来追求能干漂亮的婆婆。婆婆的娘家和任家都支持她改嫁,她已曾想放弃杳无音讯的爷爷,但与其他条件还很好的男人交往时,脑海里总是第一个男人的影子,无论怎样"已经为国捐躯"的任骞都"阴魂不散"。这还不完全是"三从四德"从一而终的封建思想的影响,而是她发自内心对爱情的坚守。

"哦,谢谢婆婆的理解。"任大青请教范婆:"婆,何文还没有毕业,读书期间是不能结婚的,您说我现在该怎么办嘛?"大青还在哄婆婆。但是,她是在婆爱多于母爱的环境里长大的,这些儿女情长的事只有求婆婆了。

"生米已经煮成了熟饭,有了就有了,你到你幺姨婆那里去避一避吧。给大队、生产队请个假,就说幺姨婆给订的合同,叫你去上班。免得在家里丢人现眼。"范婆生气地说,"不管你与何文今后有没有结果,有啥子样的结果,女人心悦的第一次属于谁,在你的心里就放不下那个人咯。"大青知道婆婆说的是一个好办法。

范婆婆告诉孙女:"女人心仪的男人,一辈子是忘不了的呀!所以,你娃娃与何文一辈子都扯不抻了呀。"

其实,大青还有一条路,就是状告何文。如果大青要留住何文,杨梅不是说有人到学校状告那些坏良心的"陈世美"吗,只要她愿意,保管一告就灵,但结果就是杨梅在信中说的那样:"何文重新回来与她一起当农民。"这种做法,大青是绝对做不出来的。她在心里告诫自己:"别人不仁,我不能不义!宁愿何文负我,我不负何文。"无论如何也要保住何文的工作,脱了的农皮不能重新穿上呀!

看来,大青只好按婆婆的安排到川北地区果州幺姨婆家里去避避风头,她只能走一步看一步。她想起宋代秦观的诗:"两情若是久长时,又岂在朝朝暮暮。"当然,现在何文心不在焉,想他何益?就是勉强结婚,貌合神离,有他何用?爱情不是两情相悦,赶鸭子上架,就没有任何意义。所以,大青她最终选择了成全杨梅与何文。在大青的心底,还是忘不了与何文曾经在生产队的朝朝暮暮啊。她不愿意坏何文的良心。

任大青在人生的十字路口,学习了老兵周玉的人生观——走一步是一步,看一步走一步,顺其自然,静观人生。从而,开始了她的人生苦旅。

她要走出阴影,突破自己。

中篇

第十五章　还我一片青山

　　任大青到果州幺姨婆处避难，已经过去了八个年头。中国改革开放已经是第十个春秋。

　　又是一年春草绿，改革之春花满园。在川北地委果州大礼堂会议室，地区农村工作会议正在这里隆重举行。参加会议的是地、县、区、乡、村五级干部，共三千一百三十六人。会议主要内容是贯彻连续几年的中央关于深化"三农"体制改革的文件，总结表彰推广全地区先进工作经验。

　　会场里"解放思想，大干快上，把农业现代化推向新的高潮！"的主题标语光彩夺目，喊出了与会者的心声。

　　会议首先由地委康书记讲话，他总结了果州地区贯彻中央一号文件的情况，阐述了农村、农民、农业三者相互依存的关系，部署了未来一年的农村工作。当他讲到植树造林工作时强调"发达的林业，是国家富足，民族繁荣，社会文明的标志之一。植树造林，绿化荒山，恢复和发展林业，促进自然生态平衡，是我国实现'四个现代化'的前提和基础，是摆在我国人民面前的一项光荣而艰巨的任务"。接着他表扬了充汉县以刘畅为首的县委政府领导同志这几年大抓农村"拨乱反正"工作，从荒山治理开始，植树造林抓得早，找得好，还培养了一个女村长，成为植树造林的模范。她喊出了"还我一片青山"这一振奋人心的响亮口号，不是一座青山，而是一片青山。她了不起，有气魄，有远见，不愧为女中豪杰呀！康书记亲自点名要这个模范发言。

会场气氛热烈，掌声不断，只见一个胖嘟嘟的农村女人正在几千人的大会上侃侃而谈。

"我们太保山曾经是原始森林，新中国成立后这里漫山遍野都是古柏参天，有的大树四人才能环抱，绿树成荫，隐天蔽日；山里有五个沟壑常年都是溪水潺潺，凉水井清澈透明，过往行人无不捧水痛饮；飞凤岭的瀑布飞流直下有千尺，青杠坡的青杠菌晶莹剔透，闻名遐迩，是待客的山珍。大家知道山青水才秀，地灵人就杰。但是，一段时间以来，烧火做饭砍树，大炼钢铁砍树，修房修桥修学校砍树，甚至没钱用也砍树，生产队、大队有事就砍树，太保山成了公家、私人的摇钱树。到后来六七十年代，山上的树没了，地皮草根都铲干净了，太保山成了光秃秃的荒山野岭；流水断流了，悬崖上不仅没有飞流，就连青苔都不长了。太保山，山还是那么高，地还是那么大，但山大无柴烧啰。我爷爷说'山无绿则无水，树无水则无命'。山水树人畜，树能生万物啊。山上人养树，地上树养人啊。"全场掌声雷动。

"在这个关键时刻,我们乡传达了县委'改变农村落后面貌,从治理荒山、植树造林开始'的号召。于是,我选择了植树造林,我要让太保山'还我一片青山'。改革开放,石匠、木匠进城了,泥瓦匠吃香了,修高楼大厦去了,就连卖箧货、卖零敲碎打的'跑摊匠',赶了东场赶西场去了,人人都成了生意人,个个都挣钱去了。俗话说"女大吃四方,男大吃田庄",我却搞反了,当了女汉子不吃四方守田庄。人家成了万元户,我却贷款十万元为栽树;人家挣钱治窝,修房置屋,我却花钱治坡,还把窝挪到山上去了哩。人家挣钱去打工,我却请人打工来挣钱。"掌声起,大青也不胆怯,在大家拍手的间隙,喝了一大口服务员送过来的热茶水,但感觉没有自己家的香炉茶过瘾。

"我的爷爷抗战老兵任骞高兴地说:'时代不同了,当年我雇一个长工当了地主,我家孙女雇了九个长工,还有左邻右舍、十里八乡的老弱病残组成二三十个短工,不但没当地主,还要受表扬哩。'"

大青讲到这里,指了指主席台正中的康书记:"感谢康书记的特批。当时乡上王道光书记大胆批了三个雇工,我说不够,五百亩山,大太保、二太保、三太保等三个山峰高耸入云,却个个秃头癞脸,七八个湾,三十九道拐,一眼望去白晃晃的看不见一棵树,漫山遍野看不见找不到一个鸟窝,看不见一只飞翔的老鹰。我们心急如焚呀!这些都需要我们迅速植树绿化,还我一片青山绿水。所以,两三个雇工要栽到何年何月呀?县委刘畅书记冒险给我特批了三个雇工。地委康书记最慷慨,按文件规定地区只能批七个雇工指标,超过这个上限就够剥削的要件了,但他给了我这个素不相识的农村女人九个用工指标。人多力量大啊。"

中 篇 · 139

大家为各级敢于担当的领导鼓掌。

"这人多嘴杂难得统一不说，几十个人就有几十张嘴呀，每天要吃多少粮，烧多少柴，大家可想而知。一日三餐，每顿饭我都要煮三毛边锅的饭。但是由于僧多粥少，早上是苞谷面沙沙煮红苕颗颗，中午是红苕颗颗熬苞谷面沙沙，晚上短工回家自己改善伙食，长工有可能仍然是苞谷沙沙炖红苕，或者把玉米沙沙换成麦沙沙。我认为还是不错的吧？一开始，大家出来感觉能混口饭吃就不错了。久而久之，天天吃这个，谁不吃腻呀？

有一天，孤儿'憨二娃'，在院坝里端着碗，边'砰砰'地吹碗边边，边'耷耷'地喝稀汤汤。突然，他仰天长啸：'天哪，我不吃苞谷沙沙熬酸菜红苕了呀。天天吃，吃伤了呀。'这个憨娃儿，是我们的初中同学，名叫何永顺。永顺其实不顺，很早就没有了爹娘，成了孤儿。我可怜他无依无靠，才把他加进互助组来。我每个月给他包吃包住不说，还要给他两元零用钱。当时有个农友就立即骂他：'你真是人不宜好，猪不宜饱呀。你每顿饭都要吃在人前，走在人后，首先跑去干搭搭捞一碗再说，不管别人的咸淡干稀，每顿还要吃三碗以上耶。'所以，有人说我这是'为好不得好，颠倒惹烦恼'。但我不气馁，也不生气，我不怪他，但我告诉大家总有一天我们的生活会有鱼有肉。"下面的人听得哈哈大笑。

"我要慢慢以树养人。于是，我除了植树造林，还要利用一些坡地种粮食蔬菜，在树林里养猪养鸡。毛主席说'农林牧副渔全面发展'，我学会了搞副业，除了满足自家外，还给员工分一些自家种养的农产品，多余的卖成钱，增加植树造林的资金来源，改善大家生活。"

"人是有感情的,就像那个孤儿憨娃儿天天苞谷红苕吃腻了,我理解他。他也不憨,只不过做不来'人面前儿①'活路。怪只怪我当时没钱给大家改善伙食。后来,我就一周给大家吃四回挂面,一个月给大家打一回牙祭,每次吃肉每人不少于二两。肉是凭票供应的呀,那还是我扭到乡上王书记特批的哩。

其实调皮捣蛋的我不怕,最怕的是天干和洪水猛兽。凡是栽了五年以上的树子,就可以防风固沙了。但刚刚栽上的树小气得很,天旱要晒死,洪水很容易发生泥石流,水冲垮毁损地边,影响树的成活率。

一九八六年大天干,我们组织了二三十人的队伍抗旱,我们挑着粪桶打着乘棍儿②,挑水过擦耳崖,去苗圃抗旱。平路上大家一条担扁担挑子的长龙,倒是好看,还欢声笑语。但要爬一里多山路呀,到了半山腰只有打起乘棍,歇一会儿才能胜利抵达目的地;遇到悬崖绝壁,稍不注意粪桶碰到岩石,就会在悬崖上滚鹞子翻山。兄弟们开玩笑说,这是粪桶在半山腰的空中演孙悟空。但是笑归笑,如果挑子闪了火,这一挑粪桶就壮烈牺牲在给饥渴的小树苗送救命水的路上了。"全场又响起了热烈的掌声。慢慢地,会议室里座无虚席:招待所服务员来了,勤杂人员来了,部分厨师都来了,就连过道都站满了人。

"我再讲一个防洪的故事吧。去年五月间,人们忙完了各家各户的春耕生产,我又开工栽树了。因为雨天栽树,能减少灌溉环节,省工省时省事。

---

① 表面文章的意思。
② 一种可以支撑扁担,可以小憩的杵棍。

"有一天，天气特别闷热。白天大家赶工多做了一些活路，说让老天爷晚上下雨帮我们灌溉。果然半夜下起了滂沱大雨。但我和员工因为白天太疲倦，在工棚里睡得太沉，如果有人把我们抬出去甩了，可能都没有人知道。大家睡到半夜，大雨都没有把大家惊醒。忽然一声巨响，我们的工棚连同简易床与泥石流一起整体滑到了下一个坡坎。大家翻身起来，昏天黑地，不知咋回事，只见外面电闪雷鸣、风雨交加，工棚全部陷入泥潭，石头在头上滚，泥水从身上流。有的哭爹喊娘，叽叽喳喳闹作一团。我立即找到随身带的手电筒，指挥大家往草坪里转移。此时，山坡地边又垮了一坨，眼看一块像猪食槽那样巨大的石条子朝我侧面滚过，把我的身体闯一车转，要不是我躲闪及时，估计我就没有机会站在这个主席台上了。"大家鼓掌表示同情。

"等到雨稍微小了之后，我清点了一下，发现除了个别员工有点轻伤外，一个都没有少。好在工棚都是向下平缓移动，没有伤筋动骨，老天保佑啊。这时，我想起我的'钱袋子'还挂在半山腰上的啊。我赶紧连滚带爬，去看看我那宝贝。"

大青又喝了一口康书记亲自端来的茶，润了润嗓门："我泥一脚，水一脚，深一脚，浅一脚向猪棚前进。一路上看见我那幼小的树苗在强风的打压下，一会儿呼啦啦地倒向左边，小小树叶飞快地摆手，状如颤抖；一会儿忽地随风齐刷刷倒向右边，树叶不停地向我招手，示意难受。但是一旦狂风过去，它们就会坚强地站起来，挺直腰杆，静观其变。我看见满身淋湿的树苗，感觉心里暖暖的，多么可爱的小生命呀。树岂如此，何况我们是活生生的人。"会场下又是热烈的掌声。

"我跌跌撞撞坚强地来到与工棚间隔五十米远的猪圈。显然，猪圈也不复存在了，但我那一个个白白的、胖胖的、黑白相间的猪娃子啊，一个紧挨一个，头挨头，尾靠尾，整整齐齐地、乖乖地匍匐在一起抱团取暖，身上还在冒烟烟儿。"主席台上的康书记插话："这可不是编的呀，只有亲身经历才会有如此逼真的描述，猪身上'冒烟烟儿'，多么形象呀！"

大青姑娘继续讲："我披散着凌乱的头发，身上是泥巴裹带的，来到我的宝贝猪娃子面前。一开始可怜的猪们认不得我，就眨着可怜的眼睛。'我乖乖的猪娃娃呀，你们还活着呀？'猪通人性，它们看到眼前这个一样可怜的人类朋友是主人。大家都是劫后余生，它们也不嫌弃我这个已经衣衫褴褛的主人了，立即'哼、哼、哼'地一起叫唤不止，可能既像是欢迎我，又像是给我叫苦，还很有可能是回答'我们还活着呐'。我也爬过去，抱着它们大哭起来，'老天爷有眼呀，给我留了一条活路啦。这些猪可是值钱的货啊。'猪与人一样，也是一个都没有少啊。猪在，鸡呢？

我又往鸡栖息的地方爬去，我爬到滴水崖，这里曾经是滴水观音打坐的宝地，阿弥陀佛，我祈祷'鸡娃子不要有问题呀'。我用手电筒往树上一扫，一个个黑黑的、红红的、花花的鸡娃子，缩着头，眯缝着眼睛，感到委屈的样子。它们看见我来了，一个个伸长了脖子朝我叫唤'咕、咕、咕，咯、咯、咯'。一个个落汤鸡招呼我之后，都来劲了，'噗噗噗'全身摇摆，身上的水四处飞溅。我长叹一声'我的两个钱袋子都还在呀'。"大青讲到这里，以康书记为首的与会同志立即全体起立，长时间为这个长发飘飘的、胖嘟嘟的、健壮的农村女人鼓掌。

接着，大青介绍了她承包荒山三十年的中长期计划，什么"前十年人养树，十年后树养人"，突出了以林养林，以山养人，以树为本的理念。最后，她清脆的声音喊出了惊天动地的一句话，令台上台下的与会者、中间过道里和会场后面扫耳边风的、看热闹的掌声雷动，经久不息。

"就这样，有人说我是顶起碓窝降神——吃力不讨好。可是，我们粗茶淡饭吃得津津有味，挥舞大锄干得热气腾腾。我们要学习愚公移山的精神，每天栽树不止。我们要用一生赌一山，用青春换青山。我们要太保山还我一座青山！当然，我要做出龙来才现爪，现在不说那么多了。谢谢大家！"

会后，各路记者把任大青围得水泄不通，大家采访了大青。"我是一个农村女人，一个十年前被考起中专的初恋抛弃的女人。恢复高考那年，我也可以读中专的，但一封诬告信，就取消了我的入学资格。"周围仍然不愿意离去的人们一阵唏嘘，非常同情这个能干苦命的女人。

"我说这些不是显摆自己，是要说明我为什么要承包一座荒山。我的初恋抛弃了我后，他老党员的父亲骂他的儿子'一年土，二年洋，三年四年不认爹和娘'。老爹说'你不要我么？老子先下手为强，首先不认这个孽子'。于是，他与读中专的儿子断绝了父子关系，他的母亲，也就是我现在的义母被气得脑梗阻复发，抢救无效去世，等于活活气死了。他的爷爷和外公都是老党员和抗战老兵，他们一家人都认我做他们的女儿和孙女。他们都立下遗嘱，我是他们唯一合法的财产继承人。他们说谁瞧不起我这个农村的乖儿媳，他们就瞧不起谁。所以，我得到了这些老人的帮助，承包了五百亩荒山。我不相信我们农村人会穷一辈子。我要让瞧不起我们农村人的人看看，我们农村人同样在四个现代化建设中可以活得很精彩。正像我家三个抗战老兵一样，本来准备一起去参加八路军的，却被无情的战火打得天各一方。几十年后，他们却殊途同归，都成了共和国的英雄。这说明人生的格局，只要是顺应时代潮流的，就能到达胜利的彼岸。我们农村人，农村女人同样可以撑起一片蓝天！我要与当年想方设法给我下套，让我上当，并且最终抛弃我的那些人比比。谁笑到最后才是成功的标志！"任大青显然说的是杨梅和何文，但是下面的人听不懂。

接着她又说："我婆婆说'人争一口气，佛受一炷香'嘛。"她想起"我婆婆说"就有底气了，越说越自信。

"我生在山坡上，就不怕坡陡。我坚信远跑不如近爬坡，不能端起金饭碗讨口。我爷爷他们几个抗战老兵看准了太保山，告诉我'这就是一座金山呀，我们不能守着一座金山挨饿呀'。我婆婆说'应该守着甑子吃饱饭'。所以我们一家人选择了太保山。我同意了老人们的意见。自己给自己打气'苦中求乐吧'，我相信'本分本分终会有分'。"采访现场又一片掌声。

任大青介绍："农村实行土地承包责任制后，农民的生产积极性前所未有地迸发出来。到一九八五年，农民再也不会食不果腹了。但用钱的地方多了，发展思路也宽了，挣钱的机会也多了，很多人都利用农闲时候出去挣大钱去了。但我需要服侍老人，怎么办？俗话说'家有老人，不能远行'。何家、任家五六个老人，她们要我给他们当女儿和孙女，要我给他们养老送终呀。我就不能离开这个老窝呀。当年大寨人'先治坡，再治窝'，我们一家人商量，只有治好坡，才能治好窝。所以，我们要昔日绿树成荫、潺潺流水的太保山重新披上绿装。"

会后，县委刘畅书记紧紧拉着任大青的手说："守青啊，你终于从被人嫌弃的悲伤中走出来了！你'守田庄'成英雄啦！老师为你高兴和骄傲啊。明天我又要到太保山参观参观，看看全县第一个互助组和你的'土老坎'农产品哟？"大青眼里饱含深情与热泪，胖嘟嘟的脸上终于驱散了积压多年的愁云。她勇敢地走出了何文给她带来的阴影。

参加会议的还有已是太和乡乡长的何武，他大学毕业后是任县委书记的老师刘畅把他要回来一起建设家乡的。他听了姐姐的发言，每到精彩处，无不带头欢呼、鼓掌。

会场外，记者还在翻阅大青承包荒山以来的一本本厚厚的《拓荒日记》。

……

一九八五年十二月三十日　雪

瑞雪兆丰年，今天我们一家人完成了三百零五个坑的挖掘任务，到目前为止，我们已经完成了太保山十三峰中的第一个山峰的植树任务，已经可以栽两万棵树了。

两万棵树就是我们两万串汗珠，未来就是我们两万台制造天然氧吧的机器，今后就是我们的摇钱树。

……

一九八八年五月六日　晴

今天，最难的一片石头山包终于栽上柏树了。可是，今天的顽石又挖卷曲了一把锄头，这可是我开山植树用卷曲的第二百把锄头。日复一日地挖坑植树，多少把大锄头磨成了小锄头，最后成了挖耳屎的挖耳子锄头……

通过几年的实践，我体会到荒山上的石头再硬，硬不过拓荒者坚强的意志。

……

第十六章　青草悠悠

"看报，看报，大青上报啰，大青上报啰！"在太和乡的大街小巷，在太保山村，大家奔走相告，争相传阅当天的《川北日报》和《四川日报》。

周玉、任骞和何斌正以顾问的身份，帮助大青策划筹备成立"太保山青草农业互助组"的有关事宜。他们拿着报纸，看见大红标题"还我一片青山——记我省承包荒山第一人"，下面是大青戴着大红花，与地委康书记、县委刘书记在一起的合影。

何斌一家人围坐在刊登有任大青照片的报纸周围，欣赏乖乖孙女的初战成果，心里美滋滋的。前几年何文上报纸了，现在大青也上报纸了。这何文读了中专的，上报理所当然，这大青一个农民也可以上报纸出名，真是新鲜事。任骞、周玉久经沙场的老兵，古铜色的脸上，开放着两朵灿烂的心花，他们各自仅有的两颗门牙镶嵌在花蕊上,看起来坚强而美丽。任骞老兵感慨万千:"值啊,值!十年磨一剑啊,我家孙女终于挺过来了。"

回想起大青从果城幺姨婆那里回来的一两年,走在街上总有人指指戳戳,有人翻白眼,甚至有人干脆说:"那是何文甩了的一枝花,可惜啊!"听到这些街头巷尾半褒半贬的闲言碎语,她心里有如吞食了绿苍蝇一样难受,甚至比在幺姨婆那里受的人生大难还要痛苦。她简直是变了一个人似的,成天不和任何人说话,瘦得皮包骨头,走起路来打偏偏。

彭晨知道大青被何文甩了,以为终于机会来了,经常上门提亲。但她看都不看他一眼,有时还要骂他:"就怪你这个烂心肺。"

"我早就知道你与何文没得结果,我才那样做的,目的就是要把你留在我的身边。这更能证明我才是喜欢你的人嘛。"大青知道彭晨一直喜欢她,但她心里只有一个人,根本不把他打上单子。有一些吃国家饭的医生、教师、工人等同学慕名而来,拜倒在她的石榴裙下,她都把这些谦谦君子拒之门外。

任家范氏婆婆心痛她,就苦口婆心地劝她:"东方不亮西方亮,黑了南方有北方,何必在一棵树上吊死嘛。"她说:"婆婆啊,你说得对,女人的性就是命,我错认了人。把性命托付给了个负心人,现在伤透了心,还嫁什么人嘛!"她把爱情的门紧紧关闭了,没有给任何人留下一丝缝隙,包括给他出谋划策的林业局局长简德经。

此时,大青正与乡长何武、村支部任书记站在村口迎接县委书记刘畅前来视察太保山农场。他们却不知道,刘书记早已从大鹏山翻山越岭来到了太保山的后山了。他要踏勘太保山的风貌,看看不到十年来的变化。陪同他的只有林业局局长简德经。

简德经，重庆知青，是林学专业的大学生。虽然是工农兵学员，称为社来社去的大学生，但他在上山下乡接受贫下中农再教育期间，真的是把自己置身于农村艰苦的环境，锤炼出了吃得苦、受得累、体恤民情的品格和一副强壮的体魄。他读书期间，刻苦钻研书本知识。毕业后，看着农村到处光秃秃的荒山，感叹不已，破坏森林就是破坏生态平衡，就是自毁人类赖以生存的环境。他有一种本能的冲动："有朝一日，一定要在这些荒山野岭之上大展宏图。"

无奈在全国学大寨的热潮中，很多地方不学大寨自力更生艰苦奋斗的精神实质，不是在提高单产上下功夫，而是盲目跟风，只学"虎头山开荒的精神"，大寨田修到了山顶，"铁姑娘战斗队"把红旗插上了山巅，让本来应该青草茵茵，绿树成荫的山坡却寸草不生。结果，劳民伤财，山顶上"大寨田"产的稻谷不够抬抽水机抽水的成本，开山炮真的把天工造物留下的一些自然景致炸成了乱石岗。

所以，当时老八路何雍经常当着铁姑娘战斗队副队长的孙女抱怨："这是破坏环境，自己在砸自己的饭碗，要遭报应的。"现在好啦，当年开山放炮的"铁姑娘"回来护山造林了。对此，简德经高兴得跳了八丈高。谁说知音难觅，伙计难求啊？这不，太保山出现一点希望了。当时他只是县林业局的一名股长，当太和乡王书记来汇报太保山承包的事，他就坚决支持，但局长坚决不同意，还批评他："自从盘古开天地，都没有听说过把大山交给个人承包，这不是搞资本主义吗？"后来还是县长刘畅表态："承包荒山，利国利民，功在千秋，林业局要支持。请简德经同志协助任守青同志,当好技术顾问。"

简德经领命帮助任守青后,就与几个抗战老兵以及任守青一起开始了制定规划、购买树种、培育树苗,传授种植技术等工作。历经八年努力,太保山荒山承包初见成效。刘畅当了书记后,他沾"干部年轻化、知识化、专业化"政策的光,被刘书记慧眼识珠破格提拔为局长。这才加快了太保山的发展,才有了任守青在川北地区介绍经验的风光场面和轰动效应。

刘畅边走边看,他心里感触良多:"这个任守青啊,真不简单。"他向林业局局长说:"你看,她承包太保山才不到十年,就初步实现了'十年人养树的计划',现在太保山基本上披上了绿装。很快将进入'树养人的后十年'了。"

他们站在巍巍太保山的半山腰,眼望诸峰,昔日的秃顶已经开始出现稀疏的绿色,相信很快就要覆盖上茂密的绿毯了。随行的简局长兴致勃勃地边走边说:"刘书记,你看,那里有一只野鸡。"一会儿又说:"嘿,书记,那里有一只鬼东哥①。"是啊,多年不见的猫头鹰回来了,野兔、野鸡回来了。就连久违的喜鹊也在"鳖鱼晒背"的石头上"喳喳喳"叫个不停,飞来飞去,吃老百姓晒的粮食哩。山绿了水就活了,凉水井"龙眼甘泉"又在为行人免费提供饮料了。嘿,就连曾经飞流直下近千尺的"滴水观音"也已经可见湿漉漉的水帘洞的尊容了。

刘畅书记最感兴趣的是,太保山的绿化不是见树就栽的灌木丛,他是在简德经这个专业人士的指导之下,按树林特点分类分区域布置的。

---

① 猫头鹰。

向阳坡上名贵的树种已经长成气候：香樟树苍翠挺拔，笔直的水杉树亭亭玉立，葱茏的塔松站在迎风口，把那还不很茂盛的枝叶尽可能地伸向远方，喜迎四方宾客。还有生长缓慢但号称植物活化石的银杏树挺直腰杆正茁壮成长，从小见大，现在已经可见刚正不阿的品格了。这些好地段，简德经解释说："这些既可以是经济林，也可以是未来的观光林，它们必然要在未来的树养人的过程中贡献力量。"

在阴山上，主要以柏树、青杠树、槐树、桉树、马桑树为主。这些树林，也是按功能划分的。马桑树主要占据悬崖峭壁的灌木丛，起到绿化功能。青杠树主要占据草坡草坪，为培育采摘青杠菌打基础。

还有果树林，在水土丰润的地方就栽优质水果李子，干燥的地方就栽核桃树、梨树、桃树。这些都是简德经在全省范围选的优质水果的树苗，现在长势喜人，可期两三年后挂果。

刘畅看到这些变化，对简局长说："你们要认真总结和推广太保山的经验，进一步让全县所有荒山都像太保山一样渐渐披上绿装。同时，要结合长江中下游防止水土流失工程（长防工程）和即将开始的退耕还林工作，把全县荒山治理工作推向高潮。"

这边太保山上，县委书记已经一饱眼福；那边村口的何武乡长、村党支部任书记、村长任守青等还在翘首恭候书记的到来。

何武看见一辆吉普车风驰电掣地开过来了，赶紧毕恭毕敬地迎上前去开车门："欢迎老师！"大青也紧跟其后。车上却只走下来了司机一个人："何乡长，刘书记让你们在'青草互助组'门口等他，他已经从后山上山看现场去了。"

何武明白了，老师是在"微服私访"，这又是老师在教他如

中　篇·151

何保持务实的工作作风呀。任守青赶紧说:"何乡长走吧,去帮我首先审查一下青草互助组的方案,免得书记大人挑刺。"大青一直称呼何武为妹夫,今天是公事公办,第一次叫他的职务。

何武大学毕业后,在太和乡父母官王书记的主持下,把父亲何斌和爷爷任骞请到乡上去,举行了一个简朴的婚礼,吃了几包花生瓜子,就把分配在地区果城中学的人民教师"粉嘟嘟"任卫青(小青)娶到手了。

何武本来也可以分配在地区财政局的,但改革开放后,县乡基层真的是百废待兴。人才,特别是经济管理人才奇缺啊。刘畅当上书记后,制定了发展农村经济,特别是实施乡镇企业和城市经济的中长期规划,他需要像何武这样根正苗红,既是本土抗战烈士的后代,对家乡有特殊的感情,又是具有专业知识的人才,回来建设土生土长的家乡,建设我们的这片热土。

何武回到西花庭,看见外公周玉、父亲何斌以及小青的爷爷任骞,他们都在这里研究互助组的事情。何武感觉生活在这个大家庭真是无比幸福啊。"我们的大学生回来啦!"他们非常稀罕这个外孙、儿子、孙女婿。因为,何文与何家"断绝"关系后,真的不敢回来了。

那是何文、杨梅毕业后分配在县农机厂后的第一个春节。何文第一次兴致勃勃带洋媳妇回家,他们买了许多水果糖,见人就抓了一把糖送过去。大人小孩难得吃到一次火炮糖,一个个笑得合不拢嘴。城里来的洋媳妇,虽然没有涂脂抹粉,但的卡衣服没有一点褶皱,喇叭裤、高跟鞋走起路来一甩一甩的,而乡下大多数人的衣服都有补疤,鞋子都是自家做的圆口鞋,条件好的有一双解放鞋。所以,生产队大多数人羡慕得眼睛直勾勾的,要滚出眼窝子了。但大家看了稀奇之后，慢慢就有人一边嚼糖一边嚼舌头、窃窃私语。

突然一个调皮捣蛋的小家伙从巷子里面冲出来喊道："何屁文，陈世美！何屁文，陈世美！"何文，被这突如其来的小娃儿惹得恼羞成怒，但又说不出口。哪知道，孩子们吃了糖，就忘记了糖的主人，都不约而同地跟第一个孩子一起边跑边喊："何屁文，陈世美！杨妹儿，狐狸精！洋妹儿，狐狸精！"孩子们边跑边喊，东躲西藏，何文、杨梅气急败坏。

何文，不承认自己是陈世美，因为他与大青毕竟没有结婚，属于自由恋爱阶段。何文问弟弟何武："我很不明白，大青不是说她另有新欢吗？是她自己主动成全我与杨梅的嘛？我只不过是顺水推舟呀？怎么我就成陈世美了呢？"他怎么也不明白大青为什么主动与他断绝关系。但任大青收到何文同意解除婚约的信后，就再也不愿意与他见面了，也从来没有见过面，更不愿旧事重提。不过，大青也从来没有说过何文的坏话。

何文离开太保山村之前，母亲把他叫到身边："何文呀，你不听老人言，谨防'左选右选，选到一个漏油灯盏呀'！"

何斌也说："人不翻枉不背时啊！"

何文一气之下，愤然离去。杨梅回家穿的高跟鞋，气得走路时把脚都崴了，再也不愿来到这个山旮旯了。

此后一个月，母亲周学莲都气得郁郁寡欢，终于旧病复发，不久就不治身亡。何文被迫参加完母亲的葬礼后，何斌一气之下气愤地说："我何家只有何武这个儿子和任守青这个女儿！何家没有你这个忘恩负义的逆子！"

何文从此没有回家走动，何斌自然把全部的爱交给了何武、大青、小青。所以他经常深情地抱住何武:"我的乖乖儿啊!"何斌老了就显得啰唆,严父有点像慈母了。他充分表达了对这个养子的赞赏和心里的寄托,言下之意就是对亲生儿子的不满。倒是任大青,不计前嫌,很逗何家人喜欢,她像与何文从来没有发生过不悦一样,全部精力几乎都献给太保山了,一如既往把何家人当亲人。

何武、大青远远看见老师从太保水库湾里头的山上下来,就赶紧端茶倒水。刘畅健步来到了大家跟前,拉着两个抗战老兵的手深情地摇动:"谢谢你们一家人,让太保山重新绿起来了!你们辛苦了!"他又转身向大青:"大青啊,看来你十年人养树的目标已早就实现了,这就是十年树木啊!我还看见你的那些成群土鸡、土鸭和山猪——你的土老坎,漫山遍野,好可爱哟。祝贺你在这么短的时间内取得这么大的成绩呀。地委康书记说你是全省的一面旗帜呢!他要我好好关心你哩。"

大青继承包荒山创奇迹后,她也有新招向领导汇报哩。

"太保山,前十年人养树,后十年树养人,再十年还政府一片青山。这是十年前几个抗战老兵给我敲定的三十年奋斗目标。到此为止,十年人养树的目标提前实现,而且这两年通过种植和养殖业,我十万元的贷款已经基本还清,我的员工虽然都是老弱病残,但他们也尝到了'留得青山在,不怕没柴烧'的好处,也正在把'远跑不如近爬坡'的俗话变为现实。"说到这里,简局长再也控制不住了,这里饱含了许多林业科学知识啊,他由衷地夸奖大青:"说得经典啊!"

"简单哥,你莫打岔。你不要忘记了是你推荐我考你们农业学院的函授的哟。""哦,对对对,你也是大学生了,是我的师妹了。"刘畅书记带头鼓掌鼓励自学成才的大青。

林业局简局长隔三岔五就要来太保山指导指导,成了任大青的技术顾问,他们很熟了哩,她觉得简德经朴实无华,没有架子,除了工作,什么都简简单单。所以,她把他叫"简单哥"。

"从现在开始,提前实施后十年的树养人计划。但在实施这个计划之前,又涉及用工问题,所以我准备像爷爷说的解放初合作化时期那样,成立互助组,名字都想好了,就叫'太保山青草养殖互助组'。不知道符合政策不?名字要得不?请老师指教。"

"大青呀,你这个名字有什么讲究吗?"刘畅书记其实非常赞赏青草这个名字。

任骞老兵看了看大青,大青马上过去扶着爷爷,说:"爷爷,把那天你与外公、何爸爸一起商量的意思说出来吧!"

"首先说草吧。《说文》曰:草,草斗,栎实也。草是春天最先萌芽生长的植物,它可以泛指草本植物。草除了春天最早发芽出土的品格外,还很顽强,所以有白居易的成名诗'离离原上草,一岁一枯荣,野火烧不尽,春风吹又生'脍炙人口,流芳百世。"任骞这个私塾老先生侃侃而谈。

简局长补充说:"我爱小草,爱它的坚强。"他想起《诗经》上关于草的诗歌:

  野有蔓草,

  零露清兮。

  有美一人,

  清扬婉兮。

  邂逅相遇,

  适我愿兮。

野有蔓草，

零露瀼瀼。

有美一人，

婉如清扬。

刘书记听出了简德经的弦外之音，记在心里了。

任骞继续解释："青出于蓝，而胜于蓝。青色，也是草色，是七种基本颜色'赤、橙、黄、绿、青、蓝、紫'中最基础的颜色之一。"

大青没等爷爷讲完，就振振有词地讲："青与草合起来就是青草，泛指禾本科的草本植物群，常多由具窄叶的禾本科、莎草科和灯芯草科等单子叶植物组成，往往与双子叶的草本植物相混生，它生命力顽强。有青草的地方就有生命，长青草的地方就能生长我们人类需要的庄稼。青草是牛羊猪等牲畜的饲料，没有青草就没有我们人类需要的动物。青草与我们人类休戚相关，共融共生。俗话说'草能处处生，能人处处能'。我爱青草。"

刘书记笑了笑："好、好、好！青，草，青草，青草互助组，好！任大爷，大青、小青都是您老人家起的名字吧。取得好，简单，明了，意义深远。你们都是青草，都是能人。"

"我家两个孙女从小喜欢青色，所以，老大叫守青，老二叫卫青。她们的小名分别叫大青、小青，嘿嘿。"

刘畅想，改革开放近十年来，农民重新分到了土地，生产积极性和能力得到了充分提升。但这次分田分地，与新中国成立初的土改不能简单重复。新中国成立初，大家分田分地，穷人当家做了主人，夺回了属于自己的土地；这次家庭联产承包责任制，是在主人们之间平均拿回本来就是自己的田地，自己耕种。所以刘畅书记认为，此互助组也不能与解放初的彼互助组简单地重复。但他还是想先考考初生牛犊的何武。"何乡长，你的意见呢？"

何武好像胸有成竹："成立互助组，合乎情理。现在你们一家一户，需要在生产资料归属权不变的情况下联合起来，共同发展。但是现在已非合作化时期的简单的互相帮助了，现在应该是互利互惠的经济组织，也就是自负盈亏、风险共担的经济实体。所以不如把互助组彻底改成互利互惠、利益均沾的经济组织——合作社。合作社既可以相互借工还工，以工抵工，也可以共同拿土地承包权、林权和其他生产工具等资产入股，投工投劳，按劳取酬，按股分配。它产权明晰、风险共担、责任自负。"刘书记心里美滋滋的，感到这个得意门生已经长大了，不愧是农业经济专业的大学生。看来太和乡王书记要退休了，书记非何武莫属了。

刘书记似乎还超脱："现在就叫太保山青草合作社，不要用农业或林业去限制它发展，所以既不要'养殖'二字，也不要'种植'二字，但现在以养殖为主，今后种养结合。但是青草合作社下面可以有'青草养殖场'，今后可以有'青草种植场'。喔，种植就叫'青禾种植场'吧。适当时机，改为真正经济实体——龙滩河青禾有机农业有限公司。现在提有机农业还为时过早，但这是未来农业的方向，我们来一点前瞻性如何？"

"刘老师，您永远都是我的老师！"于是刘书记一锤定音，"龙滩河太保山青草合作社"就这样诞生了，"龙滩河青禾有机农业有限公司"雏形的墩墩[1]搭起了。它起点高，机制活，船小好调头。大家无不佩服刘书记高瞻远瞩。

---

[1] 基础。

不愿意天天吃玉米沙沙熬红苕酸菜的"憨二娃"何永顺,听说可以分钱,高兴得跳起来:"安逸哟,安逸哟!"两个手掌上下直翻,发出清脆的响声。原来的雇佣关系变成了平等的合作关系,谁能不高兴呢?笨子才会心甘情愿地当一辈子长工哩。至此,全县第一个经营性质的农业组织应运而生。

高手云集,给个体经济的雏形出谋划策,任守青受益匪浅。她接着汇报了今后依托青草合作社,实施后十年树养人的计划。计划的核心就是利用森林养土猪、土鸡、土鸭以及衍生产品土鸡鸭蛋等"土货"。

林业局简德经看着任守青胖嘟嘟的、红扑扑的脸蛋,心里在说:"这就是我喜欢的土老坎。"

刘书记临行前拉着何斌的手说:"你儿子、女儿都上报纸了,可喜可贺啊。"

等客人们走了,何斌拿出四年前的《川北日报》,看着《会游泳的打谷机——记农机技术员何文》,先是甜甜的,然后是心里酸酸的。

第十七章　会游泳的打谷机

"何文的打谷机会游泳！何文的打谷机会游泳！"

这是一九八二年大春开镰的日子，农机厂正在进行新产品"船式稻谷脱粒机"的最后试验。在川北农村，手摇式半自动打谷机已经沿用了十多年，虽然劳神费力，必须大小伙子才能搅得动打谷机的滚筒，但是打谷机结构简单，使用方便，价格低廉。缺点就是打谷子仍然要全劳动力才能撼动。老百姓听说有个叫何文的毛头小伙研制出了自动化的打谷机，而且可以在田里随打谷子随游泳，方便快捷。所以，人们从四面八方赶来看稀奇，实验田的塄坎上站满了人。锣鼓队站在远处严阵以待，一旦试验成功，便会敲起欢乐的锣鼓。

在县农科所的实验田里，何文研制的船型打谷机正在匀速运动，它的正面是两个年轻人，他们将小碗粗的谷穗把子喂进打谷

中　篇·159

机飞速旋转的滚筒上，后面就飞溅着金黄色的谷粒，船尾是轰隆工作的发动机。这就是何文当年累得上气不接下气的替代物，它将动力与脱粒机合二为一，两个部件齐心协力打谷子。

原来的省工业校，已经升格为省工业学院，学院农机系的李教授是何文、杨梅读书时的老师，也是专家验收团的成员。他看着机器运转平稳，脱粒干净利索，稻、草分离有条不紊，船载发动机不漏水，完全代替了人的动力，效果很好。专家组通过合议，与主办方交换了意见，然后由已是县长的刘畅宣布："船式稻谷脱粒机试验成功，可以批量生产了。"

顿时，锣鼓喧天，唢呐高奏，实验现场欢呼雀跃。

何文与杨梅攻关小组，成功研制出船式脱粒机后，又继续不断革新技术，将船式脱粒机改为水陆两栖、高压交流电两用，经过多次改进最终荣获省首届科学技术大会发明奖。何文小试锋芒，初战告捷。他看到农机厂机声隆隆，工人们干劲冲天，一派繁忙的景象，心里充满喜悦。他目睹一排排批量生产的电动打谷机和排成长龙购买打谷机的队伍，他脑海里忘不了初来乍到的那一幕幕战斗的岁月。

县农机厂坐落在城北的化凤山麓。化凤山绵延数十里，是县城的一道天然屏障。邑人陈我愚，在《登化凤山》中写道：

凤山隐隐接青霄，
随意登临度石桥。
雉堞层层楼顶上，
群峰环拱若来朝。

农机厂在这样的风水宝地，东可以饱览县城，南可以听见虹溪河水淙淙流淌的声音，从太和乡进城翻过西山垭的时候就看见农机厂炼钢炉的烟囱高耸入云，浓烟滚滚。农机厂的选址避开了居民，位居高地，体现了对环境的保护。

县农机厂是一九七一年建成投产的，当时只有技术人员十三人，切削机床十九台，锻压设备四台，冶炼设备三台套，专用修理设备六台，专用检测设备二台。全县区乡有农机修造车间三十四个。十一届三中全会后，农业现代化提上了议事日程。农业现代化首先是农业机械化，所以大力发展农机事业势在必行。一九八二年，全县农机系统已有四百多号人，主力军都是七十年代初，"一打三反"运动中的积极分子和回城的知识青年，他们往往政治热情高，但都是批判白专道路出来的，技术不一定过硬；年轻的都是城市待业青年和回城知青，大家都有一颗建设四个现代化火热的心，却没有通过专业训练，所以心有余而力不足。厂里没有一个学机械专业的大中专生，只有从新中国成立前私营企业当学徒过来的铁匠、锡匠师傅，打锄头、铸犁铧等农业工具无可挑剔，都是一把好手。但制造农业机械却没有几样拿得出手，更别说农业机械制造专业方面的人才了。所以农机厂实际上是农具厂。

但多年以来农机厂土法上马，土洋结合，自制了五吨行车，两米龙门刨、卷板机、锯床、卷圈机、剪板机等大中型专门设备。后来农机厂又与农机修配车间合并，又修又造，以造打谷机、农用抽水泵、碾米机、红苕磨粉机、玉米脱粒机等农业机具为主。同时，农机修配车间以修为主，这样修造结合，提高了农机具的完好率、出勤率、利用率，实现了农业抽水抗旱、部分粮食收打脱粒、植保、饲料加工、运输等项目的半机械化作业。

由此可见，农机厂实际上名不副实，以农机修配和农具制造为主，农机制造微乎其微。恢复高考后第一批大中专生，被誉为"天之骄子"，成了各行各业、各单位争抢的宝贝宠儿。何文、杨梅科班出身，自然成了香饽饽。原来的县委宣传部长已经是分管文教卫生的副县长，但听说何文回来了，非常高兴，他特别向分管农业的副县长推荐"何文是刻苦钻研，学有成就的好苗子"。

何文与杨梅，一九八〇年三月被分配到县农机制造厂后，上班心切，没等任何人介绍就去厂里上班。这天，杨梅穿着时髦的"喇叭裤"，脚蹬高跟鞋，本以为上班第一天厂里会夹道欢迎她们，却吃了一个闭门羹。一些城市里长期吃国家粮长大的"街娃儿"，傲气十足，看着十分嫩气的何文，把他看作奶油小生，根本没把他打上单子；那些纨绔子弟对杨梅倒是兴趣很浓，他们看见杨梅肤色白皙、文静、魅力迷人，与杨梅擦肩而过都要向她吹口哨、抛媚眼。

当何文拿出介绍信给当班的留着山羊胡子的副厂长时，他以为又来了一个吃闲饭的，就不冷不热地说："你们回去吧，我们研究了再说。"

"什么时候来上班呢？"杨梅同样高昂着头问。

"我说了，研究了再说！你没听见吗？"胡副厂长傲慢地回答。后来，还是厂长接到分管农业的副县长的电话："今天给你们分配了两个宝贝，你们要善待他们，并且分配到技术科。"厂长才出来解了他俩的围，带他们到厂里到处转了转，熟悉熟悉环境。

何文初来乍到，拜厂里老师傅为师，从打铁开始，到车工、钳工、铣工，生产一线的重活、难活、脏活样样都虚心从头学起，将理论与实践联系起来，熟悉了一遍。年轻人新家没有什么牵挂，老家他又回不去，他把精力全部用在了工作上。他俩春节回农村去看望父母，何文本来想炫耀一下自己娶了一个城市户口的千金小姐，不料碰了一鼻子灰。所以，结婚之时没有一个何家人参加，只收到了何武和小青在大学里寄来的书信祝福。

何文学以致用，刻苦钻研，业务能力不断提高，很快成为农机厂人人佩服的技术骨干。那些天棒、二流子与"白面书生"何文相比，自惭形秽，觉得何文、杨梅才是天生一对，才停止了骚扰。

何文做的技术改造的第一件事就是将打谷机的人力改为用发动机做动力的全自动脱粒机。何文不会忘记在农村时第一次搅打谷机狼狈不堪的惨相。他想，如果能够减轻父老乡亲的劳动强度，为农民不那么劳累而出一点力，是多么幸福的事啊，这也是他这个农机专业的中专生的本分。

何文精力充沛，理论基础知识扎实，自己亲自设计方案，杨梅协助画图纸，通过没日没夜的钻研和反复实验，奋战一个月就研究出了半自动打谷机的方案。不过由于当时没有高压电，只有使用小型发动机作动力，今后再采用半封闭式齿轮带动脱粒机转动，而不是皮带连接，避免了谷草的纠缠，使用方便安全。整个机型设计新颖，体积较小，便于搬动。脱粒机采用高压电与发电机两用，如果今后有了高压电，则减少了发电机的累赘，使用起来更加便利。没想到就在发动机的齿轮与打谷机滚筒的齿轮对接的时候，技术始终不过关。因为原来的发动机是皮带连接，现在为了不被谷草纠缠，就改成镔铁壳壳保护下的齿轮连接。在不增加笨重体积的前提下，要保证有缝连接，十分不容易。由于整个工程只是发动机或电力代替人力，电能和动能转化为势能，原理看起来并不复杂，其实涉及若干高精技术，特别是电动机与滚筒的连接问题。但何文曾经"隔壁借光读书"，让他涉猎了较多知识，终于派上了用场。

烈日炎炎的盛夏，眼看田里的稻谷已经呈现出一片片金黄的颜色，在微风的吹拂下，波浪翻滚，很快就该收割了，何文暗下决心，一定要在大春开镰之前到田间实地试验新产品。为此，何文赤膊上阵，自己上刨床和车床，反复测试。杨梅怀有身孕，也在旁边为丈夫擦汗助阵，留着小山羊胡子的副厂长也心悦诚服地给何文打下手，老厂长还亲自为技术科参加新产品试制的年轻人煮绿豆汤，已提拔为县长的刘畅还亲自打电话来向自己的学生表示慰问。

巍峨高峻的化凤山，见证了充汉县这个农耕文化十分厚重的古老的县城日渐兴旺发达，今天更欣赏了日夜奋战在山麓下的农机人。

"农业的根本出路在于机械化！"农机厂的墙壁上一条毛主席语录，虽然有一些年份了，但依然像镌刻在墙上一样，金光闪闪，熠熠生辉。车间里机器声轰鸣，炼钢炉旁钢花飞溅，整个工厂如火如荼，热火朝天。白天，烈日当空，车间里灼浪蒸腾；夜晚，天上星光灿烂，车间灯火通明，依然热浪滚滚。整个车间只有两个篮球场大，两头是刨床、铣床、车床等大中型机具，中间的两边是各种车床，中间行车在空中来回穿梭，将钢锭、板材送往各个生产机床。一台台小型抽水机不断成功下线，被送往各个山村；一批批耕整机奔向各个乡镇的田间地头。

这段时间，农村包产到户的生产责任制刚刚落实，农民的生产积极性空前高涨，虽然大地化小地，大田多了田坎，但人们亲帮亲、邻帮邻,大生产运动依然存在,农业机具正好发挥着"大干快上,建设四个现代化"的巨大作用。

八九十年代,这是农村,也是农机厂最热闹繁华的时期。

通过多次试验,终于功夫不负有心人,何文、杨梅首战告捷,如期在大春收割前将电动打谷机试验成功并批量下线生产。

就在船式脱粒机试验成功之后不久,杨梅就住进了县妇幼保健院。她与何文"土洋结合"的"新产品"也要诞生了。

第十八章　城里人的体面

"生啦,生啦!儿子!"何文兴奋得叫起来。

这是公元一九八一年十二月十日下午酉时,随着一声婴儿的啼哭,一个小天使呱呱坠地,何文不由自主地叫起来,他要把这个喜讯高声告诉同样在门外着急等候的岳父岳母,他们守在妇幼保健院产房外都已经一天了。何文平生以来第一次目睹一个生命诞生的全程,从一个母亲痛不欲生的挣扎中,用女人的鲜血证明了一个真理:母亲都是伟大的。其实何文的身上、手臂上到处都是被杨梅撕破的血痕。

何文在儿子出生这一刻,第一个感恩的是生他养他的母亲周学莲,然而他因为抛弃了"长发飘飘"却得罪了妈妈以及全家人;然后,他亲了亲杨梅的额头,用自己雪白的手巾揩她大汗淋漓的脸颊和脖颈,十分感激地说:"谢谢你,我的妻!"

"祝贺祝贺！母子平安！"院长和医生都前来为身为老革命的杨主任表示祝贺。杨梅的父母和医生、院长一一握手，表示感谢。

何文这个农村娃多想把自己已经有一个生下来就有城市户口的儿子的消息告诉何家父亲、外公、爷爷，还有娘啊。特别是自己目睹一个母亲在迎接自己十月怀胎的生命第一声啼哭时付出的代价，更加知道母亲的伟大了。然而，他的母亲没有了，而且这个"没有"还与自己有关，他不禁悲喜交加。

"何文，快点去洗娃片①。"何文这个农村娃儿进了城，从糠筛筛里跳到了米筛筛，相当于当了老干部家庭的上门女婿，当然要听城里人的使唤。男人不洗"娃片"，就不懂父亲，就当不好父亲。养儿不洗娃片，就难以报答父母的养育之恩。所以，杨梅的妈妈要何文第一个去给儿子洗尿布。

何文实际上是上门女婿，杨梅挖苦他是从农村嫁到城里来的，经常包做家务。

"何文儿，洗碗。"

"何文儿，扫地板！"

"何文儿，去拖蜂窝煤！"

杨梅及其母亲经常这样安排。现在，何文又多了一件光荣而艰巨的任务——洗尿布。何文为儿子洗尿布，乐得而为之。但想起母爱，不禁潸然泪下，于是他托已经参加工作的弟弟何武给家里汇去二十元钱，以表达对父亲的感恩之意，并告诉家里人"他有儿子了"。他还是牵挂家里人的。

---

① 尿布。

接下来是给儿子取名。何文把在亲戚家里窃的那本《四角号码新词典》翻了又翻，然后对照何家代代相传的字辈："安富尊荣永作乾坤正仕；仁义忠信遂承道德渊源"。他知道儿子的字辈已经翻了头，轮回一圈多了，他这辈应该是永字辈，儿子应该是"作"字辈。可"作"不好起名啊。但儿子出生这天，不正是他四年前参加高考的日子吗？我是国家恢复高考才改变的命运，脱的农皮，进的城。正是高考给我们带来的光明。于是给儿子取名为"光明"。光明，让我们的儿子儿孙永远正大光明。

小何光明出生的第二天，何文就迫不及待地去派出所上了户口。一个农民的儿子，因为考上了中专，又娶了一个城市户口的女人，他的儿子就自然是城市户口了！何文感到非常惬意——这是与青梅竹马的大青结婚的天壤之别呀。

城市人口的优越性和荣耀在何文看来，主要体现在领取儿子的供应票证之时。何光明十二月份出生，却补发了前十一个月的布票共二丈五尺，加上后三个月的供给，共领肉票六斤、菜籽油票四斤半、粮票九十斤、粉条票三斤、白糖票三斤、红糖票一斤、蜂窝煤票三百六十个。最令人惊喜的是，小孩子也配春节的特供川沱酒二斤、凤和黄酒两瓶、翡翠香烟六包。因为春节副食品是按城市户口人头供应的。这刚刚出生的儿子，也有酒喝，有烟抽，这就是城市人口体面的特权。

一路上，何文遇到农机厂的同事："何技术员，当爹了？恭喜恭喜！"

"谢谢！"往天走到内政街、布政街，那些披金戴银的时髦女人，看见上下班往来穿梭于政府大院和街坊之间的街道上多了一个很精神的小伙子，都要偏头多看几眼。但当他们打听到小白脸原来是来自乡下的上门女婿,一些势利的市井小人就嗤之以鼻——穷小子。这天,何文领完宝贝儿子的票证,趾高气扬地走过这些大街小巷,目不斜视,洋歪歪的,一副神气活现的样子。他心里暗自庆幸,不,就是自豪不已:"我何文,子子孙孙也是城里人了!"

他回到岳父岳母的宿舍,正好月母子杨梅该打下么台了。何文便亲自下厨,打开蜂窝煤灶,给有功之臣的老婆打了五个醪糟鸡蛋,外加了三个核桃米,他是由衷地要犒劳犒劳老婆给他生了一个传宗接代的儿子,这个儿子还是一个生来就享受不管天干雨涝都有粮油肉吃的城市人口。

尽管何文想不明白,过去听说过"母以子贵",现在的户籍管理决定了子孙后代的命运,真的是母系社会——母亲的户口决定儿子的户口。母亲是农民,儿子就是农村户口;母亲是城里人,儿子就是城市户口,就能享受社会主义的优越性,吃穿都是供应制,这是什么道理?他无法自圆其说。但不管怎样说,他感谢国家恢复高考,坚决拥护党的改革开放政策,他已经跻身城市了,他是改革开放的受益人哩。他要把在学校里拼命学到的知识用在工作中去,他要为提高农村的农业机械化程度,减轻农民的劳动强度,为缩小城乡差别而奋斗。

何文喜得贵子,而且是何家土生土长的第一代拥有城市户口的城里人,他兴奋地在日记中写了一首诗《城里人的体面》:

小小陋室纸糊的墙面,
搪瓷瓶却装满了温暖。
收录机是最昂贵财产,
却敲钟吃饭按月领钱。
安逸要节假日星期天,

生病吃药报销不要钱。

娇儿生来自带米肉面,
从此吃饭无需再种田。
一摞票证供应全包干,
城市户口真的很体面。
盼改革开放快马加鞭,
种田人不再缺吃少穿。

第十九章　嘴上没毛的厂长

何文研制的会游泳的打谷机，后来又改进成两栖稻谷、小麦脱粒机。一机多能，行走方便，工作起来发出"脱脱脱"的声响，很快走进了村寨希望的田野。脱粒机大大减轻了过去农民打谷子、收麦子的沉重负担，深受老百姓青睐。

何文从研发农业机械的工作中，享受了实现理想抱负的快乐。随着他对农业机械现状的深入了解，发现的问题越多，改进的潜力也越大。何文针对存在的问题，将原来的集体大生产用的大型机械，变成一家一户的联产承包责任制需要的小型化、多样化的便携式机械。

何文在小型耕整机试验成功的汇报会上说："我当年在中专入学后的开学典礼上就说过，我们一个区只有一台东方红拖拉机，谁用得起？我们是丘陵和山区相间的地区，地小坎多，大型拖拉机有力无处使，我要为他们设计一家一户都用得起、容易操作的耕整机。今天，我的理想实现了。今后，我们还要生产小型家用打米机、磨面机、抽水机、小型打谷机、小型打麦机等等。"

何文想起老家过去用"榴子"擂米、碓窝棒舂米的情形；想起与弟弟一起背谷子到跳蹬河水电站打米，弟弟何武差点连人带莢背、谷子落下跳蹬河的情形；想起推档档磨大半天推不了一升麦面的着急样子；现在他感到非常惬意，自己生产的小型打米机、磨面机走进千家万户。他这个农民的儿子终于为农民作了一点减轻体力劳动的贡献。

短短两三年时间，何文说得到做得到，他的名字在县工业制造业界甚至省市同行中名噪一时。他一个毛头小伙子，胡子都还没有长出来，就因为成绩突出，很快被机构改革时的"年轻化、知识化、专业化"三条硬杠子破格提拔为县里最年轻的国有企业的厂长，人们戏称"嘴上还没长毛的厂长"。因为农机厂姓"农"，何文自己也经常说自己是农民的儿子，永远姓"农"，所以大家就叫他"嘴上还没长毛的农厂长"。

俗话说"嘴上没毛，办事不牢"。但何文嘴上没毛，心里有数，办事稳扎稳打，深得民心。

"何厂长，HY3型打谷机的价格出来了，请您审查。"仍然留小山羊胡子的胡副厂长，毕恭毕敬地向嘴上没长毛的正厂长何文请示。

HY3型打谷机是会游泳的打谷机的第三代产品。第一代打谷机的特点是电力或发动机代替了人力搅动，现在是水陆两用，谷麦兼收；原来两个人喂谷穗，现在一个人、两个人都可以轮番操作，关键是体积缩小了一半，但价格却一直居高不下。

"老胡大哥，你叫财务科把成本再核算一次，我们要为农民着想，我们生产一斤大米才多少钱？多少谷子才能买一台我们的小型打谷机啊？价钱贵了农民朋友一算装鞍的钱比买马的钱还多，收的谷子不够买打谷机，那就不如用镰刀去把谷穗割回来，自家用连枷打划算。农民朋友当然就不买我们的产品了咯。"

"好的。这是我们用历史成本计算的，算出来后，这也是比较便宜的了。我们再用历史成本与当期成本加权平均后算一次，再与现在的价格比较一下，再向您汇报。"小胡子副厂长礼貌地回答。

"什么历史成本、现实成本？要按老百姓接受的成本，按市场成本，要算算农民的生产成本才是最正确的。"胡副厂长张口结舌，半天才鼓足勇气回答："我们还是应该请示一下财政局的企业财务管理科。"

"你爸爸我的胡大伯不是农民，是转业军官，这我知道。但你爷爷好像是农民吧？"何文问胡副厂长。

"对对对，我爷爷是农民，而且我家后推三代都是贫雇农。"胡副厂长一本正经地回答。

"我是农民的儿子，我永远姓农。我们农机厂姓农。我们大家再往前推一两代，我们都有可能是农民的儿子儿孙，我们就应该为农民着想。我老家箱柜底下至今保存着妈妈买菜才给我和弟弟何武买的工业产品——一双断臂的泡沫凉鞋，这是我身上用的第一件塑料制品。之前我家穿的棉布都是扯的白布，然后买的染布用的颜料膏子，自己染成蓝色，父母亲自己裁剪，又穿针引线一针一线缝的，鞋也是父母自己做的，这就是自给自足。为什么？爸爸说买工业品不划算。

当时工业品和农产品价格不对等，农产品统购统销价格和自由市场价格形成的剪刀差，农民买不起工业品呀！我读中专时学了政治经济学和计划经济学，才知道这是国民收入的初次分配形成的极不合理的现象，有待改革，我相信改革的这一天为期不远了。

谷贱伤农，我们的工业品价格高了不仅伤农，而且伤工。工、农两败俱伤，我们就是罪人。所以，我们在核算成本时，不能把利润取高了。要把我们的产品作为礼物一样，连买带送，廉价卖给农民。"

"说得好！我的老同学了不起，不愧为农民的优秀儿子！"一直站在何文办公室外面准备进货的太和乡农机站的站长何周治，就是何文第一次进城读中专让其赶顺风车的老同学，没等何文说完就发出了肺腑之言。接着，何周治讲起了何文他们生产的农业机械，老百姓很欢迎，但就是很多家庭买不起的问题。

"不过，我们正在组织农民几家人买一台，或者有的买这样，有的买那样，然后交换使用，互相帮助，共同发展。"

"好。老同学、何站长，你们的办法解决了农业一家一户生产新形势下遇到的新问题，值得推而广之。"何文叫办公室主任立即写一期简报，总结推广太和乡的经验，发往各区乡农机站。同时将这一情况报告给县政府，要求推广农机合作社，相互交换使用农业机械，共同致富的经验。

何文看见家乡的人来了，自然牵挂爸爸、外公和初恋任大青，还有《四角号码新词典》的主人何二爷。所以，他自己拿出工资，给家里买了一台小型耕整机，给何二爷家也买了一台以报答借书之恩。请何周治帮助捎回去。"老同学，你不要说给我家的这台是我买的，就说是何武和小青两口子买的，不然他们会给我退回来。"何文知道，村里人仍然把他当成陈世美。

何周治告诉何文："其实，骨头连着筋，那有自己的爹不认儿的？而且，任守青有多少厚脸皮拜倒到她的石榴裙下，老同学她一直未嫁，究竟为啥？这都是谜啊。你还是要多多关心他们呀！"往事不堪回首，紧张的工作，不允许身为两百来人的厂的一厂之长儿女情长。但何文听到了老家的一些重要消息，心里安稳了许多，同时又增添了一些良心上的牵挂。

关于HY3型打谷机成本核算一事，胡副厂长通过请示，被财政局企业财务科否定了，理由是"全县所有国有企业，产品价格里包含的税前利润率不能低于百分之十五"。会计核算是财政局监督。

何文正准备向县财政局、计划委员会打报告，亲自找局长，申请产品定价问题，忽然工会主席和两个女职工哭哭啼啼来到了厂长办公室。

"两位师傅，怎么啦？"只见年龄与何文不相上下的庞师傅、张师傅两位女职工，驮眼抹泪①地来到厂长办公室，欲言又止，但好像有什么难言之隐不愿启齿。

工会主席是个老同志，代替他们说了事情的原委。这两个女同志的丈夫都是恢复高考后的师范生。教师难得有一个星期日，但工厂宿舍打挤，在本厂工作的双职工都分配到一个单间，但她们两个虽然是双职工，但其中一个不在本厂工作，就只有两人共用一间十二平方米的房间。一开始他们两家人轮流耍星期天，或者一个家属来了，另一个就与厂里的工友搭铺。但久而久之，别

---

① 流着眼泪。

中 篇 · 175

人不说，自己就不好意思去给别人添麻烦。后来，两家人都有孩子了，搭铺不好找合适的对象了，无奈之下两家人干脆各睡各的，大不了夫妻生活质量差一点而已。但后来双方孩子大了，就更加拥挤了。煮饭只能在筒子楼的过道上各放一个蜂窝煤炉灶，一到做饭时间，人只能侧身通过。特别是如果遇到哪一天炉子熄火了，主人只有用蒲扇对着灶口"噗噗噗"扇风，柴草的浓烟夹杂着煤烟，呛得人打喷嚏，流鼻涕、眼泪，眼睛都睁不开。菜饭好了，只能搁在床边的小箱子上，人坐在床边上或站着吃饭。两家人挤在一起摩肩擦背，相望而坐。

张师傅顶替父亲的班前，家里就有三个儿子，她好不容易当了工人，成了城里的双职工。晚上，小小斗室住着两家八口人，张女士还要在床下搭地铺，让两个小孩子睡。一米二宽的窄床睡着两个大人，一个小孩。一个人翻身，大家醒，实在忍不下去的两个女职工不约而同找到工会主席，伤心地哭了一场："这是什么事嘛……同样是双职工，为什么我们两个就不能分单间？我们的丈夫在为国民党教书吗？他们还是恢复高考凭本事考起的，又不是走后门的，也不是顶班的。听说你何文厂长也是恢复高考从大山里走出来的，你们都是斯文人，一定要给我们做主啊。"

何文知道这是老厂长定的分配房子的政策，但当时房子紧缺，没有万全之策。但他确对分居同事是不公平的。何文沉默良久，同样是双职工还有同城和分居的两种不同的待遇，原来脱了农皮，也不见得日子就好过，仍然有这么多问题的困扰。

教师是人类灵魂的工程师，他们再也不是臭老九了。何文马上吩咐工会主席："查查看还有没有空房子，还有类似的情况没有。如果有，有多少？要想办法，要找几间空房子出来作为客房，让夫妻分居的同志星期天和节假日团团圆圆，和和美美，体体面面，过一个星期天，再也不要这么窘迫窝囊了。"

这件事情的短期处理结果是，何文把他与杨梅的寝室拿出来作为客房，杨梅回家与父母居住，何文与普通单身职工同处一室。同时，决定立即从工厂的利润中拿出百分之五十用于改善职工住宿条件，最大限度地调动职工以厂为家的积极性。

事后，庞、张等几位女职工千恩万谢何厂长，可何厂长还是那句老话："我是农民的儿子，永远姓农。"

何文顺利处理完两个教师职工家属宿舍扁窄之事后，又为农机产品价格犯愁。

改革春风不断劲吹，一九八七年中共充汉县委第六次党代会胜利召开。全会决定："全县要以种养业为基础，以林果桐和乡镇企业为支柱，建设柑橘、蚕桑、'二荆条'海椒基地，形成生猪、柑橘、丝绸、海椒、烟花火炮等五个龙头，促进种养业协调发展。"同时，针对农村外出务工经商、耕牛逐年减少、劳动力下降等因素，决定把农机技术的推广和运用列入重要议事日程，对农民使用农业机械进行补贴，使农机厂的产品价格逐渐走向市场化。

为了适应包产到户的需要，农机供应公司成立，一些更加先进的农用工具和机械被引进。通过何文层层向上反映，国家很快实行了鼓励购买使用农机的补贴政策。何文对农民的优惠价格的愿望终于实现。何文领导下的农机厂从用材入手，尽量做到耗材少，费用省，折旧慢，以降低产品生产成本。他们从机器的体积大小开刀，不断革新技术，研发新产品，充分满足广大农民朋友的需要。他又悄悄以何武的名义买了一些适合太保山青草合作社使用的农业机械，给父亲和自己对不起的"长发飘飘"送回去。

第二十章　犁把式任拔群

"任大青好村长，成立了太保山村青草合作社"的消息不胫而走，这在九十年代初，可以说是全县，也或许是全地区乃至于全省第一个种养殖专业合作社。她是第一个敢于吃螃蟹的人。她与"太保山村青草合作社"一起又上了《果州日报》《四川日报》和《中国农民报》。

任守青送走县委刘书记的第二天，她就宣布："青草合作社，将秉持'良心种养，自然生态'的发展理念；坚持'风险共担，利益共享'的合作原则；充分利用龙滩河、太保山的自然资源，'依山吃山，傍水靠水'，打造绿色生态环保的农产品品牌；现阶段紧紧围绕生产土鸡、土鸭、土猪、土鸡蛋、土鸭蛋和不用农药化肥的粮食、蔬菜等'土老坎'产品为主。"

好一个绿色发展计划呀，特别是"依山吃山，傍水靠水"的原则，充分体现了尊重自然、利用自然优势的战略，符合科学，与时俱进。她不愧是自学成才的农业专业的技术员，因为她已经拿到了全国普通高等学校专科（函授）毕业文凭。

青草合作社接下来就是进一步确定合伙人。俗话说"生意好做，伙计难求"。第一次社员大会，作为青草合作社的法人代表、社长的任守青第一个发言，她阐述了合作社的方向目标和合作原则后，强调："我们青草，究竟要喂什么样的牛呢？我认为让膘肥体壮的牛肥上加膘当然也可以，但我们更多的是要喂老牛、瘦牛，但不能喂懒牛。"

她的话音刚落，一个肝经火旺的股东"干豇豆"马上反对："两个穷光蛋，一个调皮捣蛋——这三个蛋不能要。我们青草只能喂干活路的牛，不能灌食①了他们。"

本来青草合作社的前身，就是帮助大青姑娘承包荒山的人自发组成的互助组，他们基本上是留守在家的老弱病残和鳏寡孤独，尤以老人和妇女居多。他们中有的是因病致残的，有的是因为特殊原因致病致贫的。其中有两个人非常严重，一个因为历史原因致贫的男子，叫任拔群；一个是因伤致残的任上昆。"干豇豆"说的两个穷光蛋就指的是他们。

这个叫任拔群的已经五十多岁了。他的父亲任博儒是黄埔军校第二十一期的学生，新中国成立前在伪政府的县衙当官，新中国成立后原来是富家千金小姐的太太离他而去，鉴于为官期间没有命案和劣迹，新中国成立后他带着很小的儿子、女儿，被遣送回原籍太保山村务农，成为"管制分子"，人称任博儒是"老县

---

① 纵容搞平均主义的意思。

衙"。在"三反五反"运动中,任博儒自然被打成坏分子,长期是无产阶级专政的对象,除了每次搞运动的时候站端端外,平时生产队里的脏活重活难活也是他包了做。所以,任博儒一介书生很快就病体缠身,改革开放后与大青的爷爷任骞一样摘掉"坏分子"的帽子,勉强过了几年正常人过的好日子就病故了。剩下可怜的儿子拔群、女儿出萃两兄妹,从小受父亲的牵连,享受了"坏分子子女"的待遇,经常食不果腹,加之身体先天不足,女儿出萃病逝在"三年自然灾害"时期。儿子任拔群跟随父亲一起识了几个庄稼字,人很聪明,个子虽不高,却是耕田犁地的好把式。因为拔群其貌不扬,加之家庭出身又不好,错过了结婚的最佳年龄,到老还是孑然一身。"拔群"不但没有拔地而起,鹤立鸡群,反而经常被别人瞧不起,见人矮一截。任守青一次偶然的机会,听到"老县衙"和儿子拔群的对话,令她心碎。

那是一个夜色朦胧的傍晚,任守青顺路到"老县衙"家,准备请拔群大哥第二天帮助她耕茬地。当她走到任拔群家门口,看见昏暗的灯光下,奄奄一息的老县衙闭着眼睛,正在和儿子谈话。他又穷又怕连累的人家,很久以来鸟都不朝这边飞,根本想不到还有人登门拜访,所以这天老人说话就没有"关后门子①"。

任守青听见老人气喘吁吁地从嗓子眼里挤出话来:"拔群,儿呀,是我连累了你啊。"任博儒瘫痪在床已经两年了,人之将死,其言也善。

"你和妹妹的名字是我从成语'拔群出萃'捡来的。本想让你拔地而起,鹤立鸡群,能力出众,前途超凡;让你妹妹出类拔

---

① 防备。

萃，想不到你们都因为我连书都没读成。'拔群'你不但没有超群，一辈子连新客都没娶到；你妹妹'出萃'没有出类拔萃就算了，反而过早夭折了。唉！"他气喘吁吁出了几口粗气，又接着埋怨："都怪我呀，一辈子不识时务，一九四九年八九月临近解放时，共产党都打到衙门口了，我却不顺应潮流，没有参加起义投诚的队伍，还企图留恋伪政府的残羹剩饭，舍不得鸡骨头那点油啊"。说完就又昏迷过去了。

任守青看见此情此景，联想到他两爷子一辈子的遭遇：这人啊，算路不从算路来，从小就想出人头地光宗耀祖的任博儒，满腹经纶，自称博儒，要儿子拔群，想不到竟然被历史抛弃，落寞到这种地步。她再次从任博儒和爷爷任骞的人生故事得出结论："人生应该选准方向"，学习何雍爷爷构建大格局。

大青在任拔群家里四周环顾，看见实行联产承包责任制十多年了，任家依然穷得瓢都舀不起，家里一竹竿打过去，挡都不挡一下。她知道，任拔群习惯早晨煮的饭要吃一天，早上吃了中午吃，晚上有时热一下继续吃，有时热都不热就当夜饭吃，怕烧柴，天天如此，相当于吃了一辈子陈饭①啊。

要知道，这个任拔群，在集体生产时期，由于家庭出身不好，人虽然一米六不到，但可没有少为生产队作贡献，他可是生产队耕田耕地的好手，人称"犁把式"②。就是在任守青承包荒山后的前十年，他也是没日没夜，累死累活地帮助大青植树造林啊。这些过去为集体、为太保山的绿化做出了贡献的人，我们在

---

① 上一顿的饭。
② 专门用犁头从事生产活动的老农。

中 篇 · 181

"树养人的后十年"，如果抛弃他，情何以堪啊？

　　第二个"穷光蛋"却是因为天灾人祸致残致贫的任上昆，女人叫梁秀芬。任上昆，是比任守青小三届的高中毕业生，虽然没有考起学校，但结婚后，小两口平淡中见真情，日子还是过得红红火火。不料天有不测风云，有一天，任上昆帮助舅舅修房子，不料上梁不正下梁歪，中梁不正倒下来。他正骑在中梁上钉檩子，中梁倒了，他从檩子上摔下来，跌得半死。舅舅本来就不富裕，现在鸡飞蛋打，哪有钱赔偿伤残的外甥，就连医药费都是任上昆自己拿的。可惜一对恩爱夫妻呀，从此丈夫半身不遂，形同废人。现在，丈夫已经卧床不起七八年了，家里的积蓄花得罄尽，吃饭穿衣零用都只有靠梁秀芬一个人种庄稼了。所以，现在家里一脚踢去，捞捞都没有一个，挡都不挡一下，家里有两三个鸡蛋都舍不得给病人吃，而是拿到市场去卖钱。好好的一家人，瞬间因残致贫，真是穷得叮当响呀。

　　任守青当着大家的面，心情沉重地给大家讲了上面的故事和看法，最后半是征求大家的意见，半是肯定地说："昨天，乡长、局长和县委书记给我们合作社敲定了发展方向：'互帮互助，共同致富。'你们说我们能不要这两个人吗？更何况我们国家正在搞脱贫攻坚哩！"

　　任守青又看了看浑名叫"干豇豆"的冯石匠，说："冯大志同学，你仍然坚持你的意见吗？你是有大志向的人哩。"

　　冯大志听了老同学的抬举，怪不好意思："听你的算咯。"

　　任守青看见冯老同学已经心软了，心里踏实了许多。不过她下面的理由更是理直气壮："再说，太保山是我们大家的山，十年前'人养树'的时候，我也是经常请这两家人参加了很多场植树造林突击任务的，就是平时灌水抗旱，锄草施肥，他们也没有少帮我的忙，我怎么能在'树养人'的收获时期嫌弃别人呢？"大家默无声息了，有人不停地点头。

突然，又有人说："那个调皮捣蛋的憨二娃总不该要！那年你困难的时候，他说你天天给他吃苞谷沙沙，属于忘恩负义、不识好歹的人。"有人说得更刮毒①："他'要人就要人，不要人就用尿淋'。"

任守青听了，更是宽宏大量，把责任归结到自己头上："各位父老乡亲，我们不能因为他们今天穷得叮当响就嫌弃他们，也不能把曾经提意见的和今后将提意见的乡亲排斥在外，只要是过去为我们太保山做过贡献的村民，愿意参与我们继续打造土老坎品牌的，我们都欢迎。"大青看了看乡亲们，明白基本可以决定了。

大家说曹操，曹操就到了。其实，大家在这里议论纷纷的时候，任拔群老人正躲在西花庭晒坝旁边挨着院子的旧房子里听小耳朵呐。他听见任守青姑娘的讲话，再也沉不住气了，人们不知他从哪个旮旯里钻出来了，只见一辈子与地球打交道的任拔群，站在那里，简直就是一座泥巴塑的雕像。他那张古铜色的脸，如果搁在土地上，与泥巴的颜色绝对分辨不出彼此，那一双皮包骨头但长满老茧的手，分明就是两把钢锉；还有那"刷把裤"，其实就是两片烂布形成的遮羞布。他的额头要不是纵横交错的沟壑里有一对眼珠子骨碌地还很灵动，肯定谁都会认为那只不过是一坨稀泥巴。如果说他是黑不溜秋的模样，绝对不是挖苦他；说他的脸是生了铜绿的铜像，颜色真的恰如其分；不过他的脸蛋又还

---

① 不讲情面。

暂好有点太保山上的红石骨子土的红润本色,才有了些许的光泽;特别是太阳穴上那十二道大小、深浅都匀称的褶皱,说它是皱纹,还不如说它是中国老一代农民风霜雪雨造就的鲜明的时代烙印。因为,从此之后新型的农民,不可能这么辛苦了,更不可能这么沧桑了。

总之,任拔群站在人面前,就像是用我们农村当年的瓦泥塑造的泥巴塑像。他比著名油画《父亲》的形象还要沧桑!他简直就是中国农民的标本!也可以说就是中国老农的活化石!

大青细细品味这尊活化石——老得掉牙的犁把式。她看见雕塑一样的本家任大爷来了,赶紧主动走过去,握着那两把割手的"钢锉",然后与已经驼背的老人紧紧相拥,就像抱着泥塑木雕或者一块活化石,心里陡生几分敬畏——他身上没有一点肉感,只有骨感啊。他们彼此想说的话都没有说出口,两个人配合十分默契,同时流下了信任对方的热泪。不过,在大青的眼泪里还蘸满了她对眼前这个农人标本一生最优秀的耕作作品的深刻记忆。

任守青看见任拔群大哥,仿佛看见了过去田地里的老犁把式,穿着一双脚后跟几乎磨掉了的拖鞋,把桀骜不驯的大水牯牛使得啰啰转。她看到了他曾经耕的苕塄子,像用墨线弹的一样笔直端正,均匀得没有丝毫坑包,一眼望去就像一幅"五岭逶迤腾细浪"的群山。

任拔群这个矮个子犁把式耕的田,也非同一般,如果谁看见,他一定更加敬畏一个老农的执着与艰辛。任守青记得,别人耕田提头时,把犁头一摔,顺着惯性,犁头就转过弯来稳稳地插在了第二犁的前头了。但拔群由于个子矮,却要跪在田坎上,拖着犁头转弯。表面上看起来他很吃力,实际上他非常娴熟,自有绝招,他像耍把戏一样一骨碌就转了一百八十度的弯,就像书法家泼墨挥毫一样,一撇一捺都在自己股掌之间,潇洒自如,运笔有神。但可怜的是没有拔地而起的拔群一下到田里,水就把裤裆淹了,这就意味着从他下到田里开始,就是半身湿透地在水里操作,这也是后来他老人家风湿病严重的原因。尽管如此,经过拔群耕作的稻田,犁坯子高矮一致、粗细均匀,要么随弯就弯,蜿蜒细腻;要么波涛起伏,像天上的瓦子云,在阳光的折射下波光粼粼。欣赏拔群耕整的秧田,就是欣赏一个其貌不扬的老艺人的一幅水墨画呀。

　　任守青想到这里,不假思索,当着大家的面,十分恳切地向任拔群慎重承诺:"拔群大哥,你今后就是我们合作社的土地耕作的顾问哈。"

　　合作社办的第一件合作事宜,就是她将瘫痪在床的任上昆的部分干板田入股青草合作社,并在田里培育水青杠树苗,待树苗长大后,又卖给青草合作社。任上昆后来拿到了十倍于稻田的收入。梁秀芬平时在家护理爱人任上昆之余,就近种自家的责任田,只有待种养殖项目有突击性活路时,才参加集体活动。任家感到了合作社的温暖,对大家感恩戴德。

　　青草合作社让任拔群这样鳏寡孤独的老人和像任上昆这样因残致贫的家庭,有了稳定的收入来源。每到过年,他们还会收到一份特别的礼物:青草养殖场,客户选剩了的二三级土猪肉。贫困户,同时还会收到一些一级肉。任守青让养不起猪的家庭都有肉吃。这样,太保山青草合作社的全体社员,都感受到了包产到户后新的合作组织给大家带来了不一样的幸福。

　　任上昆一家人对青草合作社感激不尽,秀芬拉着任守青姑娘的手深情地说:"村长啊,上昆受伤那年,你发动外出打工的村民和好心人捐钱几万元,解决了我们的医疗费用,现在又帮助我们过日子,过年过节你又将你家的土猪肉送给我们这些贫困户,一次就是几百斤啊,还给我们送山上修剪下来的柏桠等树枝当柴烧,你真是我们的好领导、活菩萨呀!"

  好心得好报,好心也可以感染人教育人。在大青的感召下,任拔群这个过去一人吃饱全家不饿养成的孤僻性格,居然可以合群与人为善:他做了一件帮助贫困潦倒的梁秀芬照顾瘫痪在床的丈夫的好事,帮助任上昆擦背、翻身、喂饭、解手、晒太阳等等。特别是有一次上昆肺部感染,小个子的拔群硬是背着比他高一截的任上昆到医院治病。当时,他驼着的背弓了相近九十度,行走几里路,病人的腿杆拖在地上,简直是拖着走啊。人说"久病无孝子",但一个无亲无故的任拔群硬是把任上昆照顾到逝世。梁秀芬被他的善良与执着感动,他俩建立了感情,做了老夫少妻的伴侣,他帮助梁秀芬共同抚养任上昆留下的孩子,直到大学毕业。辛苦一辈子的老实农民任拔群,终于老来成家、老有所依。

  大青的合作社集互助、共同致富、就地发展于一体。但是,任何事物都有两面性。村里总有一些斑鸠子要仰起飞,他们看见任大青承包荒山有搞头了,就眼红,要来打麻烦。一天,任守青的死对头彭晨,怂恿一些人找到任守青,他们说:"这是我们村大家的太保山,凭什么由他任家、何家吃'耿笼心肺[①]'呢?"

  有天晚上,一些人跑到山上去偷砍已经成材的树子修房子,有的去山上随意砍柴。党支部任书记知道后,马上召开了村民大

[①] 独食。

会，让大家回顾了十三年前太保山上光七五进一、寸草不生、荒山野岭的样子。回忆曾经的"天下第一名山"，风过一片黄沙，鸟过无处栖身，山泉从此断流，山大却无柴烧的景象。

任书记质问彭晨："你天天跑出去挣钱，山上哪一棵树是你栽的？"他转向那些闹事的人："上山栽树浇水的路，哪一条路是你们修的？天干时，任家、何家他们一家人打起乘棍儿担水抗旱。年近花甲的两个抗战老兵右边肩膀挑粪桶，左边肩膀翘乘棍，在半山腰的悬崖绝壁上，杵起乘棍，歇口气又往山顶前进。有几次他们的粪桶在擦耳崖一岩滚一岩，演孙悟空翻筋斗，粪桶摔得稀巴烂，你知道吗？他们也几次差点送命，你们那个时候跑到哪里去了？"何书记问得彭晨等人哑口无言。

何书记帮他们回答："你们那个时候，在任守青姑娘栽的已经长大成林的树下乘凉吧？你彭晨发财人，在茶馆里喝茶、打牌、搓麻将玩钱吧？那个时候，'农夫心内如汤煮，公子王孙把扇摇'啊。再说，任守青何时吃'耿笼心肺'了？你们吃他的猪肉、烧他的柴还少吗？"书记说着，流下了激动的泪水，惹得帮助过大青合作社的众社员都产生了联想和回忆，都流下了感动的热泪。

后来，村党支部决定按照县林业局制定的有关《封山育林管理的规定》，严禁村民上山乱砍滥伐。任大青承诺每年给大家免费供应柏桠等修枝的柴火二百斤，以后逐年增加，缓解大家山大无柴烧的困难。

大家对大青的承诺拍手称快，同时统一了认识，继续一起打造"土老坎"品牌。

第二十一章　进棺材求死的人

何武书记帮助太保山青草合作社理顺了关系后，又根据县委第六次党代会精神，制定了《太和乡五年发展规划》。他深刻认识到改革开放从承包土地开始，给农村带来了翻天覆地的变化。现在农民的吃饭穿衣问题基本解决，但摆在农民面前的最大问题是如何将富余劳动力合理引导转移的问题。所以，他在坚持把发展农业放在首位的前提下，要大力发展乡镇企业。

他来到具有悠久历史的凤和黄酒厂，看见整个厂房破破烂烂，门可罗雀；作坊式的生产车间里几个工人懒洋洋地在那里磨洋工。他刚刚收到了爷爷何雍想把绍兴黄酒的技术和管理引过来的书信，正好与厂长商量一下。

何文从黄酒厂出来，就听见大街上各种叫卖声此起彼伏，吼得最响的是老同学彭晨。

彭晨除了倒买倒卖时髦衣服，还倒腾收音机、收录机、收放机、流行歌曲的磁带、BB机，什么来钱，什么时髦，他就卖什么。整个市场被他带高音喇叭的音箱吼得震天响。

"瞧一瞧，看一看哈，刚刚进的毒鼠强哈，又叫三步倒哈。不怕老鼠太猖狂哈，闻一闻倒一个，来两个，倒一双哈。三个四个，都一样哈，鼠眉鼠眼，倒一串哈。"

何武书记好久没到过市场了，想看看各方面的行情。自从他懂事后，就喜欢与爸爸妈妈哥哥何文一起赶场。他的爷爷何雍教他："小市场，大社会。市场是个大舞台，形形色色都登台。"

"老同学你看你——八字胡的嘴巴搞宣传，的确良衬衫迎风招展，西部牛仔服打成腰杆，甩尖子皮鞋亮光闪闪，卖毒鼠强也可以挣大钱哈？"围观的群众听了书记的调侃无不"哈哈哈"大笑。

"何书记，早上好！你们共产党的干部是一切向前看，我们跑摊匠，就是向钱看。不过你们共产党人是前进的前，我们只是向钱，金钱的钱咯，哈哈。"说完，他又高声吆喝。

"走过路过，千万不要错过哈！"

"帅哥靓女快来看哈，城里流行喇叭裤哈，走起路来腿生风哈！嫌喇叭裤太洋气就选牛仔裤哈，西部牛仔最帅气哈！"

"还有傻瓜相机并不傻哈，咔嚓咔嚓乱按哈，美人照就在这里面哈。"彭晨说着，拿起相机对准一个美女，咔嚓一声，一张彩色的美人照片就出来了，围观的少男少女啧啧称赞。彭晨看见何武有离开的意思，转身跑过去拉住何武的手，点头哈腰地要与何武做生意。

"何书记，给你们乡政府一人买一个BB机不？仁和镇的红旗

中篇·189

烟花爆竹厂，真是财大气粗操得裈，中层以上的干部一人买了一个噻。他们买成二千六百元一个。我卖给你们，只要两千元一个，你们是我们的父母官，当然要优惠哟。"彭晨原来只卖耗子药，现在很会抓商机，尽卖些时髦的东西，说话已油腔滑调惯了。

的确，此时城里县级部门经济条件允许的单位领导和个别生意人，腰别BB机、手拿大哥大已成为最时髦的象征。可是乡政府财政预算，每人每年差旅费、办公费、招待费等等包干经费才四百多元，还有菜篮子津贴、文明奖、卫生奖、植树造林奖等等都在包干结余中列支。没有结余，什么奖都挂在水瓢底底上。乡镇干部多数都是一工一农的单职工，都想拿点钱回去养家糊口，哪里还有钱操BB机哟？

何武正准备到粮油市场和生猪市场去看看，忽然办公室的秘书风扇扇从乡政府跑下来说："何书记，不得了，出人命了？"

"哪里出人命了？为什么？"

"太保山村，有人吃了耗子药。"

何武听到有人吃药自杀，人命关天，他跑步赶紧到乡卫生院，带上急救箱和有关洗胃浣肠的药物及设备，往太保山村疾驰而去。

此时彭晨，还在那里高声叫卖："毒鼠强哈，强中王哈，吃了立刻见阎王哈，太保山已经毒死人了哟。"

太保山村，在距离乡政府两里路的山沟里。何武他们一行人飞似的跑来，看见一个奄奄一息的老人躺在床上，医生赶紧洗胃浣肠。何武发现，老者原来是老治保主任、诨名"茧（捡）疙瘩"的彭春阳——彭晨、彭曦他们的爹。

其实，彭老太爷也是苦命之人，他老人家之所以诨名为"茧疙瘩"，有的人又把他叫"捡疙瘩"，顾名思义是捡来的。他的名字后面其实有一本辛酸的血泪家史。

万恶的旧社会，人们的男尊女卑思想非常严重。一个人家，女儿再多都认为是无后，骂架时还要被人骂为"绝后代"。彭晨的婆婆第一胎生了一个女孩，一家人为添人进口感到高兴。因为父亲当了爷爷，儿子升格为父亲，自然是天伦之乐。彭晨的婆婆第二胎也生的是女孩，老人婆的脸色开始由晴转阴；第三、四胎，还是女孩，一家人的脸上都阴云密布。彭家开始求神拜佛，指望第五胎有所转机，哪知道第五胎仍然没长"把"。

彭晨的爷爷和婆婆也是慈善之人，见化缘的、讨口的就给予施舍，见寺庙就烧香，见菩萨就拜，舍得捐香火钱，更不必说专门求送子观音赐给儿子了。眼看婆婆肚子又大了，彭晨的爷爷满以为第五个是长把的，殊不知还是女子。为了不丢人现眼，他们一边隐瞒生女的秘密，对外说生的儿子，一边到处打听有生了儿子想要女儿的家庭没有。

说来也巧，十里开外的一户马姓人家，家里已经有四男一女了，媳妇又生了一个儿子，就到处托人打听愿意收养孩子的人户，实在不行交换也可以。因为"女大吃四方，男大吃田庄"，女儿盘到十五六岁就打发了，儿子可是要修房造屋，分田分地的。本来土地就不多，岂不是又多了一个穷人吗？彭家知道这个情况后，就连夜托人把女儿抱过去，把马家的儿子抱过来，进行交换。但马家也是贫穷人家，反悔了——抱走儿子可以，但不要女儿。

当天夜里，北风呼啸，雨夹着雪，寒气袭人。彭家屋里，半夜三更两个孩子哇哇大哭，院子里的人都悄悄把门开一条缝，窥探着彭家的动静。人们只听见，其中一个孩子的哭声像从被窝里发出来的，而且越来越低沉，越来越微弱，最后看见一个人披蓑衣、戴斗笠、提粪撮、扛锄头往龙滩河畔的方向走去了。事后有人说，女婴是用铺盖捂死的；还有人说得更血腥——可怜的女孩是被放在尿桶里残忍地淹死的。总之，彭家从此就有了儿子，尽管人们人前不说，但背后总是议论纷纷，甚至一有逗毛毛惹草草的机会，就抓住彭家的软肋骂养子彭春阳是"捡疙瘩"或者"茧疙瘩"。

彭家祖业少，子女多，新中国成立后自然划为贫农。彭家对"独根苗"视为己出，捧为宝贝，取名春阳，并供他读了五年私塾。春阳长大后能说会道，根正苗红的他当了一二十年的治保主任。

改革开放后，农村的日子一天天好起来了，人们再也不会为吃穿发愁了，也更加注重亲情了。春阳老太爷有一天和大家说说笑笑地挑着担子交公粮，突然一个老太婆把彭老太爷拉到街边，神秘兮兮地说："老弟，你是彭春阳吗？"

"是。你要干啥子？"

"你不是彭家亲生的，你知道不？"

几十年风言风语，彭老太爷怎么会不知道呢？但他知道的是彭家在路边捡到的他，才把他养育成人，彭家是他的救命恩人哩。所以，他从来没有去深究自己的出生，也没有对彭家老小有任何二心。听完来者的话，他挑起箩篼就要走。

"听我说完嘛，我是你的亲三姐。自从把你送给彭家后，我们的父母就后悔了几十年，但家里一直穷，没有办法。新中国成立后，我们日子好过了，开始寻找你，找了几十年啊，但都杳无音信。现在，爸妈都老了，更加想念自己的亲生骨肉。我们的爸爸因为想你了,天天闷闷不乐,抑郁成病,已经活不了几天了,希望在他弥留之际能见你一面。弟弟,你就了却一下我们马家老人的心愿吧?"老太婆近乎哀求地说完,就伤心地抽泣起来。

"说得轻巧,像根灯草。当年他们在干啥子?我现在心里只有彭家的父母和姐妹,没有啥子马家牛家!"彭老太爷担起箩篼就走。

但又过了几个月磨合期,彭、马两家的老人和部分姊妹终于在太和乡的供销社食店如约相会。这个跨了新旧两个时代的团圆,恩少怨多,像五味杂陈,有苦说不出口,有愧无法表达,有悲伤也难以言表,没有久别重逢的喜悦。但它结束了一个男尊女卑、重男轻女的悲剧,见证了一段旧社会的苦难历史。

何武收住历史的记忆,看见任守青已经提前赶到,正在给彭老太爷灌肥皂水。乡卫生院的医生见状,肯定了任守青的土办法是一个救命的有效措施。彭老太爷喝了肥皂水,捞肠刮肚①,口吐白沫和食物。一股说不出来的腐臭味,在屋里弥漫,但没有嗅到有什么特别的药味。村上的任书记也不嫌脏,正在帮助打扫卫生。何武赶紧过去扶起彭老人家,并亲自给迷迷糊糊的老人家喂开水。老人家其实没有什么大碍,乡卫生院的何仲春院长也是何武、彭晨的同学,给老人家做了检查,鉴于彭老太爷已经吐了一些药物,就没有给他再浣肠。他告诉大家,彭春阳的生命体征正常,无大碍,主要是有慢性支气管炎伴肺心病,只不过这个病冬天就比较严重,条件允许还应该忌生冷。至于吐的东西要回去化验了才能够确定其成分。

---

① 吐得很干净。

被吓得大惊失色的邻居何老大爷,仍然战战兢兢地说:"把我们吓惨了哟。昨天晚上,他就在收拾他的寿材。我问他,他说他要去陪老婆子去了。我还说,你好端端的,说什么断头话。他骂骂咧咧地'孽种、孽种,不得好死,不得好死'地骂,估计是因为对两个儿子没管他心生不满。特别是老大彭晨光顾到处跑去挣钱,他老汉儿是死是活从不过问。当晚我也没在意,但又总觉得有什么事情要发生。现在院子里年轻力壮的都出去了,就剩下我们这些老弱病残的人,没法与人商量,我只有一晚上留意看有什么反常的情况。暂好,昨晚相安无事。我一大早起来,敲彭大爷的门,才看见他自己躺在棺材里一动不动,寿衣、软鞋都自己穿好了。我一看,知道拐了①,我把他的鼻子一摸,还有气,只是炉着一条。我就去找平时爱帮忙的任守青姑娘,让她先过来急救,我就往村上和乡上跑。"

任守青听到此,骂道:"俗话说'宁遭父母手,不遭父母口'嘛。彭家两弟兄,平时不孝敬父亲,遭父亲'不得好死'的诅咒,总有一天会罪有应得!"在场的乡亲们都夸嘴大青姑娘说得对。是啊,宁愿被父母打,也不要被父母诅咒。按照老练子说的,晚辈不孝顺自己的老的,被老的咒骂,是很灵验的,是要遭报应的。

"何书记啊,现在有些人,只要钱,不要脸,不要良心,要不得。"在场的一个本家老练子抱怨。

何武记住了老百姓的对话,感觉中央的"物质文明、精神文明两手抓,两手硬"的号召必须认真贯彻执行。

---

① 坏事了。

通过了解，清楚了事情的原委。彭家老大彭晨虽然没有什么专业特长，但当了几年跑摊匠，深谙江湖上搞钱的秘诀。所以，两口子三六九赶东场，二五八赶西场，一四七赶北场，有时还要腾出时间赶省城进货。老二彭曦，自幼喜欢舞文弄墨，什么曲艺评书，吹拉弹唱，他自己说自己"样样懂，门门瘟"。不过随着人们生活的好转，红白喜事都很讲究，所以天南地北到处都有彭曦的脚印。他们两弟兄，有了钱丢了孝，把本来有慢性病的父亲一个人丢在老房子里，不闻不问，才酿成如此严重的后果。

彭老爷子肚里面的汤汤水水都倒海翻江似的倒出来了，他终于醒过来了。他睁开双眼，迷迷糊糊看见何武——堂堂的乡党委书记在给自己端汤递水，还听见何武在说："彭大爷，这么好的日子，你有什么想不开呀！你是我们大队的老主任，有功之臣嘛，有困难找组织嘛。你才七十岁嘛，还没活够啥。"

彭春阳听完，激动得老泪纵横："何书记呀，守青呀，你们救我做啥子嘛？我愿意死呀！我和彭晨那短命的儿子对不起你们家呀。你爱人任卫青的爷爷任骞论辈分我应该叫长辈，但是我不敬呀。那一年，我明明知道他是抗日英雄，但清理毛石燕反革命集团时，硬是把他弄来陪'杀场'，他站了一天两夜呀，我冤枉了好人啊。还有我们生产队每年砍马桑树泡绿肥，总是叫他和任博儒一个地主分子、一个老县衙①去淘马桑树；平整秧母田也是你的爷爷呀。那可还是早春二月的倒春寒呀，任何人都要冷得发抖的呀。还有生产队哪一年打谷子，背拌桶，担水谷子不是我那任骞大爷呀！还有……还有彭晨那断红苕，自己莫本事，考不起学校，就眼红你们一家四中榜，就编造事实，诬蔑漂亮能干的守

---

① 坏分子。

青姑娘。要不然，古有'一门四进士'，今有'一家四中榜'，多完美啊！"彭老太爷说完，就要翻起来给何武鞠躬道歉。

任守青、何武听到这里，心里没有激起任何波澜，而是静若止水。俗话说"若要人不知，除非己莫为"，彭老汉说的，守青、何武早就知道了。特别是守青，明明知道彭晨一封诬告信改变了她的命运，但事已至此，过去了这么多年，计较已于事无补，这也是时代的遗憾，就彻底淡忘吧。

何武赶紧摁住彭老太爷，诚恳地说："彭老太爷呀，过去的事就不要说了，那不是你的错。过去有过去的政策，任卫青的父亲，现在也是我的爷爷，经常告诉我们'长草短草，一起捌倒'。我过去也就是因为这些恩恩怨怨，从来没有好好叫你一声，我今天给你认错，都是我们年轻人太任性。刚才您说您高我一辈，现在我当着父老乡亲的面，就毕恭毕敬地叫你一声'彭——大——爷'！"接着他又把腰弯到九十度给彭春阳鞠躬。他要弥补多年以来对这个本应该尊重的彭大爷做的所有的不敬不尊的行为道歉。包括对孩提时候彭晨喊大青为"胖嘟嘟"时，他们以牙还牙骂"捡疙瘩"的行为道歉。

关于彭老太爷死而复活的故事，太保山的人，后来是这样传说的：彭老太爷一是因为两个儿子不孝，自己又体弱多病，不想活了；坊间也有加油添醋说是因为过去搞运动时他整了任骞和何家的两老爷子，现在何家人当官了，怕运动一来，一报还一报，所以干脆自己了断算了。但所有这些传说，都被现任太和乡党委书记一个鞠躬彻底了却。如果彭老太爷真的有心结，已该被何武打开了。

至于，彭家两个儿子不赡养老人的问题当然由村党支部作了严肃处理。事后，彭家兄弟俩轮流照顾老人，从此老人才真正开始享受改革开放带来的幸福。

彭家老太爷痊愈后,逢人就炫耀:那天,他自己给自己"净身"后,干哽了从彭晨那里偷来的五包毒鼠强,自己穿起寿衣,躺在棺材里去,准备等死,去见自己死了多年的老伴。

他说,迷迷糊糊中,他走了很长的黄乎乎的羊肠小道,爬了很多黄乎乎的陡坡,跳了许多黄乎乎的坎,淌过许多黄乎乎的河流,他知道这就是黄泉路啊。他走了不知多久,终于来到一个阴森恐怖的宫殿,门牌上写着"阴曹地府"。两个怒目狰狞的刀斧手把持着大门,他不敢斜视一点,只顾弓起背,继续朝前走,只听见里面传来一阵呵斥:"彭春阳,你来干什么?你的阳寿还没到点,还不赶快给老子滚回去,重新做人。"

彭老爷子继续说,等他苏醒过来才发现守青、何医生在给他浣肠。肚子里的汤汤水水都倒出来了,人就醒过来了。他睁眼一看,才知何武在他身边,正在劝他:"彭老太爷有什么想不开的?有什么困难找组织嘛"。

不知道是何武把彭老太爷唤醒了,还是真如老汉说的那样,是阎王不要他。但老人相当于重新活了一世人。他逢人就吹嘘自己运气好,遇到了活菩萨,阎王老爷才不要他的。

经过何仲春院长化验,彭老太爷吃的"毒鼠强"相当于假冒伪劣产品。毒鼠强的有效成分四亚甲基二砜四胺分量不足,而多数成分是一种可以致命的高标号水泥粉,老鼠食用后,药在体内逐渐膨胀、凝结导致老鼠肠道梗阻。彭老太爷要不是大青、何武抢救及时,再晚二十分钟,他的命再大,恐怕也难逃一劫。当然也是彭春阳命不该绝,当时家里开水都没有一口,"害"得他干哽"耗子药"。不然,水在肚子里发酵,水泥凝固了,他就危险了。

第二十二章　老八路与凤和黄酒

何武把彭老太爷救过来后,彭家俩儿子才哭哭啼啼地回来。何武深感农村的剩余劳动力转移到城市和非农业领域后,农村面临着很多新问题,比如养老问题、民风民俗问题、乡规民约问题等等,都不可小觑。所以,他把两个不孝之子狠狠数落了一顿后,就委托村干部认真教育、严肃处理这一严重事件,并告诉大家要加强村民的道德风尚的教育和引导。然后,他与任守青一道,回家看望两边的父母。

"儿子,感谢你经常给我们拿钱,还要给我们买耕整机、打谷机啊,还是你和大青、小青孝顺啊。"言下之意,是影射大儿子何文的不孝。其实,何武心里明白是怎么回事。

何武看望了双方老人。老革命周玉、任骞和父亲何斌提醒何武,现在农村粮食多了,家家户户粮食装满了柜子、囤子和坛坛罐罐,两三年不下地照常吃饱饭。但就是钱少了,粮食价格低,卖不起价。所以,大家都在搞钱,乡政府要好好带领大家走致富之路。"

何武心事重重,更有同感。现在粮票、布票、肉票等代表供给制度的票证慢慢取缔了。就连过去决定年轻人出路的城市户口,城里有关部门都在摆摊设点公开卖了,五千块钱可以买到过去梦寐以求的可以决定终身命运的"城市户口"了。农民可以进城务工,与城里人平等竞争当工人挣钱了。但是,有的人端起碗吃肉,放下筷子骂娘;不孝、不义,甚至鸡鸣狗盗的事偶有发生,这是为什么?

当晚何武就拜访了老师——县委书记刘畅。他把发生在太保山村的怪事告诉了刘书记,总觉得什么地方不对劲,很迷茫。刘书记高瞻远瞩,一针见血地指出:"现在农民的粮袋子鼓起来了,钱袋子却还是干瘪瘪的。改革开放,国门洞开,难免苍蝇蚊子进屋来。吃穿不愁了,物质文明蒸蒸日上,但精神文明如果没有跟上旧社会那些被我们抛弃了的糟粕也会沉渣泛起啊。西方资本主义国家的洋垃圾也是通过各种渠道进入国门。"

何武还没有等刘书记说完,就豁然开朗。"哦,我懂了,就是中央讲的'我们要精神文明与物质文明两手一起抓,两手都要硬'。"

"对对对。何武呀,目前我们多富区的乡镇企业,栽桑养蚕、缫丝、织绸一条龙的经营模式,受到了国家领导人的充分肯定和表扬。仁和镇的火工企业红旗烟花爆竹厂的产品,响彻大江南北,都是我们老祖宗传下来的好东西。你们乡要认真贯彻县委第六次党代会精神,抓住乡镇企业这根牛鼻子!带动老百姓走致富路,缓解县乡财政的困难,一举多得啊。"

"刘书记，我爷爷给我写信，要我把浙江的绍兴黄酒技术引到充汉县来，改造我们原来的黄酒厂。我要以继承和发扬黄酒传统工艺为契机，大抓传统文化教育，把千百年来躺在地上、藏在大家脑海中物质的、文化的遗产救活，为我们现在的社会主义服务。"

"好呀，办好乡镇企业，解决乡镇财政的窘迫状况，农民成了工人，农产品变成工业品，附加值提高了，城乡差别缩小了。一个棋子走对了，全盘棋皆活啊！黄酒项目好啊，是我们老祖宗传下来的老东西。我们县有川沱酒，再有一个你们的黄酒，白酒黄酒，比翼双飞嘛。"

凤和黄酒，相传起源于太保山何氏家族。何家祖上本身就是经营丝绸为主，兼营烧酒的商人。相传北宋英宗治平年间何金中进士，官拜观文殿大学士，加封辅佐国君的太保之后，何母煮了一缸醪糟，让儿子往帝都汴京开封府赴任时，献给英宗皇帝品尝家乡美食。但一是由于路途遥远，醪糟在路上开始发酵了；二是走州过县都有地方官员迎送，路上烦冗的礼仪浪费了很多时间；三是山高坡陡，江河密布，不到两千里的路程，跋山涉水，日夜兼程，从仲春走到了盛夏。

一路上，何金都舍不得打开密不透风的甜糯米醪糟品尝一口。到了开封皇帝的金銮宝殿，何金赶紧面见圣上，献上蜀锦和家乡的醪糟。英宗身边的太监公公，要何太保陪皇帝一起品尝。其实，是考验何金是否忠诚，所送食品是否有毒。

何金接过公公递过来的"醪糟"，立即瞠目结舌：怎么变成这个样子了——没有了糯米坨子，全部成了黄乎乎的汤水，这还了得，岂不是犯了欺君之罪。他吓得腿肚子筛糠，口里只是"这、这、这"，不知说什么好。

此时，只听得金銮殿上传来英宗皇帝似笑非笑、不知何意的"哼、哈、嗯"的声音。

何金立即叩首："请皇帝恕罪，请皇帝恕罪。"

英宗皇帝把盏又猛饮一口。

"哈哈哈！"皇帝将金樽之"醪糟"一饮而尽。然后说道："爱卿之家乡，果然是天府之国，物华天宝。美哉美哉，此醪糟乃黄酒之上品也。"

皇帝立即走下金銮宝殿，扶起何金太保。"爱卿如此忠心耿耿，何罪之有啊？快快起来，朕自然有赏！"

何金方才回过神来，激动不已，将杯中"醪糟"倒下肚，果然醇香爽口，回味悠长，没有了一点醪糟的味道了。就这样太保山的醪糟，被英宗皇帝赐名"凤和黄酒"。

原来何金的慈母精心酿造的醪糟，通过几个月的反复发酵，蜜甜的醪糟已经变成名副其实的黄酒了。

传说归传说，太保山黄酒经过一千多年的不断改进，工艺的确更加完美，品种和颜色更加多样，味道更加纯正。但万变不离其宗，依然离不开三个固有的要素：一是太保山下滴水崖凉水井的水；二是何家的家传秘方，它除了优质糯米，还要加其他如小麦、高粱等杂粮；三是传统的发酵工艺。

二十世纪四五十年代，太保山黄酒依然以手工作坊的形式生存着。但新中国成立后，因为水的原因，达不到原来醇香的口感，才重起炉灶，但因管理不善，始终未能恢复元气，更别说发展了。所以，何武想借振兴乡镇企业的东风，重振太保山黄酒雄风。

记得那是一个酷暑难耐的夏天，何武带上分管乡镇企业的王副乡长、黄酒厂的白厂长、王副厂长，一行四人直奔也是副军级军官的何雍爷爷所在的浙江军区。

"今天，我的院子里喜鹊枝头叫，原来孙子等家乡的父母官来了。"何雍几年没看见孙子何武了，喜不自禁，给大家又是倒茶又是让座。何武虽然不是何雍的亲孙子，但是他的战友、当年与他并称为"何氏双雄"的何荣禄的孙子，与亲孙子一样都是革命的后代呀！他一直把何武视为己出。

老革命就是老革命，一顿家宴，让何武等老家的人见证了老八路军的勤俭节约、廉洁从政的优良传统和为人风骨。

远道而来的家乡亲人们，在火车上就在议论，白厂长说："这可是我见过的最大的官呀，也是我们家乡目前最大的官，这次肯定要让我们住高级宾馆，吃山珍海味吧？"王副厂长是个毛头小伙，说得更加露骨："肯定要让我们坐小轿车，把绍兴黄酒喝安逸哈？"

殊不知，车站接客是何雍自己骑自行车来的，虽然通过几个岗哨，卫兵都齐扑扑给客人敬礼，弄得王副厂长左脚敲右脚，激动得走路打偏偏。他们还看见一个豪华的"乌龟车"从何雍身边驶过时，立刻刹住："首长，我们送您回家！"何雍摆摆手。

一群"乡巴佬"多想欣赏欣赏轿车呀。何雍看到大家目不转睛地看着远去的轿车，给孙子何武解释说："办私事不能用公车。"何武也赞成地点了点头："嗯。"

大家来到何雍的小小四合院，见识了许多从来没有见过的花花草草和两棵香樟树。显然香樟树是何雍官复原职后才栽的，与老家那三棵百年老树相比，虽小，但树的形状依然如一把大伞，挺立其间。说说笑笑间，只听见军分区军号嘹亮，何雍告诉大家:"这是开饭的号。"只见他戴上围裙,与阿姨一起做菜端菜。

一会儿工夫,一桌菜做好了,既有老家的红苕凉粉、红苕面瘩儿炒回锅肉,又有红扑扑的基围虾、大闸蟹,还有不知名的贝壳类和西红柿炒鸡蛋。桌子上还摆了家乡的凤和黄酒和绍兴黄酒。

何雍让大家入座,解释说:"我们没有去大饭店,我给大家吃家宴,没意见吧。"

"没意见,添麻烦了哟。"其实有的人大失所望。

"我也可以用公款到大宾馆给家乡的父母官订一桌,但下一次其他领导同志的家里人来了,就是'前面的和尚,后面的模样'。久而久之,风气就坏了。何武,你说呢?"

"是、是、是,爷爷。"何武知道爷爷在考验他。

"前面的和尚,后面的模样。"王副厂长赞叹老革命:"何军长,出来几十年了,你还记得我们家乡的老话呀?"

"哼,年轻人,这些话可是我们老祖宗留下的优良传统呀,称为优秀传统文化呢。'破四旧立四新'是对的,但我们要按照毛主席说的'取其精华,去其糟粕'嘛,我们就是要传承优秀的传统文化呢。"大家点头称是。

王副厂长看见将军家里也是家常便饭,甚至觉得老家的螃蟹从来没有上过宴席,将军家里虾兵蟹将都上桌了,难道这就是各方一俗吗?何武是在武汉读的大学,吃过海鲜,见过世面,赶紧给大家介绍,基围虾、扇贝和大闸蟹都是高档食品,同时他给大家介绍了具体吃法。大家边吃菜边品尝绍兴黄酒的头号好酒——"古越龙山"。

何雍首先介绍:"黄酒可是好东西,当年苏东坡被贬到浙江时，十分颓废，喝了绍兴黄酒，顿时如同雨过天晴。于是才有了著名的诗句：'白汗翻浆午景前，雨余风物便萧然。应倾半熟鹅黄酒，照见新晴水碧天。'琼山道人白玉蟾也有'闲倾一盏中黄酒，闷扫千章内景篇'的体会。"

"我们的凤和黄酒，家乡的传说是源于北宋英宗治平年间（1064年），其实当时何金奉上我们的醪糟时，黄酒早就在距离我们千里之外的江浙一带诞生了，所以皇帝才一口认定我们的醪糟是黄酒，哈哈哈！只不过何金献上的是我们太保山的独特的水和糯米酿的醪糟，通过一路颠簸摇晃、日晒夜露的自然发酵，偶然成就了独具一格的黄酒味道，所以何金和我们家乡的黄酒都受到了英宗皇帝的欣赏。通过千百年的发展，我们的凤和黄酒，特别是花雕，与绍兴黄酒有异曲同工之妙哩。"

"何将军对家乡的黄酒研究得这么透彻，真是佩服。无论我们凤和黄酒，还是绍兴黄酒，只要是黄酒当然都是好东西啊！黄酒富含维生素、氨基酸，营养丰富，开胃健脾，延年益寿！"白厂长第一个感叹。他用嘴唇咂了一口绍兴黄酒，舌头在嘴唇上舔了舔，在口里孪了孪："好酒啊，好酒！"

"我觉得这个黄酒还没有我们的凤和黄酒香甜呐？"王副厂长喝了一口，老老实实发疑问，开黄腔。

何武觉得老家的黄酒口感真的不错，但绍兴黄酒颜色很纯正，其他的问题就说不出所以然。

"对，我们的凤和黄酒，的确从口感、质地，也就是营养成分，肯定还是很不错的。这也是我要叫你们来研究的价值所在。但你们看这个古越龙山，色泽红润、晶莹剔透，口感虽然没有我们的酒甘甜，但你们难道没有觉得香气馥郁、回味绵长，口有余香吗？它还只是普通的五年陈酿呐。再说现在已经不再是过去缺吃少穿的年代了，人们已经不喜欢过分甜的味道了，甚至行家还忌讳甜味抢了其他营养成分的美味哩。"何雍解释。

"首长一语道破了我们的凤和黄酒与绍兴黄酒的区别。我们一定要好好学习啊。"白厂长是懂黄酒的，可以说是凤和黄酒健在的传人。

王副乡长和王副厂长，原来想吃大宾馆的大餐，现在感觉这就是真正的大餐，觉得"今天真的开洋荤了"。

接下来的两天，何武一行四人参观了"古越龙山"黄酒的生产工艺和现代化的生产流程，大家大开眼界，深感望尘莫及。但在何雍请的老师傅的指导下，大家慢慢找到了差距，增强了信心，坚定了振兴凤和黄酒的决心。最后信誓旦旦给何雍表态，一定要重振凤和黄酒的雄风。

在何雍的引荐和与企业领导的协调下，绍兴黄酒厂同意派人无偿支援凤和黄酒厂。

何雍老八路告诉家乡的父母官，振兴家乡的凤和黄酒，是他离休前为家乡做的最后一件事，也是他很久就有的心愿。同时，大家在离开的时候，何雍破例让大家坐了一回"乌龟"轿车到火车站，他说要大家享受一下祖国改革开放的胜利成果。

一年后，凤和黄酒香飘巴蜀大地。

第二十三章 烈女、孝男、"烧火佬"

彭曦自从其父喝耗子药后,就像变了一个人。他向何武书记作了深刻检讨,然后把父亲幸福养老的事安排得巴巴适适,一日三餐全部有人照料,每场都亲自给老爹割肉回去。平时老人家就在村里老人日间照料中心,与过去自己主持批斗大会时的斗争对象任骞,当作伪军监督改造的周玉一起打川牌、玩麻将,大家和平共处,再也不用计较过去的恩恩怨怨了。一大批老年人在一起安享晚年。

彭曦没有他哥哥彭晨那样嗜钱如命,他农忙时回家务农,闲时外出发挥特长,搞文艺演出活动。九十年代初,县文化馆招考民间艺人,他考起了充汉县的民间曲艺队,还领到了《民间艺人演出证》,有证就可以在全县范围之内演出了。

好事多磨。他回忆了考证的经过。第一次,他编排的是《赵匡胤卖华山》,本来节目和演艺都不错,结果正式发合格证的名单上没有他。城里北街有个老艺人告诉他："小彭呀，你知道为什么没过关吗？"

"肯定是我演得不好啥。"

"哪里哟，与演出好坏没多大关系，你懂不起呀？你要去给负责主考的方主任油油嘴，你不请他吃顿饭喝台酒，怎么行嘛？这些有权利的人很多都是饮食菩萨。"

于是，彭曦第二次考试前委托老艺人帮忙，请方主任在四桂坊茶馆旁边的馆子里小酌一杯。他买了两瓶凤和花雕酒，炒了一盘宫保鸡丁、一盘糖醋肉丝，还要了一碗鲊肉和一条葡萄鱼。这杯来盏往，吃得方主任满嘴流油，酩酊大醉，当然就高兴极了。

一吃落听，又称为一吃落教①。方主任嘴巴一抹，很快就帮彭曦把《充汉县民间艺人演出证书》办下来了。于是，彭曦正式走南闯北，说评书，打金钱板，敲竹琴，打快板和荷叶，成了远近闻名的说书人。他向大学生何武谝嘴："没考上大学，我照样有出息。"通过这两年的学习锻炼，他自编自演把顺口溜似的唱词编得十分得体，接地气，表演也有板有眼，加之曲艺节目短平快，很受领导重视，深受老百姓欢迎。彭曦文化水平和演出能力都有较大的提高。

自从何武向县委刘书记汇报了当前精神文明建设滞后甚至有一些缺失的情况后，上上下下都开始重视文化工作了。经上级批准，在全县公开考试招聘乡镇文化专职干部二十名，专门选拔有文学艺术特长的民间艺人和书法美术人士，主抓乡村文化和精神文明建设。彭曦在何武的推荐下，参加了考试，居然一考就中，

---

① 川牌行话。

实现了多年的夙愿,当了太和乡的文化专干。他经常与何武书记一道,深入农村进行孝顺父母、尊敬长辈和有关遵守道德操守,树立文明新风尚的宣传。

这一天,在太保山村何家香樟树下的绿茵草坪上,任守青的"青草农业合作社"的社员和在家的村民,包括彭曦的老爹彭春阳,大家相聚一起听彭曦讲评书、打金钱板,宣传向上、向善、向前的正能量,抵制"一切向钱看"和官本位等腐朽思潮。

第一个节目就是彭曦熟悉的评书《赵匡胤卖华山》。

只见彭曦将惊堂木在桌子上"乒乒、乓乓"敲了开场白,然后说定场诗:"谈古论今不荒唐,小人得志莫猖狂,善恶到头终有报,人间正道是沧桑。"

然后将惊堂木在手中一摇,开始讲道:"在隋唐五代之时,梁、唐、晋、汉、周诸王争雄,争战不休,天下纷纷大乱,民不聊生,好好的土地遍生荆棘,好好的百姓流离失所,这时有一唐末士子,看着这今天姓李的杀姓朱的,明天姓石的又杀姓李的,争杀不休,老百姓没有一天太平的日子。他便从中原家乡跑到武当山九里岩,隐姓埋名,潜心修道去了。在这山野之中,独善其身,逍遥自在,穷究其玄理,精研周易修身养性。当时有些避难士子,山野农夫,相将往来,听他说一些古往今来的兴亡故事,讲一些玄奥莫测的先天易理,他姓陈名抟……"

故事讲的是宋朝开国皇帝赵匡胤,一日看见两个老汉在下棋,忙上前指指点点,说这个没有走对,那个也没有走好。陈抟指责赵匡胤道:"观棋不语真君子,指指点点是小人。你来嘛?"

"我们来硬的,愿赌服输!"赵匡胤挑战,并暗暗庆幸,自己腰无分文,正好过过赌瘾,赢点盘缠。结果,前两局赵匡胤赢了，陈抟将四锭银子交与赵匡胤，谁知道以后赵匡胤只输不赢，欠下了三百两白银。在陈抟的布局下，赵匡胤将华山卖给他，以抵赌债，并在岩石上写下字据。赵匡胤当了皇帝后，就想反悔，怎奈口说无凭，有华山上的字据为证。从此，华山成了陈抟老祖修仙论道的宝地。

　　第二个故事是用竹琴演唱的。只见彭曦手敲长长竹筒和亮锃锃的铜钹，竹琴便发出悦耳的声音：

磁膀膀，磁膀膀

磁膀磁膀磁膀膀

膀膀磁，膀膀磁

膀磁膀磁膀膀磁

……

　　他敲完过门儿，便用特有的竹琴调子演唱。故事讲的是充汉县康熙年间《县志》记载的孝子节妇的故事《贞烈女何氏》。

有道是自古英才，

钟秀于地灵山川。

千年古邑充汉县，

孝义贞烈数不完。

他们扶植纲常啊，

泣鬼神金石可贯；

他们匡扶正义呀，

彪炳千古后代传。

今天不说"一门四进士"，

也不唱"抗日四勇士"。

我说一说何家贞烈女，

富贵不淫威武不屈的典范。
崇祯年间充汉县,
县衙院内一小官,
姓何名光人抻展,
富而狭义才智显。
那年张献忠剿四川,
屯兵十万凤凰山。
县城很快被沦陷,
何光率兵杀敌顽,
英勇就义敌阵前,
留下孤女寡母日子难。

何家二女很娇艳,
勤俭持家更勇敢。
年方十六嫁廪生,
丈夫翌年丧黄泉。
可怜烈女福太浅,
无父无夫无子传。
有个无赖于洪鲜,
挟持威胁强霸占。
何氏不从欲自缢,
八旬老姑破门泣:
你若死了我何依?
剪发刺脸贼放弃。
屋漏偏遭连夜雨,

又遇黄虎之兵痞。
觊觎何氏容端丽,
心生歹意企图欺。
何氏以头触石满头血,
清白之妇宁死也不屈。
贼怒砍断两手臂,
何氏骂声口不歇。
贼刃其颈满身血,
是死是活扑朔迷。
族人将其藏洞穴,
调养一年有余才站立。
贼人见何氏如此刚烈,
将其夫君家族全诛灭。
烈妇痛不欲生终身不嫁,
衣不穿丝绸饭不吃鱼虾。
何氏贞烈垂青史,
寿终正寝人人夸。

各位父老乡亲,听了看了彭曦的说唱和美妙的竹琴表演,年老的听得眼泪汪汪,年轻的也是激动不已。大家又见彭曦拿起了金钱板,大家鼓掌表示欢迎:"再来一个,再来一个。"

金钱板是四川的传统曲艺品种。表演者左手执两块竹板,右手执一块竹板,互相击打出和谐的节奏,口里说唱故事。因其中两块竹板上嵌有古铜钱而得名。彭曦"梆里个梆,梆里个梆"敲了天板、地板、人板后,张口就来:

刚才听了贞洁女,

现在请听孝顺男。
孝顺男，孝顺女，
若不孝顺打屁股。
有了钱，更要孝，
切莫学我彭家两个断红苕。

下面听众哈哈大笑，只见他敲了一阵竹板，又开始了表演《孝男何敱》。

忠义之乡孝子贤孙唱不完，
我今天唱一唱何家一孝男。
清朝的康熙年间，
姓何名敱是孝男。
幼年丧母很孤单，
继母看他不顺眼。
何敱懂事不偷懒，
脏活累活抢着干。
不管别人怎么看，
他却以德去报怨。
邻里乡亲都在夸，
这个娃儿真能干。
好人总会有好报，
雨后天晴彩虹现。
何敱长成一帅男，
身后美女一大串。
就是无一愿上门，
都说继母很讨厌。

婆婆年迈身体弱，
久病不愈孙伤感。
孝孙割胸治祖病，
孝心居然除病患。
祖母痊愈继母患，
一年都在病榻前。
何斅怎会计前嫌，
再次割胸继母痊。
两次割肉均酷暑，
不敢裸胸露感染。
为了不让家人疼，
忍痛受热也心甘。
精诚所至金石开，
继母感动家温暖。
何斅终于娶娇妻，
孝顺儿子美名传。
各位听官听我言，
割股割胸不可传。
为爱舍身见真忱，
孝顺之心方可赞。

彭曦刚刚唱完，掌声立刻把金钱板的敲打声淹没了。

何武正要为今天的宣传表扬彭曦，只见站在院坝边上的彭曦的老爹不紧不慢地走过来，当着何武书记的面自言自语地说："世风日下，该搞运动了。还是搞运动撒脱啊，还是搞运动撒脱哟！"

彭曦见老爹还是过去那一套旧思想，把他今天的表演作用全否定了，气不打一处来："爹，你硬是搞阶级斗争搞上瘾了么？这是用文艺占领社会主义阵地，这是社会主义精神文明！"

旁边有个老农听见又要搞运动，气愤地骂："茧（捡）疙瘩，你还想批斗我们哟？呸！"

"不是整你们，是世风日下啊！"彭春阳老大爷笑笑，又严肃地回答。

彭曦看了看难为情的书记何武，正准备过去给曾经遭批斗的富农任大爷解释。突然，太保山村邻近的唐家嘴村的党支部书记老唐气喘吁吁地前来汇报。

"不得了呀，我们村出大事了！"

接着唐支书报告了他们村发生了一件差一点酿成命案的荒唐事。

唐家嘴的莽石匠家，大儿子到广东顺德打工去了，为了赚钱养家糊口，平时基本没有回来，每年只有过年才回来耍十来天。平时家里只剩下了漂亮的儿媳妇、小孙子、两个老人和一个傻乎乎的娶不到新客的莽儿子。家里妻子多病，莽儿子只能敲一下才动一下从事点简单劳动。家里种有两三亩责任田和地，全靠身体尚健壮的老人公和儿媳妇的辛勤劳动。儿媳妇和公公，倒是配合得默契，老人公耕田，儿媳妇就铲田边、帮田坎；老人公耕地，儿媳妇就点粮食或包边、扦地。他们家的庄稼倒是务得比谁家的都茂盛，产量自然也是全村之冠。他们俩，总是早出晚归；要么，中午大家都在吃饭了才收工；要么，下午总是鸡鸭进圈才回屋。久而久之，风言风语就传遍了山村。什么李大嫂亲耳听见他们一老一小晚上在土地垭的黄葛树下鬼混，还发出淫荡的笑声；

什么唐家大娘在一个骄阳似火的晌午,亲眼看见"烧火佬"和骚婆娘在他们的苕地里的大桑树下干那龌龊之事。甚至传说,唐"烧火佬"睡到半夜,趁夜深人静,经常跑到儿媳妇床上去云雨一番,天亮了才走。

天下没有不透风的墙,久走夜路必闯鬼。唐家"烧火佬"的事,是谣言还是事实,都无从考证。其实,唐家的二娃,笨是笨,也经常窥视他大嫂在猪圈里洗澡,他觊觎着她很久了呐。据说他多次捉奸在床,但他打也打不赢,抢也抢不走,劝也劝不住,莽二娃有什么办法呢?

昨天晚上,唐家憨二娃幸灾乐祸,走村串户到处唱:"老狗要死了,老狗要死了。"大家要么不知所云,要么以为是对门那条老黄狗病了,要死了,就没有管他那掐头去尾的话。

谁知就在今天凌晨五点,唐家通往儿媳妇的门前"轰隆"一声巨响。唐家二娃,不慌不忙起来一看,老汉儿不知道从哪间屋子里披衣起来,但好端端的,只有母亲吓得哭咙哇鼻①,嫂子抱着侄儿子蜷缩在床上,抱住一坨,看来人都确认无恙。憨二娃嘀咕:"该遭的人没遭,自己犟强②找来的弹子被短命的猪踩上了,老东西运气还好嘛。"他知道自己闯祸了,拔腿就跑得无影无踪了。

出早工的听见爆炸声,随后看见唐家随同一声爆炸之后,一股黑烟连同憨二娃从屋里蹿出来。乡邻们闻声而往,明眼人一看现场就明白了八九分:是憨二娃,想炸死"老狗"。

---

① 哭得流鼻涕。
② 努力。

大家走出唐家爆炸现场，议论纷纷：有的说该把老东西炸死；有的说该把狐狸精炸死，很多人要求报案，惩治伤风败俗的不正之风。

唐家有的老辈子气得打战战，觉得"烧火佬"败坏了家风，按唐家祖宗的规矩，应该将两个狗男女"沉塘"。

唐支书报告完毕，请示说："何书记，这么大的事，我肯定还是要征求您的意见，您不是经常在会上讲，我们现在不愁吃穿了，要讲文明树新风么？我们听你的指示。"

何武听到这里，感觉再不采取措施，势必酿成几败俱伤的严重后果，便立即与文化专干彭曦一道火速前往唐家嘴村。

何武赶到唐家嘴时，一大群人还围在唐二娃的家，吵吵嚷嚷。唐家儿媳妇吓得天不亮就与小儿子回娘家去了。何武拨开人群，只身前往唐老太爷与老太婆的卧室。他走拢就喊："唐大爷，你出去，把小猪烫了，还可以吃呢。我与老太婆说说话。"

唐老太爷立马理直气壮地说："我们还在等唐书记带派出所的人来看现场哩，要把坏蛋抓起来才行呢！"何武狠狠地看了他一眼，厉声地说："谁是坏蛋以后再说。你出去一下！"

其实，唐二娃和他爹两爷子，不知是争风吃醋，还是相互仇视，经常都在打捶骂架。有人说，唐老太爷早就想弄死唐二娃，扫除偷鸡摸狗的障碍。

唐老太爷刚刚走出屋，老太婆"哇"的一声哭起来了，她喋喋不休地给何书记控诉了唐家难以启齿的丑事。

何武听了一半，非常气愤，人生第一次知道果真世间有"烧火佬"，他知道事情是怎么回事，就不让老太婆往下说了。他劝她："唐大娘啊，俗话说得好，'家丑不外扬'，你看你刚才说的这些怎么说得出口嘛，只有越说越遭的。我们还是大事化小，小事化了吧。只有您老人家站出来才能救这个家了。"老太婆张头落耳①的，怎么还要靠自己救这个家了？

何武严肃地告诉老太婆："从法律角度，唐二娃已经犯了故意杀人罪，您的丈夫与儿媳妇虽然通奸可能是事实，但即便是真的，也构不成犯罪，只能受到道德层面的谴责。再说，您又没有抓到现场的证据，只是道听途说。关键还是舆论的压力太大，影响太坏，对你们家十分不利。如果今天的消息敞开了并被证实了，您大儿子肯定离婚，可能还要与他爹断绝父子关系；您二儿子要坐牢，您和老伴的日子就不好过了哟。"

老太婆想了想倒也是，自己本来想教育教育那老东西，结果不但没有达到目的，自己还有可能成为孤寡老人。她立即与书记套近乎："何书记，过去我和你妈周学莲，可都是妇女干部，是好朋友哟。你现在有出息了，当官了，一定要给我们想想办法呀！"何武当起了"和事佬"，如此这般给婆婆说了一通，就与村支部书记到村会议室去了。

唐婆婆觉得好朋友周学莲这个二儿子硬是能干，说的句句在理。她赶紧病病歪歪地下床，按照何武书记教的，在自家门口，既像是自言自语，又像是骂骂咧咧对大家发表慎重"声明"："有人无依无据，乱说我家唐老太爷是烧火佬，你家才有烧火佬呢。那个再乱说，我就要找他的麻烦。今天的事，是我那莽儿子不知道在哪里去弄的炸狗用的弹子，被我那该死的小猪闯上了，炸死了。死了就死了嘛，有啥子稀奇，是它命上该绝，没有什么了不

---

① 不明白。

起。你们也不要看我家的笑话，家家都有一本难念的经啊。"

主要的当事人把本来不光彩的事情一口否认，别人还有什么可以说的哩。有人不服气，怎么说得有根有据的"烧火佬"，就被唐老太婆阴消了？

但是，这也正遂了唐家开始还气爆爆的老辈子的愿：否则真要把人弄出去"沉塘"？那唐家嘴就臭名昭著了！谁家的姑娘还愿意嫁到我们唐家嘴来？还是家丑不外扬好啊！

一场关于"烧火佬"的闹剧，在唐婆婆的"大度"处理下，"谣言"不攻自破，草草收场。

何武与村干部可不愿意草草收场。当天他们到派出所统一了认识和处理意见：鉴于唐老汉与儿媳妇发生不正当关系的证据不足，由派出所民警教育唐家莽儿娃；由村支部书记和派出所一起指出唐家准烧火佬的问题的严重性，并责令其写书面检讨，留派出所备案，以观后效；如有再犯，必须严惩。同时，也是吓唬吓唬这个唐家老人，达到敲山震虎、惩前毖后的目的。坚决不容许类似伤风败俗的事件发生。由派出所牵头，妇联、共青团参加，在全乡进行"尊老爱幼，尊崇道德伦理，坚决反对伤风败俗"为主题的警示教育。同时，由彭曦到各村进行一次精神文明建设的宣传。至于唐家儿媳妇，村上支持她与丈夫一起去广州顺德打工。

何武还专门去县委给老书记作检讨，承认自己以情代法、"半情半法"和管教失策的错误。刘畅书记当即指示，现在农村的"三八六一九九①"现象非常普遍，我们的管理、教育要跟上，不能富了口袋穷了精神世界；既要依法治国、依法治县、依法治

---

① 妇女、儿童、老人的代名词。

乡、治村，还要法德并用；同时不要忽视乡规民约、家风家教的作用。末了，刘书记强调，"家风家教，以德治村在村这一级可能还有事半功倍的效果。家和万事兴，家是国的细胞啊"。

何武自己承担了处理"烧火佬"事件中"半情半法"的责任，心里矛盾重重。听了老师的指点，豁然开朗。他突然想起彭曦的老爹在何家村口"该搞运动了"的话，看来像彭春阳这样的老干部，他们是看到了一些不好的思想苗头和现象的，所以间接地给他传递信息、提意见，只不过这种现象，不能简单地用过去搞"政治运动"的方式来解决。至于责任，自己是党委书记，要敢于担当，他向刘书记表态，下不为例。

何武马上给彭曦布置："至于教育方式，我们既要依法治乡、治村，又要用乡规民约以德治理，德法并用，还要树立一些有好的家风家教的典型，促进农村精神文明建设。既要武装口袋，也要武装脑袋。"

事后，唐家的老练子都夸何书记既顾及了他们家族的面子，又保住了两对婚姻，同时教育了广大村民，促进了民风的淳朴，是一着妙棋。

自此，唐家大儿子和媳妇定居广东佛山，从来没有回过唐家嘴。

何武书记处理完"烧火佬"事件后，也是晚上十点了。他正准备将心理和生理都十分疲惫的身躯放到只有三尺宽的床上歇一歇，突然电话铃急促地响了起来："何书记吗？我们派出所抓了一个人，他说认得你，所长请你过来帮助认一认。"

第二十四章　简单之歌

何武放下电话，心里纳闷，怎么一个人认得我，还非要我来认领呀？莫非是派出所，又想要我解决治安室协警的经费？不对。下午曾所长都没有提经费问题。肯定有事，何武只好拖着疲惫的身躯来到派出所。

何书记来到派出所，一抬头猛然看见一个熟悉的面孔，还戴着手铐："哎呀，简单哥，简局长，怎么是你呀？"何武先是惊诧，然后十分生气地对协警同志说："还不赶快给简局长松开！"同时心疼地紧紧抱住简德经，很久不松手。

协警同志知道闯祸了，赶紧解开简德经的手铐，难为情地解释："何书记，你看他这个样子，像不像一个大局长嘛？"

何武才仔细瞅了瞅，哎呀，简单哥也太简单了：头发凌乱还夹带有草渣，听说来时还戴着一顶垮草帽；脸上胡子巴苍不修边幅都不说，还有没洗干净的泥巴；身上没有西装革履也就罢了，上身是中山装，下身捞脚抹裤，穿着深桶桶胶鞋。任何人看见都会认为像一个泥水匠，要不就是一个刚刚从田地里出来的老农。协警抱歉地介绍了当时哭笑不得的场面。

下午六点半，简德经戴着挎草帽，只露了半张络腮胡子的脸，头也不抬来到供销社旅馆："服务员，住宿。"服务员是一个政治觉悟和服务态度都一样到位的女同志，她上下打量了客人，暗自打算：这么脏的人，好像才栽秧从田里出来一样，根本不像正常住店的客人，所以准备推脱"客满"。

突然，她想起就在上午，派出所来人打招呼"如有流窜作案的可疑人员，要报告"的事。再说，真正是农民，也应该满足客户的要求，我们是为人民服务嘛。于是，十分不情愿地拿出登记本，问："身份证？"

"对不起，没带。"

服务员提高了警惕。

"姓名？"

"简德经。"

"哈哈，什么，捡到金。这么古怪的名字，捡到银就不错了嘛，还捡到金。"说完，禁不住又大笑不止。

"同志，严肃点啥，这名字是爹娘取的，有什么好笑的？"

"你是叫捡到金啥？"

"简单的简，道德的德，经验的经，简、德、经！"简局长提高了嗓门，显然他不满意服务员，因为肚子咕咕地叫，还没有吃饭呢。他想起来这么复杂，还不如就在任守青的家里住一宿，别人还要把他当成上宾招待。

殊不知这个服务员听到这么怪的姓，更加提高了警惕。她想，充汉县哪里有这个怪姓嘛。于是她不再问什么，相反态度来了一百八十度大转弯："同志，请跟我来，三楼三号。"押金都没有收。

简局长生怕别人不收钱："还没有收钱呢？收钱。"

"明天离开时收，一样的。"服务员生怕这个特别的"客人"跑了。

"不，先收钱，后住店。先说断，后不乱嘛。"简同志生怕添麻烦。

"嘿，这家伙还自觉哩。"服务员疑惑不解，只好说，"那就收二十元的押金嘛。"

"啥子旅馆这么贵哟，我没有带那么多。我只带了来去的车费，今天在太保山村多耽搁了两小时，不然我才不住你这个店呢。你直接收多少钱，不就行了吗？"简德经恳求。

"十元，总有吧？"

"刚好。"

服务员收了钱，赶紧把简德经带到楼上。简德经前脚进去，服务员后脚就把门锁了，并立即报告派出所。尽管简德经不停地在房间里大喊大叫："关我干什么，我还没吃饭呢？"

服务员现在是满腔热忱，阶级觉悟特别高，宁愿冤枉一个好人，也不愿意放过一个坏人。任由简德经怎么喊闹，都没人理他。他也只能坐以待审。

更有喜剧色彩的是，派出所这天晚上，所长、副所长和正式警察都回城去办事了，只有一个二十多岁的"协警"值班。小伙子责任心强，首先从眼前这个人没有身份证和穿着上，就有先入为主的坏印象：流窜犯嫌疑人；至少是没有证明、没有身份证、没有固定的地方住的"三无"人员。所以，年轻人一走拢态度就凶巴巴的："你是哪里的人？"

"充汉县林业局的。"简德经心平气和地回答。

"干什么的？"

"我是林业局的干部。"

"什么干部？"

"局，局，局长。"简德经本想低调一点，不暴露这些与住宿无关的事，免得惊动好朋友何武书记，给乡政府添麻烦。所以，他犹豫不决地回答。他本不想说是局长，又不知说什么职务好，说出口就成了结结巴巴的回答。

简德经不说是局长，也许还没有事。当年轻协警听说眼前这个黑不溜秋、农民都不如的人还敢冒充局长时，火气一下就上来了。简局长是土生土长的重庆人，但从当知青到大学毕业后就分配在充汉县工作，这里的土话已经把他同化了。

"看你这个熊样，还局长！干脆说你是首长嘛。给老子老实交代，你是来干什么的？"

窝囊透顶的简德经一肚子的火终于发泄出来了，他一拍桌子："你是什么狗屁警察，你龟儿还敢骂人！我不是谁吓大了的，叫你们所长来。"

协警看见眼前的犯罪嫌疑人还敢与他以牙还牙，就不顾纪律要求，一气之下，拿出手铐，也不顾简德经的反抗，强行给他戴上，并连拉带拖带到了派出所。他立即向所长打电话报告，也许是请功："报告所长，抓住了一个三无人员。"

所长问："是哪里人？叫什么名字？"这个协警同志还沾沾自喜，满以为所长要表扬他，赶紧回答："他说他是林业局局长简德经。"所长想，林业局局长是叫简德经呀，听大家说他可是一个林业专家，那可是一个好人呀，但他与简局长没有交往，更不认识。于是，立即指示找找认得简德经的乡政府领导，叫他们来认认。

于是，后来简德经不情愿地说出了何武书记和太保山村主任任守青。再后来，就是何武看见的情形。

何武看见简德经局长不仅没有一个堂堂林业局局长的派头，就连一个国家普通工作人员的装束都不如，更别说还是大学生知识分子了。他赶紧心痛地抱着简德经，帮助整理衣服，捋捋头发，表示歉意。

简德经本不想给乡政府添麻烦，想不到发生这样的奇遇。他心里想到一句老话"为好不得好，颠倒惹烦恼啊"。他由气转为不好意思。但面对委屈，他像没事人一样，弹了弹身上的泥土，率直地对"认领"他的何书记说："老弟，不好意思，今天在青草合作社赶了一会儿工夫，你大姐留我住一宿，我不愿意给他们添麻烦，所以身上来不及收拾一下，就匆匆忙忙离开了，显得有点邋遢，出了洋相，结果还是麻烦你们了。书记大人，大哥来到你的府上，总不至于就这样犒劳①吧？老兄肚子咕咕地叫呢。"

正说着，任大青也姗姗来迟。当她看见简局长受这么个委屈时，禁不住流下了伤心的眼泪："简单哥呀，你太简单了，你真是共产党的好公仆啊。"说完赶紧与何武妹夫一起到供销社食店，一定要给简局长压压惊。

原来大青是派出所电话通知大队书记，书记去喊的她。

大家正走出门口，派出所曾所长赶回来了，他看见在何武书

---

① 犒牢。

记与大青之间，一个十分朴实的中年人，肯定就是简局长了，他健步上前紧紧握住简局长的手，十分诚恳地说："对不起，局长大人，我是这个派出所的曾所长，由于我们的工作方法粗暴简单，造成如此严重的失误。我首先给您局长大人道歉！"

简局长假装余怒未消的样子："什么大人哟，没有把'小人'我当成坏人就不错了！冒犯了！"

何武赶紧圆场："误会了，误会了。对不起你呀。"

"何书记，走！我们给简局长道歉，请他喝酒，请书记大人和美女大青姑娘作陪。"曾所长十分诚恳地请求。

"谢谢所长，我知道你们最近清理流窜作案任务重，都是因为我平时不注重个人形象造成的。"简德经把所有的责任往自己身上揽。

曾所长感觉眼前这个简简单单的领导形象是多么的高大挺拔啊。他没等简德经同志说完由衷地感叹："我还没有看见哪个局长下乡不带科股长或者秘书的，更别说穿戴了，好官啊！"

简局长客气地说："何书记，青草农业合作社自从成立以来，发展迅速，但如何科学规范发展，从养殖向种养结合、循环发展的问题正要与你商量。我们一起去青草合作社吧。"

"人是铁饭是钢，一顿不吃饿得慌。"任守青给何武和大家解释说："我敬重的简单哥，今天他与我的爷爷任骞、外公周玉以及爸爸何斌三个老革命一起，踏勘了我们太保山的山山水水，走访了我们的各个社的村民，给我们太保山'青草合作社'制定了后续发展规划草案。这个草案抓住了我们太保山依山傍水的特点，体现了'依山吃山，傍水靠水'的先决条件和优势，符合县委刘畅书记视察我们青草合作社的要求，我们全体合作社的社员非常赞成和感激。本来事情完了之后太阳就已经落坡了,我要他在我们家与几个老革命一起聚一聚,可是简单哥偏要走,结果遭这个罪。所以,今晚我们不花国家的钱,应该由我给他办招待,同时也压压惊。"说完眼泪又牵线线地流了下来。

何书记十分赞成"依山吃山,傍水靠水"的发展计划,更支持大姐任守青的方案,便顺水推舟成全了青草合作社任大青给"简单哥"办的一顿简简单单的招待,成就了"简单"与"单纯"之约。

然而,就在此时,供销社主任和旅馆的女服务员,小心翼翼来到了简德经面前,当着何武书记和大青姑娘的面作检讨来了。

首先,是女服务员战战兢兢地说:"简局长啊,我有眼无珠啊,大名鼎鼎的简德经局长我们不认识就算了,还要把你当成流窜犯呀,对不起哈。我当着各位领导的面认错。请我们的领导扣我的奖金。请简局长大人大量,大人不计小人过,宽宏大量,祝您官运亨通!"又补充说:"我工作了二十几年,从未见过这么大的官住我们的旅馆,一个人出来不说,还像个农民工一样啊。不是轻车简从就算了,简直就是微服私访呀,真是共产党的好干部呀。"说完毕恭毕敬地给简德经鞠躬。

简德经哈哈大笑:"我哪里是什么大干部,不客气哈。都是我的错。"接着供销社主任又道歉:"局长,我为我们工作失误向您郑重道歉,并且要在我们供销社宣传您的务实求真的作风。"何武书记见状,提议大家一起举杯向简德经同志表示歉意和敬意。

一场为"简单哥"办的简单招待,成了人人学习求真务实精神的简单之歌。

第二十五章　茂林深处

"大青姑娘为国家奉献了一座青山，现在又培育了一座金山呐。你简德经同志也是功不可没哩。"刘畅书记听完简德经局长关于太保山青草合作社林下经济情况的汇报后，如是说。

于是，一九九四年金秋十月的一个晴朗的日子，"充汉县林下经济现场会"在太保山茂林深处轻松愉快地进行着。

县区乡三级干部和有关部门的一把手，登上太保山的半山腰，看见山势磅礴，巍峨峻峭，以大太保、二太保、三太保命名的三座主峰形如笔架，文峰突兀，美不胜收。大家早就听说太保山有个姑娘承包荒山的故事，今天终于亲临现场看到，原来光秃秃的十分苍凉的大山，已经山青林茂，景色秀丽，披上了绿装，无不叹为观止。

与会者首先来到翠柏林。大青说："我们县的土地全部属于紫色母岩土壤。我们太保山以前水土流失严重，现在的土壤表层是经多年冲刷流失以后，下层岩石不断风化形成的。所以，这里的土层薄，发育差。柏树喜光，对土壤要求不严，土壤微酸性至微碱性土壤、石灰岩山地均能生长，能耐干旱瘠薄。所以我们选择了在这一片栽植柏树科类植物，就是为了更有利于防风固沙。加之这里的土质属于紫色潮土，正好适合柏树快速成林。这里之所以栽植柏树，还因为这里曾经是'丹凤朝阳'的老景点，与我们的养殖项目配套。"

大家举目四望，横看成岭侧成峰，纵横交错各不同。漫步在林荫道上，感觉空气清新。"真是天然氧吧啊！"个个赞叹不已。有的领导看多了自己那个地方的荒山野岭，突然来到了茂密的森林，兴奋不已。大家再往茂林深处走，眼前出现了黑压压一片鸡的世界。

"果然是丹凤朝阳！"有人感叹。刘畅书记表扬大青姑娘："我的学生真是了不得，三四年没来过太保山，这里已经有森林公园的味道了。你的规划还不像一个自学成才、半路出家的农业大学生，倒像一个地地道道的林业专家的规划哩。"

"感谢老师的夸奖，您老说得对，这可是简德经局长这个林业专家的作品哟。我只不过也参与学习而已，当然还有几个抗战老兵当高参呐。"

旁边的简单哥补充："书记，您这个学生呀，自学的农业专科，文凭都拿到了，农林知识可比我厉害呢！"刘书记和大家点头称赞。

说话间，只见任守青已经鹤立鸡群："各位领导'过去养牛为种田，养猪为的是过年，养鸡为了称油盐。而今养殖为致富，林下经济快发展'。下面请大家参观我们的林下良心养殖场。"

"总结得很好！好呀！"参观的领导一起叫好。

"青草合作社养鸡分社，欢迎各位领导检查指导工作！"只见一个老太婆喜笑颜开地说。

话音刚落，整个草坪响起"喔喔喔喔……""咯咯咯咯……"的声音，几乎所有的公鸡母鸡都一起欢呼。

任守青指着穿着整洁的老太婆给大家介绍："这是我们的养鸡妈妈，名叫梁秀芬，几年前丈夫因残致贫，自从加入我们的专业合作社后，有了比较稳定的收入，现在家里完全变了样，孩子正在读大学哩。"

"妈妈，我捡到蛋蛋了。""我也捡到蛋蛋了。"人们循声望去，只见几个穿着时髦的女人与一些小姑娘正在到处捡鸡蛋。任守青介绍说："这是我们青草合作社养鸡分社开展的家庭捡蛋体验项目，这是一种游戏似的营销模式。每逢节假日，城里的人拖儿带女纷至沓来，体验农村生活。生意红火哩。"

人们漫步在到处都是母鸡、公鸡的草坪上，刘畅书记一会儿看见一个母鸡"咯咯咯"地在逗引小鸡仔，然后叼着一条毛毛虫，让小鸡们争抢不休。他告诉旁边的秘书："喔，这是母亲教孩子们自食其力。"

任守青介绍说："虫伤树，鸡吃虫，鸡粪养柏树，这就形成了一个简单的生态循环圈。"大家点头称是，赞不绝口。

大家信步来到青杠树坡，只见已经碗口粗的青杠树整整齐齐排列在这个山湾，微风徐来，青杠叶沙沙作响，草坪上布满了边沿都是齿轮的黄叶子，真应了"青杠叶，背背黄"那首儿歌。

大青边走边介绍："这里的土质属于粗粒长石石英砂岩，呈棕灰色，岩石砂粒较粗，层理差，适合青杠树生长。这个地方风化物比较松散，沙土、夹沙土较多，由于水解、水化作用强，盐基物质淋溶性大，多向黄化方向发展，形成黄砂岩和黄沙土，如果再不绿化，就危险了。"县委刘畅书记听到这里，夸奖守青姑娘"真是农业、林业方面的专家了"。

人们行走在铺天盖地的青杠叶上面，脚下发出沙沙的声响，还不时从脚下发现冒一个白尖尖的青杠菌。有人弯腰轻轻拔起白白的菌菇，欣喜若狂，惹得大家都朝四面八方去找青杠菌。

"买青杠木耳哟，青杠土木耳。野生木耳好，吃了防癌防三高。"与会者看见声音来自一个比木耳的颜色还土，但又"古色古香"雕塑般的老人，他在青杠树下卖木耳。随行的记者赶紧过去用摄像机记录了这一"土人卖土货"的最好的广告。

这个机会早被商业局长捕捉到了，他赶紧过去向任守青姑娘建议："任村长，你找的这个广告人，简直太有商业价值了。想不到你还是一个精明的商业人才哩。"说者无心，听者有意，一句话点醒了梦中人。大青一拍大腿："好啊，刘书记，请这位记者同志给我们拍一条广告，可以不？"接着她补充："我们青杠坪的青杠木耳，现在老百姓十分喜欢，已经供不应求，我们正在扩大经营场所。"

于是，"乡巴佬"卖青草合作社"土老坎"产品，标本似的老农任拔群老大爷手捧土木耳，口里振振有词地说："我是'乡巴佬'，专卖'土老坎'青杠木耳！""土老坎"广告诞生了。大青一看，心想：我们一不做二不休，把其他产品一并包括进去多好呀。于是，接着仿此进行："我是'乡巴佬'，专卖'土老坎'。"

在农人标本旁边摆的是产品土鸡、土鸭、土鸡鸭蛋、土猪肉……一个"乡巴佬"和"土老坎"产品的特写镜头，把特殊的人和特殊的土货展示出了鲜明的特色，人见人爱。一连串的"土老坎"广告诞生了。

从此，这个雕塑般的老农形象常出现在电视和广告牌上，连同太保山青草合作社的"土老坎"农产品，包括土鸡、土鸭、土猪肉、土鱼、土鸡鸭蛋，真是土得可爱，货真价廉的光辉形象留在了全国广大消费者的心中。这可是免费的广告呐，大青为这个意外收获感到十分高兴。

任守青告诉刘书记，这个任拔群不仅是耕田耕地的能手，而且从他特别沧桑的面容，可以知道中国农民曾经有多么辛苦。"他加入我们合作社前，是一个老鳏夫，现在与前面第一站看到的养鸡分社的那个老妈妈结成一对，两个孤寡老人终于有了幸福的晚年生活。"

刘书记看了看这个拔群出萃的农民形象，真的像中国农民的"活化石"，既粗犷得饱含沧桑，又细腻地刻画出农人的憨厚本色。他赶紧毕恭毕敬地上前拥抱这个曾经是坏分子的儿子，并深情地说："老人家辛苦了！"任拔群激动得说不出话来，他做梦也没有想到共产党的大官还不嫌弃他这个土里土气的乡巴佬啊。

刘畅书记边走边夸奖任守青的青草合作社的项目选得好，良心养殖很高尚，而且人性化管理非常到位；同时给大青建议，把"土老砍"的"老"改成"佬"。大青豁然开朗："老师高明，一个佬字，增加了'乡巴佬'的佬的意思，使'土'更土了，还增加了产品独特鲜明的个性。老师，我要把'土佬坎'这个名字注册为我的产品商标哟？"旁边的商业局长拍手称快。刘书记一行人也夸奖任守青有商业头脑。

中　篇・231

刘书记一行人越看越兴奋,漫步在林荫道上,吸吮着新鲜空气,负氧离子将沉积在肺泡里的污秽之气荡涤得一干二净,真是心旷神怡啊。他十分感慨地说:"我们活生生的人漫步在这空气清新的森林里,都有如生活在天然氧吧的舒畅感觉;畜比人同,你们说长期生长在这么优美的环境里的动植物,没有喧嚣,没有干扰,悠哉游哉地自由生长,身体各部位的发育岂不是处于最佳状态吗?"

简德经马上补充:"书记,据科学家实验,生活在优美的环境里的动植物,比生活在嘈杂的环境里的动植物,细胞分裂更容易,氨基酸和淀粉合成更紧密,人们享用起来口感更加细腻清香呐。"

刘书记深有感触:"林下经济大有可为,前景广阔啊!"

趁着浓烈的兴致,大家又参观了柑橘林、香桃林、核桃林、脆李林等经济林。特别是柑橘园,已经硕果累累,"西凤脐橙"和"耐姆琳娜"遍地飘香,深得大家赞赏。

刘书记一行人穿过一片茂密的丛林,品尝了"龙眼甘泉"和"龙凤仙井"的凉水,感觉温泉爽口,回味甘甜。又来到"金龟饮水"和"鳌鱼打挺",也就是"鳌鱼晒背"的景点。

何武看见大青没有介绍,就赶紧上前解释:"刚才大家看到的这些景点,除了鳌鱼打挺之外,其他景观都曾经一度销声匿迹,是任守青和乡亲们花了十几年时间把太保山绿化之后,慢慢活过来的。"刘畅再次强调:"是啊,这都是守青村长承包荒山的功劳啊!"

人群中,一个女乡长突然问何武:"何书记,鳌鱼打挺是什么意思嘛?""这个,这……我也不知道。"

简德经马上回答:"鳖鱼,就是我们这个地方说的团鱼,打挺,就是我们说的四仰八扎,拃脚拌爪的意思。"简德哥看了看大青姑娘,欲言又止。"快说嘛!"女乡长追问,"打挺,就是耍朋友吧?"简单哥笑了笑:"其实老人们说,就是这个意思。"

"简局长,你说得还不准确,我给大家说得土一点。"说话的是太和乡当年与何武一起到浙江引进绍兴黄酒技术的王副乡长,现在他已经是王乡长了。他一本正经地说出了本地真实的土语:"鳖鱼晒背也好,鳖鱼打挺也罢,都不是它的真实名字。你们看嘛,这个地方特别幽静,下面是龙滩河,上面是太保山,在两者之间空旷的地方,恰恰有一块形状如同团鱼的麻爪石仰卧其间。石头的周围,还有一些小山包遮挡,非常隐秘。石头下面是潺潺流水,多么幽静而有诗意呀?你们看嘛,这么一块石头突兀其间,像不像美丽的少女在龙滩河沐浴之后,来到神秘的麻爪石上赤条条地、四仰八扎地晒太阳呀?所以这个地方实际上叫少女晒胖,人们为了表达隐晦一点,还有个名字叫少女晒羞。"

"哈哈哈!"王乡长绘声绘色的详细介绍,把大家都逗得捧腹大笑。人们大笑之后,才发现任守青村长不见了。何武赶紧带领大家继续往前面走,他才看见大姐在前面揩眼泪。

有谁知道,这个地方竟是一对少男少女幸福而又伤心的地方啊。任守青每次路过这里都不免勾起痛苦的回忆。这里,是她最思念也是最痛的地方啊。虽然已经过去了十多年了,但当年与自己的初恋何文唯一的一次月下销魂,不,是爱恨情仇,她记忆犹新啊!这个地方,是她血和泪的伤心之地啊!

大家漫步来到"野猪林"。说是野猪,是因为都是内江黑毛猪与野猪的杂交品种,而且小猪在一百斤以前,全是野外放养,

中 篇 · 233

一百斤以后才是圈养。

　　这里曾经叫"双狮戏宝"，是被称为三太保的山峰之下的一块开阔地。人们只见有两个小山包上各有一块巨石，像一对雄狮张牙舞爪，飞身向上跃跃欲试，好像正在抢不远处悬崖峭壁上的一块圆圆的宝石，所以叫双狮戏宝。传说归传说，几块石头倒没有过多吸引参观者的眼球，眼下的猪宝宝却深深抓住了大家的注意力。

　　山坡上，坝子里，一头头肥啰啰的猪儿十分惹人喜爱，有的大摇大摆地口里哼哼唧唧，忽高忽低唱着歌："唢，唢，唢……"有的把长长猪嘴筒子埋在泥巴里去，左拱右拓，寻觅地下宝藏。有个猪娃子，拱到一只无脊椎动物蚯蚓，像嚼口香糖一样，津津有味摇头晃脑地啧啧吞下。不一会儿，它好像拱到了一只螺蛳，如获至宝，头一抬，尾巴快乐地摇摆着，嘴巴嚼得"咔咔"响，前面东西还没有吞下，眼睛又瞄到了不远处的一只蜻蜓。不料一只花鸡公眼疾嘴快，飞起一啄，把蜻蜓收入囊中。猪娃子上前用长长的嘴筒子把鸡拱一翻转。任守青给领导们介绍说，在养猪场适当放一些鸡，增加鸡猪互相斗殴的情趣，有利于动物间的和平相处，争相觅食，还有生物互补。

　　接着大家参观了还处于摸索阶段的圈养肥猪的圈舍。通过参观，与会者发现一个简单的循环经济圈：生猪——猪粪——沼气（或养鱼）——绿肥——庄稼（或果树）——生猪。

　　任守青告诉大家，前面参观的全部是"依山吃山"的战略布局。最后，与会者还参观了"傍水靠水"的稻田养鱼的现场。

　　人们来到太保山的山谷，任守青介绍："这里离龙滩河很近，这里的土壤系紫色母岩，是经河水搬运沉积而成的新冲积物。特别是山下的龙滩河滩涂的土质，矿物质来源复杂，养分含量非常丰富，肥力高，所形成的土壤疏松多孔，大小比例协调，结构性好，通透性适宜，十分肥沃。

这里我们利用龙滩河的地理优势，以及距离乡镇公路较近的特点，除了现在是老百姓的一家一户的丰产地外，今后就是我们的米粮仓。我们还在非耕地上挖鱼塘，繁殖鱼苗。在水田里大力提倡稻田养鱼，利用龙滩河的水资源，保证天干雨旱都有土鲫鱼吃。

各位领导，山上的林下经济就是我们'龙滩河青禾有机农业有限公司'的'青草有机养殖场'，山下是'青禾有机种植场'。现在山上的养殖已经初具规模，山下的种植将逐步推开。有机农业的种植必须依赖于有机养殖提供传统的有机农家肥，山下生产的粮食又供应山上家禽家畜的饲料，所以山上山下是一个整体，也是一个相互依存的循环经济圈。"大家洗耳恭听这个女强人的侃侃而谈。

"我们的守青姑娘对有机农业已经了如指掌了呀，大家鼓掌表示感谢和祝贺！"刘畅书记鼓励点评。

参观完现场，人们又来到了西花庭院坝香樟树下的绿茵场，刘书记首先慰问了抗战老兵周玉和任骞，然后作了总结。他说，林下养殖，利用林下土地资源和林荫优势，是饲养土鸡、土猪的生态养殖新模式。在提高了果树、鸡蛋附加值的同时，也建立起鸡蛋与果林互促互利的良性循环。

他告诉大家，全县森林覆盖率也由八十年代初的5%提高到了18%，因此被省政府评为植树造林模范县。他号召大家还要继续加大植树造林的力度，同时要学习青草合作社的方法，大力提倡林下经济新模式，提高土地和森林的利用价值，把本县生态经济发展提高到一个新的水平。

"同志们，从目前我国的农业产品的生产形势看，有些人不择手段地'朝钱看'，居然在猪饲料、鸡鸭饲料里加五花八门的添加剂，这是很危险的。现在，国际上特别是发达的农业大国，包括欧洲部分国家、日本，还有我们的台湾地区，提出了'有机农业'的生产理念。估计不久的将来，我们中国也会提倡有机农业，也会大量生产'有机农产品'。到那时，我们充汉县要第一个争取成为我国西部'有机农业'的第一个实验基地。

守青啊，你的'土佬坎'农产品从生产过程来看，既是我们传统农业的生存模式，又符合国际上流行的'有机农业'的生产方式，你要做我们县有机农业的第一人啊！听说，你已经光荣地加入了中国共产党，你可要当好'先进代表'的带头人啊！"刘书记既是对太保山村，又是对大家提希望。

最后，他要求有关部门支持青草合作社的土佬坎产品土鸡、土鸭、土鸡鸭蛋、土猪肉、土木耳、土鲫鱼等的生产、销售等工作。

会后，刘畅书记下来低声问简德经同志："你追求的'婉如清扬'，现在发展到哪一步了？"书记大人还记得青草合作社命名时，简德经对任守青朗诵诗的情境。

"油盐不浸。"简单哥沮丧地回答。"我多次向她表达了我的心愿。她说，'太保山就是她的爱人'。我看啊，任守青同志守住青山不放松，早把爱情奉献给太保山了，唉！"

"这姑娘，难得她对太保山一片痴情啊，她已经实现了用青春换青山的目标，现在在继续向一生换一山的理想进发；她像'土佬坎'产品一样，朴实无华，永不变质。"刘畅感动地说。

第二十六章　夺命苏丹红

"拐了，拐了，出事了。大青娃娃呀，有人吃了我们的太保山的红心蛋，出人命了！"一贯谨小慎微的何斌爸爸，急匆匆从街上回到西花庭，把这个不幸的消息告诉准女儿。

"何爸，究竟是怎么回事？"

"太和乡卫生院，一个孩子要死不活的。她妈妈说是吃了我们太保山的青草红心蛋，中毒了。何院长说，他们没有办法，现在县人民医院的救护车正在往太和乡赶。"

"管他啥子情况，救人要紧。快，何爸，把你身上的钱全部给我。"任守青说完，拿过何斌递过来的钱，就往乡上跑。

任守青来到乡卫生院，救护车刚刚离开五分钟。她转身租了一辆摩托车，叫师傅赶快往县医院跑。结果，载着中毒女孩的救护车前脚到急诊室，大青后脚就赶到了县医院。

"嘟块做呀？奸商害死人啊。什么红心蛋呀？把我娃儿害成这样啊？这可是我们家的独根苗呀！"显然，这就是受害者的母亲。

"大妹子，我就是青草红心蛋的老板。我这里先去把住院费缴上，我们一定把问题调查清楚。"大青表现得很开明，很坦然。

"啥子？你就是任守青？听人家说，你如何如何地了不得，怎么做出这样伤天害理的事嘛？"

"妹子，我比你大，叫你妹子。我们都是有孩子的人，出了这种人命关天的事，我与你一样着急。现在救孩子要紧。至于责任，该我们承担的，我绝不推卸半分。"说完，就往缴费的窗口跑。

旁边一个认得任守青的同乡，知道她是当年臭名昭著的何文"陈世美"抛弃的，到现在都一直不愿嫁人的老女子。今天，她怎么说，与受害者母亲一样都是有孩子的母亲？老乡怀疑："这个女人还有心计哩，哄别人都是有孩子的母亲，以此博得别人的信任。"

在收费处，大青掏完身上的所有钱，只有五千七百一十三元，怎么办？她只好给已经调财政局当局长的妹夫何武打电话。

不一会儿，何武派来了自称财政局办公室主任的漂亮女人欧阳梅。她带来了一万元，交给任大青。只听漂亮女人说："请刚刚到场的医院领导先救人，钱不够的话，我们何局长说，由他负责补上。"

任守青又遇到一枝梅。那个叫杨梅，这个叫欧阳梅。哼，说话还大块、管用哩。一会儿，卫生局、防疫站、公安局大约来了七八个人。他们有的配合医生取样、抄医嘱，有的询问前因后果，有的照相取证。

原来，何武听到大姐哭哭啼啼反映的这个情况，一下子就敏感地意识到，问题肯定不是吃红心鸡蛋那么简单，应该是食物中毒事件。他有处理彭老太爷吃毒鼠强的经验，时间就是生命，必须争分夺秒。他赶紧向新来的县委汪书记汇报了这件事。正好全县已经有几个地方出现了同样的问题。县领导立即吩咐所有发现有鸡蛋中毒的医院，必须全力以赴救人，同时责令工商局、防疫站马上封存全县各商店青草红心蛋，包括与太保山有关的鸡鸭蛋。

任守青看了这个阵仗，原来镇定的情绪崩溃了："卖到全县的蛋都出问题了？"她害怕得脚打闪闪。她更纳闷：我们的红心蛋就是祖祖辈辈的土鸡蛋，我们吃了一辈子都从未中毒，怎么现在会有毒呢？我对养殖技术研究了这么多年，从来没有听说土鸡蛋有毒啊?！她好无奈，她只能也必须配合组织调查。

一个孑然一身的女流之辈任守青，被礼貌地"请"上了公安的警车。不知道是看在当财政局长的何武的面子上，还是警官们本来就不相信眼前这个漂亮女人是坏人，警察没有给任守青戴"大手表"，但为了抢时间，警车还是"呜呜呜"地响在去"土佬坎"专卖店抽取鸡蛋样品并查封全部鸡蛋的路上。

群众看见抓了一个女"犯人"，都踮起脚尖看稀奇，有的拍手称快："眉清目秀、慈眉善眼的一个女人，不像放毒的人。"有的反驳说："哪个坏人脸上写有'坏人'两个字？狐狸精就好看，但专门迷惑人呐。"

守青远远听见人们的议论，也无力反驳，默默承受着压力，配合调查人员的工作。

通过三天三夜的抢救，女孩得救了。在全县范围内，这几天出现了十几个因为吃了太保山红心蛋中毒的人。由于抢救及时，终于都没有出现命案。但有没有后遗症，有多大的后遗症都还未可预料。县卫生防疫站很快将样品拿到省上去化验，果然是"太保山红心蛋"的问题，但不是青草合作社的"土佬坎"青草红心蛋，而是"太保山红心蛋"的问题。

任大青明白了："'太保山红心蛋'，那可是那个'跑摊匠'、一辈子与她作对的冤大头彭晨的产品呀？他为了牟利企图鱼目混珠，早就在冒充她的产品了。彭晨这个瞎子见钱眼开的家伙，终于跑不脱了，狗日的写老娘的诬告信，就应该受到应有的惩罚。这次肯定跑不脱了。"的确，按照国家有关规定，生产销售不符合国家标准的食品都要负责民事责任和刑事责任。彭晨肯定应该受到应有的惩罚，这是后话。

可怜的任守青，老天终于还她了一个清白。但经过几天折腾的弱女子，走出公安局看守所时，看见闻讯前来接她的一大群人，反而精神崩溃了，一下晕过去了。这些任守青有恩于他们的鳏寡孤独的人，至今仍在享受太保山青草合作社的好处，今后还指望她养老的梁秀芬、任拔群等，赶紧扶住守青，都伤伤心心地哭了起来。在旁边围观的群众，无不受到感染，都流下了同情的泪水。做一个好人，特别是好女人，真难呀！

原来，事情要从"土佬坎"产品的广告效应说起。

一个精致的乡巴佬，像泥塑木雕一样站在森林之下卖"土佬坎"品牌的鸡、鸭、蛋和猪肉、鲫鱼的电视广告，在充汉县城乡电视台、广播站广为传播。

"我是乡巴佬，专卖'土佬坎'"的广告词，简直是家喻户晓，成为人们茶余饭后谈论的热门话题，还由此产生了一个歇后语"太保山的土人卖土货——土得很"。

随着高档假烟酒充斥市场，饲料添加剂进入养殖场，灌水猪牛羊肉等等食品造假的现象日趋严重，出现了一个回归现象："人们从崇洋媚外、喜欢洋货，到开始喜欢土佬坎了"。人们都相信老实巴交的乡巴佬，喜欢价廉物美的土佬坎。

太保山村青草合作社，在党支部副书记、村长兼合作社社长的努力下，"土佬坎"商标不但注册成功，而且在县城设立了"土货坊——土佬坎专卖店"。其产品分别称为"青草鸡、青草鸭、青草蛋、青草（猪）肉"，还有一个品牌也很响亮——槐花鸡，就是太保山槐树坡放养的鸡，专门吃槐花等绿色植物和小虫。专卖店生意十分火爆，产品供不应求。

"哪里有钱赚，就往哪里钻"的"跑摊匠"彭晨，八十年代初，靠淘走私的水货和外国偷运进来的旧衣服、旧牛仔裤、旧空调、旧电视机等等外国人扔下的洋垃圾赚钱。据说，他不择手段赚了不少黑心钱，还在城里买了门面。

提起走私进来的旧货，人们记忆里还有一个啼笑皆非的故事。前年夏天，二十几天没下大雨，火一样的太阳烤得大地冒烟，人们热得想钻冰缝。彭晨趁机不知道从哪里弄了二三十台日本的东芝、夏普、日立等所谓名牌空调。那个时候，彩色电视机还没有普及，人们把熊猫牌电视机、双菱牌摇头电风扇就当稀奇货了。人们见都没有见过什么能够把热风制造成冰冷空气的空调机。彭晨将"空调"尽往人民银行、工商银行、财政局等有钱的单位兜售。有几家人用了还可以，有的电压不稳带不动，只能当风扇。

有一张姓副局长安装上空调，洋得不得了，天还没黑，就关着门享受凉快。哪知道睡到半夜，对门阳台上乘凉的人，看见张家空调外机上一团火燃起了，赶紧喊："张局长，你家的洋机器烧起来了。"张局长可能和夫人正在空调室里睡觉。听见喊声，穿着一条内裤，打着一双赤脚，起来一看，阳台已经成了一片火海，一大堆杂物连同三千多块钱的空调外机正在熊熊燃烧，吓得不得了。张局长两口子赶紧奋不顾身赤膊上阵，舀了若干盆水，"砰砰砰"往火苗上泼，搞得整座大楼乌烟瘴气，大家惊恐万状。对门的人也用瓷盆朝这边泼水，好不容易才扑灭了火。

从此，再没有人敢买彭晟的日本空调了。后来，人们在报纸上才知道有一批不法商人，从外国偷运了一批洋垃圾。彭晟的空调多半就是洋垃圾。那个时候还没有《消费者权益保障法》，张局长找到彭晟跑摊匠理赔。彭晟说浑话："空调又不是我造的，你找造空调的去。"买洋垃圾的人只有自认倒霉。

到了九十年代，国家进口商品管理越来越规范，眼看水货没有市场了，他看见任守青的青草合作社的土货坊供不应求，好像很赚钱，就专门收购各地圈养鸡、笼养鸡，冒充"土佬坎"的货，到处销售。他在城里自己的商铺里居然也打着"太保山土货"的招牌，挂羊头卖狗肉。他在任守青"前十年人养树"时，到处买狗皮膏药挣钱，现在也想分享任大青"后十年树养人"的成果。

谁知道久走夜路必闯鬼，多行不义必自毙。经过多部门联合办案，事情终于真相大白。彭晟买进的所谓红心土鸡蛋，是外地的不法养殖户给鸡鸭吃了一种叫"苏丹红"的颜料。

"苏丹红"并非食品添加剂，而是一种化学染色剂。它的化学成分中含有一种叫萘的化合物，该物质具有偶氮结构，由于这种化学结构的性质决定了它具有致癌性，对人体的肝肾器官具有明显的毒性作用。"苏丹红"属于化工染色剂，主要用于石油、机油和其他的一些工业溶剂中，目的是使其增色，也用于鞋、地板等的增光，又名"苏丹"。

好事不出门，坏事传千里。太保山青草合作社的"土佬坎"产品有毒的消息像一股飓风，很快掀起商海巨澜，席卷全县上下，波及周边地区，就连已经调到果州市任市人大副主任、原充汉县委书记的刘畅都打电话回来问情况。他根本不相信最讲良心、最清白的任守青生产的"土佬坎"产品会有毒。

一段时间以来，人们"谈蛋色变"。过去，青草合作社的门市部"土佬坎"产品供不应求，门庭若市；现在，土佬坎产品无人问津，门庭冷落。

但任守青一家人听说青草合作社的"土佬坎"产品青草土鸡蛋惹了祸，任骞夫妇、周玉和何斌都很不服气。不为金钱所动，最早搞良心养殖的人，最忌讳"一切向钱看"的抗战老兵之家的名誉遭到了玷污。他们委屈极了。

但坏事却变成了好事。

首先是在果城高中教书的任小青带着一儿一女回来了，何武还坐着一辆崭新的马自达小车回家。这是何武当了财政局长后第一次回家。其次，何雍听说家里的事，离休后也提前回来了。

周玉看见外孙何武一家回来，抱着两个乖乖重孙何艾青、何艾武，想得不得了。任骞和范华先婆婆看见二孙女任卫青（小青）的两个儿女也高兴得不得了。范婆把大重孙何艾青看了一遍又一遍，又看了看大孙女任守青（大青），在心里夸嘴"乖乖乖，像一个模子倒出来的。哈哈哈"。范老太婆的两个老酒窝，像绽放着的两朵红玫瑰，依然那么光鲜。任卫青也不知道风韵犹存的婆婆为什么这么高兴。总之，一家人其乐融融，像过年一样。

中篇·243

曾经"胖嘟嘟"的大青，从前几天被带到公安局录"口供"，协助调查"苏丹红"事件开始，已经被搞得心力交瘁，明显消瘦了很多，至今开心不起来。但想不到多年不见的何雍爷爷回来了，妹妹和两个宝贝回来了，特别是她看见已经长成大姑娘的何艾青时，眼珠子一下就放射出夺目的光芒，也像婆婆一样，脸上的酒窝窝笑成了一朵美丽的红玫瑰。

"大姑，你笑起来好漂亮啊。"倒是懂事的何艾青，主动跑过来扑在大青的怀里撒娇，她摸摸任守青尖尖的精致的下巴，一个劲地夸大孃。范婆婆坐在旁边，更加高兴得眼泪水在眼睛里打旋旋，暗自嘀咕"也不枉自苦一辈子哟"。

"大孃，我和弟弟感谢你每个月都给我们带土鸡、土鸭、土蛋哈，我们最爱吃你送来的槐花鸡蛋了，里面的红心如同一朵槐花呐。"

再说何雍也是十多年没有回家了。他看见过去满目疮痍的太保山，现在已经绿树成荫；过去光秃秃的大太保、二太保、三太保三个山峰，如今却一眼望去，笔架凹下去的地方，已长饱满了，绿到了顶峰，整个太保山到处都披上了绿装。他抚摸任守青姑娘的头，看见她脸上出现了鱼尾纹，心痛地说："大青呀，爷爷感谢你给我们奉献了一座青山啊。爷爷现在已经离休了，回来长期给你当参谋啦！你可不要嫌弃哟？"

"爷爷，你们三个抗战老兵平时本来就是我们的参谋呢，您多次写信告诉我们哪个山峰栽什么树，怎样栽，我们都是按你的指示办的呐。回来了还要请您去视察，当参谋哩。"

大家说说笑笑，何斌爸爸已经把午饭做好了。

八仙桌上，高高的铜火锅，热气腾腾，香烟袅袅。它的周围摆了一盘红心咸鸭蛋,每个一破二,就像金元宝,还有一盘辣子土鸡,一盘魔芋烧鸭。桌子上还摆了两个爷爷何雍、任骞和外公周玉喜欢吃的西凤脐橙、凤和黄酒小缸花雕。

范婆华先,轻轻揭开铜火锅,一股浓浓的水蒸气冉冉升腾起来,顿时满屋飘香。香味里有香肠的味道,有米豆腐的味道,有干豇豆、干萝卜挂的味道,简直是香味扑鼻。卫青的女儿何艾青、儿子何艾武早就等不及了,想要去吃香肠,又不敢动筷子。

何武看见爸爸何斌心事重重。爸爸在怀念妈妈周学莲,他伤感地说:"今天一家人终于大团圆了,要是吃了很多苦、受了不少委屈的周老太婆还健在多好呀。"何武知道爸爸心里还在想:"遍插茱萸少一人——两家人,一家亲,只差大儿子何文一家人,就团圆了。"

其实,整个活动是何武策划的。因为十几年了,一家人因为特殊的原因,始终不能解除隔阂,原谅当年的"陈世美"何文。现在改革开放十五年了,城乡差别正在缩小,城市户口听说又降价了,两千块钱都随便买得到了,家乡发生了天翻地覆的变化。大青与何文的不愉快,已经过去这么多年了。加之,爷爷光荣离休,本来全家人就应该庆贺一下。特别是大青姐姐本来日子过得苦涩,这次的误会肯定对她打击很大,也应该给她,给一家人压压惊。所以他通知何文,这是他修复与一家人关系的极好机会。何文听到弟弟的安排,仍然心有余悸,怕"陈世美"和当年一样走不了干路。但他多么想回去看看啊,于是,就答应一定回去负荆请罪。

"嘀嘀嘀。"何武正在想何文,何文就开着一辆农用汽车与儿子何光明回来了,估计杨梅还是不敢回米。

中 篇·245

大家看见何文从汽车上推下一辆崭新的自行车,提了两瓶五粮液,两瓶绍兴黄酒,战战兢兢地往家走。有道是"近乡情更怯,不敢问来人"。但何文还是大胆地与看热闹的乡亲们打招呼:"大爷、大娘好!"

其实大家看在大青的面子上,以为大青姑娘这么多年过去了,现在正快快乐乐带领青草合作社的父老乡亲一块打造"土佬坎"品牌,早就原谅他了,所以就不计前嫌:"哟,我们的何大厂长回来了,孩子都长成大人了!"

何文小心翼翼地迈进家门,把自行车一停,酒一放,就教儿子一一招呼长辈。当他叫到任骞和范华先时,厚着脸皮,也是毫不犹豫地按与任守青耍朋友时的叫法一样,仍然叫爷爷、婆婆。他看见何斌仍然脸露不悦,赶紧叫了一声爸爸,并要儿子叫爷爷,同时讨好地敬上一支烟。

何武说:"哥,你不知道爸爸不抽烟吗?"何文是想通过烟这个"和气草"缓和缓和气氛。何斌没有搭理局踏的儿子,目光转向孙子何光明,他拍了拍孙子的脑袋,然后将光明紧紧搂在怀里。何文尴尬地把红塔山香烟收回去,将猥琐的目光移向曾经胖嘟嘟,至今依然是长发飘飘的任守青,謇謇戳戳地说:"大青,这是我们厂自己生产的自行车,聊表寸心,你就作为代步车吧。"大青脸上没有半点表情,又到厨房忙碌去了。

何斌看见三个孙子目不转睛地看着桌子中间,估计早就饿了,便开始说出主题。他面向三个抗战老兵说:"今天是爸爸光荣离休回家安享天伦之乐的日子;也是我的女儿任守青躲过一劫,大家给她压惊的日子;还是我们的三个孙子第一次一起回老家认祖归宗的日子。让我们大家一起举杯为三个主题干杯!"

于是，大家开始吃家乡的风味。不用说，老人和孩子们都吃得很香。这可是一桌难得的绿色食品呀！

何文、何武、小青频频举杯敬双方的老人，还特别以茶代酒安慰任守青。何文为了表达十多年对大青的歉疚，他端起酒杯请求她原谅，大青瞟都不瞟他一眼。

轮到大青敬酒时，她感谢何家长辈接纳了她，并支持她承包荒山。现在荒山终于变青山，她要继续努力将青山变金山。最后她面向有些胆怯，还有些苍老与疲惫的何文，双眼饱含泪花，说："你坐你的洋马马儿，我当我的土老坎儿。"她把儿化音说得特别干脆。说完，她将一大杯黄酒一饮而尽。她对何文是敌意？怨恨？委屈？还是理解？大家都猜不透，但值得庆幸的是，十几年的爱恨情仇，没有出现大家担心的可怕场面。

何雍仔细看着准孙儿媳妇平静的样子，觉得她的大度令人钦佩。只有范婆华先看懂了大青，但她没有表露半点声色，她认为还不是"看秧水"的时候①。

下午，何武一家人去上祖坟，特别向祖父何荣禄和父母上了一炷香，跪着给老祖宗磕头，表示抗日英雄家的香火没有断，后继有人了。

何斌怀念结发妻子周学莲，他想："今天一家人终于大团圆了，要是周老太婆还健在多好呀。"好在何文默不作声地带上何光明，也去了母亲周学莲的坟头再次负荆请罪去了。何斌当着大家的面，终于表明了对铸成大错的何文的态度："你小子还算有点良心，人性还没有泯灭嘛。"

---

① 时机未到的意思。

"爸爸，您知道这么多年以来，我每次给你们拖回来的农机农具，是谁买的吗？"何武没等爸爸回答，开始揭秘："都是何文买的。还有，每次过年过节我往家里带的钱，包括给任家的，也都有一半是他孝敬你们双方老人的哩。"

何斌虽然余怒未消，但好像有所触动。只有范婆华先说了一句公道话："何文这孩子，本质仍然种（像）我们太保山的人。"

何文、何武返程时，小青叫儿女艾武、艾青把何文叫大爸爸，艾青嘟囔着说："我不，他抛弃了大孃①，是陈世美。"何文准备申辩提醒侄女不是他抛弃她的大孃任大青时，艾青把两个小辫子一甩，飞快去与大姑告别了。

"乖乖侄女，好好与弟弟读书，大孃保证供应你们爱吃的安全食品。"她深情地亲吻了宝贝侄女。侄女对她的亲热，一下子把她憋屈在心里的苦闷消除了多半。

范婆华先在旁边抿嘴笑，心里说："不是一家人，不进一家门啊。"

小小年纪的何艾青帮助大姑出了一口怨气。但不难看出，何文与他曾经的长发飘飘之间的寒冰，依然难以解冻。面对如此尴尬的场面，何文只有深埋着头，拉着他那具有城市户口的儿子何光明，朝自己的农用车走去。

何雍看到何文的一举一动，在心里说"你娃娃还是没有脱农皮"。

---

① 龙滩河一带把姨和姑都叫孃。

第二十七章　迷惘的洋马马儿

"获得四川省科技成果二等奖的项目是——果州市充汉县农机厂研发的小型农用耕整机——恒力 F3。"在四川省第三次科技大会上，副省长隆重宣布，并亲自把奖牌和一万元奖金发到厂长何文手上。

何文的领奖感言是："'开拓进取，加快改革步伐，与时间赛跑，为农民服务'永远是我们农机人前进的方向。家庭联产承包责任制以来，我们的农业机具紧紧围绕'家庭'做文章，研发了一系列小型家用收割机、打米机、磨面机、抽水机，现在我们又生产了小型耕整机。这是我这个农民的儿子为减轻农民繁重的体力劳动负担贡献的又一份薄礼。"

的确，何文从还没有开始长胡子就是一两百号人的县国有农机企业的厂长，现在已经是胡子巴茬、快到不惑之年的人了。但他依然情系农业机械事业。他多想彻底改变农村农民十分艰苦的耕作方式啊。他发明的会游泳的打谷机，现在已经是第五代了，使用的高压电作为动力，既轻便又高效适用。现在研发制造的适合丘陵地区使用的小型农用耕整机——恒力 F3 型批量生产，投放市场，进一步减轻了农民的体力劳动强度。真是想农民所想，干农民所盼啊。

何文考起了学校，终于脱了农皮。然而，读的又是工业学校的农机专业，相当于又披上农皮。但他慢慢喜欢上了所从事的农机工作，因为能为减轻农民负担而贡献力量，是一件十分幸福的事情。工作这么多年他是情为农所牵啊！所以他爷爷说，他依然没有跑出农村的圈子。这是命运的安排也好，是自己的志愿也好，改变农村的落后面貌，永远为农民服务，这是他矢志不渝的梦想啊。要不然他怎么会把农机工作干得风生水起，说自己始终是农民的儿子呢？

现在农村打谷子不用人搅机器了，抗旱抽水不用七八个人抬笨重的柴油发动机和水泵了，十几年没看见戽水筧和木水车了。打米磨面不用背着沉重的夹背跑几里路去跳蹬河了，耕田、耕地有耕整机了。为此，他感到自豪和荣耀。

但随着农民打工潮涌向城市，工业化进程的加快，城镇化趋势的快速到来，何文热爱的农机事业越来越不景气了。

有一天，农机厂召开厂长办公会，研究开发新产品问题。长络腮胡子的胡副厂长发言："何厂长，我们的仓库堆满了货，就连 F3 型耕整机一个月也难得卖几台，资金回不了笼，厂里发工资都困难。原来财政是爹，银行税务是娘，现在爹娘都不管我们了。'爹'说，要把企业推向市场，真正自负盈亏，要用市场的手调节企业生产；周转金只收不贷，要不是你当财政局局长的弟弟说话，我们那五十万元财政扶持资金，都要催我们还了。银行税务这个娘，虽然管我们了，但那是为了贷款、培植税源，为了顺利收到贷款利息和本金，为了收税，而且银行新贷款还要抵押物，利息还经常向上浮动哩。"

"同志们，我们的国家，正在由计划经济向市场经济过渡。我们县从一九九六年开始，所谓的非农业人口实行限量供应的粮票、肉票、布票全部作废了，由国家供应城镇人口的生活必需品的年代，已经一去不复返了。"何文还准备对台下的杨梅、络腮胡子说："现在'街娃儿'骄傲不起来了，农业户口和非农业户口基本等价了。农村娃儿、街娃儿平起平坐了。"但考虑到台下毕竟多数都是待业青年安排的，他们对缩小城乡差别的要求肯定没有自己强烈，免得"长竹竿，打一湾人"，得罪了这些过去的城市人口。于是就改口说："市场经济是我们国家与世界经济接轨，走向富强的必由之路。大家想想，过去的铁饭碗，干多干少一个样，怎么行嘛？"

有人发言："现在人们有钱了，进城赶场的机会多了，田坎地边都有人骑自行车，自行车到处供不应求，需求量大得很呐。"

管销售的胡副厂长马上附和："对对对，我们有生产农用车的基础，生产自行车的轴承呀，轮胎呀，钢架呀，都是小菜一碟。所以，生产自行车轻而易举。我看这是适应市场的好办法。如果生产自行车，销售算我的哈。"

也有人反对："现在已经不是'三转一响'时髦、吃香的时代了。恐怕自行车也跑不远啰。"

"没关系，生产自行车比较简单。船小好调头嘛。"

有一个工会的女干部，天天要走两三里路来上班，她说："生产自行车，我家带头买三辆。如果发不起工资，给我们分自行车，我们让亲戚朋友推销。"

"现在凤凰牌、飞鸽牌自行车都是名牌，我们的自行车叫什么名字？总不能步别人的后尘吧。"何文问大家。

"叫洋马马儿。"杨梅科长建议。何文当了厂长后，杨梅就自然顶替何文当了生技科长。

大家哈哈大笑："厂长娘子说得好，就叫'洋马马儿'牌。"不少中层干部都认为"洋马马儿"洋气、顺口、好听。

何文也是喜欢"洋马马儿"的。这不仅因为"杨梅儿"与"洋马儿"的谐音相近，而且因为想起自己这个山沟沟里长大的穷孩子，小时候看见大路上过一辆自行车，就像看西洋镜一样，一群娃儿"轰"的一声，一起跑向村口，齐声吆喝："看洋马马儿哟，看洋马马儿哟。"还要唱："洋马马儿，两头圆，当中骑的检查团；洋马马儿，两头滑，中间坐的美帝国。"

二十世纪六七十年代，要骑自行车真的不容易，只有区公所和区邮政局送通知的通讯员和送邮件的邮递员，才会配一辆自行车。就是改革开放后，自行车也要凭票购买。何文和大家认定，以生产乡村用加重型自行车为主，附带生产少量城镇用的轻便型自行车，是解决当前农机厂生产吃不饱的问题的好主意。

于是，农机厂在继续生产小型农业机械的同时，开始研发《生产洋马马（儿）牌的自行车的可研报告》，很快送到了主管农机的农机局，并报经县政府批准。

当时的县委书记汪华文，他感觉我们是农业大县，农民占绝大多数，农机厂生产自行车，也是服务农村，符合农机厂的发展方向。再说实行市场经济，不就是市场需要什么，我们就补什么吗？他与县长商量，很快就批准了何文他们的研发计划。书记同时指示，如果研发成功再行批量生产。

在改革春风的吹拂下，一年以后，在充汉县的村道公路上，到处可见飞奔的洋马马儿。

又过了一年，在农村田坎、地边你追我赶的自行车，多半都是"洋马马儿"。

三年后，每当乡镇当场，路上自行车如流水"叮叮当当"响个不停的，而且多半都是"洋马马儿"自行车。甚至晚饭后，年轻人遛一圈自行车，你追我赶，相互鸣笛示好，成了乡村公路上的一道风景线。不需要自行车供应票就能买到亮铛铛的自行车，既满足了城乡年轻人飙车、赶时间的需要，也满足了中老年人作为代步工具的愿望。

何文这个农机厂的厂长剑走偏锋生产自行车项目，看起来是不务正业，实际上使发不起工资的企业起死回生，很快补发了拖欠职工的工资。充汉县农机厂又兴旺了好几年。

光阴无语，岁月有痕。何文所在的国有企业的经济体制改革与农村经济体制改革一样，也在紧锣密鼓地进行。他的贡献大家有目共睹，都夸他有开拓精神。

八十年代中期，企业"大锅饭"的弊端已经显现出来了。何文正在发愁时，他从人民日报上发现了城市企业改革的先锋浙江海盐衬衫总厂厂长步鑫生的事迹。

步鑫生用一把小小的剪刀，裁剪开了中国城镇企业改革的帷幕。何文马上学习步鑫生的办法，从打破铁饭碗开始，把包产到户的原则"利益越直接越好，责任越具体越好"引导到管理上，实行行之有效的"按车间搞核算,按产品搞承包,按班组定目标,按个人算奖金"的办法。

在对科室人员的迟到早退进行考核时,大家发现杨梅迟到早退的现象比较严重。但鉴于她是厂长夫人,平时难免有点有恃无恐甚至有点高高在上的习惯,虽然没有达到飞扬跋扈的程度,但大家总是不好处理,更别说逗硬了。有一次,何文发现杨梅不在办公室,又没有出差下基层,于是就到厂纪检室查考勤簿。他发现杨梅很多时候都迟到早退。何文联想到生技科的很多关键问题都是他出面解决的,杨梅有点"站着茅坑不拉屎"的问题,立即把她降为副科长,同时将原来迟到早退的次数累加处理,按规定一分不少扣工资和奖金,并提拔一个年轻的大学生任科长。

为此,杨梅暴跳如雷:"何文,我迟到早退还不是因为你在家啥事不管!儿子读书在几年级?他的班主任姓甚名谁?我的爸爸妈妈生病,你去医院护理过吗?想当初,喜欢我的人可以排几长串。你是个穷光蛋,但我不嫌弃,选择了你,千方百计把你从你那初恋手中夺过来,不就是因为瞧得起你将来有出息,可以背靠大树好乘凉吗?如今看来,我沾到什么光了?企业不景气,你还要拿我开刀,你不要良心呀!"杨梅哭了,她伤伤心心继续说:"我妈从我懂事就教我'嫁汉嫁汉,穿衣吃饭'。现在倒好,你拿我开刀,让我吃不好饭。这就是你的本事?"

何文听到不要良心,好像戳到了他的脊梁骨。对初恋大青不要良心,害得他一辈子都内疚。怎么?冒着不要良心,当了老鼠过街,人人喊打的"陈世美"与你杨梅结婚,却又成了不要良心的人了?难道你杨梅与我结婚就是为了将来利用我吗?何文虽然没有听懂杨梅说的从初恋手中夺过来是什么意思,但感觉当年自己昧着良心与这个有"城市户口"的街娃儿结婚是否正确,现在看来值得考究。彼此相爱的基础,是为了成为双职工,从而子子孙孙都是城市户口,永远脱农皮——现在看来的的确确是目光短浅,动机不纯。现在城乡一体了,城市户口与农村户口一样了,凭票供应没有了。嘿,有的地方,原来买的城市户口,现在要把它迁回农村去,还不行呢。至于杨梅,原来他是为了找一辈子的保护伞呀,我们都是各有私心呀!这是什么狗屁爱情呀?只不过是相互利用的狗肉平伙呀!总之,何文、杨梅彼此心里都陡生隔阂。

何文为了管理好工厂,尽管不惜牺牲家人的利益,甚至使用了很多的司刀令牌,但他毕竟无法抗拒迅速到来的工业革命浪潮和城镇化的两个必然的趋势的影响:

第一,农村包产到户之后,生产力分散了,生产规模大大缩小,给大中型农业机器的使用带来了困难;关键是农民工进城后大批土地撂荒,小型农机也没有多少用处。再说,农村大多数都是老弱病残,他们对现代化的农业机械更是心有余而力不足。

第二,随着科技进步,各种交通工具层出不穷。一开始是嘉陵摩托,后来日本摩托以及电动车、汽车的出现,让洋马马儿相形见绌了。所以,何文从小喜欢的洋马马儿,没有跑多远,就泄气了。

第二十八章　土佬坎的困顿

"苏丹红"事件，将使用了苏丹红的鸡鸭蛋的危害彻底披露出来了，所以彭晨卖的红心蛋没红几天，老百姓都知道那是危害健康的"坏蛋"。他不仅没有扳倒任守青的青草合作社，反而偷鸡不成蚀把米。

估计他只是销售环节，不是始作俑者，加之他说"有钱能使鬼推磨"，他拿钱摆平了各方面的关系，终于没有负刑事责任。但工商局对其进行了应有的经济惩罚。彭晨当"跑摊匠"卖假货十几年，积累了较大的财富，所以，这次的损失没有使他伤筋动骨。他处理完赔偿之后不久，更加有恃无恐，钻国家对使用饲料添加剂管理尚处于探索阶段的空子，大量生产销售使用了饲料添加剂养殖的鸡鸭猪牛羊鱼等廉价农产品，猖狂地与任守青用传统养殖方法生产的"土佬坎"产品打价格战，千方百计打压任守青的太保山青草合作社。

就在任守青重整旗鼓恢复生产销售后的第一天,彭晨专门前往青草合作社,对大青姑娘假道歉真威胁:"胖嘟嘟,对不起,让你受苦了,在公安局看守所住着安逸不?"任守青气得打哆嗦。

"'我喜欢的东西得不到,别人也休想得到',这是十几年前我曾经给你说了的。你前前后后受的苦,都是我给你挖的坑、下的套。你后悔了吗?不过,如果后悔还来得及。现在你同意与我结婚,我就不与你竞争了,而且我马上把你那黄脸婆的嫂子离了。还是那句话,天天让你吃香的喝辣的。要不然的话,我要叫你们的'土佬坎'产品亏得一塌糊涂,最后走投无路。你信不信?"

"爬开,黄狗咒青天,越咒越新鲜!你也不屙泡稀屎照照,长不像冬瓜,短不像葫芦——你像你妈什么东西?!"大青姑娘毫不示弱,从容面对。

"我不是什么东西,但我有的是银子。我会挣大钱。有钱能使鬼推磨,通过'苏丹红'事件,我明白了没有钱办不到的事。'胖嘟嘟'呀,你看你多笨嘛,去承包荒山,这些年你啥钱都没搞到,竟去帮别人养老的,盘小的,还帮助社会将就多余的——养了一大批吃得做不得的鳏寡孤独的废人。"彭晨既炫耀又挑拨。

"我愿意,关你屁事。"任守青响亮回答。

"不关我的事?你看关不关我的事。我不仅要修理你,还要报复何文。"任守青一怔。

"听说陈世美何文的工厂不景气,要改制。你信不信我把它买了?"彭晨放出了大话。

任守青一惊,两眼发愣,她在心里说:"何文怎么啦?农机

中 篇 · 257

厂不景气?"说实在的,何文这十多年的故事任守青一清二楚,她为何文的才华横溢感到高兴,也为何文的表现感到满意。他知道何文少年时代就相信"天生我材必有用",立志做一个做大事的人。他做到了,而且做得好。任守青经常在想:如果当年我不松手,未婚先孕影响了他的前程,我可能因为太自私,一辈子也会自责。所以,她现在没有后悔自己当年的选择。但当她听说,何文辛辛苦苦打拼了十几年的国营农机厂,要被一个农民暴发户买下来,她不敢相信自己的耳朵。

"啥子?一两百号人的国有企业你买得起?就怕你有那个胆量,没有那个口福。说那么大的话,也不怕把座牙闪了哟,简直是癞蛤蟆想吃天鹅肉!"任守青鄙夷地说,但她在心里开始暗暗祷告:"歪人总有歪人治,恶人终究有恶报。我范婆说'善恶终有报,一物降一物'啊!"她依然心向何文。

"怎么?不相信,走着瞧。"彭晨狡黠地一笑,骨子里充满阴毒。他眼看从小喜欢的"胖嘟嘟"要走开了,又换了一副嘴脸,死皮赖脸地靠上前去:"美人啊,嫁给我好吗?我想你这么多年,想到命里去了呀?这十几年你还是单身一人,就连简德经局长爱慕你、追求你这么多年,你也无动于衷,难不成你还在想着何文那个不要良心的么?"

任守青才懒得与这个无赖纠缠,一气之下,一阵小跑,又上太保山干活去了。

太保山青草合作社,经过"苏丹红"事件,没被彭晨搞垮台,反而让太保山"土佬坎"声名鹊起,特别是青草土鸡蛋更是供不应求,大家指名道姓都要吃太保山青草合作社的土货。大家感谢彭晨帮了大忙。

但通过这件事和彭晨的威胁，任守青的忧患意识增强了。她认为青草有茂盛也有枯黄，人世间万事万物没有永远的辉煌，她在见过大世面的何雍爷爷的指导下，开启了"公司+农户+互联网"的经营模式。她要让青草合作社焕发青春。她又用函授农业大学学来的知识，使所有经营活动完全按公司化运作，将"土佬坎"产品又注册了系列产品商标——青草鸡、虫草鸭、稻田土鲫、黑毛猪，还有槐花蛋、橘花蛋、胡豆蛋、胡豆脆皮乌鱼。按季节吃什么花草，喂什么粮食，就叫什么蛋肉。味同花草味，色同花草色，质地亦然，消费者很好奇，也深得消费者青睐。

太保山青草合作社，对外叫"龙滩河青禾有机农业有限公司"。按"公司+农户+互联网"运作，原来的农户合作社的社员仍然是公司的股东。主要项目包括"青草有机养殖场"和"青禾有机农业种植场"，产品统一称为传统的"土佬坎"农产品。第一步还是以养殖为主，今后视情况逐步扩大到种养殖结合。

成立公司前一两年生机勃勃，生意还不错。但随着市场上彭晨和其他商家产品的增多，特别是假土货鱼目混珠，充斥市场，使消费者真假难辨，加之假土货与真土货开始打价格战，正如彭晨曾经所威胁的一样，任大青的"土佬坎"产品进退维谷。

原因是，任大青的"土佬坎"产品货很真，价就实，与彭晨的假土货相比，价格竞争失去了优势。加之任守青的土佬坎卖到哪里，彭晨的假土货就跟到哪里。土货坊挂牌"土佬坎青草鸡今日牌价：68元/公斤"，彭晨的土货坊就会挂："太保山土鸡优惠价48元/公斤。"彭晨就这样有意大幅度压价，利用消费者的趋利心理占领市场，挤压土佬坎。所以，很多识别不了假土货的人，就贪图鸡骨头上那点油，喜欢买彭晨的假土货。尽管任大青

中篇·259

咬紧牙关，相当长的一段时间都以成本价，甚至低于成本价与假货抗争，仍然无法回到过去的辉煌。不成熟、不规范的有机农产品市场尚未形成，现在只能按低价中标的原则取胜。所以市场对真正的有机产品十分不利，甚至久而久之还要打击伤害有机农产品生产者的积极性，形成"老实人吃亏，狡猾人占便宜"的结果。

面对彭晨针对自己的挑衅和市场经济本身的冲击，是学习别人的办法，以假乱真，还是继续坚守自己的良心养殖和种植？大青与几个老兵交换了意见，积极商量对策。

爷爷任骞告诉孙女："孩子呀，你已经在人生的路上进行了两次选择，包括爱情和择业。现在公司的经营理念、主营方向，不管怎样说都是正确的。不要让眼前的灰尘蒙住了你的眼睛，稳坐钓鱼台吧。"

何雍举例说："乖乖孙女，可不可以这样看待眼前的黑暗：它好比夜间错车，两车相遇，眼前必然有短暂的盲区；过了盲区，又是光明，两路车又分道扬镳，各人朝着各自的方向前行哩。"

周玉爷爷非常赞成前面的观点，鼓励大青说："解放战争时期，解放军横渡长江时，突然刮起了神奇的东南风，连长说：'嚯，毛主席也会学孔明借东风啦'。可是，东风倒是东风，船到江心却风急浪高，吹得我们的船头一时方向迷乱。我是侦察兵，我们的船行在最前面，我们最担心船回头，偏离航向。于是我们船上的舵手紧紧扳住船舵，拨正航向。孙女啊，你听说过'像扳鏖一样'艰难吧，船到江心可是关键啊。我们吃尽了苦头把舵扳过来了，全船将士顺势奋力划桨，使船越过了风口，终于乘风破浪，很快看到了桥头。嘿，怪不怪，船一下子就顺风顺水了，原来应了老祖宗的话'船到桥头自然直'哩。大青呀，哪有永远风平浪静的江河湖面啰,只要船的航向没有偏离,你勇敢挺过眼前的风浪,很快就会到达胜利的彼岸。"

任大青心里有底了:"船到桥头自然直。"她回忆说:"前次刘畅书记说的有机农业,给我们指明了方向,现在证明有机农业的方向是正确的。最近我上网查了一下,现在我们搞的产品和方法,基本符合有机农业的路数。我是一个共产党员,一定要初心不改,朝着有机农业的方向继续闯下去,像当年何雍爷爷一样,不忘初衷,不怕困难,为大家探索一条有机农业发展之路。相信不久的将来,国家一定会重视和支持有机农业的。"

何雍马上补充:"对对,听说我们县是浙江省对口帮扶,所以我浙江有个叫林逸飞的朋友,准备来充汉县做有机农业,你们正可以相互学习。"

于是,任守青的"龙滩河青禾有机农业有限公司"决定坚持良心种养殖永远不动摇,任守青要继续做守护青山绿水的带头人,要按照老师刘畅的指示"做充汉县有机农业第一人"。

但"土佬坎"产品怎样才能渡过目前土与非土的价格战难关呢?大青在互联网上研究了世界有机农业发展之初,如何应对有机农产品价格保护问题,她看到了日本的办法。

日本有机农业初期市场发育还不成熟时,为了保护正当竞争,实行的是订单销售,按单生产,近的供货上门,远的定点取货。土货只能让喜欢土货、认识土货的家庭带头消费,从而逐渐培养喜欢有机农业的广大客户。同时,前期还要依靠喜欢有机食品、条件又允许,也就是吃得起的人来带动消费。正如大青曾经给范婆华先说的"嫁人一定要嫁给彼此懂得起的人"。

彭晨的打压反而使任守青更加成熟了,"土佬坎"真正升级为成熟的有机农产品了。

第二十九章 毒西瓜风波

　　任守青是个雷厉风行的人,自从老师刘畅给他指出了有机农业的前景后,她就开始与函授时四川农业大学的辅导老师联系,索取有关资料,琢磨如何将有机农业由单纯的养殖向种养殖结合的方向全面发展。她明白,有林下经济的经验,搞有机养殖就近在咫尺了,但有机农业种植肯定不简单。现在,第一步就是坚决做到不用农药、化肥、除草剂,其他的知识边干边学,项目首选西瓜等蔬菜瓜果种植,粮食种植放在第二步。

　　这一年,已经是任守青种西瓜的第二年。因为第一年赶上天道好,她的农家肥发挥了作用,收成很不错,股东们都很高兴,第二年大家都积极支持继续种植西瓜。谁知道彭晨又跟在她的屁股后面撵来了。

　　彭晨从小就是个有经济头脑的人。他高中毕业回乡,其他同学都老老实实在农村修理地球,他却仗着自己的爸爸是治保主任,开始偷偷搞投机倒把,当起了"东场买来西场卖"的鸡鸭贩子,就连他家里养的猪都是翻番猪。在割资本主义尾巴的运动中,何斌家打几大背核桃的核桃树被当作资本主义尾巴连根拔起,彭晨却安然无恙。"捡疙瘩"彭春阳庇护说:"彭晨没有十八岁,不懂事。"

改革开放后彭晨更热衷于当"跑摊匠",靠海淘和倒腾旧货赚钱。当然,也学会了一些为人处世的市侩手段。他哪里有钱赚就奔向哪里,三句话不离本行,他就是应了那句老话"钱钱钱,命相连"。

当然,彭晨当任守青的跟屁虫不仅仅是为了赚钱,还为了盯紧任守青。去年,他看见任守青卖瓜果蔬菜赚了钱,就又租了龙滩河太保山的对岸公路沿线的几十亩土地,他也要开始种植时令蔬菜和西瓜。

谷雨前后,种瓜种豆。任守青她们的西瓜秧苗早在谷雨节前就全部栽完了。彭晨的瓜地平整好后,却迟迟找不到人去帮忙栽瓜苗。社员们明明知道"捡疙瘩"的儿子与自己的老板任守青有仇,彭晨再三请大爷大娘过去,工钱也一涨再涨,大家都无动于衷。还是宽宏大量的任守青默许后,大家才勉强过去帮忙栽了几天。

彭晨的西瓜地栽满了后,还剩了一亩地的西瓜苗,他为了感谢大家,就让乡亲们拿回家自己栽在自家地里。他说这瓜是良种瓜,可以赚大钱。爱捡便宜的"憨二娃",兴致勃勃把这些瓜苗全部拿回来栽在自家的自留地里,等待发财。

但到了五黄六月,大青的地里嫩绿的西瓜苗已经生机勃勃开始牵藤了,彭晨和憨二娃的西瓜苗还没有出窝,特别是憨二娃的瓜苗还是面黄肌瘦的样子。有人偷彭晨的欢喜,当着彭晨的面说:"彭老板,你的瓜苗啷格长皱倒了,硬是成都人说的有点瓜哦?"

彭晨不以为然地回答:"你懂啥,再等几天你看看。"果然没几天,人们隔河相望,看见河那边彭晨瓜地里有两个亲信背着喷雾器在给瓜苗喷药。

又过了几天,任守青的西瓜苗开始长花蕾,河那边彭晨的西瓜苗居然赶上河这边的西瓜苗了,也开始长出花蕾了。但憨二娃的西瓜苗还没有出窝哩。

又过了还不到十天,大家看见河那边彭晨的西瓜地里竟长出了"拽块拽块"的、圆圆的、与大碗不相上下的西瓜。要不是任守青亲眼所见,还以为是天方夜谭呢。此时,河这边任守青的西瓜却只有酒杯那么大。

憨二娃地里的西瓜苗依然在洞里,要死不活的样子,根本没有继续进步的意思,更别说长西瓜了。

更令人惊讶的是,彭晨的西瓜从打药到卖瓜,前后不到十五天,人们就看见满车满车的西瓜从龙滩河的沿河公路上拖向四面八方。而大青的西瓜还没有上市的卖相,当然憨二娃的西瓜苗已经长成"老姑娘"了,看来憨二娃要吃自己地里长的西瓜是没有指望了。

彭晨为了打压任守青的西瓜,同样打着"太保山土西瓜"的招牌,而且价格比"土佬坎西瓜"每公斤便宜一元。加之,彭晨的西瓜普遍与大青的西瓜相比,又红又大,颜色好看,很有卖相。所以,后来大青的西瓜不仅卖不起价,还大量积压在地里。

一天，彭晨看见任守青站在自己的瓜地里发愁，就在龙滩河的对岸高喊："'胖嘟嘟'，你搞得赢我不？那么好的瓜，卖不脱，可惜啊！现在后悔还来得及，我们合二为一，就没有竞争对手了，要得不？"

任守青还是理都不理他。她明白，眼下他是狗偷欢喜，但肯定是秋后的蚂蚱——好景不长。

但是，任守青就弄不明白，自己的西瓜没有用农药化肥，而是以含钾较多的鸡鸭肥为主的农家肥，中途又都是老太太老大爷人工锄的草，这都是祖祖辈辈老农的看家本事啊，怎么就不肯长了呢？但她坚信正宗的有机西瓜，产量肯定没有彭晨的高，但质量肯定比彭晨的瓜好。不怕不识货，就怕货比货。总有一天，彭晨的歪西瓜会露马足。

村子里的人看见彭晨又大又红的西瓜，无不为之动心，有人特意花钱去买了几个，一是品尝一下，二是为了待客。大家很快发现上当了：彭晨的西瓜敲起来闷响，味道也没有守青的西瓜味道纯正；更奇怪的是彭晨的西瓜搁不到十天，就烂成了一包水，臭气熏天；而任守青的西瓜依然外表鲜艳，敲起来"乓乓乓"响，开膛破肚后瓜瓤色泽红润纯正，味道甘甜，水分丰富。这是为什么呢？

帮助彭晨栽瓜苗的社员回来说过，他们在栽西瓜苗之前，用的是黑乎乎的化肥做底肥，据说是什么种西瓜的专用肥，除了含过磷酸钙和硫酸钾外还有什么神秘添加剂；他们锄草用的除草剂，待瓜苗长到花蕾开始有瓜蛋蛋了，彭晨就开始用膨大剂，叫"九二零"，又叫催长素。有人说，彭晨的西瓜、黄瓜、西红柿、韭菜、丝瓜都用了"九二零"催长素。所以，人们站在龙滩河的对岸看见，彭晨的西瓜打了药十天就成熟了。

正当大家在龙滩河边为彭晨、大青和憨二娃这三块西瓜地的蹊跷事议论纷纷的时候，彭晨卖西瓜的办公室里一伙人打起来了。原来有很多人吃了彭晨的西瓜拉肚子，说是毒西瓜，商贩通通前来要求将没有卖完的西瓜退货，卖完了的还要求经济赔偿。

大青的预测果然应验了。正当她准备给大家讲有机农业的知识时，彭晨风扇扇地跑来了。

"任村长！"大家还是第一次听见彭晨叫任守青的职务。

"你地里的西瓜，我全部要了，每公斤比我卖出去的价格高两元。要得不？"

"不卖！"大青回答得比切瓜的刀还快，近乎斩钉截铁。

"救救我嘛，'胖嘟嘟'。不然，他们要把我扭到工商局去。"

"活该。"

"你歪啥子嘛？我每公斤再给你加两元。"接着彭晨显示出一脸的无奈。

"我早就该把你送到公安局去了，而不是工商局。你害了我一辈子。这账我从来没有提过，你还好意思厚起脸皮找我帮忙。"大青终于说了积压在心中多年的话。

"我不是吃不到葡萄就说酸，也不让别人吃吗？我保证从此以后，不再影响你做生意了，也不再骚扰你了。要得不？"的确，彭晨想在农业项目上与任守青竞争，从而报复任守青的无情，这么多年，都没有走着干路，都以失败告终。他真的应该把大青忘记了，再说孩子都要读大学了，还不放过年轻时的梦中情人实在不好意思。于是他苦苦哀求："'胖嘟嘟'呀，我从心底里佩服你呀，你真是我们村的能人啊。我认输了。说实在的，就是打起灯笼都找不到你这样有情有义的女人,大家都在为了搞钱,你却与这伙鳏寡孤独的人在一起,搞什么良心农业。你就支持我吧,我从今往后,不与你竞争了,我要去搞奶牛养殖了。"

说着对面又闹起来了:"彭晨你这个奸商,快赔我们西瓜!不然工商局见!"

"老同学,你看看,对门那些狗日的'跑摊匠',要置我于死地,你帮帮我吧?你看你那瓜,在地里已经红透了,多惹人爱呀。但再好反正是卖的,不是拿来看的。卖给我,要得不?"

"好瓜不愁卖。"她没有说下一句。

"我知道你想说'好女不愁嫁',但是你种瓜总是为了卖的呀?"彭晨回答。

"不行,你的价格太低,每斤还要加三元。"任守青学会了熬价钱。她心想,对付这种人就是要以牙还牙,再也不能心慈手软了。

"我的妈呀,你不是让我加倍了吗?"彭晨苦苦哀求。

"这是一口价。"任守青也学会了待价而沽。

"'茧疙瘩',再不卖给我们西瓜,我们公安局见!"对门的西瓜贩子又吼起来了,而且把工商局见升级为公安局见了。

"好好好,遭他妈个哑巴亏。快点给我摘瓜、称瓜嘛。"彭晨无可奈何地说,终于被大青宰了一回。

"大青,卖卖卖,怎么不卖?比我们原来的价高一倍呐。"在各位股东的支持下,大青只好成全了彭晨,也出了一口恶气,了却一桩毒西瓜纠纷。

她开始静下心来,给大家讲有关有机农业的知识。

"民以食为天。食以土为本,食物源于土壤。这土壤啊,是

中 篇 · 267

有生命的。一克健康的土壤含有数以百万计的微生物，正是因为有了这些生物多样性，形成了大地上一个开放的生态系统，相互作用促进了生物间的循环与平衡，才维持了地球上所有的生灵的生命。有了土壤的生物多样性，才有粮食和食品安全的保障。

我也是最近研究有机农业的时候才知道的，我爷爷任骞和何家爷爷何雍、外公周玉为什么当年要我承包荒山植树造林，原来就是为了保持土壤的生命，就是为了我们能够保持农业的可持续发展。

大家想想，二十世纪六七十年代，我们把山上的树砍光了，草皮都扒光了，土壤拿什么营养维持生命？我们还要使用化肥农药，杀死土壤的有机物质，让土壤失去生育能力，所以我们一二十年粮食年产量都一直很低。大家知道，憨二娃的自留地为什么西瓜苗出不了窝吗？就是因为他懒，自己粪坑里面有人畜粪，他却年年图撇脱①，尽用化肥农药除草剂，所以他地里的表层土壤污染严重得很，基本没有生命了。他又没有打膨大剂，怎么会长西瓜嘛？这就是他种瓜不得瓜的原因。

再说，彭晨租的地污染也严重，但他是施了特殊肥料的。他用的这剂、那剂，就是图财害命。他为什么明年就不租那个土地了？因为那个地里的土壤被彭晨弄死了，明年庄稼就减产了。至于为什么彭晨的西瓜不好吃，吃了还会拉肚子，又搁不久，那是因为西瓜含有较多的农药残留物。我的土壤之所以肥沃，就是这么多年以来植树造林积累和使用了大量的有机肥的结果，当然还有你们帮助锄草捉虫的功劳。"

---

① 简便。

"说得好,看来我们的守青同志都成农业专家了。"已经调到农业局当局长的简德经,早就站在隐蔽的地方听任守青讲话了。

"我还要补充的是,如果我们再不重视自然生态,增产靠化肥农药,那就要继续恶性循环了。所以世界上非常重视有机农业,我们县也要准备开始试点,你们太保山青草农业有限公司就是其中之一。等几天,我要在县委扩大常委会上建议,全县的现场会又在你们这里召开。"简单哥是专门为这次现场会搞调研打前站的。

任守青听到这个消息,高兴极了。仿佛像当年何雍爷爷找到了共产党八路军。她晚上又写下了多年从未间断的日记。

下篇

第三十章　农业与奶业之辩

　　时间很快到了二十一世纪，中国改革开放已经二十多年，我国已从计划经济过渡到了市场经济，中国特色社会主义道路越走越宽广。一个具有十三亿人口的泱泱大国，人民的温饱问题基本解决，特别是"三农"难题逐步破解，工业逐渐开始大幅度反哺农业。中央退耕还林还草政策、长江中下游水土保持工程、中低产田土改造工程等惠民工程先后开始在充汉县实施。我国改革开放不断给老百姓释放出了巨大的红利。

　　任守青承包荒山前十年人养树，后十年树开始养人，现在已经二十几年了，植树造林的生态效应和经济效益与日俱增。太保山青草合作社自从率先发展成为"公司+农户+互联网"的经营模式以来，一花引来百花开，许多地方的农村都成立了专业合作社。像任守青这样利用这些年培育起来的森林搞养殖的专业户也不断涌现。任守青以养殖为主的林下经济，已形成规模，进入了常态规范管理的成熟发展阶段。她现在的主要任务是稳定和提高养殖产品的品质，同时由养殖向种植业进军，成为全面实施种养结合有机农业的排头兵。

太保山青草合作社的发展思路和方向自始至终都完全符合中央的农业政策。无论是过去的合作社，还是现在的"公司+农户+互联网"的示范带头作用，都越来越明显。任守青的名字也越来越响亮。新来的县委书记又表扬她哩。

又是一年春草绿，南台山上春已浓。在充汉县委会议室里，春意融融，县委扩大常委会"关于我县未来农村发展战略研讨会"正在这里举行。会议室前面墙上，两边是三面鲜艳的党旗，中间是镰刀和锤子组成的党徽。后墙挂着："坚持'产业化，民营型，卫星城'发展战略，加快我县小康社会建设步伐！"这个九字战略，是刚刚闭幕的中共充汉县第六届全委会第二次会议通过的发展战略。

会议由新当选的县委书记汪华文主持。

"同志们，我国改革已进入深水区，同时也跨上了快车道。刚刚召开的中共充汉县第六届二次全委会制定了我县未来五年的战略目标和大政方针。今天主要讨论'三农'问题中的关键问题——农业发展的战略问题。现在请大家解放思想踊跃发言。"

"我认为，我县未来五年应该坚持'牧业富民，奶业兴县'战略。"首先讲话的是新当选的县委副书记、县长梁毓秀。领导名如其人，是个美女，戴一副金丝眼镜，一看就知道精明能干，是上面某重要部门下派的精英人才。她一开始讲话，畜牧局蒋耀进局长就投以赞赏的目光。已经调到农业局当局长的简德经听到县长的观点新颖,把脖子伸得很长,准备洗耳恭听。

梁县长开始旁征博引,她从充汉县建县讲的历史名人,从民风民俗讲的饮食文化的大变革,最后指出:"新中国成立前,我们的父辈普遍吃糠咽菜,据说充汉县戏称'荸国','可怜顿顿是红荸'是世代老百姓生活的真实写照。新中国成立后,形势虽有巨大变化,但红荸半年粮的窘迫状况还是没有根本改观。是我们伟大的党二十多年改革开放的政策,带领我们走中国特色社会主义道路,从而进一步解放了生产关系,促进了生产力的巨大发展。看今日之中国,国人鸡鱼面蛋天天可以随便吃,咱们充汉人,再也不用天天吃红荸酸菜了。但很多人天天大鱼大肉,又吃过头了,有的还吃成'三高'病了。吃饱了吃好了是民富国强的表现之一,但是吃出'三高'了,却走向了另一个极端。"

"看看发达国家吃的什么?我到过日本,也到过德国等发达国家,他们早上吃牛奶、面包、鸡蛋和牛肉。这些东西又好吃又不长脂肪。我们中国人民,翻身得解放四五十年了,为什么不能喝喝牛奶、羊奶,甚至骆驼奶?嗯,同志们,我们也可以改善饮食结构了。你们说呢?想不想喝奶?"

"想,想喝,列宁同志早就说过'面包会有的,牛奶也会有的',我们向往很久了。"畜牧局的蒋耀进局长回答得很有趣。

"好,这说明我们需要奶业。"女县长简单得出结论。

"有需要,那么有可能吗?回答是肯定的。"她没等蒋局长等人打抽哄锣鼓①,十分自信,完全自问自答。

---

① 支持的意思。

"第一，我们有生产奶业的全国知名企业——梅子园落户我县。大家看电视上就知道，中央电视台天天都在播放广告'酸酸甜甜梅子园'。他们每天日产奶十万罐以上啊。"

"第二，我们有丰富的奶源。听说我们的太保山彭晨奶牛专业户已经带头养了两百头奶牛。西碾乡的何老板养了五百只波尔山羊，这可是外国杂交育种的优质羊呀。全县还有十多个养殖专业户大概养有三千只牛羊。"县长说到这里，看了看坐在第五排的财政局长何武："何局长，财神爷，听说有几个养殖专业户拿着我的批件找你拨款，你说等等，在等什么呀？干工作要雷厉风行。"她略作停顿，笑了笑："请何局长尽快落实到位。"

何武开始全身发麻，新领导在将自己的军呐，他有点不知所云。哦，他想起来了，不就是彭晨那天冒冒失失拿着县长"请财政局解决二十万元"的批件吗。我们穷县五万元就要常委会审批，估计新县长刚刚走马上任，还不清楚财经领导小组资金审批程序。所以，何武当然就没有"立即照办"，而是叫彭晨等一等。再说，我们是"吃饭财政"，除了工资必保外，财政专款都是一个钉子一个眼。上面没有专款追加，怎么拨专款？总预备费只有二十万，一笔就用完了，有应急开支怎么办？何武准备下来给县长好好汇报解释一下。

"第三，我们的森林覆盖面积不断提高，为农民变牧民提供了可能。请大家放心，这些挤奶的牛羊除了吃青草外，主要吃人工种植的专门饲料草，还要吃饲料添加剂。"

以上事实客观上说明，大家天天喝奶是可能的。下面看可行性分析。

"首先，农民的养殖技术是有基础的，加之我们会请人专门培训奶牛羊的养殖技术,当然卖牛的人还要保证卖的牛羊能出奶。

其次,效益分析,非常可观。一是农民可增收致富。农民变牧民,他们有卖奶的收入,奶牛奶羊老了还有牛羊肉收入,这是不是富民?二是财政增收。如果让养殖专业户养的牛羊产的奶保证供应梅子园奶业有限公司的需要,他们可以每个月交税一百万,一年就是一千多万呀!

这就是牧业强县,工业富县呀!

综上所述,结论是什么?蒋耀进同志,你这个畜牧局长就要贡献力量咯,你说说看。"

蒋局长胸有成竹地概括:"有奶便是钱,有钱乃为大。"大家哈哈大笑。

梁毓秀县长心里不悦。蒋局长的回答无论从现实社会还是从以上论述都无可挑剔,但显然有点跑题。她指着财政局何武局长问:"财神爷,你认为我的论证可以得出什么结论呢?"

何武不慌不忙地说:"梁县长,您通过'需要与可能'的阐述,又通过对'充分而且必要条件'环环相扣的论证,简直是天衣无缝、滴水不漏。您想得出的结论当然就是您一开始就开诚布公给出的论点:'牧业富民,奶业兴县'。不过……"

"什么我想得出的结论,就应该得出这个结论嘛。"梁县长没等何武说完,就十分自信地强调自己缜密的逻辑推理。

汪书记看见下面有人窃窃私语,就讲:"大家有什么不同意见?可以畅所欲言。"

何武对梁县长论证过程中列举的论据准备提出质疑,但他看见农业局简局长跃跃欲试,他相信素有专家之称的简德经同志,现在身为农业部门的领头羊，对我县农业未来的发展，应该有调查研究，便欲言又止。

简德经同志发言了。他还是穿得很简单，一件纯棉T恤衫，没有牌子；一条运动裤，不是李宁牌的；好像开会之前来不及刮胡子，仍然是胡子巴茬的，皮肤也很接地气，黑不溜秋的。

"我建议，我们县的三农问题，还是要以农业为突破口。我也没有概括成顺口溜，就一句话，大搞有机农业，树立特色品牌。"他话如其人，一语破的，竟敢间接否定领导的意见。下面的头头脑脑，都知道简单哥的很多故事，但知道他头脑并不简单，都竖起耳朵听新鲜名词"有机农业"。包括有大知识分子派头的美女县长也准备听不同意见。

"有机农业是指在生产中完全或基本不用人工合成的肥料、农药、生长调节剂和畜禽饲料添加剂，而采用有机肥满足作物营养需求的种植业，或采用有机饲料满足畜禽营养需求的养殖业。有机农业的发展可以帮助解决现代农业带来的一系列问题，如严重的土壤侵蚀和土地质量下降，农药和化肥大量使用对环境造成污染和能源的消耗，物种多样性的减少等；还有助于提高农民收入，发展农村经济，有极大的发展潜力。其实有机农业起源于我们这个文明古国，但二十世纪七八十年代被欧洲一些国家所青睐。"他讲了有机农业在发达国家的发展状况。简单哥真的不简单，说到农业本行就是有专业教授。

"为什么我们充汉县要搞有机农业呢？"简单哥打拢本题。

"第一，随着农药化肥公害现象的日趋严重，食品安全成为全世界共同应对的话题。"他首先列举了所有农药化肥的危害，各种不规范的添加剂饲料以及地沟油、潲水喂猪等乱象，对养殖业的危害。他也讲到两年前震惊全国的苏丹红事件对我们食品安全的影响。最后,他振振有词地说:"人们对金钱的过度追求,利益最大化的欲望不断膨胀,已经造成对土地的掠夺式开发。这实际上就是竭泽而渔,也就是吃了上顿不管下顿,今年丰收不管明年歉收。"

说到这里他神情严峻:"有的地方把儿孙的饭都吃了。这不是危言耸听。土地是我们赖以生存的宝贝神器。我们祖祖辈辈,一年四季,年复一年,在土地上收获了粮食蔬菜甚至动物食品,无穷尽地收了吃,吃了种,周而复始,循环往复,四季轮回。但是,过度透支和破坏,已经让一些地方的土地彻底地失去了生命力,或者要若干年才能靠日晒雨淋才能淡化有毒物质,慢慢苏醒过来。有的根本永久都不能修复。"

然后,他说,各种有危害的添加剂对人体的影响十分严重。他举例:"前段时间我到太保山青草有机农业有限公司指导工作,听到一个骇人听闻的真实故事。"

情况是这样的:有一个十三岁的留守儿童,放了暑假,到爸爸妈妈打工的广州去度假。早饭晚饭自然由爸爸妈妈亲自煮饭给乖乖儿子吃,中午就给儿子买了许多袋装的小吃和饮料让儿子在蜗居的租房内自己吃,晚上回来再陪儿子。儿子在老家爷爷奶奶都给他吃的家常菜,偶尔才在外面买点肉包子,哪里吃过什么麻辣块,什么油炸条,什么五香干呀?喝过什么奶呀?孩子知道爸爸妈妈很爱他,就天天毛起吃这些家里没有吃过的所谓的好东西。

大半个月过去了,父母看见儿子突然长高了一截,高兴得不得了,谁知在四十多天的暑假里从一个身材苗条的小少年吃成一个大胖子。这可只是一个十三岁的儿童呀，体重比成年的父亲还重。回到老家左邻右舍都认不出来了，开学到学校，老师同学更是'刮目相看'，一个苗条人怎么成胖子了？大家感觉不对劲，果然问题来了，孩子上了几天课，全身无力，再也不想吃饭了。到医院一查，血压高，肾有问题，心脏还不好。实际上就是食物慢性中毒。结果住了三个月医院，慢慢排毒，才算把命保住。后来这孩子长期多病。原来，他在广州吃的那些油炸食品是垃圾食品呀！"

简局长问道："估计大家已经感觉到我们身边的一些下一代，没有生育能力的陡然多了，这个问题还需要解释吗？所以，这就是只管自己赚钱，不管儿孙吃饭生存的表现呀。我们中国人口多，粮食需求大，但是我们不能只管今天不管明天，要出问题呀！准确地说在一些地方有些方面已经出问题了。这绝不是危言耸听，而是事实。"

简单哥一席话说得大家有的胆战心惊，有的点头称是。

简德经同志继续讲："所以，食品安全是人类共同关注的大事，在我们这些地方还是当务之急。我们国家已经高度重视，禁止使用高毒性的农药和违规使用添加剂。以后可能还有更加严格的管理措施。我认为我们应该未雨绸缪，从现在开始打造有机农业品牌。"

"下面我发言讲第二个问题：我们充汉县自古'物产之丰，吾蜀为最'，有搞有机农业的先决条件。我们位于四川盆地东北部，属亚热带湿润季风气候区，全年气候温和，雨量充沛。春早冬迟，夏季炎热，秋季凉爽，冬季温暖，四季分明。年平均气温17.2℃，年均降雨量970.1毫米，无霜期306天。常年日平均气

下 篇 · 277

温都在 5℃ 以上，年平均积温 6000℃ 以上，雨热同季，降水丰沛，全年降雨日数平均在 140 天左右。这样的热能和水分资源既能保证各种冬季作物的越冬生长，又能满足夏季各种耗热量大的作物的需要，为农林牧业的发展提供了优越条件。清宣统年间的《充汉乡土志》也称：'动物之种类甚繁，天然植被有定名者不可胜计。'我们县没有高山大河，缺乏矿产资源。这是发展工业经济的弱点，但它同时又是保护自然环境、生态环境的优点所在。我们县的土地，各类夹沙泥土是主要土壤类型，养分含量较高。所以在历史上，农作物资源就很丰富，种类繁多，主要作物即有 100 多种，粮食作物近 30 种。所以，现存的康熙朝县志就记载：'物产之丰，吾蜀为最。今只著其切于民生日用者，以备观览。其不及载者，尚十之五六也。'而其'切于民生日用者'就列了十五类，数百种之多。当然忠义文化、讲情请义也是有机农业的文化基础。

第三，我们充汉县搞有机农业已经有人积累了经验，还不止一两家呐。

同志们，领导们啦，真的高手在民间啊。第一家就是全县第一个敢于承包荒山的英雄，太保山青草有机农业有限公司的董事长任大青。他们祖宗三代，三个抗战老兵和一家共产党员，敢为天下先，已经搞了二十多年的林下经济，他们'土佬坎'品牌系列产品就是按有机农业的标准做的。他们原来的主攻方向是养殖业，现在种养殖一起，与循环经济并行，效果凸显，没要国家一分钱，精神更可嘉呀！"说起任大青，本地干部无人不知，简单哥主要是说给新来的主要领导听的。

"还有占山乡的于顺清，充汉县第五、六届人大代表、老模范。他从一九七八年开始就是科技带头人，一九八四年他与任守青同志都参加了地区的专业户大会。他在包产到户前，就把十多亩的一片乱石岗开垦成为果园栽柑橘，想必当年很多人都吃了他的鹅蛋柑和'青三九'吧。在我们农业部门的指导下，现在也在搞有机农业。

还有一个神秘嘉宾要告诉大家，就是我们对口帮扶的浙江省给我们推荐的他们有机农业的种子选手林逸飞同志，他主要是种植灵芝、雷竹、莲藕、茭白等高档有机蔬菜，销往香港、上海甚至加拿大、东南亚国家。目前正在注册'果州市广丰科技有限公司'。

最后一个问题，也就是大家担心搞有机农业没有多少财政回报的问题。我的回答是，我们的农业品牌就是未来发展的城市名片，就是我们县的金字招牌。我们有了这些宝贝，何愁老百姓不富，何愁财政无项目？项目就是钱嘛。我的发言完了，请领导行家批评指正。"

几乎大家一起鼓掌。

汪华文书记很满意简德经同志的发言。他说："简德经同志，看来是有备而来，有感而发呀。好！大家还要什么意见吗？"

何武肯定赞同简单哥的意见，对梁县长的"农民变牧民"始终感觉不现实。财政投资要讲投资效益呀！他出于职业道德，心里一横，就不管得罪新领导了："梁县长，我们是传统的农业县，森林覆盖面积才不到百分之三十，搞奶业能与草原上的蒙牛奶业集团和光明奶业竞争吗？"

"哦哟，亏你还是财政局长，不懂逆向思维呀？竞争有一条法宝叫出奇制胜，你懂吗？"何武这个当年中南大学农业经济专业的高才生,要不是老师要他回来建设家乡,估计他现在应该是地区财政局的领导了。面对领导的批评,他可以用《农业经济学》中农经项目选择理论中的因地制宜原则否定,也可以用《量本利分析法》中成本曲线予以否定,还可以用《财政管理学》中的财政投入优先性原则予以坚决否定。但他没有再说话,而是保持沉默,他发言的目的是提醒汪书记的注意,而不是与县领导比高低,扳手劲。他是烈士的后代,正直、诚实是基本素质,他不相信领导永远都是正确的论调,他要学习有机产品的品质,永远保持自然生态的绿色。

会场里,除了简单哥和何武两个人大胆提出与县长相悖的意见外,多数领导和部门都察言观色,随口打哇哇①,赞扬县长有开拓精神、思路清晰、观点新颖。多数人表态都是"脊檩上的葫芦——二面滚。"大家期盼汪书记最后英明拍板。

汪书记是一个草根书记,当过农民,是从基层一步一步干出来的。他看起来没有一点官架子,皮肤与农民无异,说话很接地气。

"同志们:我们县是传统的农业大县,农业是基础产业。抓住了农业就抓住了牛鼻子。关于我县未来农业的发展方向,必须因地制宜,实事求是。我们是川北有名的农业先进县,出了像任守青这样的老先进,他们是土生土长的人,他们懂充汉县,更懂农业,他们的经验是千百年来老祖宗积累下来的,我们不能丢,丢了就辜负老祖宗啰。至于有机农业,这是上届县委就基本敲定的发展方向,我记得刘畅书记到市人大之前就告诫我,充汉县要

---

① 跟着别人说。

敢于尝试。事实上我国发达地区已经开始研究了，只不过我们西南地区还处于温饱线上，大多数人觉得吃饱了就不错了。我们改革的目的不仅仅是让人民吃饱，还要人民吃好。餐桌革命是检验改革成功的重要标志。我们就是要让老百姓吃到健康食品，而健康食品是以农产品为基础的，农产品都不健康，以农产品为原料的食品工业怎么健康嘛？所以，县委号召全县人民力争三到五年，把我们县建成中国西部有机食品第一县。请简德经同志向省农牧厅报告，我们要主动请缨，充汉县要争取成为'中国西部有机农业基地县'。"

全场热烈鼓掌，掌声经久不息。

汪书记又讲："至于以什么兴县的问题，我们不搞花架子，不搞文字游戏，还是实事求是、实际一点好。我们最希望工业兴县呐，因为'无工不富'嘛。但可能吗？无水无电无矿产资源，没有条件嘛。但是，还有'无农不稳，无商不活'嘛。我们要用农业促进工业，带动三产，搞活三产。今后我们的有机农业的品牌效应出来了，农副产品加工工业不就上来了吗？没有工业是不行的，但现在，我们应该努力向以有机农业为基础的现代化农业方向推进。"他看了看梁县长，和气地说："至于养奶牛和波尔山羊的问题，也是县委、县政府多次敲定的事，不然我们招浙江的牛奶加工厂干什么？但规模要与引进单位的加工能力相匹配。养奶牛和养羊现在主要在三区和二区发展吧，梁县长啊，听说彭晨他们养殖场买的奶牛上当了，是别人淘汰的老牛啊，要注意哟，不要给老百姓造成损失。同志们，还有没有意见？"

书记一锤定音，吹响了充汉县打造"中国西部有机食品基地县"的号角，开启了以有机农业为基础的现代农业新征程。

第三十一章 平衡 平衡

何武参加完县委常委扩大会,心事重重,既有委屈,更有压力。他正要抬步往回走,被汪书记叫住:"何局长,今年的蛋糕要努力做大,县上这么多事都需要钱啊。财政收入能否增长百分之十五以上?"国有企业纷纷改制,乡镇企业不断萎缩,分税制改革地方收入收窄,收入增幅必然放缓,调资、人员增加支出居高不下。但新书记第一次对财政作指示,他只能回答:"我们一定努力。"

何武正要走出会议室,后面梁毓秀县长就喊住了他:"何局长,财政盘子要加班加点赶快端出来哟。我们政府审查了好尽快交常委会审定。"何武明白眼前这个领导,肯定是个要强的女人,但她没有为彭晨的二十万没拨出去而在意,他感到好过一些,马上坚定地回答:"好的,我们尽快完成任务。梁县长,关于彭……"何武正要汇报彭晨的事,梁县长就匆匆离去。

"哦哟,碰到财神耶!看来今年我们工业基金有希望了。嘿,何局长,说是说,笑归笑。我今年是第一年分管工业。我们工业基础薄弱,工业发展这一块请多关照哟。"何武转身与分管工业的夏副县长碰了个满怀。

下级反被领导恭维,何武如芒在背,他赶紧回答:"领导太客气了,我们一定努力。谢谢夏副县长的理解!"他只能恭维领导,最怕背倒管的骂名。夏副县长看了看,显然对何武的表态有看法。

接下来,何武又看见了几个分管领导在给他堆笑脸。今天的会,分管农业的贾副书记最抢起手①,因为农业、奶业都是他分管的。

新年伊始,财政盘子加速敲定。财政每年端盘子前争盘子、吵盘子,是财政年复一年的惯例。此时的财政局长就是走钢丝,也就是走平衡木,平衡、平衡,除了平衡还是平衡。

第一层平衡关系是书记为顶点,县长、常务副县长为左右两边的不等边三角形的平衡,这是最基础的平衡;然后是县委政府人大政协四大机构组成的梯形平衡,还有就是与各位副书记、副县长、各部门领导组成的多边形的平衡。

平衡是一门涉及多学科的学问。中国传统文化讲阴阳平衡,金木水火土的平衡,现代医学有营养平衡,化学有酸碱平衡。这些平衡术都有各自的规律可循。面对这么多需要找的权力平衡点,怎么求证呢?何武必须认真掂量。如何用数学和力学原理找

---

① 便宜。

下 篇 · 283

到三角形和多边形的重心,这是何武读书时解答的几何题。三角形的三条中线的交点就是重心,也是物理上的平衡点。多边形的重心要在三角形的基础上,化成若干个三角形,然后两两集合才能找到重心,这可是一道复杂的几何题。

何武处理诸多平衡的原则是：首先维护三角形的稳定,只有书记、县长、常务这个三角形与财政的关系稳定了,才能有条件维持其他关系的平衡。利益有公私之分,大家都出以公心就好办了,但私心难测,私心披着公心的外衣就难辨了。何武最纠结的是小部分官员的本位主义和钱权交易。

还有一种平衡,就是按照《预算法》规定的："财政收支平衡,略有结余,地方财政不能有赤字。"

这两大平衡,前者是力量的平衡,包含着权力大小和感情浓淡程度；后者是数量平衡,是法律规定。情与法孰轻孰重,在财政局长心里必须要综合平衡,否则就会从钢丝上栽下来,摔得粉身碎骨,至少鼻青脸肿。

何武边想边走,下南台山台阶时,不慎失了脚,差点栽一仰转。幸好畜牧局的蒋耀进局长有事,早在前面堵着他。蒋局长见状正好做个顺水人情,立即把何武抱住,稳住了何武的桩子。蒋局长还没有等何武说感谢,就反倒感谢何武,说："今天让你为了我们畜牧业的发展,受委屈了。"说完,他交给何武一个发展奶业的预算报告。

何武满脑子都是大家增加预算的诉求。但就在昨天晚上,局党组初审今年的预算盘子时,范副局长汇报今年行政事业单位职工要涨工资,涨幅可能在百分之三十左右,省财政厅要求各地年初作好预留。所以,在公业务费、发展经费维持去年水平的情况下，调资预留还没有着落呢。他感到脑壳都涨大了，体会到母亲经常说的话"巧妇难为无米之炊"的滋味。

就这样，还没有出县委大门，他已经接收了十来个领导和部局的要钱诉求或书面报告。"何老同学，我们乡镇教师工资有的欠了半年，甚至出现了打白条的现象哟。还有的乡镇民办教师补贴用麦子、谷子抵，用'双提留'抵，怎么办？老师们怎么教书育人嘛？！"

"看来教师工资非搞财政专户直发不可了。"何武坚定地回答。

"好，我们教育部门坚决配合。"

突然，何武的手机响了："何局长，出事了。多福镇财政所正、副所长，为了收生猪税，出车祸了。现在他们正在果州市中心医院抢救，听说病危通知书都发了。"

何武听了办公室主任欧阳梅的报告，脚一下就杷了。前天，青狮乡也是一个村的书记大半夜听见猪叫，起来拦垭口，脚杆摔断了，今天又……哎！何武一声叹息，眼泪止不住地往下掉。在场的教育局长马上改变了态度："财神也不好当呀！我们教师队伍理解你们。"何武与老同学一边握手，一边指示欧阳梅："赶快给我派车来，救人要紧！"

生猪发展，是地方财政的支柱产业。充汉人有"富不离猪"的老传统，农民平时将剩汤剩水包括洗碗水、部分粗粮、红苕皮子喂猪，相当于将钱零存整取或者换成过年猪肉。对财政来说，全县几十万头猪可就是一大财源。一头猪的税费项目很多：屠户有屠宰税，销售环节有增值税，屠工有所得税，有的地方还有生猪发展费、市场管理费，全县每年几十万头猪，税费有一千五百多万呀。所以，有人说在充汉县，人户口不如猪户口值钱。一个人打工去了，甚至户口迁移到打工的地方去了，都无人过问，也不会立即去核销户口。但一头猪从生下来、买进来就要"上户口"。村上的税收协管员每个月、每季度都要查猪户口，猪卖了、杀了，更要"核销"户口。为的都是生猪税不"跑冒滴漏"呀。何武深知基层财政所的同志非常辛苦，经常半夜三更起来拦垭口，防止生猪税流失。何武在《四川财政》上发表过一首小诗《财政所长》就是写的这两个同志："闻鸡起舞赶集市，没有西瓜捡芝麻……"

何武很快赶到果州市中心医院抢救室。他看见多富镇财政所正、副所长王旭东、许怀文两个得力干将，全身都裹着厚厚的纱布，脑壳都肿得像光盆①。已经看不见鼻子眼睛的王旭东的腿还牵引到床边上，一根绳子还拴了一匹砖吊在床边上，正在进行物理矫正。何武到床沿紧紧握住两位所长的手，什么话也说不出来，当着家属的面眼泪哗哗地就掉下来了。许怀文的老婆哭腔哭调地央求："何局长，您可要帮忙呀，我们家只有怀文挣钱养家糊口呀！"

"请家属和同志们放心，我们一定全力配合医院，把两位好同志治好。"何局长肯定地说。

情况原来是这样的：外地的一个猪贩子，夜里在泥巴寺村收购了一手扶拖拉机的肥猪，村上的会计员兼税收协管员梦地里听见猪叫唤，就起来巡逻。当他发现有人私下贩卖肥猪后，为时已晚，猪贩子开车已经出村了。财政所接到报告后，正、副所长立即合坐一辆摩托车到公路的必经之地堵截。不料他们来到路口，

---

① 大盆。

被拖拉机撞一滚转，飞到了三米远。经医生检查，两个同志都是二级脑震荡，王所长胸部四匹肋骨骨折，肝脏有损伤，腿部胫骨骨折。医生说，王所长就是好了也要带残疾。副所长许怀文同志脾脏破裂，也有几处骨折。两人都还没有脱离生命危险。何武拜访了主管医生，并请求全力抢救，同时吩咐多福镇财政所密切关注两位所长的病情，一有情况就报告县局。

好在肇事司机已经投案自首，交警和税务局正在协调依法处理。何武决定一定要在全县进行一次税法宣传，严禁偷税漏税，特别是暴力抗税。财政收入既要抱西瓜又要捡芝麻呀。

从市中心医院出来，何武径直到常务副县长办公室汇报昨晚上初审预算盘子差一大截不投拢的问题。何武向领导汇报，对今年的公业务费已经实行了零基预算，过去单位不透明吃空缺的现象已全部剔除，每个人的公业务费已经压缩到只有四五百元了，人头经费已经占到了总收入的百分之九十，真正是吃饭财政难保吃饭啊。财政节支已经无可榨空间，只有增收来维持平衡。他建议召开一次国地两税部门和国有企业上缴利润的收入协调会，还要给行政事业单位下达抵支收入任务。

在所有县领导的关系中，常务副县长是财政的贴心人。

下午的收入衔接协调会，财政局与国税地税局几个局长争得脸红脖子粗。何武把税源一一摆出来，重点企业、一般集体企业，包括乡镇企业与往年相比的收入增幅，个体工商户的零散税，都一五一十地摆出来了，事实证明应该能够达到百分之十五的涨幅。但国、地两个税务局长紧紧咬住，他们的上级税务机关下达给他们的任务增长是百分之十二。就是这样，税务机关要求征收经费要达到五十万元。何武为此气得咬牙切齿，税务机关人平相近一万元的征收经费呀，我们县上的公务员教师平均工资只有一万六千元啊。这是什么税收成本呀！不能拿老百姓的纳税钱当回扣呀。但地税局以牙还牙："我们收税是据实征收，你们用钱是按需支出。你们不能以支定收啊！要理解我们征收机关的难处。"预算股长气得青筋直冒，气愤地回应："你们简直是把人民给的权力当牟利的手段，与政府还讲交换条件。"气氛非常紧张。政府常务副县长只好打和牌："大家辛苦啦，晚上我办招待，喝酒！"其实征收机关说得没错，我们真的是以支定收啊，明知不能但预算要平衡呀！

何武明白，领导的安排是当下缓解双方分歧的最好的办法。酒杯一端，原则放宽嘛。何武把财政局的三个副局长和五个中层干部都叫来喝公关酒，总希望把征收机关的积极性调动到最佳状态。

结果还是以常务副县长表态给国、地两个增收机关分别增加十万元征收经费，才勉强将税收任务增长比例提高到百分之十三，还差两个百分点才完成汪华文书记交代的任务。国税、地税都是省市管的单位，常务副县长也无可奈何。

何武想，也罢，管不了"中央军"就管好自己的人，他吩咐欧阳梅："晚上召开局长办公会，再审查压缩支出预算盘子。"

初春的夜晚，乍暖还寒。财政局会议室里，灯火通明，年轻人用电脑，老年人用算盘，键盘、算盘都敲得"噼噼、啪啪"响，紧张的敲打赶跑了寒意。

"同志们，现在请分管预算的范副局长把预算初步草案通报一下。"何武叫停大家。

"今年是分税制后最艰难的一年，支出要增长百分之三十，收入增长非常有限。在座的有刚刚参与了收入衔接工作的同志，大家又是喝酒，领导又是表态，税收增长才协调下去百分之十三，加上我们的罚没收入和基金收入的可用财力，都还有很大的缺口。希望各位以大局为重，不要偏向于自己联系的部门，同时必须保密，常委会未通过之前，甚至人代会批准之前，不得向部门通报情况。现在请预算股长通报草案。"范副局长强调。

预算股长按预算科目的款、项、目、节一一报告。说到收入，大家鸦雀无声，有的没精打采，好像事不关己。说到支出，从一开始到结束，都是一片争吵声。财政预算盘子在财政局内部就开始争吵了。

"公费医疗，去年年底五种病人（癌症、精神病、工伤、残废军人等）医药费，还有一百多万应报未报，分管文卫的县领导要求我们列入今年预算。怎么草案没有体现？"

"我们排污费支出不对，去年的在建工程，没有验收，钱也没有拨完，今年怎么没有结转？"

"普九经费中的危房改造安排得太少了，学校公业务费太低了。"

"农业发展资金还不够配套费，还怎么发展？"

何武正认真听取大家的意见，突然手机响了："喂，我上午才给你说了的，你怎么把工业发展资金打那么少？"是分管工业的夏副县长打来的。你看，内部有"奸细"，刚刚说了不往外面传，怎么马上外面就晓得了？何武纳闷。

何武同意有关财务科室的意见，最后强调："什么是同舟共济？难道我们倒拐子往外拐，是同舟共济吗？纪检组，要严肃查处，看是谁把工业发展基金透露出去的。凡是内外勾结，以权谋私的，一律严惩。"同时他吩咐预算股长，把一些硬支出如公费医疗等人头经费和结转支出要列入草案。其他的大家再在科室间衔接。

　　整个预算草案初审，可以说是在吵吵闹闹中不欢而散。何武感到风气不正，预算分配成了吵吵闹闹。预算平衡，搞得财政内部都不平静了，怎么平衡嘛？

　　也是晚上十一点钟了，何武只好宣布散会。他回到冷不溜秋的家里已经是十二点了。

　　何武的妻子任卫青，小名小青，大家叫"粉嘟嘟"。她师范大学毕业一直在果州中学任教。果州师范学院几次调她到学院任教，她都自甘平淡，愿意教一辈子中学。所以，何武在果州市一个家，充汉县一个简单的家。很多时候，何武都在办公室工作到晚上十点左右才回到简陋的家。今晚他虽然回来得这么晚，但依然无法入眠，收支平衡，领导关系平衡，部门关系平衡！夜深人静，在他的脑海里依然平静不了。

第三十二章　关火与恼火

　　面对财政如此严峻的收支矛盾,何武请示县委书记、县长和常务副县长,首先确立理财方略:第一,成立财经领导小组,明确县长、常务副县长、财政局长审批资金的权限,建立三万元以上的大笔资金和预决算、中途调整预算等重大审批事项一律实行集体审批制度;第二,为了贯彻执行一级政府一级财政的精神,实行分级包干的体制,对乡镇继续实行"定收定支,基数递增,比例包干"的体制,对县级行政事业单位实行"收支包干,结余留用"的体制;第三,实行教师工资在全市率先打卡直发;第四,对乡镇财务,实行"乡财县管乡用";第五,清理并锁定乡镇债务。财政的五条建议经县委政府主要领导一致通过。权利三角形已经稳定了,财政就好处理其他平衡关系了。

　　主要领导的支持,使财政很快理顺了关系。财政局用制度敲定公共利益最大化的平衡点，减少不必要的个人利益冲突，增加了财政在权利多边形中的稳定性。

县委审查预算盘子的常委会上，县委书记亲自主持会议，首先由常务副县长就预算编制的原则和方法作了说明，然后由财政局长何武汇报预算方案。何武汇报预算方案，只细化到科目的款项和编制原则，虽不是玩瞒天过海的战术，但绝不能事无巨细地审查，否则依然会惹得满堂蜞蟆儿叫。常委们只关心自己分管大类的增长百分比，只要比例上去了负责人一般不会发什么意见。

不过何武倒是特别能安慰人："我们的县级收入只能养活财政供养人口，预算执行过程中，中央、省、市体制外还会有一些专款，我们会配合有关部门吃透政策，主动争取，解决有机农业、奶业和工业发展以及企业改制所需资金。"

此话一出，新县长梁毓秀、夏副县长都没有意见了。原来财政与几个高层之间剑拔弩张的关系勉强达到平衡。而汪书记要求财政收入增长百分之十五的指示，何武把它作为全年税收奋斗目标，维护了书记的权威。

何武把头梳得几面光，大家对财政的工作都满意。

但工资增长依然留着缺口，按收付实现制这就是隐形赤字。何武感到压力很大，意味着应该坚守的两大平衡都完成得很勉强，从根本上讲财政只是实现了预算暂时的平衡。

县委一年一度的财政工作大会后，在龙滩河"太保山青草农业有限公司"召开了全县"打造中国西部有机农业基地县"动员大会。与会者看到了不用化肥，而用猪牛羊粪农家肥，用传统养殖与现代技术相结合的有机农业，无不大开眼界。

太保山村长、副书记任守青在现场会上信心百倍地讲："这是我们的第一步,今后还要搞循环经济,利用土壤中、土地上的生物多样性促进植物生长,用动物的食物链,以虫吃虫,以人捉虫,不用农药。至于锄草的问题,现在他们主要是利用'九九三八六一部队'人工锄草。其实土壤只要用熟了,杂草病虫害自然就少了。但也有巧劲,比如'冬天把地翻,害虫命归天''要想害虫少,除尽地边草'等等。"

在现场会上,县委汪书记专门请回乡务农的离休干部何雍谈谈体会。有机农业现场会在太保山召开,何武一家人高兴得不得了,特别是三个抗战老兵更是喜出望外。何雍告诉大家,当初为什么支持走投无路的任守青承包荒山?

"自然是伟大的,所以玉皇大帝叫张自然。我们必须尊重自然,顺应自然。自然界就是一物降一物啊,这个现象,年年岁岁,永远如此。我们这个地方,二十世纪六七十年代人都吃不够,哪里还有多少农家肥嘛,大家就用化肥农药去催,谁知道这化肥农药'万古千秋管当时',致使土地越来越瘦,病虫害越来越厉害,就像两个仇家,冤冤相报,恶性循环啊。过去,山上的草皮都铲尽了,越穷越抠,越抠越穷啊。你们看,现在山上有树了,树上有鸟了,大地披绿装,粮食高产了。这就是尊重自然规律的回报。"

在场的汪华文和各位领导,听了何雍这个离休干部的讲解,感到头头是道。只有农业局长简德经见惯不惊,他已经不止一次听老爷子讲"自然轮回,道法自然,生物链与食物链"的关系了。

这次现场会,大家知道任守青的"土佬坎"产品升级为"有机农产品"啦。县上安排,要选择一批农产品,请北京有关部门的专家进行有机鉴定。

汪书记听过市人大副主任刘畅介绍任守青及其抗战老兵一家人承包荒山的先进事迹，这天眼见为实，非常感动。他看见任守青一个弱女子带领一批鳏寡孤独的人，将农业合作社演变成了第一个有机农业公司，或许是全市乃至于全省第一个有机农业示范项目，高兴之下，指示分管农业的贾副书记在农业专项资金中给任守青奖励三万元，用于补贴这次现场会的工作经费。

消息灵通的彭晨听说"胖嘟嘟"拿到了财政局三万元现场会的补贴款，立即撵盘，又到财政局找何武："何局长，梁县长给我批的二十万养奶牛的补贴，可以拨给我了吧？"

何武解释："这件事我已经给梁县长汇报清楚了，等全县今年'奶业兴县工程'验收后，统一解决。"

彭晨心里嘀咕：难道蒋局长没有把我的信封交给何武吗？他收了我的钱，为什么还要逗我的硬呢？彭晨又不好当面核实，他对何武这个财神爷的回答很不满意。

几天过后，在彭晨再三恳求下，县长批示，要求财政局在列入预算的奶牛补贴资金里提前给彭晨兑现五万元。

这天，彭晨又来到何武办公室。他有了尚方宝剑，就不相信何武又要装怪。彭晨看见一个时髦的女人拿着《关于充汉县农业机械厂改制的报告》正准备交给何武。彭晨仔细一看，赶紧伸出粗壮的手："噢，是何文老同学的夫人杨妹子吧？杨科长，大美人，您好，我是何厂长的同学，当然也是眼前这位何局长的同学。现在是'太保山奶牛场'的老板，充汉县'太保山土特产品销售有限公司'总经理，还是充汉县'动物药品科技有限公司'总经理，还是……"

杨梅没等彭晨说完,鼻子里"哼"了一声,然后不屑一顾地说:"我知道,你就是当年卖耗子药起家的、大名鼎鼎的'茧疙瘩'嘛。"彭晨正准备说:"您美女就叫我杨总吧。"结果一个美女把他的诨名,准确地说是他父亲转移给他的诨名叫出来了,心里有点难为情。

何武赶紧圆场:"嫂子,这是彭总,我们的老乡。"杨梅头一扭:"哎哟,是彭总呀,听说你务西瓜也用的膨肿(素),你也膨肿啊?"

欧阳梅在旁边看见杨梅把这个彭总挖苦得这么惨,为了缓和气氛,她赶紧给他们各端了一杯茶,并客客气气地说:"彭总,请喝茶。杨科长,请喝茶。"

彭晨感觉有面子多了,马上点头哈腰地说:"对对对,我就是彭总。"他张口不离彭总。然后,开始酸起来了。他理直气壮地拿出批件交到何武桌子上。何武一看:"这次无可挑剔了,应该给老同学拨款了。好,但现在没有钱,等有了钱我安排总会计通知你哈,老同学。"

何武说着,总会计来了:"何局,这是这个月各乡镇按收入进度应该兑现的拨款。总共二百五十万。"

何武拿过来,大笔一挥:同意拨款。何武。

彭晨亲眼看见二百五十万在何武笔下就这么容易地拨出去了,羡慕极了。他哪里知道这是按体制算账应该兑现的拨款,千百户人家等着这钱吃饭呢!

一会儿一个美女过来,目不转睛地看着何武,娇滴滴地说:"何大局长,好久不见,好想您哟。"

何武随口应道:"嗯,很久不见,你还是这么甜。美女,有何贵干?""我们招商引资,马上要到南方招商,梁县长批的差旅费五万元,明天领导就要飞过去。请过目,抬抬你的贵手。"彭晨看见何武又看都没看一下,就签字:先拨付三万,不足部分请贵局先垫付,回来据实核拨。

美女拿到批件,嗲声嗲气地尖叫:"哎呀,我的大局长,梁县长批的五万呀!"何武不慌不忙地指着梁县长的批示:"你看看'请财政局核拨'。既然是核拨,我们就应该核实,你们不是还没有去吗?难道硬要比到箍箍下鸭蛋,把五万用完吗?要不是这次招商引资几经协商,有眉目了,领导才不会花这么大的代价呐!"

美女一看,县长果然批的是"核拨",她二话不说,拿起就走了。她走到门口才想起转过身来给何武一个飞吻。估计想起还有下一回,财神爷得罪不起。

彭晨目睹何武刚才的潇洒,暗暗思考:"何武果然大胆,县长批五万,他竟敢改成三万。真关火啊。老同学给别人上百万地批,都有钱。我才五万就没有钱了,就要等等。这不是看人发货是啥子?"他认为几次三番何武不买他的账就算了,梁县长的面子也不给,蒋局长代表他给了红包,何武也不买账。他一下就把土豪习性暴露无遗了,加之为了在美女杨梅面前冒一冒老板的皮皮,竟大闹起来:

"嘿,老同学,何局长,何武,我知道你关火,大家都叫你财神菩萨。但菩萨就应该心地善良。你厚此薄彼,认人发货,我不得干。我给你说,你收了我的东西,不给我办事。你给你姐姐拨了三万元,为什么不给我拨?今天我拿不到钱,我就不得走!"说完一屁股把肥胖的身体重重压在沙发上。

何武看见彭晨果然还是小时候一样蛮横不讲理,而且污蔑自己收了他的什么东西,马上警觉起来。

"彭晨,我何时收你的东西了?你可要负责任?"

"怎么,蒋局长没给你么?"

何武想起来了,马上叫欧阳梅在各单位交来的一大堆报告中翻出畜牧局的报告。

何武从欧阳梅手中接过畜牧局的信封,看都不看甩给彭晨:"是不是这个?"

彭晨一张脸涨得像猪肝,他看见信封胀鼓鼓的,知道里面的两千元丝毫未动,以为官员都是又要吃鱼又要避腥臭,赶紧把信封还到何武手里:"这不是我的。这上面明明写的畜牧局嘛。算了我走了,改天再来。"

"且慢,东西不拿走,我要交到纪委去!"何武说完"啪"的一下将信封甩给彭晨。彭晨没趣地揣着明白装糊涂:"好嘛,我把报告给蒋局长拿回去嘛。"

"告诉你,任守青的三万元也没有拨。教师工资还差几十万呢。你知道教师辛辛苦苦教书育人,有的地方给他们称麦子、豌豆吗?难道要我们的老师们天天炒豌豆吃吗?必须优先考虑教师工资呀。至于梁县长给招商局批的差旅费,在你没有来这里的时候,县长就给我打了电话的。你说是给你拨呢,还是给县长呢?"

何武苦口婆心劝走彭晨后,他才过问大嫂杨梅的事。

杨梅依然是农机厂的生技副科长。但是,农机厂已经资不抵债一百多万了,生产的农机具和"洋马马儿"很少有人问津了。所以按县上的安排,农机厂马上改制。杨梅手中的报告是农机厂交给财政和国有资产管理局的清产核资报告。本来应该何文来的,杨梅另有所图,借口有事找何武,就顺便带过来了。

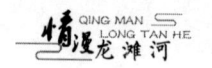

"兄弟，我们当年都是恢复高考以后考起的天之骄子。但是，你们两口子到了行政事业单位，旱涝保收；我和你哥到了自负盈亏的企业，我们已经半年没有发工资了，你侄儿何光明马上要高考了，我们买肉都没钱，还是他外婆接济了我们一千元，要求我们每周必须给他们的外孙吃两次肉。你哥可是全省农机行业的佼佼者，但他已经为了全厂二百多号工人操碎了心啦。他也是无能为力啊！你现在有权有势，帮帮忙把我们调一个单位吧。哪怕调一个人也可以。"杨梅给弟弟央求。

还没等何武回答，一伙人闹闹哄哄地闯进了局长办公室。

"何局长，我们乡政府乱搞，生猪税、农业特产税不依法据实征收，而是平摊到人头。生猪人平一头下达任务。你局长大人是知道的，我们木谷乡哪里有'青三九'嘛，只有你当书记的太和乡有'西凤脐橙'嘛。但是，也要给我们按人平三十斤下达税收任务。更奇怪的是我们的乡镇企业的丝厂已经垮了两三年了，每人还要收我们农民十元的乡镇企业发展费。也怪，我们自己收购的蚕茧我们的丝厂用不成，说是要保证果州的国有丝二厂，结果他们厂吃饱了，我们乡镇企业饿死了。这是什么市场经济嘛，分明还是计划经济那一套嘛！企业都垮了，还收我们的发展费？"噼噼啪啪地说这么多话的是城附近木谷乡的一个村姓吉的党支部书记。

城附近的人胆子大，不怕事，但也难怪他们。他们乡农民的三提五统加上农税，已经达到四百多元了。农民不堪重负，咨询财政所"为什么收税要平摊"，财政所的人说"是财政局定的"。

吉书记平时认得何局长，所以不怕得罪老熟人："何局长，你们就住在我们的土地上,你看我们周围有几棵柑橘树,附近农民养几头猪?你们加重农民负担不说,还要扎一个宣传车,打起'打黑除恶,清收税费'的旗号,这不是明催欠,实抢钱嘛?"

何武局长热情接待了吉书记一行人,并明确表示:"木谷乡财政所的做法是完全错误的。"何武还没有讲要如何处理,只听楼下有人在喊:"吉书记,乡上的'打黑清欠'工作组,去牵吉祥果家的猪,抱他家的电视机,取梁档上过年才吃的腊肉,吉祥果他婆娘抢不赢乡上的那伙身强力壮的人,就顺手拿了一瓶敌敌畏喝下了,还边喝边闹这日子没法过了。"

"现在怎么样了?"只见何武和吉书记异口同声地追问。

"要死不活的。"

何武听到木谷乡的问题这么严重,又听到为了清欠逼得人喝农药,气愤不已。但这都是今后处理的事,目前是人命关天,得赶紧救人呀。同时,何武敏锐地感到这是事关我们执行政策的大是大非问题。他赶紧拿起电话直接报告县委汪书记。只听见汪书记回答:"我已经知道了,乡政府正把人送往市中心医院,你赶紧拨三万元给木谷乡,以备不时之需。"

"好,我马上办。"何武知道国库无钱可拨,便叫总会计在城市信用社临时借了三万元。

杨梅没有等来弟弟的回答,他安排完木谷乡的拨款后,拿着拨款单就叫司机送他和有关科室人员到木谷乡政府去了。

杨梅看见了财政局长大权在握,也看见何武的难处。她今天白跑一趟,只好悻悻而回。

何武又是深更半夜才回到家,他庆幸喝农药的农民大嫂被抢救过来了,但留给财税部门的教训却值得深思啊。我们共产党是为老百姓谋利益的，坚决反对新中国成立前国民党的"苛捐杂税多如牛毛、搜刮民脂民膏"的那一套反动行为，我们绝不能步国民党的后尘。他感到穷家难当，压力很大，但不能乱整呀！

他想起半年没发工资的嫂子，也是穷家难当。他想："她们两口子的困难，与我有关啊。哥哥何文本来自幼聪明好学，争强好胜，一心想脱农皮，却把读高中的机会让给我这个并非同胞的兄弟，实际上就把读大学的机会拱手让给我了。他自己只读了中专，现在还面临下岗，甚至生活都困难。"他太爱哥哥何文了。至于哥哥工作调动一事，他怎么好向领导启齿嘛？全县大小二三十个国营集体企业，大多数都面临改制，几十个厂长、几千工人都将下岗重新就业，难啦！

何武三更半夜给任卫青打电话，要她给嫂嫂杨梅寄两千元过去，支持侄儿何光明考大学，让他们渡过难关再说。

然后以诗的形式写了日记。

有感于财政"四火"

朋友羡慕我们享受国库日进斗金的快活，
国家的一分一厘都要从我们手中拨出，
国计民生大事难事都有我们参与，
难怪有人戏谑我们：财神爷"关火"。

收入永远无法满足日益增长的支出，
我们天天收到的诉求总是"资金不足"，
"乱点菜的"哪管"买单人"债台高筑，

所以巧妇要为无米之炊,真的"恼火"。

国家每次总体改革都由我们率先突破,
财政永远处于收支矛盾的焦点和漩涡,
尽管阳光财政亮出了我们全部手足,
但闲言误解难免使我们憋屈"窝火"。

责任驱使我们一天想干完几天的活,
总是期盼母鸡天天有双黄蛋出窝,
无奈时光更替无法抗拒月底岁末,
财政年底守岁我们总是叹息:"哦豁……"

财政人"关火"更是"恼火",
权利与责任双刃剑在头顶高高悬着,
我们如履薄冰绝不惹"火"烧身,
忠诚财政事业永远结转待续!

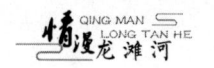

第三十三章　膨肿成彭总

彭晨不久就拿到了财政拨下来的五万元钱，他感到十分荣耀，觉得搞共产党的钱原来这么容易。加上之前蒋耀进局长用本局收的生猪保槽费给他补助的三万元，相当于几十个国家工作人员一年的工资啊。彭晨刨去买奶牛的成本，还要落两万元哩，比城里人端的铁饭碗强得多嘛。

彭晨想真是"赚钱不吃力，吃力不赚钱"啊。"哼，还是三十年河东，三十年河西呐！"要知道当年很多同学考起了大学中专，彭晨是多么羡慕和妒忌啊，包括自己喜欢的人胖嘟嘟，生拉活扯，硬是用一封诬告信把她到手的城市户口给拱脱了。过去，有的城里人嫌弃甚至嘲笑我们农村人吃得孬，穿得烂，现在我彭总吃穿不愁，还有巨额存款哩。过去很多城里人当了一个普通工人，都是洋歪歪的，现在很多像杨梅这样既有中专文凭，又有城市户口的"街娃"却下岗了。嘿，现在他们是落毛的凤凰不如鸡了咯。

彭晨通过得到财政拨款，还尝到了与政府官员打交道的甜头。大家都说何武财政局的钱是药水煮过的，我彭某人还是搪到手了呐。他看了看自己银行卡里的即将达到三位数的钱，心里美滋滋的，一定要请城里的同学操一次凤凰宾馆，显摆显摆。同时，他要为下一步在城里站住脚布局。

上一次同学聚会，还是何文、何武和任小青考起学校的时候。原来预定每五至十年聚会一次，但第一个十年大家都忙于奔前途，且又分布在天南海北，现在有好几个人都回县上来发展了。彭晨知道自己没有号召力，便打着何武的招牌，利用这个当下红得发紫的财政局长、县委委员、县市人大代表的面子，当然大家都要来咯。他还请来了他的官场朋友、他的"盖面菜"蒋耀进局长。

凤凰宾馆，曾经是县委的招待所，如今已经改制，面目一新，装修华丽，环境优美，一跃成为高官巨贾、社会名流云集的地方。彭晨和凤头中学的一批同学，就在这里聚会。过去衣服都没有穿抻展的一伙农民，如今一个个都穿得周吴郑王的。彭晨今天头发梳得溜烫光，一身西装革履，甩尖子皮鞋，简直是神气十足，一副大老板的派头。

首先到来的是白和贵，读书的时候同学们都叫他"闷墩儿"，他高中毕业后当了木匠，现在他穿了一件真皮大衣，一匹狐狸尾巴的毛领托举着一颗圆溜溜的小脑袋，把本来就不长的颈子淹没无踪。

"'闷墩儿'，这么多年你跑到哪里去捞钱了？"彭晨诧异地问。

"老子不像你，尽在家乡赚父老乡亲的昧心钱。你知道我那几年在老家做家具搞不到多少钱，后来就同朋友一起跑新疆，开始打了一两年零工，后来当搭架、打墙盒子的包工头，再后来干脆自己当了建筑老板。"

"看你龟儿两口子那样子，穿金戴银，有几匹羊子邀不下山嘛！"人是桩桩，全靠衣裳。白木匠不仅自己改头换面，妻子也穿得洋气。彭晨妒忌白木匠身边的婆娘同样穿得阔气，看不出来是农村人还是城里人了，关键是比自己的老婆漂亮多了。实际上，白和贵的女人虽然也是农村的，而且是原配，但当年木匠也是手艺人，走村串户地位高。因为家乡有句话"养儿不学艺，担断箩篼系"。白和贵作为手艺人，自然有条件认识到漂亮村姑。彭晨是卖耗子药的跑摊匠，在老百姓心里的地位自然矮一头。加之，他久缠任守青不成，把年龄混大了，就随便找了一个。这不，他要求其他人带家属，他自己却不带家属。他自己经常在外面鬼混，老婆睁只眼闭只眼，还经常被他欺负。

白和贵的妻子明知故问："彭总，你婆娘呢？"彭晨耿直地回答："牵不出市①。"

彭曦笑嘻嘻地来了。他已经是太保山乡的乡长了，他是靠玩非物质文化遗产的竹琴、金钱板起家的。他留了一戳八字胡，倒是有点文绉绉的样子。

"同学们好！"只见多年不见的任铁锤穿着一身已经洗得发白的军装，"啪"一个立正，给久别重逢的同学敬了一个标准的军礼。

---

① 见不了世面。

何文马上介绍:"同学们,二锤当兵转业到我们县的国营曲酒厂,现在已经下岗了,请大家多多关照。哦,他当年还参加了对越南自卫反击战,在老山前线沽(蹲)了很久的猫耳洞的哟。我在成都读书时就听过他的英雄报告哩。他可是二等功臣耶!"

彭曦带头鼓掌欢迎锤子兵:"二锤,自从当年请你在我们乡政府做了老山前线的抗越英模报告后,就没见到你了咯。"

大家与功臣同学一一拥抱握手。

最令人难以想象的是当年衣衫褴褛的"憨娃儿",竟然也穿得体体面面的出现在门口,猥琐地与大家打招呼:"同,同学们好!"

何文又很多年没回去了,问:"这是谁呀?"

来者好像见到了仇人:"你这个没良心的家伙,不认爹娘,不认同学,还不认前……"

彭曦没等来人说完,就打断了他的话:"同学们,这是我们初中同学,可能大家只晓得他叫憨娃儿,其实他有一个非常吉利的名字'何永顺'。他一直在太保山青草合作社就职,跟我们大名鼎鼎的董事长任守青同学一起搞'土佬坎'有机农业。现在他是'土佬坎'农产品门市部的经理。"

原来,"憨娃儿"自从跟随任大青植树造林后,一干就是十几年。他过去光杆一个,后来有钱了,模样也出来了,就娶了一个后婚,还生了儿子,加上女方带来的一个女儿,也算儿完女伴①了。

何武带头鼓掌欢迎这个变化最大的同学。何文赶紧向何永顺

---

① 有儿有女。

同学道歉:"祝贺何经理。人们常说士别三日,当刮目相看,你发财了嘛,所以我都认不得你了。再说,我们二十年没见过面了嘛。"他说完,就要与"憨娃儿"握手。但老憨同学并没有伸手的意思。

何文没有感到难堪,他知道在同学们心目中他是"陈世美",信誉不高。于是尴尬地回到原来的位置。

正在这时,房间忽然亮了一道光。原来进来了一个时髦的女人,她白净的肌肤略施粉黛,戴一对锃亮的耳钉,头发盘得很高,颈子显得特别长;长长的颈项,显得很洋气。常言道"洋不洋,看颈项"嘛。她脚穿高跟鞋,把人显得更高了;身穿中长貂皮大衣,质地看起来还没有"闷墩儿"的婆娘穿得高档,但很合身得体;特别是一根皮腰带把胸前的丰乳和后面的圆臀,收拾得该冒的冒,该翘的翘;要不是何武起身叫"嫂子来了"。大多数人都认不得,因为至今何家不待见她。她还是与何文耍朋友时,灰溜溜地回去过一次,从此再也不敢踏何家的门槛。她来到何文旁边,不客气地坐下。何文笑笑地说:"我们同学聚会,你怎么来了?"

彭晨赶紧介绍:"哦,各位,杨科长是我特别请来的贵客,我们何厂长的夫人,大家欢迎!"同学给予了稀稀拉拉的掌声。

大家自行选定位置坐定,一致推举财神爷何武致祝酒词。何武谦让,请蒋局长讲话。蒋局长推辞说:"你们同学聚会,我岂敢多言多语。"

于是,何武不再客套,说:"同学们,通过改革开放二十多年艰苦卓绝的奋斗,我们国家已经从计划经济走向了市场经济,可以说是国强民富了。我们许多农村娃儿,都成了城市人口了,城乡差别缩小了，我们真是赶上了好时代啊。过去我们农民为国家建设作出了牺牲，但是现在国家富强了，工业开始反哺农业了！国家从今年开始，计划三年时间取消自古天经地义的皇粮国税啦！"

"真的吗？何局长。"憨娃儿和大家高兴得跳起来了。

"当然改革正进入深水区，特别是国有集体企业改制正在走向深入，希望你们中的老板积极参与进来。比如县农机厂正在公开拍卖，欢迎大家积极报名参加。"

何文马上补充："有关农机厂拍卖事宜，国有资产管理局正在制定方案，请大家关注最近的县广播电视台的公告。"

大家两只肩膀抬一张嘴——白吃。其实，彭晨搞这次同学聚会，让大家白吃一顿是有目的的。他请何武、何文吃饭的由头就是"火力侦察"，他又要开始做投机生意了。否则，彭晨这样视钱如命的家伙舍得请大家白吃？他已经活脱脱成了一个精明的商人，他的馍馍且能烧焦吗？他虽没有本事玩空手套白狼的游戏，但投机钻营是他的强项。

就在同学聚会当天晚上，彭晨约何文两夫妇密谈："何厂长，我想与你做一笔生意？"

"什么生意？"何文的确在开始找项目了，厂里半年没有发工资，看来他苦心经营将近二十年的农机厂，真的撑不下去了。

"我们一起把农机厂买下来。"

"哈哈，我有什么钱呀？"

"不要装穷嘛，你两口子可是我们同学当中最早的城市双职工哟。"

"不要说了，他一个土老坎，当了十几年厂长，窝囊得很，啥钱都莫得,娃儿马上要拿大学的通知书了,还要等农机厂卖了,看能否把我们的工资补上,供娃儿读大学呐。还买什么厂哟?"杨梅抱怨说。

"不要你们出钱?只提供技术支持和配合有关服务就行了,占干股。"

"嗯?"杨梅不明白。

何文马上表示:"不说了。彭晨,我虽然读书出来脱了农皮,但我永远是农民的儿子。现在虽然没有钱,但我绝不做出卖集体利益的事。我还有事,先走一步。"何文说完,拂袖而去。

杨梅明白了,"膨肿"是要他们提供信息服务,降低标的或者还有其他勾当。犯法的事宁愿受穷,也不能突破做人的底线。杨梅紧跟着老公。

杨梅回到家,收到了彭晨的一条短信:"洋妹子,谁愿意与金钱过不去呀?枉自你两口子读了那么多的书哟,我不忍心看着你们那么穷啊!我们明天上午仍然在凤凰宾馆见面。只需要你把那天在财政局何武办公室我看到的农机厂清产核资的报告拿来看看就行了。不要你出一分钱,更不能让你犯错误。不见不散。"

杨梅真的穷怕了,那天想让当财政局长的兄弟调个工作单位,他倒好,宁愿叫弟妹从果州市寄来两千块钱,也闭口不谈我与他哥工作调动一事,我两口子哪怕调动一个人到旱涝保收的单位也好嘛。她没能禁得起"膨肿"短信承诺的诱惑,虽然犹犹豫豫,但还是如期赴约。

杨梅按"膨肿"发的短信,房间号是凤凰宾馆888。"龟儿子土豪,喝个茶都这么任性,发发发。"杨梅虽然才与彭晨见面三次,包括在财政局遇到的第二天,"膨肿"专门在她的宿舍门口等她，要去了她的电话号码。杨梅一看彭晨就是个厚脸皮。她暗暗告诫自己："老娘贞洁妇，还怕你那厚脸皮。"她那天就大胆把电话号码告诉了他。

杨梅来到房间，彭晨赶紧递上早就泡好的铁观音茶："洋妹儿，这是我的见面礼，一枚一克拉的钻戒。"杨梅赶紧说："我再穷，也不可能要你的东西。"

"你是我们同学的骄傲，我没有别的意思，我知道我是土包子，不配送给你这个千金小姐礼物。只是看见你手上戴的戒指太配不上你啦，所以这次到深圳出差顺便带了一枚，专门孝敬您。"

"我又不是你的妈，谁要你孝敬！"

"只要您收了我的小小心意，要我把您叫仙人板板都要得。"

一句话把杨梅逗得打失笑。但杨梅还是没有去拿耀眼的钻戒。彭晨眼疾手快，趁其不备，塞进了杨梅的腰包。杨梅不自觉地伸手去掏出来，谁知彭晨的粗手像螃蟹夹子一样，紧紧钳住杨梅的手，又是摁又是搓，把杨梅疼得惊叫唤。

彭晨，一辈子哪里摸到过如此细皮嫩肉的城市美人的手？他经常在舞厅、歌厅里接触过的服务小姐的手，多数也是握过锄头的手，哪有这种软绵绵的感觉，竟不由自主地心生邪念，握住洋妹儿的手不放。

杨梅另一只手"啪"地就给他打过去了，不偏不倚正中彭晨的嘴巴。她口里骂道："'捡疙瘩'，你要干啥?!"她转身就要走。彭晨立即抽出手，跑到门口用身体紧紧抵紧房门，口里只是道歉："洋妹儿，对不起，我们哪里见过你这样洋气的妹儿嘛，身不由己啊。再也不敢了，再也不敢了。我们坐下聊聊，好吗？"

杨梅没有办法，只好勉强移步沙发。

"资料呢?"

杨梅觉得把清产核资报告交给他,应该没有什么嘛。她学的工科,不懂经济财务,但还是有点犹豫不决。

"洋妹儿,我看看嘛,看了就还你。"

"只准看一下哈。"

"好,哄你的给你当孙子,出门被车撞死。"杨梅听见他赌这么毒的咒,心里更加放心了,就把资料交给他了。

彭晨漫不经心地看了看,假装拿起手机:"喂,什么?还我钱?你狗日的这么久才还我,给我送到凤凰宾馆来,老子马上出来拿哈!"边说边往外走,"兄弟媳妇,稍微休息一下,一个老赖借我一万元,几年没还了,今天终于给我拿来了,我去去就来哈。"

杨梅喝了一口茶,担心彭晨耍什么花招,但已经来不及了,"膨肿"已经溜出去了。

不一会儿,彭晨回来了,把资料毕恭毕敬还给杨梅,说:"没啥看头,还你。"

杨梅看了看:"嘿,你狗日的,是不是拿出去复印了?"原来,杨梅发现,现在钉书钉的地方,有点像被拆过又重新钉的样子。

"彭晨,你赶快给我把复印件拿出来?否则,我要告诉何文。"

彭晨又赌咒:"哪个复印了你的资料么,天打雷劈!"他说起话来铁都咬得断。

"不行,我要看看你的包包。"

"真的没有,哪个狗日的复印嘛!"彭晨装得像,一副理直气壮的样子。

彭晨说完,真的乖乖地把裤子、衣服所有的衣兜翻了一遍。的确没有资料。只有没有拆封的一万元钱。杨梅这才放心了,赶紧把评估报告揣在自己的衣兜里。

"厂长夫人，我今天约你出来，不是要你当叛徒。再说，何武局长和何文厂长都欢迎我们积极参与竞标嘛！我的意思是你在暗处，我在明处，打伙把农机厂这二十几亩地盘下来，一起搞活农机厂。我们只当帮你们一介书生挣几块钱，免得读一肚子书，还是个穷光蛋。"

"我们真的除了技术之外，没有一点本钱。"

"昨天我就说了，不要你们的本钱。只要你们的技术，我亲爱的宝贝。"彭晨对何文好像真的同情。

杨梅狠狠白了"膨肿"一眼，不客气地数落："又来了，看你那傻样嘛！"

彭晨又说："看见洋婆娘，我就忍不住。有什么办法呢？今天就这样，改天再约你。"说完，把一万块钱塞给杨梅，转身就走。

杨梅赶紧拿着钱追出门口。彭晨已经跑出十几米远了，只见杨梅气爆爆地把吃奶的劲都使出来了，"嗖"地把一捆钱扔向彭晨。一万元钱在空中翻了十几个筋斗撵上彭晨"砰"的一声砸到他的后脑勺上，然后捆钱的纸筋断了，撒得满地都是崭新的百元大钞。

彭晨奋不顾身扑向散落的钱："不准动，是老子的钱钱呀！"他哭丧着脸，生怕飞跑一张，或者被人捡走一张，他两只手像鸡啄米一样，迅速捡起他的钱，末了还面向看热闹的围观群众开玩笑地说："'钱钱钱，命相连'，居然还有人不喜欢。"

杨梅丢下一句刮毒①的话："你这些沾满耗子药的臭钱，我怕

---

① 很挖苦人。

把我毒死了。"就扬长而去了。

她回到家，把文件悄悄从皮夹子里拿出来，放回何文放的原处。

十天后，彭晨以一百五十一万元的价格竞标成功，买下了农机厂的所有资产，包括二十几亩土地。还有四五个参与竞标的自然人和法人，背对背报价都没有达到资产评估的价格。只有彭晨的报价，与国有资产管理局确定的底线标的最接近，多一万块钱。

彭晨二话不说，一手交清了一百万。一个星期后，在蒋局长的关照下，用原来农机厂的土地质押，在银行贷款一百万元，除了交完五十一万元买厂的欠款外，还剩四十九万元流动资金。

彭晨做梦都没有想到，自己一个大老粗，就要当企业老板了。他给洋妹儿发了一条短信："我就是你真正的'彭总'了啥?……"后面一句话，杨梅不敢相信，彭晨果然言而有信。

第三十四章　有钱就任性

"经营了五十多年的老农机厂卖给私人！"原来的离退休老工人和已经半年没有上班也没有发工资的工人，纷纷来到化凤山谷的农机厂的坝坝里，哭成一团，有的说："好好的一个国有企业，说没就没了。"有的说："这么多资产才卖一百五十一万，太可惜了。"有的说："败家子啊，共产党的败家子啊！"

此时，有人看见何文厂长哭丧着脸过来了。很多人伤伤心心地哭喊："何厂长，我们一家两代人都在厂里，怎么养活呀？"

有个老工人气愤地指着何文："我们几十年的心血就毁于一旦，而且就毁在你何文手里哟！"

马上有人过来为何文打抱不平："李师傅，不能怪我们的何厂长，这是大势所趋嘛。"旁边有人附和："何厂长，带领我们创下了十几年辉煌，特别是他搞技术革新，开发会游泳的打谷机、洋马马儿等新产品,使我们厂又兴旺了十几年,何厂长对得起我们。"

何文被骂得一脸麻子翻不转,他想起自己过去不贪不占,贡献了青春和热血,两口子把全部的爱都投入到了农机事业,不禁鼻子一酸:"各位师傅,同志们,是我何文无能,对不起大家。我是败家子啊!"说完竟号啕大哭起来。

杨梅赶紧过来:"老公,你怎么了嘛?我们两口子问心无愧。这不是卖了一百五十一万吗?马上可以给大家发工资了。你看人家县酒厂,三百多人的厂,过去每年交税一百多万,三十多亩土地呀,还有十几吨老酒,最近还不是才卖一百多万元。我们已经算不幸中的万幸了。"

一些知情人也过来劝何厂长:"何厂长,你过去爱厂如家,现在护厂有功。我们谢谢您。"

总之,兴旺了几十年的全省先进企业"充汉县农机修造厂"就这样被改制成私营企业了。

一个月后,原来高高的厂大门焕然一新,两米高、三十厘米宽、两厘米厚的"充汉县农机修造厂"的吊牌被三块汉白玉羊脂白的牌子取而代之,它们从下到上依次是:"充汉县奶牛养殖科技有限公司""充汉县太保山土特产销售有限公司"和新成立的"充汉县膘长快畜禽饲料厂"。

彭老板的三个公司挂牌这天,厂房已经粉刷一新,原来与实现农业机械化有关的标语被石灰覆盖,什么"家禽家畜要长膘,天天都喂膘饲料"等标语登上了墙头。

阳春三月的一天,化凤山谷春意盎然。县委贾副书记带领农机局、畜牧局、农业局、财政局和有关综合职能部门二十多个单位的一把手，都来庆祝彭晨的企业挂牌。

这天彭晨还是穿得西装革履，一身金盾牌西服，一双甩尖子皮鞋，一条金利来皮带和不需要自己打结的一拉得领带。杨梅看见彭总将衬衣和领带一起都扎进了裤子，土里土气的，暗自窃笑。主持人按贾书记的安排，为了辞旧迎新，还是由何文主持。

何文看起来有点萎靡不振，衣着也是平常那一套中山装。锣鼓声过后，何文宣布"从今往后充汉县农机修造厂就成为历史了"，正准备说"取而代之的是彭晨老板的三个全新的公司"，还没有说鸣炮，突然他哽咽得说不出话来。这且不说哟，他手中的话筒居然滑落了下来，人一下就栽倒过去了。幸好早就被站在主席台上的财政局长何武注意到，哥哥今天脸色特别苍白，说话也是有气无力的样子，他一个箭步过去，扶住何文。下面很多人异口同声地呼喊："何厂长，何厂长！"整个会场一片哭喊声。

贾书记见状，马上安排人叫救护车，同时接过话筒，镇定自若地说："同志们，农机厂的工人师傅们，我是县委分管农业的副书记，姓贾。我今天代表县委政府来看望大家。下面我说三个意思。

第一，农机修造厂成立以来成绩显著。各位工人师傅，你们为建设社会主义农业机械化功不可没。"他从新中国成立初的牛耕人挖，讲到现在机械化和半机械化，讲了大家的贡献。特别讲了什么是市场经济，什么是自由竞争，为什么政府要退出市场，总之为什么国有企业要改制。

第二个问题，企业改制后大家怎么办？他高瞻远瞩地告诉大家，农机厂改制不是垮了，而是要凤凰涅槃。下面有人窃窃私语："什么叫什么盘？"贾书记补充说："我们的企业要先死后生，死而复生。不破不立嘛。"他鼓励大家重新寻找就业机会，争取第二次就业。他告诉大家，估计明天开始，大家要先有偿买断原来的工龄，还要补发拖欠的工资。在大家没有找到新的工作前，财政和就业局还要发一部分失业保险金补贴。总之，政府是不会忘记大家过去的贡献的，也不会对大家未来可能遇到的困难坐视不管。

第三，新公司新气象。他要求新公司尽快组建领导团队、技术团队、生产团队和销售团队。他要求新公司优先安排本厂原来的工人干部，保证老厂的工人重新安排的人员要达到百分之八十。下面的工人听到这里心里踏实了许多。

贾书记见已经稳住了局势，才与蒋局长、彭晨一起揭牌。

人们发现何文说对了的，农机厂一去不复返了，工厂成为饲料加工厂了。又有人唉声叹气。

轮到彭晨表态讲话："工人老大哥、老大姐，弟兄姐妹们，你们好！改革春风吹满地，化凤山下春满园。我要感谢党和政府，我是一个农民，当过跑摊匠，卖过收音机，搞过种养殖业，现在我要与大家一起继续搞农业和畜牧业。你们都是我彭晨过去羡慕的工人老大哥，想不到我彭晨还要当几天工人，哈哈哈。"然后，表态、承诺。其实究竟怎么搞，他自己都不知道该怎么说。他表态贾书记今天的要求他坚决照办。大家想听的就是他这句话。

最后，贾书记说："一开始就应该鸣炮，庆祝我们的企业改制成功，庆祝新公司隆重开业。现在我们再加一条，庆祝今天的大会圆满成功，现在我宣布鸣炮奏乐。"

大家只听到鞭炮的声音、锣鼓的声音回荡在化凤山谷。

散会后贾书记立即驱车前往县医院，何文已经苏醒了。杨梅眼里噙着眼泪，当着贾书记说："老公啊，这之前，你哪一天没有为工厂着想啊！从今往后你可以丢心落肠休息了，还不安逸么？伤感什么嘛？"贾书记也说："杨科长说得好，你是功臣，我们知道。自己抱大的孩子，现在没了，我们理解。但现在企业是浴火重生，而不是彻底死亡。你要好好养病，等几天你还要督促彭总尽量安置原来厂里的人，你还要负责兑付拖欠职工的工资和工龄补贴。"

何文病了，他自从考起学校，就一心想干一番大事业，想不到偌大一个农机厂败在自己手里。他也落伍了，他没有跟上改革开放的步伐。贾书记讲的农机厂要浴火重生的道理，他不是不懂。市场经济是不可阻挡的潮流，企业改制当然就是顺应潮流了。但是他瞧不起彭晨，怎么一夜之间一个"跑摊匠"成了暴发户？他会与我们工人心连心吗？他料定彭晨是不可能安排多少老厂工人的。

何文的病还在于过去一心想着脱农皮，甚至为此终生背负"陈世美"的骂名。但现在他成了城市无产者，没有土地，没有产业，没有工作，成了真正的"三无人员"。

何文，更牵挂那些跟随他这么多年的兄弟姐妹。过去他们之中的一些人，耍朋友结婚要尽量找在同一个厂里上班的人。为的是两口子在厂里可以互相照应，共同完成生产定额，一起下班看电影，一起买菜做好吃的，关键可以分一套住房，多幸福啊。现在他们怎么办呀？原来另一方是教师或者其他行政事业单位的人，过去是夫妻分居吃苦不少；现在倒过来了，至少还有一个人可以旱涝保收，生活无忧啊；两口子在一个厂里的，都下岗了，日子不好过呀。他想起父亲曾经说过的话"一工一农，吃穿不穷"。原来"一工一干（部），吃穿好办"呀。

何文躺在病床上，对不惑之年的人生进行总结。二十多年前，他把与任大青的爱情终结，说成是"城乡篱笆断情缘"，把自己不要良心的错误推给时代，说成是"时代诟病"。难道这些选同一个工厂的两口子都下岗了，也是犯了错吗？也是时代诟病造成的吗？

医生已经来给何文诊断了几次了，又是照片，又是化验血液，都没有发现明显的病灶。最后的意见就是何文患的是心理疲劳综合征。

何文住了一个星期的医院，原来他照顾过的两个教师家属来了。他们说："现在企业困难，就业与否没关系，教师待遇提高了，他们生活没有一点问题。感谢何厂长当年不嫌弃'臭老九'之恩。"真是此一时彼一时啊。

一直留山羊胡子的重庆知青胡副厂长和他的夫人来了。他是何文的忠诚助手，他的夫人车工、钳工、铣床工、刨床等工样样都是能手。他两口子来告诉何文，他们要回重庆了：一来要回去照顾老人尽孝，现在有户口迁过去的照顾政策；二来回重庆就业门路多一些，还可以照顾子女读书。类似这样的家庭还有二十几家，他们都是当年上山下乡的知识青年，都把青春献给了我们这个小县，他们之中大多数人都是特殊年代成就的人生，文不能很文，武不是太武，都是半灌水，没有什么特别的手艺，但是有忠诚的品格。好在他们有大城市作为坚强后盾，人到中年或者已经接近知天命的年龄，只有陪在父母身边，一起养老了。

何文最惦记的是既没有大城市可去，又没有教师医生公务员等有固定收入的家庭、两口子都是工厂里老实巴交的工人兄弟姐妹们。还有一批军队转业干部，他们半路出家，没有特殊技术，他们之中有从珍宝岛自卫还击战，还有从老山前线下来的军队转业干部都是为国家出过力的人啊！他一骨碌爬起来，他要找彭晨，一定要照顾好这些工友们。

何文作为工厂的留守人员，他与大家民主商量，很快补发了过去欠发的工资，兑现了工龄补贴，不少有二十来年工龄的老同志都只拿了一万元左右的补贴，有的年轻人只拿了五千多块钱就了断了工龄，今后的养老保险要由自己挣钱去买了。他们就这样结束了自己的工人生涯。

可惜机械行业现在不景气，但何文与一些大型农机企业如山东潍坊的叉车厂、挖掘机厂都有来往，他一口气就介绍了二十几个工友到山东、吉林、陕西、广州等地去重新就业。

还有一批年轻有为的大中专毕业的学生，有的没要何文介绍，自己跑南方，跑北边，依然朝气勃勃。这批人何文最放心。

从以上这些情况来看，何文感觉浴火重生是有希望的。但是，在与彭晨商量剩下的五六十个人重新就业的时候，彭晨只选了十几个身强力壮的人。出乎意料的是，何文自己都没有被老同学彭晨选上，他说一家人只选一个。

何文没选上，最着急的是杨梅。她害怕何文是个工作狂，一旦没有事做，她担心他的精神要崩溃，甚至她害怕迟早要失去何文。要知道何文可是她从任守青手里抢过来的呀！他不仅是美男子，而且才华横溢、魅力十足啊！她要找彭晨。

杨梅，杨梅，很多人都知道她的美名"洋妹儿"。她是一个红二代，有着老一辈的正直忠诚的品格，也有喜欢时尚、潮流、耿直的性格。她喜欢梅花，她说蜡梅是报春花。她尤其喜欢三角梅。所以她在本来不宽敞的阳台上种了这两种花。特别是那株三角梅，简直就是一幅美丽的风景画。

她喜欢三角梅的理由是它鲜艳而不娇气，美丽而不俗套，还有花开时间较长，无需绿叶扶持，适应能力还特别强。三角梅就是杨梅的性格写照。

杨梅阳台上的三角梅有二十年了，粗壮坚硬的树圪笼上长满了芊细的藤蔓形状的树枝，枝上稀疏地长了刺，尖锐而蜇人。密密麻麻的藤蔓铺满树枝，像漂亮的长发女人浪漫的发型，把主干掩盖得严严实实。枝条长到哪里，大红的花就在哪里开放，所以三角梅满树都是铺天盖地的红花，十分茂盛。而且三角梅红花自然开，看不见绿叶扶持。

三角梅花开三瓣。每瓣花的形状都是流线形的三个角，花尖如桃心。三瓣花的每瓣既有独立的花柄支撑，又有各自的花柱和花蕊，所以每枝花都是由三瓣独立的花组成的整体。顾名思义，三只角相对独立，在底部又是连体儿，比人类的三角恋爱稳定多了。奇花呀。不仅杨梅喜欢，何文也喜欢三角梅满树红花的盛景。也许何文看见三角梅披头散发都是花，都是美，和"长发飘飘"一样好看吧。

杨梅找到彭晨，质问道："彭总，你为什么不要何文？"她叫的再也不是"膨肿"。这就是人在屋檐下，不得不低头啊。

"杨梅，我们的君子协定，永远有效。是的，我那天看了你的清产核资报告，是搞了小动作的，当时你其实就看出来了。你的股份就是那天我短信通知你的数字，这个秘密你知我知，任何人都不能知道。你的手机短信赶紧删了，永远保留在心中。至于何文，他要人才有人才，要肚才有肚才，但他瞧得起我的公司吗？即便他瞧得起，我们能长期合作吗？后来他必然功高震主呀，我领导得了他吗？与其今后他瞧不起我，不如我首先炒他的鱿鱼，免得耽误他的前程。"彭晨的回答耿直干脆。

杨梅回到家，把彭晨对何文的想法告诉了何文，他笑了笑，回答："算他狗日的聪明！老子从来相信天生我材必有用，他彭晨包包里装的什么药，现在还未可预料。如果是生产添加剂饲料，我岂不是为虎作伥，祸害百姓，毁我名声吗？"他告诉杨梅，让她暂时先安心在彭晨厂里干，不要管他。等他找到项目了，夫妻俩再作打算。

就在何文下岗不久，他们的乖乖儿子考上大学了。但是爷爷带信来说他"病危"，爷爷点名叫他和重孙何光明立即回去。

第三十五章　重走来时路

何文心结未完全解开，虽然听说爷爷病重，却害怕回到太保山遭踏削①。是啊，企业不复存在了，厂长失业了，怎么见江东父老？回去岂不是让人笑话吗？特别是考起中专那会儿，为了子子孙孙都能有城市户口"脱农皮"，却背上了将近二十年不要良心的情债。有何脸面见"长发飘飘"啊？

更具有戏剧性的变化是，城市户口和农村户口现在等值等价了，甚至城市户口要回迁农村还不行呐。这真是世事轮回，造化弄人呀。沮丧的何文一大早起来，习惯地走下原来农机厂的职工宿舍。他抬头看着这幢有六层高的大厦，心里骄傲地宽慰自己：这可是当年充汉县最气派的洋房子哩。这是他当厂长后为职工做

---

①　嘲弄。

的第一件好事。如今，狗日的彭晨用一堵高墙，将它与新厂隔离开来，好像要把曾经为农机事业呕心沥血的人们拒之门外，真是"老麻蜂滚崖"——拌死不落教。

何文看见彭晨小家子气的做派，心里不悦。恰在这时有个老工人过来叫他，打乱了他的思绪："何厂长，你要到哪里去？"

"唉？我要到哪里去呢？"何文自己都不知道，只是回答："李师傅，不要叫我厂长了，我再也不是什么厂长了。"

"何厂长，俗话说：'官去衙门在，树倒根发柴'。农机厂不在了，但我们县的农机事业永远存在，听说你要调到农机局继续领导我们县的农业机械化工作？你还是我们的领导嘛！再说，你儿子又考上大学了，接班人又培养出来了，根基好嘛。有福气呀！"

何文知道李师傅在安慰他，也不知如何回答。此时，有几个工友背包挎伞，急匆匆往外走，说是去打工。何文赶紧迎上前去，又是拥抱又是握手，真心实意祝大家平安、发财。他把曾经一起拼命工作的兄弟姐妹们含泪送出厂门口，看不见身影了，还在挥手说："再见，弟兄们。"

爱厂如家的何文，原来天天都习惯到厂部办公室上班；现在站在围墙外面往彭晨的新厂里面张望，他实在不习惯无所事事的下岗生活。他正在左顾右盼，忽然一辆小车开过来了。原来是何武一家人。

何武知道哥哥身心都在生病，奉老八路的爷爷何雍之命，特意前来接何文和侄儿何光明回太保山去看看爷爷、散散心，同时庆祝两个晚辈双双考起了大学。

何武的大女儿何艾青今年也考起了四川大学生物工程系，何光明考的西南大学工商管理系，都是重点大学，他们两姐弟互相道贺。

何文为了避免尴尬，以杨梅要上班无法回家为由，与儿子上了何武的帕萨特轿车。何文一路上都不明白，怎么何武的女儿还比他的儿子还大？

在回家的路上，何武告诉哥哥，县上考虑到他的农机业务熟练、能力强，对县上的农机事业做出了较大贡献，准备把他调到农机局工作。但鉴于眼下下岗职工，包括下岗厂长的再就业矛盾突出，要暂时缓一缓。何文听到这个其他人求之不得的消息，却只当没听见，至少是不置可否。一向敢作敢当的何文，像变了一个人一样，一路上都是沉默不语。

车上两个大学生说说笑笑，很快到了太和乡政府。何文他一个人要下来走路，不要任何人打扰。他说是要重走儿时路，沾点泥巴味，接点地气。

何文一下了车，直奔乡农机站，看望站长老同学何周治。他想起当年赶他的拖拉机去读中专的情境，那时刚刚脱农皮，多么荣耀啊。真是此一时彼一时啊。

"何厂长，好久不见，你回来检查工作么？"

"何站长，你我都是农机行业的垮杆队伍，就不要自我安慰了，更不要讽刺挖苦我了。什么检查工作嘛，我是来看看你这个老同学的。你们农机站还有留守人员吗？"说了半天，还是在关心本行业务哩。

"其他两个人都回去收谷子了，我一个人应付偶尔来修理打米机、抽水机等小型机具的农户。可能也要垮杆了。"

何文看见乡农机站的路边躺下的一辆已经锈迹斑斑的"会游

泳的打谷机"，显然与自己一样，已经失业了，肯定很久没有施展拳脚了，所以已经锈蚀废掉了。他睹物思人，不免有些伤感，摸了摸打谷机，恋恋不舍地离开了。

"哦，你忙，我要回家了。"何文心里安慰躺在路边的脱粒机，"你是英雄无用武之地啊。"

何文漫步在乡间小道。他感慨改革开放乡村发生了日新月异的变化。县上有了两条高速公路，乡乡都通柏油路，村村通水泥路，当年他们高考时坑坑洼洼的山路已经不复存在了，映入眼帘的是一条随弯就弯的水泥路。当年生产队大块大块的田地，已经被划成一家一户的大小不等的板块。农民的积极性高了，机械化程度却差了。何文感觉最遗憾的是，过去不少高产田地都当成风水宝地修了楼房，有的还是别墅。他走了两个生产队，很少看到年轻人，只见一些老汉儿老婆婆在用锄头挖地，用扁担挑粪，好像倒退回"刀耕火种"的过去时了。

原来，年轻人都进城打工去了，老年人用不了农业机械，只能回到原来落后的生产方式。他明白了，这就是我们农机人和农业机械无用武之地的原因啊。他看着一大片的良田沃土撂荒，有的杂草丛生，有的野菖蒲长有一人多高，过去用于止血的水蜡烛满湾疯长，以至于花絮到处飞扬，一片荒芜景象。何文觉得不仅有损观瞻，而且将大自然馈赠给我们的土地丢荒浪费了啊，可惜啊！

何文仰望巍巍太保山，只见树木葱茏、峰峦叠嶂，再也看不见当年光秃秃的荒山野岭了。他欣然顺着一条同样是水泥的路面，慢慢步入林荫道，很快有了不识庐山真面目的感觉。太保山经过二十多年的打造，现在已经成了只见森林不见石包了。

其时正值仲夏，走在林荫小道上，到处都是蝴蝶纷飞，金蝉鸣唱，花香鸟语，好一派森林的美丽风光。

何文感觉自己从来没有呼吸到如此清新的空气，这里简直就是天然氧吧。他越往林子里走越感觉心肺里十分通透、舒坦，这就是负氧离子的作用啊。他走着走着，看到了一块牌子上面写着"龙滩河有机农业有限公司青草第一养殖场"。上面有简介：这里是充汉县内江黑毛猪繁殖基地，现有能繁母猪二百多头，食肉土猪五百多头。全部实行有机养殖，无菌操作，谢绝参观。购买有机土猪肉，请与本公司销售部联系。下面还有电话号码。

由于这里远离市区，森林就是一堵病毒的隔离墙，就是凡尘的过滤器，加之饲养场都实行无菌操作，所以县上几次非洲猪瘟大流行，都从未波及这个风水宝地。现在财政每年都要给养殖场补贴哩。何文看见在百米之外一群群小猪，跑上跑下，发出"哼哼"的叫声，围着各自的猪妈妈转，像田里的蝌蚪，幸福地成团游走在草丛中。何文正要再往里面走，被远处穿白大褂的老年人喝住了："种猪重地，谢绝参观。"

何文来到了岔路口，一条通往山上的路牌依次写着：青草第二养殖场（鸡场）——第三养殖场（牛场）——第四养殖场（羊场）——青杠木耳坪。另一条路通往半山腰，路牌写着：稻田养鱼基地——凉水井——鳌鱼石。

何文看见鳌鱼石，自然触景生情，选择了半山腰的进山路。他看见猪圈下面是沼气池，再往上走，在凉水井附近就是一片稻田养鱼基地。他知道这是林下经济的循环种养殖业。他顾不上去凉水井喝一口甘甜的凉水，就直接朝"鳌鱼晒背"的地方跑去。本来是酷暑难耐的夏天，结果一股股凉风嗖嗖地从耳根吹过。何文爽得忘记了忧愁,忘记了委屈,却心存侥幸,希望看到"长发飘飘"。

何文来到了曾经走出大山的三岔路口。当年爸爸、妈妈、外公、爷爷,还有长发飘飘的大青,不就是在这里分别的吗?对,他是从大山的这里走出去的,如今他重走来时路,却找不回当年那纯洁、热情、激动的感觉。

但是,何文想,自己的命运岂不是又回到了出发地的原点了吗?自然轮回,命运也是轮回吗?正是山水轮流转呀。当然他明白,此原点非彼原点。正像古希腊哲学家赫拉克利特认为的那样:"人不能两次踏进同一条河流。"现在已经是二十一世纪了,祖国的山山水水都是旧貌换新颜了。他想生活一定要有新的开始,他要把眼前的原点作为新的起点,开启新的征程。社会不就是这样轮回、循环往复螺旋式上升、波浪式前进的吗?

何文知道前面就是"鳌鱼晒背"的地方了,他快步上前,看见鳌鱼石依然如故,"长发飘飘"还站在石头上朝这边笑,她还是那么漂亮,他冲了上去,大声呼喊:"大青,青妹,长发飘飘!"只见大青理了理头发,看了看他,刚才的笑脸变成了一张怒气冲冲的脸,理都不理他。他上气不接下气,爬上鳌鱼石,定眼一看,却只见石头,不见伊人。

原来何文自觉对不起长发飘飘,内疚与思念交织在一起,产生了幻觉。他从幻想中醒来,很是失望,伫立良久,回味、观望,大约一袋烟的工夫①才恋恋不舍地离开与大青定情的地方。这是何文人生第一次触景生情产生的幻觉。

---

① 吃完一支烟的时间。

离开鳌鱼石两百米,他终于看到了久违的繁忙的丰收景象。只见路旁有两块水泥牌,一块上面写着"充汉县财政局中低产田土改造项目",另一块上面写着"充汉县龙滩河青禾有机农业示范基地"。何文终于看见用扁担粪桶挑大粪的场面回来了,苕地里有老人在薅苕草了。而且,龙滩河太保山的这一段沿岸田地,都已经进行了标准化改造,足足有一百亩标准化的良田哩。他兴奋不已,这里就可以实现机械化呀!果然,他看见了前面的田里,他当年发明的可以游泳的打谷机正在收割稻谷。他兴致勃勃地跑过去,有人把他喊:"大爷,欢迎您回来。"何文将近二十年才第二次回家,当然认不得这个新型农民了。

"你怎么认得我呢?你们怎么没有用涡轮式收割机呢?"

"我来找你买过打谷机,你当时路过销售部,听说我是青草合作社的,还没有要我们的钱哩。大爷,你造的会游泳的打谷机便宜适用呐。我们的董事长舍不得淘汰嘛。"

何文想起来了,那时他这个被家里"扫地出门"的逆子,还没有和父亲恢复正常的"外交关系",但听说是大青的合作社派人来买打谷机,马上自己掏钱买了两架送给来人。何文后来听说是爸爸何斌要求任守青必须去买县农机修造厂的打谷机的。他听说后,感动得哭了。他想,父子情深,十指连心,爸爸还是要我的,还是想我的。由此可见,爷爷、外公和爸爸已经原谅我这个"不肖子孙"了,谢谢大青还舍不得淘汰他的打谷机,他有了一点温馨的感觉。

何文想着想着,心里轻松了许多,顿时觉得太保山堪比世外桃源呀,龙滩河的两岸稻谷飘香,家乡最美啊。

此时,苕地里的苞谷正在挂胡,山上的布谷鸟正在放声歌唱:"苞谷快红,苞谷快红。"好一曲悠扬动听的田园牧歌啊。何文看到了未来农业和农机事业的曙光，同时感觉家里人包括大青，都没有忘记他，思想包袱终于可以放下了。他抬起头，挺起胸，勇敢地往西花庭走去，再也不用"近乡情更怯"了。

何文回到了这个有几百年历史的大院子，现在只有稀稀拉拉十几个老年人和小孩了，他们都是龙滩河青禾有机农业有限公司的股东加职工，平时各忙各的，忙时统一服从任守青调动。大家看见何厂长回来了，大人娃儿都出来打招呼，是老辈子的就喊："何文回来了？""何厂长走路回来啊？"平辈的人都没几个了，多数都直呼其名。当年叫他"陈世美"的那几个小家伙，有的考起学校了，有的出去打工了，有两弟兄在新疆的吐鲁番市打工，几年后户口都迁过去了，成了火焰山永远的公民。所以何文回来，再也没有受到任何人的嘲笑，他"陈世美"的名声被人们淡忘了，而且事情已经过去二十来年了，他们的孩子都考上大学了，过去那些陈芝麻烂谷子的事已经不值一提了。

何文看见天井里在摆酒席，以为是哪家有什么红白喜事。他只知道爷爷病重，难道爷爷怎么啦？他飞快往家里跑。只见爷爷没有一点生病的样子，正聚精会神地给两个重孙讲"平型关大捷"呐，他一块石头落了地。

原来何斌说，当年何、任两家考起了两个大学生、一个中专生，大队还放了电影，刘畅部长还专门来召开了座谈会。但是那时候家里穷，欠大家一顿招待。现在过了二十年，何、任两家又出了两个大学生，必须把欠大家的招待和人情一起补上。

所以，何家与任家今天比过年过节还热闹，左邻右舍和任守青的三十多个股东都被请来参与吃坝坝宴。为此，任守青专门杀了一头肥猪、五只土鸡、五只老鸭、二十斤稻田土鲫鱼，还打了一百斤有机新米和三十斤糯米，还要给大家扠糍粑哩。任守青说，要请大家吃一顿纯天然的有机宴。

西花庭前的香樟树天井里，早摆满了六张八仙桌。凉菜已经摆上桌了，凤和黄酒的小缸花雕每桌都摆了两瓶。万事俱备，只等贵宾一到，就马上开席。

何文招呼了爷爷何雍、外公周玉和爸爸何斌，突然眼前一亮，他看见了大青的爷爷奶奶，他赶紧十分愧疚但真诚地来到任骞和范华先二老身边，小心翼翼地问候："爷爷奶奶，你们好吗？这么多年没有看望你们，实属我不孝，请你们原谅。"说完，他眼里的泪花开始打转。两个老人看见何文十分憔悴的样子，而且知道他已经下岗，什么责怪的话都没有说，只是祝贺他的儿子考上大学了。

何文找遍了房前屋后，就是没有见到想见又害怕见的一个人。他羞羞答答地问爸爸何斌："大青呢？"

何斌假装没那场事一样回答："哦，我那乖乖女儿呀？"他聚精会神地听着，何斌却说："关你啥事嘛？"何斌就是还要气气何文。

何文自知无趣，他见不到大青本人，他想起了当年生死之交的那双断臂的泡沫凉鞋。本来读中专，这双凉鞋都一直跟随着何文，快毕业的那年暑假，何文就拿回来了，放在家里装衣服的箱柜底层。何文趁还没有开席，蹑手蹑脚来到搁箱柜的楼上。

嘿，箱柜还是在原处。他打开箱柜，赶紧把手伸进去，从底层拿出那双凉鞋。谁知与凉鞋拴在一起的，还有一摞当年他写给"长发飘飘"的信。嘿，还有一本厚厚的日记本，他瞟皮[①]翻了几页，上面密密麻麻记满了文字。他晃眼看见"幺姨婆，就给她取

---

① 看表面。

名艾……""嗨,我怎么偷看别人的日记,这是个人隐私。不道德,不道德!"他原封不动地将日记本放回。他打开把信拴得十分牢靠的鸡肠带,二三十多封情书历历在目,完好无损。

何文打开一封信,第一句就肉麻:"亲爱的青:一日不见,如隔三秋……吻吻吻,吻的 N 次方!"何文脸红心跳,这可是当年读中专时的真情实感啊,纯情!何文又往下翻,咦,怎么有杨梅的笔迹?他迅速打开,看见"我爱何文,他也爱我,而且我大姨妈已经一个月没有来了,我又不敢去引产,所以请求你成全我们吧。不然我俩都要被开除……"何文看见杨梅的信,惊呆了。他看了看落款时间是一九七九年九月十号。何文清楚地记得,那个时候,虽然自己已经有了异心,但并没有与杨梅做那事呀。怎么说有了呢?

突然,楼下大家都在招呼"大青回来了"。何武也在喊:"尊敬的刘老师好,刘大主任请坐!"

何文赶紧悄悄将杨梅的信揣在兜里,把其他信和鞋仍然捆在一起,放回原处。然后,下楼与任大青撞了一个满面。大青没有理会他,但也没有什么反感,而是缄默不言了。他曾经读过《百年孤独》里面的"如果仇人保持缄默,就是原谅的开始了。"他来不及问杨梅的信是怎么回事,赶紧往外走,去见老师刘畅主任。

何文来到天井,不仅与老师拥抱,还和刚刚与刘畅一起来的农业局长简德经拥抱。

原来,任大青和何、任两家老人都认为,龙滩河青禾有机农业有限公司和任守青能有今天,全靠遇到两个贵人,这就是刘畅和简德经。所以,在何、任两家大喜的日子,任大青一早就开车去果州市人大常委会和充汉县农业局,请两个贵人参加今天的庆贺宴会。

坝坝宴会,由何雍这个德高望重、副军级离休干部主持。他说:"今天是我的两个重孙考上重点大学庆祝的日子,也是我们孙女任大青的有机农业初见成效庆祝的日子,我们请我们的贵人和乡亲们聚一聚,品一品我们自己的有机食品的味道,借此机会感谢大家多年以来的关照和帮助!现在请我们的孙女说一说。"大青激动得什么也不说,她请老师刘畅讲话。

刘畅首先祝贺何、任两家后继有人,还给了两个重孙红包。一路上,他看见龙滩河的下游田地丢荒严重,但在任守青的地盘上,却看到了一派繁忙的丰收景象。所以,他特别感谢过去的青草合作社、现在的龙滩河青禾有机农业有限公司,使他看到了农业特别是有机农业的希望。他强调:"良田沃土,不能荒芜。农民离乡不能离土啊!"

席间,平时滴酒不沾的任守青当着大家的面,特别是当着何文的面,敬了农业局简局长三杯凤和黄酒。

何艾青紧紧挨着大孃任大青坐,两个人有说有笑,彼此都很巴适。小青忽然察觉:女儿与姐姐大青多有母女相啊!但她明明知道,任艾青是果州出名的红色资本家自己的幺姨婆的临终托孤的孩子,怎么也与姐姐联系不到一起。自从他们收养了艾青,一直视为己出,舍不得往外处想,生怕自己养大的闺女跟别人跑了。所以,也从来没有给三岁才从幺姨婆哪里抱过来的艾青透露半点关于她的身世。他们也不知道小艾青的身世。

原来何艾青不到三岁时,一直照料她的幺姨婆临终前给小青二万元钱,要求她不是亲生胜似亲生,名字叫"艾青",随何姓。

么姨婆还告诉她,到了一定的时候,自然有人告诉她小孩的身世,也会来认领。并要求她在别人没有来认领之前,不准暴露小孩的秘密,以免影响孩子成长。

坐在"上北湾儿①"的范华先老太婆,被两个孙女和重孙女紧紧簇拥在中间,笑得合不拢嘴,暗暗为任家这三个千金高兴,自言自语地说:"真正翻身了,任家不仅后继有人了,而且兴旺发达了。特别是我那苦命的大孙女啊……"老人家想说的话刚到嘴边,不知为什么又悄悄收回去了。

人们正在觥筹交错,忽然一辆红旗牌轿车疾驰而来。原来是县委书记汪华文突然造访"龙滩河青禾有机农业示范基地",同时要来拜访老八路何雍、周玉和市人大副主任刘畅。

"我今天运气好,是洗了磕膝板儿②的耶。"汪书记也不客气,一屁股就坐进早已留好的位置——在何雍与刘畅之间。何雍赶紧解释:"汪书记,怪刘主任,他没有提前告诉我们你要来,所以我们已经开席了。"

"老乡们啊,汪书记和我一样,往前推一两代,我们都是农民。不讲究哈。其实是汪书记不要我们等他的,他在开常委会,刚刚散会就赶过来了。米,我们敬汪书记一杯酒!"刘畅主任反客为主,真正把自己融入了这两家人之中。

大家全体起立,只见汪书记也是反客为主,抢过话题:"何军长,各位父老乡亲,我是充汉县委书记汪华文,我代表县四大机构欢迎市人大刘主任莅临任守青的有机农业示范基地,同时我

---

① 上席。
② 膝盖。

还要感谢他和何师长对我们充汉有机农业的支持。我还要告诉大家一个好消息,接果州市委通知,任守青同志被批准为省政协委员,她是我们果州市七百万农民的唯一代表。让我们一起举杯向为我县有机农业作出贡献的任守青和几位老革命表示感谢,向任守青同志被批准为省政协委员表示热烈的祝贺,干杯!"

顿时全场一片欢腾。老百姓哪里见过这阵仗,纷纷起身敬领导,同时夸奖任大青带领大家共同致富,功德无量。

县委汪书记是老领导刘畅老书记在参观了龙滩河青禾有机农业有限公司的丰收景象后,请他来共同商讨一个农村的现实问题的。汪书记一边称赞"好久没有吃到这么好吃的有机食品了",一边与刘主任商量充汉县有机农业未来的发展。

刘畅在人大分工联系的农口部门,他对当前农村的丢荒和许多农业乱象非常忧虑。他认为:"人民群众餐桌上的食品安全无小事。《天工开物》就有'贵五谷而贱金玉'之说呀,我们要珍惜土地,不要丢荒啊。自古'农为邦本,本固邦兴'嘛!"现在有些人扑死忘生①都想去搞钱,什么有毒食品添加剂,有害的饲料添加剂充斥市场,泛滥成灾,必须治理。有些东西我们地方政府没有办法根治,但要坚决抵制,同时积极向上反映。我们有些地方政府只知道盲目追求 GDP,不顾自然生态平衡,像过去乱砍滥伐森林,造成后来的水土流失、土壤污染、粮食减产等严重后果一样,这是恶性循环的惩罚。违背了自然规律,就要受到自然的报复。大自然可以馈赠给人类肥沃的土地,也可以惩罚人类,让土地不长粮食。那些特殊年代自作孽造成的损失不能重演啊。

---

① 不顾一切。

我们要认真贯彻中央科学发展的决策，彻底解决这一问题。

县委书记汪华文非常欣赏和赞成老领导的观点，决定上下一心进一步掀起大搞有机农业高潮，正本清源，促进生态经济发展。他俩统一认识后，请刘畅副主任视察了全县发展有机农业的情况。汪书记特别邀请何雍、周玉、任骞三个老兵一起，于第二天视察我县的其他地方的有机农业基地。自然也要求农业局长、财政局长和原来的农机厂长一起陪同老师、老革命参观。

真正的有机食品味道，令所有人胃口大开。宴会后，何雍再次给何文重温了四个抗战老兵当年在人生拐点不同的选择造成了不尽相同的命运的启示。这个启示，在任大青当年最痛苦的时候，唤醒了这个迷途的羔羊，现在能否对何文的第二次择业有帮助呢？这是何雍要何文回来的真正目的。

第三十六章　高人指路

面对酷暑，又面临下岗，何文心乱如麻，再加之看见了当年杨梅写给大青的信，更让自己的情债蒙上了一层具有欺骗性质的罪恶感。

他的儿子何光明到他二妈任小青果州的家去与艾青玩去了。他参观完县上的几个有机农业示范基地，回到农机厂宿舍，房间里热浪袭人，一个人仰在床上，心里烦躁不安，脑子里展开了激烈的思想斗争。

关于下岗与重新就业的问题。

何文对国有集体企业改制是理解的，现在是市场经济体制，企业改制是必然的趋势，凤凰涅槃也好，先死后生也好，都无可辩驳。但是，要放下他的专业和跟随了他二十年来的工人朋友们，还有一个过程。

在参观有机农业的几个基地时,县委书记汪华文告诉他县上有意安排他到农机局继续从事他的专业,但被他当场谢绝。理由很简单,他要与其他下岗人员一视同仁,重新自主择业,不给组织添麻烦。

他这两天沾刘畅老师和何雍爷爷的光,在参观全县有机农业的几个建设基地的过程中,他看到了有机农业的未来,看到了龙滩河沿岸的肥田沃土是一片待开垦的现代农业的宝地。

从何武的介绍来看,国家已经取消了中国对农业执行了五千多年的"皇粮国税",包括农业税、屠宰税、农业特产税;就连过去农民叫苦不迭的三提五统项目,也全部取缔;而且,退耕还林还草项目、长江中下游水土流失防治工程(长防工程)、国家高标准农田改造工程,使他看到了国家由富变强之后,工业反哺农业的决心和巨大力度。

一路上,他听到刘畅老师担心的食品安全问题非常紧迫,一些老百姓对农业乱象深恶痛绝,又无可奈何。他感到未来农业特别是有机农业为基础的现代农业的必要性和紧迫性。他作为一个共产党员,为此做一点努力义不容辞。

这次何文回到土生土长的龙滩河畔太保山,重走当年走出大山时的那条留下太多遗憾的乡村路,深受教育和启发。他感觉自己、何武和大青的人生之路,虽然与老一辈走的路有本质区别,但从人生哲学角度,与任骞、周玉、何雍走的路何曾相似啊。

此时此刻,在人生的十字路口,爷爷何雍、外公周玉、大青的爷爷任骞、何武的亲爹何荣禄四个老兵的故事,浮现在何文的脑海。

何荣禄,虽死犹荣,后继有人。何雍志存高远,福禄同安。

周玉顺其自然，一生平安。任骞功利主义，适得其反。成功不亏有心人，功利主义害死人。

想老兵，想自己。何文对照大青、何武和自己现在的处境，简直大同小异。何文一心学习爷爷何雍，要志存高远，却有任骞的急功近利思想，进了城就马上抛弃了是农村户口的最爱，娶了只是因为是国家人口的洋妹儿，如今双双下岗，一夜回到"解放前"。

倒是任大青，学习外公周玉，顺其自然，又像是学习爷爷何雍，走的是当时最艰难的路途，却先苦后甜，当了老板。如今城乡差别慢慢缩小了，她的农村户口还可以享受国家的优惠政策，关键是青草养殖场、青禾种植场干得风生水起，比何文这个中专生强多了。听说她还是自学成才的大学生了咦，文凭比我的还高。

何武，顺其自然，顺风顺水当了财政局长，他有点像外公的命运。

何文从老一辈的人生轨迹里悟出了一个道理，人生要有大格局，切忌见利忘义，目光短浅。他还想起从小就喜欢的唐代诗人李白的《将敬酒》中的佳句"天生我材必有用，千金散尽还复来"。

至于第二个问题，如何处理与杨梅的关系。

他拿出当年杨梅写给任大青的信，反复阅读。杨梅字里行间流露出对何文的喜欢。这与当时的实际情况是符合的。可以说，至今杨梅对他的感情也是无可挑剔的。但杨梅当年对任守青耍的手段是卑鄙的，何文是不能接受的。虽然当时他已然有了喜新厌旧的苗头，希望自己的孩子生下来就是骄傲的城里人，但他已经占有了任大青,就应该负责任啊。

"唉,自己有不可推卸的责任啊!是我耽误了任守青的婚姻大事呀!"何文心里责备自己。他正在思考折磨了他二十年的情债问题,杨梅满口酒气,跌跌撞撞开门进来了,一下子倒在床上,手舞足蹈地告诉他:"彭晨,像啥东西嘛,想碰我!"接着,她抱着何文,喃喃自语:"何文,何文,文哥,文哥。我爱你……我要……"说完就要与何文亲热,躺在何文身上。按理两个人都是如狼似虎的年龄,何文今天却没有一点反应。

老公怎么啦,杨梅用娇嫩的手帮助何文,但无济于事。杨梅干脆脱得精光,雪白的胴体嫩得像豆腐。可是何文和他的东西一样依然无精打采,杨梅口吐酒气,终于精疲力竭,无趣地倒过去了。酒精的催眠作用终于压倒了荷尔蒙的刺激作用,杨梅很快呼呼大睡了。

何文不知说什么好。如果是往常,他会毫不犹豫地扑上去给她幸福。但今天晚上他没有一点胃口。倒他胃口的是那封信。他想问她信是怎么回事,但她却醉得一塌糊涂……唉。更让他倒胃口的是,她居然还是和当年状告他与任大青的仇人彭晨把酒喝醉了。他看见她的脸上有伤痕,心想:"肯定是彭晨财大气粗,自以为有几个臭钱,就想占她的便宜。当然,这一切能怨她吗?下岗后总还要继续生活呀?"他心里如五味杂陈,不是滋味。何文在心里抱怨杨梅:"为了那点工资,你就该和别人去喝酒,醉得一塌糊涂?还有,狗日的'茧疙瘩',朋友妻不可欺,你不知道吗?!"何文心里像一团乱麻。

"水,水,我要喝水。"何文一晚上辗转反侧,刚刚眯了一会儿,被杨梅的叫声唤醒,被迫起来给她倒水。

杨梅喝了水，清醒多了。她知道自己酒后失态，只是说："文哥，对不起，对不起。"然后，她给何文讲了昨天喝酒的经过。

她首先告诉何文："何文，无论怎样，我都没有，也不会做对不起你的事情。"然后，说："昨天，是彭晨请银行、税务、工商和畜牧几个局的领导汇报工作。都是蒋局长在帮他张罗。后来要给与会者办招待，彭晨请我去。开始我不去，后来彭晨说，我是办公室主任，负责接待是我的本职工作。我只好去了，结果大家都要与我喝酒，不知不觉就上了头，唉，对不起啊，文哥。后来彭晨要耍流氓，叫我狠狠给了他一耳光，我说再这样，老娘就不干了。"

何文知道杨梅还是喜欢他的，虽然是城里长大的，但毕竟是干部家庭出生的子女，不会干出格的事。也就不说什么了。他只是把她当年写给大青的信让她看。

杨梅一看马上感到如临大敌，穿起睡衣，口里自言自语："要来的终于来了。"马上诚心诚意地说："文哥，当年你才华横溢，魅力十足，我爱你爱到命里去了。我看见当时不少农村的姑娘纷纷写信状告陈世美不认前妻，不认肚子大了的农村女朋友。有的被劝退回去了，有的开除了学籍。所以，我就想出了我俩未婚先孕的幌子，哄任守青，求她把你让给我。"

何文听到这里，果然如此，便从牙齿缝里挤出来四个字："卑鄙，龌龊。"

杨梅看见何文动怒了，马上理直气壮地以攻为守："文哥，当年我可是看出你对农村户口的任守青有二心了，我才写的信哟。不错，是我想方设法接近你，或者说得卑鄙点，就是勾引你。但你自己凭良心说，你难道就没有喜欢上我吗？就没有动甩掉任守青的心吗？只不过，你是想顺水推舟而已。是不是？是不是嘛！"

何文被"洋妹儿"问得哑口无言。杨梅为了赎罪，缓和气氛，又紧紧抱着何文，娇滴滴地说："难道我比不了你的'长发飘飘'吗？"

杨梅当年俘虏了已经有二心的文哥，现在他抓住了何文的软肋，故伎重演，玩起了阴阳颠倒的游戏，让何文不可抗拒。

何文心里明白，是他当年抗拒不了自己的欲望，只顾自己的感受，始乱终弃，害得大青至今单身。他通过杨梅的证实，更加内疚了。他只顾自己的幸福，太自私了。何文想起这些，陷入了深深的痛苦之中，甚至有一种罪恶感纠缠着他的灵魂。

何文心猿意马，一边应付洋妹儿，眼前又浮现出他的"长发飘飘"。不一会儿就周身忔软，滚落到了床沿，慢慢进入了梦乡。

一阵电话铃声，把何文惊醒："何文，老同学，彭曦叫我们两个回太和乡一下。这不是国庆节要到了吗？要我讲讲蹲猫耳洞的故事，还说请你回去当他们乡镇企业的什么厂长。他怕你不同意，说我俩关系好，叫我把你扭回去。"

杨梅扫耳边风听见了何文又要回去，立马说道："不行，前天回太保山都不通知我，后来还是儿子光明告诉我，说他回去看祖祖。你坦白交代，是不是你那长发飘飘告诉你，是我当年写信骗她的？"

现在看来，杨梅是始作俑者，也成了受害者。

俗话说"夫妻没有隔夜仇""床头吵床尾和"。杨梅毕竟与何文睡了一觉，关系显然缓和了。何文心有余悸，但洋妹儿仍是罪魁祸首，他便没好气地回答："将近二十年了，至今没有单独和她说一句话了。她可能给我说吗？是我去楼上拿东西发现了那封信的。你就不要说了，我们骗了人家，还好意思说么？"说完，自顾去洗漱，也不管杨梅，然后出门坐三轮车，赶客车回太和乡了。

太和乡党委政府是按照县委安排，为了贯彻党中央深入宣传"八荣八耻"社会主义荣辱观，要进行一次动员大会，请任铁锤回去讲讲他的传奇故事，同时请何文回去陪陪何雍、周玉、任骞讲他们的抗战、抗美援朝的故事。顺便征求何文的意见，想请他出任乡镇企业的负责人。

太和乡、仁和乡的火工企业，在全省都是一面旗帜，在二十世纪八九十年代，特别是红旗花炮厂曾经给职工家庭发一部电视机，惹得邻近的乡镇羡慕不已。现在同样面临改制。何文心想："企业改制势在必行，我不能搞垮一个厂，又来搞垮另一个厂。"他在宣传"八荣八耻"的会议前，就谢绝了当厂长的请求。他参加了下午的大会。

大会首先听了何雍讲"三个老兵锅盔店偶遇"的故事，后又听了周玉抗美援朝的故事和"任二锤"讲猫耳洞的故事。

"二锤"讲的故事，何文是熟知的。在成都锦江宾馆大礼堂里听过。他然后听了彭曦的金钱板。

彭曦当了领导很久没有玩他的看家本领了。如今他是四川竹琴、荷叶、金钱板等非物质文化遗产的传承人。只见他一个箭步蹬上台。

"同志们，乡亲们，我们乡有名的离休干部何雍，围绕'八荣八耻'和食品安全，给我们写了一段《树立正确的荣辱观，捍卫食品安全》的唱词。请大家鼓掌感谢我们的英雄老人。"会场下面掌声雷动。

板那个板，金钱板。

金钱板,那个金钱板。
板板板板,板板板。
金钱板,那个金钱板。
各位听官听我言,
讲一讲食品的安全。
改革开放三十年,
祖国处处尽欢颜。
百姓歌颂党伟大,
餐桌提升幸福感。
偏有一些王八蛋,
不讲道义只讲钱。
假烟假酒假肉蛋,
以假乱真不要脸。
"苏丹红"本是好颜料,
竟敢做成红心蛋。
激素本是病毒的克星,
却被放在添加剂里面。
传统养猪要一年,
"饲料"催肥仅百天。
土鸡土鸭难分辨,
他养鸡鸭六十天。
家禽家畜都吃药,
避孕药来养黄鳝。
瓜果蔬菜都打药,
那膨胀剂一打呀,

西瓜拽块拽块大又圆；
黄瓜拿在手里也在长，
吓得大爷大妈一滚转；
桃子梨子要打针，
又大又红味寡淡；
还有人见人爱的山药，
长得又粗又长像扁担。

注水牛肉还不算，
挂羊头卖狗肉更搞钱。
本来除虫锄草自有生物链，
却用农药图简便，
致使农药残留藏癌变，
祸害百姓罪滔天！
满街都是大胖子呀，
性早熟坑害美少年。
不孕不育不鲜见，
美满姻缘遭离散。
同志们啦，老乡们，
眼看我们的美食遭污染，
又不能不吃有毒的饭。
狗日的不法商贩呀，
你损人利己抢饭碗。
你见利忘义搞欺骗，
你不知羞耻把钱赚。

你违法乱纪黑心肝，
扰乱社会是大坏蛋。
为人父母心不软，
养儿养女为哪般？
为呀么，为哪般？！

彭曦唱到这里，下面的听众群起而攻之，有人喊起了口号：
"不法商贩死儿绝女，生的娃儿没屁眼！"
"食品造假者大坏蛋，天打雷劈遭天谴！"
彭曦最后唱道：

自古民以食为天，
人人为食品安全摇旗又呐喊。
树立"八荣八耻"荣辱观，
个个为绿色发展作贡献！
作呀么，作贡献！

会场上下响起了经久不息的欢呼声。

何文听完爷爷的说词，脑洞大开，豁然开朗。原来爷爷是一直在暗暗关心他注意他，目的是要点醒梦中人啊！于是，他下定决心要回到龙滩河干一番事业。他当众表态："重扛扁担挑大山，打造现代有机农业生态公园，为食品安全作贡献！"

同是下岗职工的转业军人任铁锤拉着何文的手信誓旦旦地说："何文，我跟你干。"

何文的选择一家人都非常赞成。最开心的是何雍，他将自己落实政策和离休补贴以及一辈子的积蓄六十万元，全部给了何文作起手钱。同时何文按爷爷的要求，给同样可以享受这笔钱的何武、任守青各写了一张二十万元的借条。爷爷说当年何家人全体同意任大青是他们家的女儿和孙女,是家庭的一员,享有继承权。事后何武坚决支持哥哥的选择,并把二十万转赠给他。任大青二话不说,一把将何文递过去的欠条撕得粉碎。

几天后,何文正式向县委书记汪华文递交了不到农机局任职的报告,同时呈上了《关于打造"龙滩河现代有机农业公园"的报告》。

第三十七章　漏油灯盏

"哎哟，洋妹儿，年轻老太婆，才有福气哟，儿子都读大学了。"何光明读大学去了，杨梅感觉儿子就像他老子何文，从小阴梭梭的，是读书的料子，不知不觉就让自己当了年轻老太婆。左邻右舍，三朋四友路边相见，都这样夸她。她不悦的是，彭晨这个土豪给她封了个公关部经理兼办公室主任，跑单位批文件、要资金、搞接待都要她亲力亲为，暗地里还要骚扰她。许诺的股份却一直没有兑现，杨梅每每提到股份问题，他总是说"君子一言，驷马难追"吊着她的胃口。

工作不顺心，家里也不顺心。自从何文在太保山参加了儿子的升学宴回来后，就像变了一个人一样。往日的浓情蜜意都不知哪儿去了，杨梅几次示好，何文都爱理不理，更别说夫妻亲热之事，看来夫妻床头吵架床尾和已不灵验了。

这天，杨梅来到财政局，申请拨彭晨养奶牛的二十万补助款的余款。何武见嫂子来了，自然热情接待，欧阳梅赶紧过来让座倒茶。杨梅按彭晨的安排，又给何武封了一个三千块钱的信封。但何武不等嫂子开口，就直截了当告诉杨梅，经过核实评审，彭晨买的奶牛属于别人准备淘汰的老牛，产奶量不足，没有完成合同约定的条款，只能补助十二万，前次已经拨下来了五万，还有七万，报告已经上报县政府了。

杨梅见状只好将红包原封不动还给了彭晨，说了情况。尝到了国家拨款甜头的彭晨，知道要砍他八万元后暴跳如雷："狗日的何武铁鸡公，硬是不领老子的情。别人说他抠，是铁算盘，账算得滴水不漏，我还不相信，认为没有人与钱过不去。我几次与他打交道，他龟儿子硬是油盐不浸。'水清了鱼都不长'，看他有啥前途！"

东边不亮西边亮，黑了南方有北方。彭晨想，你何武又不是胡萝卜，少了你就不成席。他马上找到畜牧局的蒋局长，说："蒋局长，我与你们出去买奶牛，买到老牛，是你们给我介绍的，而且来去吃饭唱歌，还有耍小……"

蒋局长听到他后面的话，脸黑得像包公。彭晨自知失言，吓得舌头都打不转："我，我，对不起……"蒋局长也不言语，把报告拿过来看了看，就塞到抽屉里。右手几根手指往外一弹，示意他离开，转身到别的办公室去了。

彭晨自知犯了官场一忌，自己扇了自己一耳光。

蒋局长到新办公室，那里有一伙人在闹："蒋局长，我们的牛奶梅子园公司不收了，我们已经连续三天倒了几百斤牛奶了，好心疼呀！"有个女的扭着蒋局长："这几天，我们的猪顿顿喝牛奶，鸡鸭鱼也天天喝牛奶。我们开始觉得骚臭，现在每天早晨起床就喝一碗鲜牛奶。我们喝鲜牛奶的倒没有什么问题。这大热的天气，猪鸡喝了全部拉稀，你看怎么办？因为牛奶放久了，坏了。我们的钱全部都是沾亲带故那里借了一少部分，大部分都是银行贷款的哟！"

有一个懂点契约知识的干脆质问蒋局长："按合同约定，我们包养，你们包销哟。违约条款写得很清楚明白，一切损失应该由你们承担赔偿！"

原来，全县所谓的"奶业兴县战略"在一片吵吵嚷嚷声中宣告失败了。开始时，经验不足上当受骗，买了一部分老牛、病牛、产奶少的劣牛。后来牛的质量上去了，但产的奶梅子园公司一是压价，二是供大于求，压价都吃不消。尽管领导协调处理了几次，企业必须盈利，不可能收了牛奶往河里倒呀！由于企业和养奶牛的专业户多方面的原因，生产加工企业宁愿购买奶粉，也不收鲜奶。久而久之，农民把奶牛卖了，有的干脆杀牛吃肉，生产企业也撤退了。

由此一来，梁毓秀县长的"农民变牧民，奶业富县，牧业富民"的战略彻底破产了。

整个奶业工程总结下来，县财政损失了两百多万元，畜牧局自己的预算外资金也贴进去了几十万元。这就是违背客观实际，官僚主义留下的惨痛教训。彭晨却如数拿到了二十万的补偿款。彭晨对搞国家的钱上瘾了，手法更加精明了。

县委、县政府认真总结了奶牛事件的教训，召开了民主生活会，县长作了深刻的自我批评。书记、县长终于统一了认识：大力支持有机农业发展，把有机食品基地县建设列入重要的议事日程。正在这个关键时刻,县委汪书记收到了何文请求回乡开发龙滩河,搞现代农业产业园的报告。

何文不愧是文化人,他的报告简直就是一份无懈可击的可研报告,而且他接受了老书记刘畅的建议,提出了几个新颖可行的观点:

第一,农民离乡不离土,良田沃土不荒芜,切实保证粮食安全。把分散在一家一户的土地进行集中流转、成片开发,农户土地入股分红,投工挣钱,保证土地不撂荒。

第二,对龙滩河流域的土地,特别是冲击小平原进行高标准农田改造。有利于机械化操作,科学化管理,降低劳动力强度,提高劳动效率,降低粮食成本,让农民真正得实惠。何文没有忘记他的农业机械化和智能化建设。

第三,大规模扩大有机农业种养殖业。他特别强调了绿色发展理念。这一点是何文征求农业局长简德经的意见时他的高见。

第四,让老百姓在家门口走出一条致富路。

通过四五年的努力,力争实现的目标是:要在龙滩河两岸,既要建设一片以有机农业为基础的现代农业园区,又要让沿岸群众以土地入股,吸纳部分村民投资投劳,在家门口打工挣钱,致富奔小康。

汪书记收到何文不到农机局工作,而愿意开发龙滩河流域的土地的报告,十分高兴,他说:"将门无弱兵,虎父无犬子啊!"马上开会研究审查他的方案。除了赞成他的周密计划外,指示有关部门:"现在我们国家富强起来了,不能忘记工业化的进程中,过去农村通过农产品'剪刀差'的形式向城市和工业经济输出大量的血。现在是工业反哺农业的时候了。"政府不仅通过了何文的产业园报告,还给了何文许多优惠政策。

第一，财政连续五年，将高标准农田整治项目优先安排到何文所承包的土地范围，以有利于土地连片成块开发，有利于管理和实现机械化。

第二，农业局、财政局、畜牧局，要积极配合企业向上争取种养殖项目；农机局要对农业园区需要的农业机械进行补贴。农业局要对农机产品质量论证给予帮助。

第三，沿途乡镇、村社配合支持，协助与业主签订土地流转协议和后续开发工作。

第四，力争五年时间实现一万亩高标准农田的改造和开发。

何文听说了汪书记关于过去农产品以"剪刀差"的形式给城市经济输血，想了几十年城乡差别的问题，终于找到了答案：原来计划经济时期的"剪刀差"是造成城乡差别的重要原因。他更加拥护改革开放后走的"社会主义市场经济"之路了，对国有企业改制、浴火重生深信无疑。他决心为缩小城乡差别，脱贫攻坚奔小康贡献力量。

由此一来，何文与原来农机厂的一批下岗工人以及老同学任铁锤，开始忙碌"龙滩河现代农业产业园"的筹备、动员等工作。他们这批曾经的工人、技术员，吃住都在工地，基本上都是披星戴月，夜以继日，当起了现代农民。

何文自从进驻"龙滩河现代农业产业园"的工地后，很少回到原来农机厂的家。杨梅有一次接待客户喝得醉醺醺的回到家里，又没有看见何文回来，一个人冷冷清清的感到非常无聊，就来到阳台欣赏月光下的三角梅。她趴在阳台上伸手抚摸一片片花瓣，草木的清香扑鼻而来，沁人心脾。她多么希望何文此时与她在一起欣赏如此多娇的三角梅哟。这几天正是三角梅红得最艳，仿佛月光下的红宝石。

杨梅把盛放的三角梅往阳台外面挪了又挪,依着阳台恨不能伸出半边身子,生怕过往行人看不见她洋妹儿的花容月貌,平日里她最喜欢下面的行人抬头看了看花,然后称赞:"洋妹儿的花好艳好香啊!"有的熟人更是赤裸裸地夸:"人好看,花都是好看的!"

杨梅正陶醉在月下赏花的情景中,有人在"笃笃"地轻轻敲门,杨梅以为是何文回来了,就顺手开了门。

"怎么现在才回来?"她冷冷地说。

突然,一个粗鲁的动作把她裹挟得铁绑紧:"终于想我了!"来者是彭晨,他以为杨梅等的是他,抱着杨梅就往床上按,并以迅雷不及掩耳之势拔了杨梅的连衣裙,杨梅白生生的胴体暴露在眼前,两个红透了的"仙桃"被两把钳子紧紧握住。杨梅哪里是土豪彭晨的对手。根本容不得她挣扎,他那玩弄女人熟练的动作,几揉几揉就把她揉上汗了。她大脑一下就出现了盲区,四肢就失去了抗拒的力气。她明明知道自己喜欢的人是何文这个白面书生,但她真的瘫了。她试着努力反抗,却不知不觉让他狗日的"茧疙瘩"钻进了自己神圣的地方。她不知是什么原因,就是无力阻止从心底里厌恶的兽性。

酒多误事啊!杨梅认为也许是自己酒又喝多了,或许是何文好久没有配合她放松放松了。其实这就是彭晨设的局。他早就知道何文很少回家,故意找理由与杨梅喝酒,然后乘机而入。

杨梅意识到自己背叛了她喜欢的人。她每次与何文在一起都是一种两情相悦的享受,今天怎么了?闯到鬼了,竟然被彭晨强奸了啊!等彭晨兽性发完了,呼哧呼哧地躺在床上时,杨梅清醒了,她没有感觉有丝毫的快感,而是感到一种亵渎。她起身怒不可遏地"啪啪啪"给了彭晨几巴掌。这脸皮比城墙倒拐还厚的彭晨,摸了摸打得有几根手指印的肥得和猪一样的脸,竟然厚颜无耻地说:"舒服,安逸!被你洋妹儿打都是安逸的。"他狗日的,喘了一会儿粗气,又厚颜无耻地说:"洋的就是比土的过瘾呀!哪像我那肥猪婆娘,一浪一浪的,半天不来气。"心里暗暗在想:这个世道不知怎么了?竟然还有人喜欢土货,害得老子还要去撵她"胖嘟嘟"的盘,也去冒充"土佬坎"。老子就是死了,搞到洋妹儿,已经很值得了。

杨梅感觉奇耻大辱,自己一个金枝玉叶,竟被一个粗人给占有了。怎么向何文交代嘛?!

彭晨没等洋妹儿反应过来,告诉她:"洋妹儿,何文已经和他的'长发飘飘'重温旧梦了。你嫁给我吧,我马上给农村的婆娘一笔钱,把她离了。洋妹儿呀,你如果给我当婆娘,老子就把你顶在神龛子上供起,你的股份由百分之二十提到百分之五十,你既是老板娘,又是董事长,一辈子幸福啊。"

"放你妈的屁,我家何文不是你这种混账的东西,他知书达理,才华横溢,我们才是男才女貌,天生一对。老娘才不愿意和你这个臭流氓在一起呐!"杨梅非常愤怒。说完,她低声咆哮似的吼道:"滚滚滚!"

彭晨连走带爬滚出已经十室九空的原农机厂宿舍。杨梅想,要不是大多数职工都下岗天南地北的打工去了,今晚在她寝室里的事,说不定就暴露了。尽管如此,一种罪恶感使她彻夜未眠。她把彭晨弄脏了的身体洗了一遍又一遍,感觉那股臭味依然附着在她的身体上。她又将床单甩了,把篾席用布帕子擦了又擦,甚

下 篇 · 353

至将地板拖了又拖，一直忙活到天亮。

第二天，天刚麻麻亮，杨梅素颜出门，直奔龙滩河何文的工地。她想去坦白，昨晚她对不起他；她要去负荆请罪，当年也是她假装说自己已经怀了何文的孩子，要"长发飘飘"放过何文。她太自私了，害得任守青至今未婚。她要去向任守青表示钦佩，任守青孑然一身却干出了惊天动地的大事。杨梅是前几天在电视上看到任守青在四川省政协会上接受记者采访时，看到了自己的情敌的风韵犹存的。说实在的，她是从内心深处佩服任守青的。

杨梅这是第三次来到龙滩河的太保山。第一次是一九七九年暑假，她偷偷进村侦察何文与任守青的关系。就是这次她发现，农村这么落后，长得像奶油小生的何文，不可能死守一个农民姑娘。所以，他们暑假回校后，她才向何文发起总攻的。

杨梅第二次到太保山，是与何文结婚后回去拜年的时候。唉！这次就不说了。但她又忘不了那"老鼠过街，人人喊打"的处境。到处是"陈世美""狐狸精"的骂声，吓得她将近二十年不敢踏进太保山半步。

这次，她要去看看这个脱了农皮，又重新披上农皮的丈夫，是什么力量把他吸引过来的。是不是彭晨那个狗日的说的，他与"长发飘飘"重温旧梦了，或者他是给"长发飘飘"赎罪来了。

何文接到杨梅的电话，他已经在龙滩河的中游工地上忙开了。杨梅的到来，令他不解。当时他与"任二锤"正在工地上深一脚浅一脚的泥巴地里指挥推土机平整土地。他们要将零星分散的小块地整合成高级的标准农田。

杨梅来到何文他们吃住的工棚，看见偌大一口毛边锅的红苕稀饭，才知道太阳都晒屁股了，他们还没有开饭。

"洋妹儿，贵客来了，坐处都没有，那是何总的床，您去将就坐一下哈。"二锤指了指工棚最中间的床铺。

杨梅踮起脚尖，走到床跟前："啊！"她打一个干巴。她看见，何文他们睡的什么铺呀，有一股复杂的气味，不就是狗窝窝嘛。几床草席下面垫的是谷草，被盖单子揉作一团，哪里是曾经当过大厂长能住的呀？现在的农村人条件也比这里好太多。她一下就流眼泪了。她想，要不是他俩成了下岗工人，她也不会被迫到彭晨那里打工啊，他一介书生也不会回来吃苦受累干农活呀！

她正想着，"农民工人"们收工回来吃早饭了。何文看着眼睛绯红的杨梅："你眼睛怎么了？来干什么？"杨梅看见自己喜欢的男人对她关心的样子，又看见他现在过的日子，不知道出于什么原因，竟然伤心地抱着何文哭了起来。但当着大家的面，她什么也没说，受侮辱的事说不出口。

"来，吃鸭脚板稀饭。""二锤"给杨梅舀了一碗红苕叶稀饭。杨梅看了看不知是否洗干净的碗，勉勉强强吃了一半。她参观了何文他们的工地，知道这里距离任守青的农场有二里路，还远哩。而且，这么多人在一起，他们哪里有机会重温旧梦嘛。她更看清了彭晨的本来面目，他是以小人之心度君子之腹。她很快就打道回府了。她知道何文现在对她不冷不热的。她，陷入了苦恼之中。她感到羞辱，又感到无助。

在何文的眼里，眼前的杨梅是什么角色？反正，她肯定是不适合与他一起干这些活路的，她与他也许不是一路人了。他一想起杨梅欺骗大青，就羞愧难当，就有一种负疚感。他想起妈妈经常告诉他的话："不听老人言，吃亏在眼前。"还有一句话是母亲临终前，要何武转告他的："左选右选，选到漏油灯盏。"

第三十八章 情 殇

　　杨梅酒后被辱，自然黯然神伤；她本想投奔何文而去，在"龙滩河现代农业产业园"安营扎寨，躲开那个土豪的骚扰。无奈她来到何文、任铁锤他们的简陋工棚，又吃了大半碗"鸭脚板稀饭"，原来坚定的想法一下就动摇了。她想把自己被人欺负的事给丈夫倾诉，架了几次势，还是说不出口，只好一个人悻悻地带着伤感往回走。

　　杨梅虽然有点小心眼，但毕竟从小出生在有教养的家庭，所以根本不是那种水性杨花之人。自从昨晚上被彭晨欺负后，她周身不舒服，总感觉虱子在满身到处爬。在回城的车上，有人指指戳戳，她心里虚火，生怕别人戳她的脊梁骨。心里有亏心事，就想躲开人群，甚至只想钻进冰缝。其实别人在夸她漂亮。无聊之下，她只有打开手机，准备听听音乐。

杨梅还没有开始放乐曲，手机的音乐响起了"你就像那冬天里的一把火……"电话是彭晨打来的。杨梅才懒得理他哩。"该死的，不是人，朋友之妻不可欺嘛……"她在心里骂道。

一会儿，短信又来了："洋妹儿，快接电话，蒋局长要高升了，我们今天晚上给他预热一下，你在凤凰宾馆定个位。""龟儿子，昨晚的事，还只当没有那场事，还没有给我道歉的意思。"杨梅牙齿咬得铁绑紧。

杨梅开始明白，像彭晨这样的烂货，他就是一个偷鸡摸狗随便惯了的人，是玩弄女性见惯不惊的流氓，所以他才没有一点罪恶感呐。

杨梅再将短信往前翻，看见从昨天晚上开始，彭晨至少给她发了十几条短信，全是恭维杨梅的肉麻话："洋妹儿呀，今天晚上我才知道，什么是软玉温香抱满怀呀！我彭晨，一个卖耗子药的跑摊匠，能碰到你这个仙女，真是八辈子修来的福啊。你那洁白如玉的肌肤，你那坚挺的仙桃，就是我的心肝小宝贝啊！……"杨梅看不下去了，简直肉麻得不堪入目……

电话又响了，杨梅估计还是厚脸皮"膨肿"的，就没理它。

同车的乘客中，一个老太婆听不下去了："姑娘，你就接嘛！人家总是有急事才找你的嘛。"无可奈何之下，杨梅拿起电话："妈妈，你怎么了，不接电话，我已经平安到学校了，告诉你一声。"原来是儿子的平安电话。

杨梅赶紧回答："儿子，你不要爸妈送你，要一个人到大学，真是乖儿子。你才走了两天，妈妈……妈妈……"杨梅竟不知道给儿子说什么好。

"妈妈，您怎么了嘛？"杨梅自知失态，赶紧回答："儿子，妈妈想儿子呐……光明呀，要吃够哈！"母亲牵挂儿子最多的是

下篇·357

生活问题。

杨梅还是努力在做一个贤妻良母。

"怎么办？把彭晨这里的工作辞了吗？那下学期儿子光明的学费怎么办？另谋高就，又哪里去找那么合适的工作呢？"杨梅下了车，就看见彭晨开车来到车站，嬉皮笑脸地来接她。

"哎哟，把我找得好苦呀，你上午没来上班，打电话手机又关机，我想你不会寻短见吧？我就给何文打电话，问你的下落，他说你上了回城的车。所以我就来车站接你了，嘿嘿。"彭晨说着就要去拖杨梅上车。

杨梅不理不睬地径直朝车站大门口走了。彭晨还是撵过去拖她，只见杨梅口里憋足了气："呸！"给彭晨吐了一脸的唾沫，把鼻子眼睛都淹着了，这还不解恨，还边走边又朝彭晨"呸呸"吐了两坨口水。

过路看稀奇的男男女女扯起一趟笑。彭晨心里明白，杨梅是得理不饶人，便毫不犹豫地用袖子把脸上厚厚的口水一下擦掉，又嘻嘻一笑："好心当成驴肝肺啊。"然后，也不管旁边人的白眼，开着车尾随杨梅而去。直到杨梅已经进了他父母的小区，才灰溜溜地把车开走了。

杨梅回到了城里父母的老干部家属楼，陪爸爸妈妈聊天吃饭，足足待了两天。第三天，彭晨又是电话又是短信："洋妹儿呀，仙人板板呀，今天下午，蒋县长走马上任第一天就来我们厂检查工作，你可要给面子呀！他要来检查生产经营情况，还有检查督促我们下岗职工再就业安置情况。你是县上领导强调必须安置的重点人物。县委汪书记特别打电话：'杨梅同志必须无条件安排。何文同志，放弃县上的照顾，回去搞农业，是高风格。但毕竟农业是长效产业，一时难以见效。我们不能让他们两口子断了生活来源，他们还有一个儿子在读大学呐。'"

杨梅知道，堂堂的县委汪书记亲自过问一个下岗厂长的妻子，真是荣幸之至啊，也难为领导了。于是，她第三天还是去彭晨的公司上班了。

蒋耀进副县长，也就是原来的畜牧局的蒋局长，真的下午五点半来厂视察了。他装模作样走马观花，东走走，西看看，问了一下第二次就业上班的工友："你们现在工资多少？还满意吗？"回答都是令人满意的，因为这些人，都是彭晨预先培训过的业务骨干，同时他们也正年富力强，任何企业老总都喜欢这样的熟练工。至于那些老弱妇孺，蒋副县长没去问他们，而是绕道离开。

从晚上在凤凰宾馆的招待宴会中，杨梅得知前天晚上，蒋局长的确在这里搞了副县长的预演庆祝的，因为蒋副县长说："杨梅呀，前天你就缺席了哟，今天你要把酒补起哟。"

从大家的交谈中，杨梅还知道，这次蒋局长能当蒋副县长，靠的是彭晨他们一伙人出资，找到了市上的重要人物通融了关系。杨梅还知道，何文的弟弟何武和农业局长简德经，在县上推荐干部的民意测验中，得的推荐票是第一、二名，但现在他们仍然是财政局长、农业局长。

大家陪蒋副县长喝得酩酊大醉后，又要一起去酒吧唱歌跳舞。彭晨又要杨梅一起去玩，杨梅没有理他，只是和蒋副县长道别，就谁也没有理会地回到父母的家。她再也不愿意踏进那个何文曾经给她带来了快乐的农机厂的小天地，因为它现在是让她想起来都觉得恶心和耻辱的地方。

但是，彭晨开始像魔鬼一样缠着杨梅。她睡到半夜，手机短信的声音吵得她迷迷糊糊睡不着。她顺手拿过来看看，然后一跃而起，竟吓出了一身冷汗。

"洋妹儿,我原来是喜欢何文的初恋'胖嘟嘟',现在又喜欢上了你。我知道朋友之妻不可欺,但我才不会管那么多。他何文再有才,不能把我们周围的美女都霸占了吧。我们都是同学,凭什么他的初恋情人是我们村上的一枝花,他想要就要,不想要就扔了。我想不通的是,他不要的'胖嘟嘟',我仍然搞不到手,当然农业局的简局长也没有搞到手。为什么?老天不公呀!他一辈子交桃花运,又得到了你这个仙女。但是,我看得出来他何文好像又不欣赏你了,又回去找他的初恋情人去了。"

杨梅看到这里,肺都要气炸了,不得不发一条短信过去:"放你妈的屁!"

杨梅坚信,何文的心还在她身上。但是,她也明白:何文拿回当年她写给任守青的那封信后,对她的确没有原来热情了。因为她欺骗了任守青,虽然他俩一没有吵嘴,二没有打架,但她感觉到了有一股知识分子特有的冷暴力向她袭击而来。

让杨梅大汗淋漓的是下面的短信:"洋妹儿,他何文有才,但我彭晨有钱,老子之所以不择手段搞钱,就是有朝一日出人头地。何文、何武他们何家,历史上就是出文人骚客的,都是当官的,我就不相信只有他们才能出人头地。现在是有钱能使鬼推磨,我要用钱买回我的尊严,买我所需要的地位和美人。政治上,你看见的,蒋副县长不仅是我的靠山,而且还是哥们儿、拜把子兄弟。至于女人嘛,你就是我的女人,我志在必得。"

杨梅气得不得了,马上发短信:"滚你妈的蛋,你、你又不屙泡稀屎照一下,自己长不像冬瓜,短不像葫芦,也想'癞蛤蟆吃天鹅肉'。"

杨梅想了想,还不过瘾,又用了一个歇后语:"你孬人是'光脑壳打扬尘——莫望'。"

彭晨回信："洋妹儿，我才是你的依靠，何文已经变心了哈。你如果与何文离婚，嫁给我，我一定把你将就得像仙女一样，天天顶在神龛子上。"这话给他暗恋的"胖嘟嘟"任守青说过，今天他又用来勾引"洋妹儿"。彭晨开始软硬兼施："如若不然，我就要说农机厂是你和何文一起给我透露的标的，我才这么低的价格中标的，我是提前和你们串通好了的。到时我看你还有什么好说的。这样一来，等你两口子的不仅是声名狼藉，恐怕就没有自由咯，去坐牢吧。"

杨梅看到这里，这不是上了彭晨的贼船吗？周身不免起鸡皮疙瘩，一下打了个寒战。她想到自己喜欢的丈夫是共产党的人，自己虽然没有入党，但自己的父亲可是老革命啊！这不是两代人的英名要毁于一旦了吗？她不仅打寒战，还全身发抖，把床都带动起来了。

"但是，我不会轻易告你们的。我不会没有良心嘛。我还是希望我们好好合作。至于你的股份问题，俗话说得好，'吐出来的口水，不可能舔回去嘛'。但愿我们合作愉快。我又想你了！哈哈。吻你，亲爱的宝贝。"

杨梅看到这里，好像身上不抖了，但是心里难受得很，胃里仿佛有一个饼在里面消化不了。

杨梅甚至有点后悔了，与其这样在家里痛苦，受彭晨"茧疙瘩"的短信骚扰，还不如今晚与蒋副县长一起去唱歌跳舞，逢场作戏来得痛快些。

总之，杨梅是被彭晨绕进预先编好的套子里面去了。

第三十九章 日记揭秘

在县委、县政府"建设中国西部有机食品基地县"的政策指引下,何文的"龙滩河现代农业产业园"通过三年的总体规划,分步实施,已经初具规模,实现了"田网、渠网、路网、电网、水网"五配套,达到了"田成型、土成方、渠成网、路相通、沟相连、旱能灌、涝能排、可机耕机播机收"的现代农业生产格局。

要走这条现代有机农业的路子,还必须学习任守青的土佬坎精神。这个精神的核心就是"守住传统的良心种养殖",落到实处就是解决对人畜有危害的化肥农药和除草剂等工业品问题。另外还要解决一个关键问题——可持续发展的问题。

何文为此没有少去请教爸爸何斌和几个抗战老兵。请教的结果,有两样东西不可逾越任守青打造"土佬坎"品牌的办法。第一,有机种植必须以有机养殖为基础;第二,有机养殖必须与有机种植来进行循环利用,方可相得益彰、可持续发展。具体的"过经过脉①"还少不了任守青的指导。为了这,何文可没有少往西花庭跑。

老往老家跑的另一个目的是,他还惦记着庆祝两个孩子上大学的那天看到的"长发飘飘"的那摞厚厚的日记本。他很纳闷,是什么精神力量能让她一而再再而三地拒绝"简单哥"的求婚?是什么力量让任守青坚持把"土佬坎"有机农业发展到如此辉煌的程度?

之所以他对这两个问题感兴趣,就是因为何文与任大青虽然低头不见抬头见,都在龙滩河畔摸爬滚打,但他们只是保持缄默无言的关系,曾经的疮疤从来还没有谁去揭开过,更不必说交流交流有机农业的经验。

何文多想自己的初恋"长发飘飘"把当年他给她造成的伤害倾诉一番,把苦水吐一吐,吐他一身,吐他一地,哪怕吐他一脸,甚至打他几锤也好嘛。

何文越想越觉得那本日记,应该不仅与有关"土佬坎"产品的生产经验有关,而且与她多年受的委屈、吃的苦一定有关,也许那本日记能够解开何文心里所有的疑问。因为他从小知根知底的任守青,是有思想有见地的人啊。

但是,何文却发现,楼上的箱柜里面的厚厚的一摞日记本不翼而飞了。他问家里的人,大家都说不知道,要他自己去问任守青。这也是父亲、爷爷、外公给他下的"逼脚棋"。逼他多与任

---

① 精神。

大青接触，看能不能修复他们的关系。他们不能看见自己的孩子天天除了做自己的"现代农业园"外，平时都是郁郁寡欢的样子呀！——他已经与杨梅离婚两年多了呀。

自从三年前杨梅探访了何文的工地之后，彭晨狗改不了吃屎，每天几乎都威逼利诱"洋妹儿"：在办公室里和一起坐车出去办事的时候，不要脸的彭晨总是对杨梅动手动脚的，有时候还要关了办公室与她做那种事。狗改不了吃屎。一个是偷吃了鱼的猫，闻不得鱼腥味，见不得美人鱼整天在自己身边溜来溜去。起初，杨梅每天都给何文打电话，以"儿子写信回来了""父母生病了"为由催促他回来。但何文即便回来，不是跑到农业局去找简德经局长跑项目的事，就是跑到财政局去找何武兑现拨付按文件规定的资金，偶尔还要去找新上任的蒋副县长汇报项目进展情况，就是根本停不下来回家，更不必说在家里住一宿给杨梅温情，舒缓一下她那每天绷得紧紧的神经。

久而久之，杨梅算是看明白了，何文对他已经失去了热情，也许他真的移情别恋或者与他的"长发飘飘"的爱情死灰复燃了。不管怎样说，从何文冷若冰霜的眼神可以看出，他对杨梅真的疏远了。所以，她渐渐失去了方寸。

有一次，当"洋妹儿"陪客人喝酒后，彭晨趁杨梅心里苦闷，终于第一次在宾馆开房了。

不用说，像彭晨这样的土豪，并不是一夜暴富的不法官商，他对眼前的既得利益还是非常珍惜的。毕竟一分一厘的家当，都是自己辛苦积攒起来的。自己心仪的女人他还是倍加珍惜的。他与杨梅，杨梅与他，慢慢真的扯不脱了。

站在杨梅的角度，她也很无奈。彭晨威胁她，如果不与他结婚，他就要把当年他从杨梅手中复印农机厂评估报告的事和盘托出，说成是何文、洋妹儿两口子与他预先有意识恶意串通好的。杨梅不愿意让何文和自己的父母亲的革命荣誉受到威胁和玷污。为此，哪怕自己牺牲爱情也在所不惜。所以，她自然而然上了彭晨的当，成了他的俘虏。

于是，杨梅主动提出了与何文离婚，她甚至没有征求儿子何光明的意见，也没有接受朋友三四和父母亲的劝阻。从外人角度看来，是杨梅抛弃了下岗厂长何文，嫌贫爱富喜欢上了金钱。

当彭晨开着日本丰田汽车来到"龙滩河现代农业园区"的工地找何文在"离婚协议书"上签字的时候，任铁锤气爆爆地要砸了彭晨的豪车，杀了这对"奸夫淫妇"，幸好被大家劝止。何文把这一切都看得很淡，他把"洋妹儿"和"土佬坎"比较了一下，感觉她们都是优秀的，是自己当年搞三角恋，脚踏两只船，害得两个女人为自己做出了牺牲，最终没有得到应有的尊重和幸福。这就是爷爷说的"人不翻枉，不背时呀"。所以，他毫不犹豫地在离婚协议上签了字。

心里真正倒海翻江、痛苦的人是杨梅，她是为了拍卖农机厂的问题不连累何文呀。当然，她也找到了心理平衡点，那就是：当年是她把何文这个白马王子从"胖嘟嘟"手里骗过来的、抢过来的呀。她想要的已经拥有过，足矣。杨梅真想把何文还给"胖嘟嘟"任大青，完璧归赵啊！两个女人为了一个男人都是委曲求全啊。

当然，这一切，何文都是蒙在鼓里的。

何文想起与杨梅的分离，一点也不懊悔，也不怪杨梅，他是咎由自取。他只是想找到任守青的那一摞日记本，揭开自己的初恋情人"长发飘飘"当年和现在的秘密。

倒是杨梅,天天在舆论上炙烤,受"骚婆娘,嫌贫爱富"骂声的煎熬。但她也很快顺其自然,接受了彭晨的安排,当起了彭晨公司的董事长。在中国开始经营城市,把土地经营作为第二财政,实现城镇一体化的浪潮里,杨梅这个学农机的中专生、一个农机技术员,赶鸭子上架,成了时髦的房地产开发商老板。她与彭晨一起,在蒋副县长的支持下,把原来的农机厂"退城入园",接收彭晨的老同学白木匠白和贵入股搞起了房地产,赚得盆满钵满。这是后话。

至于任守青,看见身边发生的一切,她不惊不诧,天天像没事人一样,一如既往搞自己的有机农业,犹如"闲庭信步"。她作为省政协委员,代表全市七百多万农民,已经出席了几年的中国人民政治协商会议四川省的会议。她的"守住良心底线,坚持有机农业"的发言,震动四川,影响全国,还博得了全国乃至世界有机农业专家的好评。所以,她搞有机农业的几大难题,比如有机肥的合理利用问题、锄草除虫问题,都得到了世界前沿科学研究的支持与应用。她的"龙滩河青禾有机农业有限公司"搞得风生水起,生意越来越红火。至于何文想步她的后尘,搞以有机农业为基础的现代农业,她也在暗暗关注。但她只字不提他的婚姻问题,更不接受杨梅完璧归赵的好意。

何文与任守青的关系真正出现转机是在任守青的婆婆范华先弥留之际说出来了天大的秘密之后。那是一个寒冬的早晨,何文得知范婆病情很重,前去探望。已经病入膏肓的范婆华先,知道何文会去看望她,早有准备。她在病榻上听见了何文的声音,仿佛病就好了一半。她睁开眼睛,要何文把她扶起来,然后吃力地给何文指了指她的枕头底下。何文感觉她就像自己的亲婆婆一样温暖，但没有料到她还隐藏了秘密。其实这是大青发现何文动过她的日记后，特意拿回来要范婆帮助保管的。

老人家拿出一摞已经发黄的日记本，还用黄麻拴得好好的。范婆婆脸上出现了一丝笑容，她吃力地塞给何文，示意收好，并从口里挤出几个字："娃娃，你看了，就明白了。"

范婆婆刚刚给何文交代完，外面响起了小车鸣笛的声音，原来是何武和任卫青抽空回来看婆婆。范婆婆正准备当着大家的面说什么，任守青给婆婆捡药回来了。范婆婆只好欲言又止。她是担心任守青不愿意让何文知道什么秘密。何文只好趁大青还没有发现，把一摞日记本藏在腋下，与范婆婆说："婆，您一定要保重，您一定能长命百岁，我改天再来看您哈。"何文深情地说完，看了看大家，看有没有人挽留他。结果，还是弟弟何武把哥哥送出了任家。

何文回到自己的"龙滩河现代农业园区"，迫不及待浏览了偷偷挟回来的《守青日记》。想不到，从小心气儿很高、桀骜不驯的何文，看了任守青的日记竟然在床上哭得滚去滚来的，而且一天两夜没有出门。

原来《守青日记》里面，从何文考上中专到后来她搞"土佬坎"有机农业的关键工作，都一一作了记载。何文从时间顺序，首先发现了他们解除恋爱关系的秘密。

一九七九年九月十五日　晴

怎么办？九月十日我收到何文的同学杨梅的信，要我成全他们，说是她与何文已经生米煮成熟饭了，又不能去做流产手术，怕暴露后被学校双双开除学籍。我不相信何文是那样的人，就写了一封投石问路的信给何文,同意解除关系,成全他们。想不到四天就收到了回信,何文竟然信以为真,轻松地同意我们解除关系。他狗日的竟然还这么爽快?要了五六年的男朋友,说没就没了吗?这可这么办呀?

一九七九年十月一日　阴

今天,我们大队共青团举行了庆祝新中国成立三十周年活动,请抗战老兵做了"铭记历史"的报告会,还吃了忆苦思甜饭。大家都非常开心,但我感觉我遭了,"大姨妈"都没有来了。我成全了他们,可能我自己拐了,拐了哟!杨梅不敢去做人流,我更不敢去自投罗网啊。怎么办?怎么办?

何文看到这里,自知罪孽深重,感觉脸上虱子在到处爬。他继续往下看,他越看越害羞,惭愧得想钻地洞。

一九八〇年四月二十日　雨

听说何文和那个狐狸精都分配在县农机修造厂,他们去过不怕天干水旱的日子去了。

为了既保住何文的名声,特别是保住他来之不易的国家干部的工作,范华香幺姨婆介绍我来到果州当纸箱厂的合同工,躲避日渐隆起的肚子带来的影响。五个月以来,眼看这不争气的肚子一天天大了,更大了。车间里的金师傅是幺姨婆的朋友,对我非常关心,但他不知道我已经身怀六甲。我每天都要把几十斤重的做纸箱子的纸板抱在工作台上去,我担心这样下去,肚子里的小家伙要出问题啊!

果然,今天下午,当我抱着沉重的纸板往工作台搁时,我眼前发黑,竟晕倒在地,金师傅立刻过来把我抱起来,不巧她摸到了我的大肚子。她一下惊愕了,她是过来人。她谁也没有告诉,悄悄问我,几个月了?

我根本不知道怎么回答,只是不住地流眼泪,这不听使唤的眼泪啊,岂不是把我的秘密告诉了别人吗?怎么办?

何文看到这里,"啪"的一下,自己扇了自己一个响亮的耳光。他暗暗骂自己:"罪孽啊!"他更加埋怨杨梅了。

一九八〇年六月十六日　艳阳高照

前天,我被华香幺姨婆以"老山前线的战士"的妻子的名义住进了果州妇幼保健院,迎接爱女的出生。

可是当护士长要我报告孩子父亲的名字和部队番号的时候,痛得死去活来的我不知所措,对方又紧追不舍:"姑娘,孩子的爸爸叫什么名字呀?"我心里那个委屈呀,肚子那个疼痛呀,交织在一起,折磨得我痛不欲生。我恨透了何文那个狗日的,根本不想提他,也绝对不敢说出他的名字,我在满头大汗淋漓的情急之下,使用了九牛二虎之力气愤地吼喊出了一句话:"他不是人!"后来,我就昏死过去了。

"哦,他姓任。"幺姨婆见机行事,好像模模糊糊地回答。然而就是这山崩地裂的一声吼,一个血肉模糊的婴儿顺着声音出来了。护士长赶紧写下了一个"任"字,后面的名字护士长还来不及问就参与了迎接新生儿的紧张工作之中。这新生儿父亲的名字栏就蒙混过关了。

这真是"没娘的儿子天照顾"呀!我的一个三斤八两的女儿竟然平平安安、健健康康地问世了。

我这可怜的娃啊,来到这个世界就冒名顶替,享受不公平的待遇,受人白眼,遭人冷遇。还不知道这户口怎么办哟?

何文看到这里，已经伤心得不能克制自己了，一个人在床上滚来滚去地哭。他又"噼啪"扇了自己两耳光，并骂自己："自作孽，不可活。"他设身处地地为任守青想了一想，心里更加愧疚，更加牵挂，更加佩服他那初恋了。

何文在三年前何艾青和何光明的升学宴上，就产生过怀疑：何武结婚比自己迟，怎么他与任卫青的女儿何艾青还比何光明大几个月呢？何文拿着任守青的《日记》继续往下看。

一九八二年三月二十五日　春雨淅沥

小艾青才刚咿呀学语，村里却带信来，要我回去参与生产队分田分地。如果我回去了，孩子怎么办？好在华香幺姨婆给小孩办了一个孤儿的收养手续，才上了正式户口。

感谢华香幺姨婆又为我分忧解难，她退休后不去照顾自己的孙子，居然承担起照顾我的小艾青的任务。

好在，现在包产到户了，我可以有时间经常抽空到幺姨婆家来一趟，还可以把农村的土特产拿过来给我的幺姨婆，让她照顾好我的孩子小艾青。

但是好累啊，在太保山，何爸（何斌）、周妈（学莲）、外公一定要与他们自己的儿子断绝关系，只认我这个没过门的准儿媳妇儿。我开始不干，既然"堂屋都卖了还靠磬槌"。但难得何家厚道，他们真的不认何文、杨梅。他们一家人真的把我视为己出，还要立下遗嘱，要我继承他们的财产。当然，这也增加了我照顾他们的责任。感情这东西，是彼此的呀。你有我，我有你，彼此彼此啊。

何文看到这里，明白了当年任守青之所以与自己的家人相依为命的原因。他明白："任守青是在代替我何文和杨梅尽孝呀！"

从任守青的《日记》里何文还知道，任守青之所以敢于承包荒山，有一个客观原因也是逼出来的：大青是把何家的老人都当作自己的老人。所以在打工潮席卷而来的时候，任守青坚持"家中有老人，儿女不远行"的爱老敬老孝老的坚定信念，才坚持了"远跑不如近爬坡"的发家致富理念的。这是促使她承包荒山的间接原因。

何文继续翻到第四本泛黄的《日记》，看见了她回答简德经苦恋的话语。

一九九三年中秋节　秋风送爽

今天是中秋佳节，"简单哥"专门给我们两家人①买来了月饼和葡萄酒，要与我们一起度过一个愉快的中秋节。实际上他还是老生常谈，想与我建立恋爱关系。

两家的老人都心知肚明，都在努力促成我俩的关系，但是我必须坚持婚姻与爱情的统一，我的心既然已经交给了那个人，就没有第二次了。我慢慢感觉奶奶的"女人的性就是命"是千真万确的。所以，我告诉"简单哥"：我们保持柏拉图式的关系吧。

何文明白，"那个人"就应该指的是自己。他觉得脸上一阵发烫，暗暗骂自己："我不配呀！"

"我们保持柏拉图式的关系吧。"何文不懂柏拉图式的关系是什么意思，但他好像听人说过，这是一种高尚的只有爱没有性的关系。

看到此，何文更加佩服"长发飘飘"的任守青了。

---

① 何家和任家。

何文终于真正懂得了任守青的纯洁和高贵,当然也明白了为什么她至今未婚的原因了。同时他还明白了任守青为什么能够守住良心种养殖,维护老祖宗的"生态平衡",不惜成本搞有机农业了。

一九九七年七月一日　晴空万里

今天,我面向党旗庄严宣誓了,从此以后我就是一个光荣的共产党员了。回想这十几年与股东们的合作,是值得的,任拔群大爷成家了,还有几个乡民都大变样,但是他们都还没有走出贫困。我们的产业还要按县委的要求,将种养结合得更加紧密一些,让大家得到更多的实惠。真正发挥一个共产党员的模范带头作用。

何文看到大青入党过后要求更加严格了。有关搞"土佬坎"有机农业的经验教训,何文捧着日记,继续浏览着,钻研着。他慢慢觉得《守青日记》真实记载了中国农民的艰辛、情怀和贡献。

第四十章　鸳鸯谢幕

何文离开范华先婆婆的病床后,老人家吃力地拉着大青、小青两孙女的手,当着孙女婿何武的面告诉了大家一个天大的秘密。

原来,二十年前,"粉嘟嘟"任卫青在果州市中心医院里分娩,生下了儿子小艾武。两口子正在为添人进口而高兴,忽然也在这个医院里住院的范华香幺姨婆病怏怏地和保姆拖着一个两岁多的女孩前来探望月母子。她让随行的保姆把小孩抱出去玩。然后,告诉何武、小青:"这个小孩是我收养的云南丽江的地震孤儿。现在我的身体健康状况很不好,既有高血压,又有心脏病,还有致命疾病,随时都有去见马克思的危险。"她请求他们帮忙继续收养这个可怜的孩子。条件是,必须视孩子为己出,暂时不能告诉孩子的身世,以免影响孩子正常成长。至于什么时候可以告诉孩子的真实身世，待孩子长大成人后，条件成熟了，自然会有人来找他们。

任卫青知道这个华香幺姨婆与华先婆婆是同胞姊妹，新中国成立后是红极一时的红色资本家，抗日战争时期她家没少捐款、捐物，还为地下共产党提供了大量的资助，抗美援朝还倾其所有为国家捐献了飞机大炮。她和她的家人一直很受果州市历届政要和老百姓的尊重。

面对德高望重的华香幺姨婆的请求，何武、任卫青当然是义无反顾，当下就答应了。华香幺姨婆为了不影响两个年轻人的经济状况，还留给任卫青一笔存款，并且考虑到国家已经开始执行"一对夫妻只能生育一个孩子"的计划生育基本国策，为了不让他们受影响，老人家利用自己的资源，将当时她收养艾青的有关手续原原本本地转到了何武、任卫青夫妇名下。

原来，华香幺姨婆检查出自己是肺癌晚期，她这是临终托孤啊。这么多年以来，何武、任卫青对当年幺姨婆的遗愿一直守口如瓶，也从来没有想过何艾青是大姐任守青和何文未婚先孕的孩子。是啊，当年如果这个孩子的信息传出去了，那可不得了呀。按当时的政策，何文只有开除学籍继续回家务农，把高考褪去的农皮重新穿上不说，一辈子都是污点呀！同时，还要波及已经与何文正式建立了恋爱关系的杨梅。这是其一。

其二，按照当时川北的风俗习惯，未婚生子就是一种严重违背道德的行为，别人会给她取一个非常难听又耻辱的名字"私娃子"。难怪幺姨婆要高度重视保密工作。

然而，这一切都是范华先婆婆与幺姨婆范华香两姊妹合谋好了的。今天，范华先婆婆在妹妹去世二十年后，再次临终托孤，揭秘这一切。她知道，这件事过去是丑事，现在时过境迁，让她们母女团圆才是最重要的。

任守青，其实原来也不知道何艾青就是自己用名誉换来的命根子，因为当她得知自己的幺姨婆去世后，也是很久以后的事了。当时，家里人谁都不知道孩子到哪里去了。再说，任守青一个黄花闺女也不敢大胆寻找呀？尽管后来发现妹妹家里多了一个孩子，但当他问妹妹和妹夫时，他们俩异口同声地说："是妹夫在云南出差时收养的云南大地震的孤儿。"刚好那一年云南丽江真的发生了大地震。自己的亲姊妹都一本正经地给姐姐说了几十遍是"地震孤儿"，谎言也就成真理了。

再说，妹妹家里的小孩即便是自己的孩子，又能怎么样？敢认吗？如果稍微有一点疏漏，都有可能影响孩子的名誉，更要影响孩子健康快乐幸福地成长呀。将错就错也好呀：孩子是乡党委书记后来又是财政局长和人民教师的女儿，多荣耀啊！自己是一个农民，她父亲一个不好良心的人，后是下岗职工，还是没有名分的私生子，多丢人啊。

只不过从此之后，任守青到妹妹家里去的时间多了，隔三差五只要有机会一定会去果州市高中妹妹的家里走一走，并送去自己的土鸡土鸭和同样土的鸡鸭蛋等等"土佬坎"有机农产品。

任卫青、何武听见婆婆说出这天大的秘密，一块石头落地了。他们看看姐姐依然不惊不诧的样子，感觉奇怪，问："姐姐，你怎么这么镇定自若呀，难道不高兴吗？要不然你早就知道艾青是你的女儿？"

任守青紧紧抱着妹妹，深情地说："让你们笑话了，姐姐莫得祥①，丧德了。姐姐不配当艾青的妈，她永远是你们的孩子！"

"姐姐怎么这样说话呢？我们知道你是高尚的，错在杨梅。"何武赶紧告诉姐姐。"当年是杨梅为了追求到我哥何文，编造自己'生米煮成了熟饭'的谎言，迫使哥哥何文抛弃你的。当然，如果当时你不松口，也没有今天的结果。如今，杨梅她又把我大哥甩了。事实证明，你才是我哥的知己呀！"

任守青只好说："我代表艾青，感谢你们二十几年的养育之恩。"

大家只顾说话，转过身去看范婆婆。"啊！婆婆怎么了？"原来，大家闺秀范华先，追随自己内心深处喜欢的私塾先生任骞六十八年后，终于走完了平凡而伟大的一生，享年八十四岁。

县上有关部门的朋友听说财政局长的一个很不一般的婆婆仙逝了，都借故前来送葬。昔日偏僻的太保山村，络绎不绝地开来了许多小车。过去闲居闹市无人问津的地主婆，因为孙女婿是财政局长，现在是贵客盈门，可谓门庭若市。

"何局长，惊悉范婆婆仙逝，我们前来吊唁。这是一点小意思，对你们全家表示慰问哈！"这是何武单位的范副局长，他带着厚厚的信封来了。何武坚决不收信封，他知道里面一定是钱。

"何局长，我这是礼尚往来，个人的一点意思，又不是公家的钱。您不收，就是打我的脸，就是不领情哟。"他转身把信封塞给任卫青。

公路上又来了一辆小车，只见下来了欧阳梅等几个财政局的中层干部："何局长、任老师，你们是大孝子，我们来看看你们。"

---

① 没本事。

欧阳梅说完之后，与同来的好朋友们一起给范婆婆的灵柩上香，同时将厚厚的信封塞给任卫青。

"何局长，我刚刚在县委开会，没有看见老朋友您。后来才听说您爱人的婆婆老了。我一开完会就赶过来了。您两个老同学节哀顺变啊！"这是经济局的赵局长，何武他们高中的校友。赵局长说完，同样鼓捣塞给任卫青一个信封。

何武在任卫青手里拿过信封还给赵局长："老同学，你们的心意我领了，但这个我们不能收。"

"哎呀，这是我们为老人家凑一点香火钱，您怎么能拒绝我们的孝道呢？再说伸手容易缩手难嘛，古时候官都不打送礼人嘛！"何武不知道原来送礼还有这么多说辞。他当了八年财政局长，有人说他当得好，有人劝他："何局长，您还是要到上面去走动走动哟。您看，原来的蒋局长，七年爬了三梯，副局长、局长、副县长。谨防'不跑不送，原地不动'哟。"

何武正在犯愁，任守青姐姐从屋里跑出来了："快点！快点！爷爷怎么不对了呀？爷爷！爷爷！"人们闻声望去，只见任骞端坐在家里的一把普通的柏木圈椅上，手足自然垂放，十分安详，好像在闭目养神。任卫青把一束棉花丝丝儿放在老人家的鼻孔跟前，没有一点动静。大家知道，老人家是追随范婆婆去了。

大青、小青号啕大哭："爷爷，您怎么啦？爷爷，您怎么啦呀？"大家犯难，奶奶的离世，是久病无医，家里是有准备的。但爷爷平时好端端的，没有一点预兆，怎么突然就离他们而去呢？

何雍、周玉两个抗战老兵，听说任骞随范华先走了，前后就只间隔二十三个小时，感觉既突然又欣慰：人生能如此，最圆满的呀。

下 篇 · 377

何雍、周玉他们明白，任骞是太过悲痛，精神上崩塌了，心就随自己心爱的人走了。

范华先、任骞夫妇相继在一天之内去世，这对有情有义的夫妻可谓"不求同年同月同日生，但求同年同月同日死"。这是鸳鸯呀！很快，这一奇闻传遍了方圆几十里路，就连果州市已经退休了的刘畅老县委书记，也前来为二位老人送行。

刘畅主任给二位老人的挽联是：

一挺机关枪横扫倭寇无数，英雄留芳；

一壶腰疼药熬出爱情醇香，生死鸳鸯。

任守青想想爷爷、婆婆风风雨雨、恩恩爱爱一辈子，真是羡慕极了，她羡慕婆婆心系一人，生死相随。无论多大的困难还是诱惑都坚守本心，与爷爷风雨同舟。婆婆常说好女人一生就认一个人。这不是封建社会的"三从四德"，是对爱情的坚守。婆婆和爷爷就是人间羡慕的"鸳鸯"啊。

任家简简单单把一对鸳鸯送上山了。何武把凡是有借此机会向他行贿性质的礼金如数奉还，把属于礼尚往来的一一作了详细的登记，准备日后还情。他告诉"粉嘟嘟"小青："我妈健在的时候经常说'该你的，棒佬二都抢不去；不该你的，吃进去都要吐出来'。"其实为人师表的小青从来都是支持丈夫的，她多次拒绝送上门来的礼品礼金。范华先生前经常告诫小青不要给"财神爷"的丈夫添乱："一顿吃不成一个大胖子，切忌贪图不义之财。"

何武回城的路上，路过太保山村委会，看见彭曦正在书写标语，他把中央刚刚出台的社会主义核心价值观——"富强、民主、文明、和谐；自由、平等、公正、法治；爱国、敬业、诚信、友善"二十四个遒劲有力的大字,写在太保山下的大石头上。每个村委会的墙上,他还把根据核心价值观修改的"村规民约"写在上面。

讲文明,树新风,居民公约记心中。

爱祖国,爱家乡,遵纪守法永跟党。

善养德,诚立身,做人做事讲良心。

孝为先,和为贵,和睦邻里敬长辈。

爱学习,要勤劳,爱岗敬业创新高。

爱集体,互相帮,艰苦朴素家业旺。

爱环境,讲卫生,崇尚科学不迷信。

中国梦,家国强,充汉儿女勇担当。

显然,这是可以作为快板表演的。"作为一个乡党委书记,彭曦真不愧是一个抓精神文明建设的标兵。"何武局长看见这些标语和"村规民约",心里很是高兴,社会主义核心价值观又比"八荣八耻"进一步了,这是中国改革开放后第一次从国家层面、社会层面、个人层面对人们的价值取向进行规范;人们的思想终于有了一个统一的戒尺,社会上物欲横流、精神迷失的现象终于回归本真了。

第四十一章 有机勃发

何武把崇拜的爷爷任骞、婆婆范华先送上太保山祖坟后,就匆匆回到县城去参加县上的干部大会。他来到会议室,只见主席台上只有县委书记和纪委书记,其余四大机构的领导都坐在第一排。各部门主要领导、县委委员都坐在台下自己的号牌跟前。何武向情绪凝重的汪书记示意销假,汪书记只与他交换了一下眼神,以示慰问。大家正襟危坐,等待会议开始。

会议首先由纪委书记传达学习了中国共产党第十八次代表大会的有关文件,重点学习了中央政治局关于改进工作作风、密切联系群众的八项规定。

突然,会场一阵骚动,两个陌生男子来到主席台与汪书记耳语了几句,会议便暂时休会。来人径直走向蒋副县长身边,出示了省纪委、监察厅的工作证,平静但毋庸置疑地宣布:"蒋副县长，请你配合我们调查一桩案子。"平时威威赫赫的蒋副县长立即腿肚子筛糠，站不起来了。两个省纪委的同志又说："请吧!"蒋副县长却吓得不能动弹。省上的两个同志只好把他架起来，像老鹰叼小鸡一样提出去了。

会场鸦雀无声，仿佛落一张纸都听得见响动。汪书记示意继续学习文件。最后，他结合《八项规定》，提出了严格纪律的要求：手莫伸，伸手必被捉。

在大家紧张的情绪还没有调整过来的时候，县委书记宣布了一个轻松的振奋人心的消息："我县在正在举行的上海世博会上，与世博会联合国馆特许经营商品组委会正式签约，同时被授予'低碳中国行·品牌建设中国西部有机食品基地县'。"汪书记特别强调，这是全国唯一获此殊荣的县。这个荣誉是国家农业部批准授予的哩！

会场立刻沸腾起来，响起了经久不息的掌声。掌声把蒋耀进副县长带给大家的晦气一扫而光。

大家怎么不高兴呢？充汉县的有机农业经过几代人"一代接着一代干，一张蓝图绘到底"的努力，持续开展"蓝天、碧水、净土、宁静、青山"五大专项治理活动，使全县生态环境显著改善，有机农业才得以不断发展壮大。特别是近几年，严格坚持有机农产品的标准化生产，严禁使用化学肥料、化学农药、除草剂、饲料添加剂等违反有机生产的规定的产品，促进了有机农业的发展，终于使全县的有机农业规模大大提高，成了中国西部大开发的一大亮点。

大家欣喜之后，汪书记宣布将择日召开打造有机农业基地县建设总结表彰大会。

散会后，各单位的头头脑脑们议论纷纷。人们通过有机农业的光明前途，看到了自然生态环境的回归；通过蒋副县长被带走一事，感觉前些年物欲横流、人心不古的社会乱象终于可以得到治理了，社会生态也将回归正常了。

就在这次会议后不久的二〇一二年初夏的一天，阳光灿烂，风光旖旎。县委召开了"充汉县打造西部有机农业基地县建设总结表彰大会"。大会规模空前，参加会议的除了部门、乡镇领导外，一些涉农企业，特别是从事有机农业的专业合作社以及拟定表彰的先进集体和先进个人都参加了会议。会议还邀请省市有关领导、专家、媒体记者参加，还特别请曾经为有机农业作出了巨大贡献的刘畅老书记参加指导。

大会在县委书记汪华文的主持下，分成两部分举行。上午与会者参观全县有机农业的现场，下午表彰先进。

现场会的场面前所未有。十几辆大巴车，围着"充汉县有机农业产业示范带组成的一百公里环形经济圈"，也就是打造的产业观光大道行进。人车欢笑，浩浩荡荡，令人瞩目。

车队首先来到龙滩河"现代农业万亩示范基地"。这里有已是村支部书记的任守青的"龙滩河青禾有机农业示范园区"，何文的"现代农业示范园区"，接下来还有茂源房地产开发有限公司的老总何铭回报家乡的"禾鸣现代农业示范区水果产业园"。

眼下的龙滩河畔，到处都是青山绿水，美不胜收。县乡政府认真贯彻土地流转政策，在保证农民利益最大化的前提下，实行集中成片开发，国家补助、社会力量主要投资、农民入股分红的多元投资体制，彻底改变了传统的单一投资和耕作方式。特别是通过任守青、何文、任铁锤、何铭等业主和广大的返乡农民的投资与努力,过去的"地中有埂、田里有坎、界限分明、神圣不可侵犯"的一家一户时候的小地小田连片了,整治成了高标准的农田。现在只见一层层、一块块的田地,既保持了原来的地形地貌的基本特点,使田地错落有致,又因地制宜地尽可能使田地平整、成型、大套,便于机耕、机播和机器收割。

何文盼望的农业"耕种收"全套机械化及其自动化的梦想终于有机会实现了。

刘畅老书记由何文、何武、任守青等几个学生一直陪同。他们边参观,边回忆,谈笑风生,指指点点,喜上眉梢。

何文偶尔还有感而发。他回忆这几年回到农村的亲身经历,深思熟虑关于农业、农村、农民的问题,深有体会地说:"'农业的根本出路在于机械化',这是千真万确的真理啊。前几年之所以农村撂荒严重,重要原因就是机械化程度不高。那个时候农村的青壮年劳动力都进城打工去了,后来大多数人都成了过去梦寐以求的'城里人',事业、婚姻家庭都在城里安营扎寨了,形成了有农业机械,但缺少能掌握机器的人的困境。再加之,单家独户的小田小地不利于机器耕种,农民形象地说:'请人用机器打谷子,付的工钱都可以买一半谷子了,这就是买马的钱还没有装鞍的钱多。豆腐盘成了肉价钱啦。'成本降不下来,种粮不如买粮,谷贱伤农啊!它的后果就是粮食有风险。我们偌大一个农业国,还要让国家到外国进口粮食,这是我们农业工作者的耻辱啊。"

现在的龙滩河畔,田里地头只见绿油油的庄稼,没有了杂草丛生的荒凉,到处是麦浪翻滚、油菜花黄,更有"喜看稻菽千重浪"的美景,还有"自流灌溉在暗厢"的自动化。最安逸的是,机耕路阡陌纵横、四通八达，除了下田下地，农民平时都是"笼鞋摄袜"①不扠杷了。这说明县委县政府采纳了老书记刘畅的"农民离乡不离土，良田沃土不荒芜"的建议见成效了。

还有，何文的儿子何光明在母亲杨梅的支持下，注册资金5000万元已经成立了农机租赁公司。他要跟着爸爸在全县开展农机租赁活动，降低农民和开发商耕种收的成本，真正降低农民的劳动强度，逐步实现农业机械化。参观的领导看见何文的园区和任守青的园区机声隆隆，有的在平整土地，有的在收割粮食，一派繁忙的景象。

任守青向老领导和县委汪书记汇报："我们要珍惜老祖宗留下的土地，充分利用大自然恩赐给我们的不要钱但又是取之不尽，用之不竭的'阳光、空气、雨水'，响应国家号召，确保粮食安全，端牢自己的饭碗，绝不要西方国家控制我们的粮食，绝不端着金饭碗讨口。"

领导们听了任守青和何文的介绍，向他们竖起了大拇指。

刘畅看到龙滩河的十里长堤周围都是绿色的森林和绿色的庄稼，再也看不见荒山荒坡以及撂荒的田地了，一路上激动不已，赞赏有加。

"跳蹬河有机农业产业园欢迎您"参观团来到了双凤镇的跳蹬河村，广播里正放着村歌《跳蹬河之歌》。

　　我家门前一条河，
　　名字就叫跳蹬河。
　　儿时过河跳蹬子，

---

① 穿得比较好。

一蹦一跳唱着歌。
　　娃儿哪知大人苦，
　　跳来跳去讨生活。
　　眼望春水东流去，
　　流走了希望和黄谷。

童声朗诵：
　　青杠叶，背背黄，
　　跳过蹬子上学堂。
　　十四夜，送蜞蟆，
　　我把蜞蟆送下河。
　　红萝卜，咪咪甜，
　　看到看到要过年。
　　娃儿哭着想吃肉，
　　大人伤心没得钱。

　　我家门前这条河，
　　名字仍叫跳蹬河。
　　共产党架起致富桥，
　　一路跳跃一路歌。
　　脱贫攻坚奔小康，
　　文明新村誉巴蜀。
　　青山绿水果飘香，
　　庭前荷塘映日月。

朗诵：
　　青杠叶，背背黄，

书声琅琅上学堂。
十四夜，摇嫩竹，
我与蜞蟆共欢乐。
红萝卜，咪咪甜，
天天都像过大年。
娃儿心里乐开花，
大人脸上笑开颜。

跳蹬河啊，跳蹬河，
你是我的母亲河！
积溪成河行千里，
振兴乡村再跨越。

跳蹬河啊，跳蹬河，
你是我的致富河，
农旅融合大发展，
十里河水十里歌。

　　跳蹬河是龙滩河的一部分。因为这里水急浪大，从古到新中国成立后，都无法修桥，人们靠十几个栽在河里的石头蹬子，跳来跳去，交通极为不便。所以，老百姓说："我们跳来跳去讨生活，就是一辈子跳不出这个穷窝窝。"如今，共产党修起了致富桥，道路四通八达，下地都不扠扒；而且，漫山遍野都是有机脆李、香桃、甜橘，瓜果飘香。胡家大院"耕读传家"的牌匾彰显厚重的传统文化底蕴。大明寨上，清朝年间朝廷为了防范反清复明的"白莲教"的炮台和东西南北四个寨门以及架在山顶险要隘口的"牛耳大炮",现在都历历在目。原来这是修复的仿古建筑。昔日"战火纷飞、硝烟弥漫"的场面,重现在游人面前。这里俨然是农旅融合、打造美丽乡村的一面旗帜。

跳蹬河山庄的酒楼、村合作社的办公大楼,高高矗立在半山腰上,来这里旅游观光的人流如织,生意十分红火。

县委办公室管后勤的副主任提醒大家:"按会议安排,人们参观完环形有机农业观光大道转一大圈后,正好回到原点来吃双凤镇党委政府安排的工作餐。这是我们县文化旅游局挖掘的非物质文化遗产的有机宴,很有味道,好吃得很呢。"他在吊大家的胃口哩。

跳蹬河这个地方,可是何文和任守青当年爱情升华的见证。何文那双"断臂的泡沫凉鞋"的故事,就是他们爱情和贫穷的见证物。何文来到这里自然触景生情,他有意走到"长发飘飘"任守青身边,悄悄告诉她:"这里是我们爱的开端哟!"任守青何曾不知道那一只断臂的泡沫凉鞋的故事,但她装作只当没有听见,脸上没有一点表情,继续参观学习别人的长处。

自从范婆婆把《守青日记》交与何文,把有关何艾青的身世告诉任守青和任卫青之后,眼下的一对冤家依然不聚头。何文努力通过寻找各种理由和机会,心欠欠地与任守青接触,赔礼道歉,甚至重新追求已是半老徐娘的"胖嘟嘟",何雍、周玉、何斌都做了许多撮合工作,但任守青仍是冷水烫猪——死不来气。

参观的人们来到龙滩河上游仁和镇的"有机水果产业园",除了几百亩果园已经硕果累累之外,两幅标语引人注目:"中华名果,西凤脐橙""橙心橙意欢迎您,品尝仁和味道"。

刘畅看到有一幅广告图似曾相识：老果农庞定碧，相貌有点像青草合作社的任拔群，手握一大捧脐橙，诚心诚意地向观众展示自己的产品，简直就是活灵活现、惟妙惟肖的"土佬坎"广告，绝！

省市专家参观了龙滩河有机农业示范经济带后，给出的印象是"龙滩河流域已经成了充汉县有机农业的米粮仓"。

"是的，这就是我们县的有机粮食的示范经济带。大家接着要参观的是国道212沿线形成的特色农业示范区。"县委书记给大家介绍。

十六辆参观学习的大巴车，像一条长龙蜿蜒行进到双龙桥、青龙湖、义兴镇、中岭乡特色有机农业示范基地。这一带的青龙乡主产的脐橙"青三九"，曾获部优科技奖，其口感甘甜，水汁多，化渣快。这里的有机辣椒二荆条，色泽鲜艳，一副柳条细腰、妩媚动人的模样，吃起来辣而不烈，温而回甜，深受全国各地的消费者喜爱。因为辣椒红而发亮，外形细长，酷似当地的一种灌木丛黄荆棍，所以叫"二荆条"辣椒。在"第三届中国国际辣椒产业博览会上"，充汉县因盛产优质辣椒，所以被授予"中国辣椒之乡""中国辣椒百强县"称号。

这里有个台湾籍张老板，将台湾的有机农业发展经验与本地的传统农业经验相嫁接，培育成了有机瓜果、蔬菜、花卉为特色的产业园。每逢春暖花开，都要搞"玫瑰花节"，这里成了玫瑰花的海洋，参观的人络绎不绝。

"哎呀，有机村好漂亮！"大家来到了有机村。世界亚洲有机大会永久会址就坐落在这里，每年联合国粮农组织都要派代表参加这里的"中国有机农业亚洲峰会"会议。来自世界各地的有机农业高手，每年都要云集于此，为了一个共同的话题"让有机农业，在世界各地大放光彩"而交流合作，各抒己见，各显神通。

汽车长龙来到"槐树土鸡"的故乡。中国名牌"槐树土鸡""槐花鸡蛋"就在这里的群山峻岭之中，由成群结队的土鸡制造。任守青的林下经济经验首先在这里开花结果。当任守青来到这里，养殖专业户纷纷前来握手言谢。充汉县的又一大河宝马河，就是这个流域的母亲河。以宝马河为依托的有机农业示范基地，现在正在学习"龙滩河有机农业核心示范区"的经验，紧锣密鼓地进行打造。

充汉县的有机水果是按"东桃西橙"布局的。"充国香桃"的家乡在以古楼镇为中心的太平镇、仙林镇、李桥乡等百万亩有机鲜果示范基地。"充国香桃"，果实椭圆，果面粉红，肉质脆荬，味甜汁多，离核化渣，简而言之一句话"香脆可口"，堪称人间仙果。"充国香桃"曾获四川省著名商标，中国食品工业协会花卉食品专业委员会曾授予充汉县"中国香桃之乡"称号。古楼镇还获农业部"百名特色产业乡镇"称号。

人们来到仙林牡丹花园。这里花开富贵的牡丹花，花枝招展，红、白、黄、黑一应俱全，竞相绽放，招蜂引蝶，吸引了许多不怕花下死的少男少女，令人叫绝。

多福镇的"金龟寺广丰科技有限公司的特色有机农业示范园"，别具一格，引人注目。整个园区占地1500亩，种植雷竹、茭白、灵芝、有机蔬菜等特色农产品。早在二〇〇四年五月广丰科技有限公司的三十八个产品获得了南京国际有机认证中心的有机转换认证。同年，这里的农产品摆上了上海世博会的展览柜台，受到了上海、香港澳门地区和东南亚国家的广大消费者的青睐。这是何雍早年就给任守青介绍的合作伙伴林逸飞,是有机农业项目招商引资的成功范例。

在县委书记的亲自带队指挥下,人们还参观了四川天盛竹业有限公司的有机麻竹、雷竹种植示范基地。这里的"竹娃娃"系列食品品牌荣获四川省著名商标。

大家还参观了多富工业园区,这里有星河生物科技有限公司培育的获得中国农业良好规范 GAP 一级认证、绿色食品认证和无公害农产品产地认证的白色金针菇、真姬菇等无公害食用菌。

最受大家瞩目的是多富镇金山的"充汉县有机红心苕基地"。它占地十万亩,该品种曾获农业部二〇一一年农产品地理标志登记,二〇一三年被评为中国绿色食品青岛博览会畅销产品、全国名特新农产品。红心苕成了"苕国"的地理标志和有机产品,同时还是"中国长寿之乡"——充汉县的长寿食品的代表。永清乡的大型养猪场,完全是自动化管理,十几个沼气罐像一幢鳞次栉比的高楼,将猪粪通过发酵转化为电能或者直接用来照明煮饭,尽显循环经济的魅力。

占山乡飞凤山于顺清老人的有机柑橘"鹅蛋柑"优质水果基地,历时二十年,几经改造升级,也是长盛不衰。

人们转了一个大圈,看到了全县有机农业基地县名不虚传。

中午两点钟,大家终于回到跳蹬河山庄。这里的装修不失为典型的川北农家大院的风格,让到访者仿佛回到了过去的岁月。这里摆放有档档磨、碓窝、檑子,还有犁、耙、箩筐、背篼、筢背,墙上挂有枷档子、横档子、蓑衣、篼笠、钉鞋、连枷等与川北农耕文化息息相关的家农具老古董。

更让大家喜出望外的是别具一格的食品。县委书记接受已经调到县文化广播旅游局当副局长的彭曦的建议,此次工作餐的食材全部采用任守青和何文、何铭的有机农产品,而且全部是老祖宗留下的优秀饮食文化的传统食品。这些食品,全部被省市县列入了非物质文化遗产目录。

工作餐全都是自助餐。餐厅的供餐大桌上摆满了平价的但都是大家熟悉的好久没有吃过的传统美食。美食旁边还有介绍:

一、祥龙窝味凉粉。

　　充汉凉粉美名留,
　　冷热能吃都顺溜,
　　若是灌在锅盔里,
　　又脆又香嘴流油。

二、盐菜泥拨弄儿。

　　盐菜煮的泥拨弄,
　　摇摇摆摆多快活,
　　钻进肚里一路烧,
　　酸麻香辣又㶽和。

三、腊肉面瘩儿。

　　充汉小吃肉面瘩儿,
　　喷香焦黄脆嘣嘣儿。
　　不是客人太喜欢儿,
　　我才懒得费功夫儿。

四、椒盐锅盔。

　　一根木棍很神奇,
　　做的馍馍千层皮。
　　又香又脆花钱少,
　　男女老幼皆咸宜。

下篇·391

五、占山浑水米豆腐炒芹菜。

　　大米真是好东西，
　　泡入浑水碾成泥。
　　不怕搅合任拿捏，
　　片片都是黄金叶。

　　此外桌子上还有卤水黄豆豆腐做的麻婆豆腐、家常豆腐。嘿，还有蒸的小红苕，苕叶嫩尖也上了餐桌哩。荤菜有甜、咸鲊肉；主食有辣鲊鲊菜干饭和辣肉干豆腐或米豆腐臊子面，还有酸菜面。

　　虽然菜品丰富，但是都物美价廉，算不上"超标"午餐。大家吃得津津有味，一些省市专家从来没有吃到过这么可口的饭菜，有的一开始就舀了一碗凉粉，后面好吃的辣鲊鲊伏肥肠干饭都没吃成。致使大家直呼肚子撑得慌。

　　汪书记席间表扬了彭曦有创意，他吩咐有关部门不仅要保护这些非物质文化遗产，还要让老祖宗的遗产活起来，专门办一个"非物质文化遗产美食一条街"。

　　何武和与会者都夸文化旅游局和双凤镇这顿传统美食加上文化大餐意义深远。它不仅让大家感受到了有机农产品终于正儿八经回到了人们的餐桌，而且感受到了传承非物质文化遗产的现实意义。老祖宗留下来的东西就是好，坚决不能丢啊。

　　下午，与会者回到县委大礼堂继续开会。会议室里醒目的横幅显示了县委的新口号："争当有机农业排头兵，打造生态经济样板县"。

　　会上，汪书记首先宣布了充汉县的有机农业的第一人、省政协委员、太保山村党支部书记任守青，被省委、省政府授予"四川省劳动模范"称号。顿时全场起立，响起了经久不息的掌声。

然后，县委表彰了下岗职工何文、退伍军人任铁锤、浙江商人林逸飞、台湾籍有机蔬菜大王等先进个人和有关有机农业发展的乡镇部门等先进集体。会议发出了"争当西部有机农业排头兵，打造中国生态经济样板县"的号召。

会上还通报了原副县长蒋耀进因涉嫌果州的特大买官卖官腐败案，移送司法机关处理。此外，市委决定何武同志拟任充汉县副县长提名人选，均由县人大常委会按程序进行任命。

坐在何武旁边的简德经将手伸向何武："恭喜老弟实至名归。"何武向简单哥投去敬佩的目光，说："简单哥不简单！我相信组织不会亏待老实人。"简德经平静地说："我快退休了，但我会继续为乡村振兴战略发挥余热的。"接着两只手友好地紧紧握在一起。

全场再一次响起震耳欲聋的掌声。大家认为何武是众望所归。更有人感叹：真的一切都在回归本真啊。

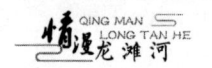

第四十二章　生机无限

龙滩河水川流不息，滚滚向前。

时间很快到了二十一世纪二十年代初。收获的秋天，"国际有机农业运动联盟第五届亚洲大会中国（充汉）峰会"，在被誉为"西部有机农业样板县"的充汉县有机村举行。会议由国家有关部委的领导人主持，发言的有来自世界多地的专家学者和经营有机农产品的老板。本县规模以上的有机农业公司或者专业合作社的负责人都应邀参加了会议。

会议首先由县委张书记致辞：《有机充汉，生机无限》。张书记首先阐述了"忠义文化"精神是有机农业的思想文化基础。然后介绍了我县有机农业的产品认证已达 200 多种，面积已达 20 万亩。他重点阐述了"争当全国有机农业排头兵、打造乡村旅游目的地、建设产城一体示范区"的三大战略定位，希望大咖们多多关注支持充汉县的乡村振兴和全面小康项目。

然后由专家们演讲。自二十世纪六七十年代席卷全球的有机农业浪潮，已经五六十年了。大家回顾这么多年以来取得的巨大成就，展望了未来的发展方向和光明前景，提出了一些世界性难题。专家们重点针对一些影响有机农业发展的关键问题展开了技术交流。

有一位中国籍的女博士，亭亭玉立、端庄秀丽，胖嘟嘟的脸上方，架一副高级的深色金丝眼镜，让人们很难看见她的庐山真面目。她交流的题目是《生物多样性与有机农业锄草、防虫若干问题的新研究》。

专家们都知道，锄草、除虫是有机农业十分棘手的老问题，还没有人有什么新方法彻底地突破。保持土壤和自然界中的生物多样性，是维护自然生态平衡的重要手段。但是，田地里的虫害和杂草在不使用化学药物的情况下，的确不容易消亡。任守青他们采用了传统的"天敌法"，即以虫吃虫，以虫治虫，用光诱杀，以草抑草，人工除虫、锄草等办法。因为，任守青坚守良心种养殖，又有较多的老弱病残等比较廉价的劳动力资源，所以做到了始终如一，永保有机本色。但是，不可回避的是眼下劳动力资源紧缺的问题。美女专家讲，日本、欧洲包括我们中国，按自然界"一物降一物"的食物链、生物链关系，正在研究从中草药，如苍耳、曼陀罗等植物中寻找虫害和草患的天敌，已经有了很多很好的办法在全世界交流和推广。但一是成本太高，二是资源不足，三是人手不够。为此，美女提出了一个近乎完美的设想，让与会人员耳目一新。她大胆提出了在某些动植物中培养一种虫害和杂草都惧怕的天敌性的生物，让杂草与害虫食而必死，沾而必朽，甚至互相残害而又不伤及无辜。

"我接触和研究有机农业已经二十几年了。"台下的听众一阵骚动。有人窃窃私语:"她生下来就在研究?"

"因为我的妈妈就是搞有机农业的,我吃她的产品已经二十多年了。"

"哦。"

她笑了笑,又开玩笑说:"你看充汉县的人吃的是有机食品,在坐的有多少漂亮姑娘、帅小伙子嘛。乡亲们,我长得江湖①不?"

台下的本地嘉宾立刻笑了起来,怎么还是本地口音?"江湖。"许多人发自内心地赞美。

"有机农业是一个朝阳产业,补人,养人,人吃了不生病,少生病,自然就江湖哦。据我所知,充汉县之所以是全国长寿之乡,就是因为人们长期吃的是有机食品嘛。"下面的同仁们报以热烈的赞许的掌声。

美女接着讲:"有机农业同时也是一个传统的良心产业,因为在科技不发达的过去,我们的祖宗所从事的农业,都是没有污染的有机的。现在科学技术发达了,化学产品给世界工业革命带来了很多胜利成果,使人们生活水平有极大的提高。但是,这个世界上永远是一物降一物。这个自然现象,永远没有改变,也不会改变。有利就有弊,有得就有失,这是颠扑不破的真理。所以,有机农业在多方利益最大化的驱使下,它又是传统的良心产业,谁能耐得住寂寞,守得住良心的底线,谁成功的概率就大,就能笑在最后!我们充汉县有一个人,就是一辈子讲良心的人。"

---

① 漂亮。

台下的人吆喝起来了:"她是谁?她是谁?"

姑娘回答:"三十多年前,城乡差别像一道篱笆墙,隔断了很多人的真爱。但是这个人,把到手的有城市户口的恋人拱手让人了。别人整她,给她挖坑,她却以德报怨,始终不坏良心。"

台下又报以热烈的掌声。

"这就是搞有机农业的人需要的品格,也是有机农产品的品格。也是充汉县忠义文化长期熏陶出来的一种品格!"

"她是谁?她是谁?"下面继续要求回答。

"她就是一个土佬坎——"

"哦。"下面的本地人立刻异口同声地回答:"任守青!任守青!"

美女眼泪汪汪地给大家鞠躬,然后说:"谢谢大家的认可。是的,她就是我伟大的母亲任守青!"

主席台上的县委张书记立即补充:"任守青同志最近被授予'全国巾帼英雄'哩!"

大家投以最最热烈的掌声。

最后,女博士告诉大家,她是联合国有机协会派往这次亚洲有机农业峰会的中方代表,她除了回到家乡参加这次峰会外,还受爸爸妈妈的嘱咐,回来参加抗战老兵、老八路军、抗美援朝最可爱的人——她的外曾祖父周玉的一百岁诞辰。

美女表态,鉴于商业机密的原因,她的防治病虫害和除杂草的发明,一定尽快与家乡的父老乡亲见面,让科学技术回报家乡,服务人类。说完,美女向会议主持人示意,快步走到了会议室最后一排。

人们一起回头,原来充汉县有机农业的排头兵任守青也受邀

下 篇 · 397

参加了会议。大家看见副县长何武及其爱人任卫青不声不响地坐在后面旁听呐。

张书记请何武前排就座，何武赶紧推脱："张书记已经代表我们全县人民欢迎来自五洲四海的朋友了。这样的国际盛会，我能旁听也是十分荣幸了，刚才小女初生牛犊不怕虎，她班门弄斧，冒犯各位大咖了。谢谢大家！"

坐在前排的汪华文，已经调到市人大顶替了退休的刘畅。他那年还参加了何武的女儿任艾青的本科升学宴，怎么也想不到眼下这个大博士，就是当年的黄毛丫头。他赶紧带头为这革命的一家人，有机农业的一家人，为烈士后代幸福的一家人长时间地热烈鼓掌。

会场因为有这样一个天方夜谭般的插曲而异常活跃。本地人无不诧异，一直以为任守青是孑然一身，原来她与何文有一个漂亮女儿。

何艾青和两个妈妈走到会场外，任艾青取下墨镜，撒娇地紧紧抱着大青、小青幸福地叫了一声："妈妈！"

任卫青马上答应："呃。"

任守青还不习惯，依然张头落耳的一动不动。

任艾青又清了清嗓子，看着任守青喊："妈妈，我的好妈妈！我来到这个世界，让您受罪了！"说完，三娘母都哭成了泪人。

任守青马上回答："你是你的卫青妈妈盘大的，是我当年逃避了现实，丢下了你。我不配做你的妈妈！"说完，泪流满面。

"不，你当年也是情有可原，相反你是有良心的好妈妈。养我的妈妈也是我一辈子引以为骄傲的伟大的妈妈！我有两个伟大的妈妈啦！"三个人互相凝视着，眼眶里的热泪在打转转，然后又热烈相拥。

一直站在任娘母后面的何文，走上前去局促不安地喊了一声："女儿！"

任艾青看了看何文可怜兮兮的样子："NO！这里没有你的女儿！"

任卫青，心里一怔："艾青，他……"

"妈，你不说，我认得他。"

任艾青姑娘心里有数，她不让卫青妈妈说出口，马上对何文补充说："当然你可以把我当侄女，因为你是我爸爸何武的哥哥嘛！"

"女儿，爸爸自知罪孽深重，但我愿意陪你妈走完后半生，弥补我的亏欠。"

"那是你和我妈妈的事。不过，你也不要太过自责，你与我妈妈的事不能全怪你。你们那一代人，扭曲的爱情观，扭曲的金钱观，甚至灵魂里真善美都有扭曲的成分。这几十年，只能说明我妈是经得起时代风云考验的好女人，她是干净的人，纯粹的人，道德高尚的人。"她把大青抱住撒娇："我妈是全国的巾帼英雄！"然后，深情地吻了一下妈妈那饱经风霜但依然美丽胖嘟嘟的脸颊。大青眼里饱含晶莹的泪花，激动得嘴唇直哆嗦，也还了一个吻给乖乖女儿。何文在旁边看到这一幕，眼睛都直了，是妒忌、羡慕还是悔恨不得而知。只见他激动地拿起手机，拍下了这感人的一幕。

"姐姐，我刚才知道你回来了，这不，就赶紧过来接你啦！"来者是何文与杨梅的儿子何光明。

何光明大学毕业后，回到家乡创业。当时，彭晨正好受蒋副县长腐败案的影响，因行贿罪判了三年刑。杨梅既当董事长，又当总经理，把公司打理得井井有条。她与共同投资合伙人，也就是彭晨、何文他们的同学"闷墩儿"白木匠，共同团结渡过了难关。谁知道，彭晨出狱后，朋友三四天天为他压惊。他通过这次教训，明白了"千金易得，自由难求"，高兴得不能自持。白木匠白和贵半醉半醒地揭彭晨的短，说："那回你与任守青争胜份儿，经营'苏丹红'鸡蛋就应该坐牢。那次不是你上下活动，用金钱开路，你龟儿子这次就应该是二进宫了。"彭晨一高兴就喝酒，结果把自己喝成了脑出血，杨梅把他送医院抢救过来后，命是保住了，但长期与轮椅为伴了。

何光明大学毕业后，杨梅要他进自己和彭晨的公司，慢慢接过她的班。但何光明坚决不从，要妈妈把公司还给彭晨的亲生女儿。

结果，何光明采纳了他爸爸何文的意见，成立了"川北农业机械租赁有限公司"和"有机农业产品的冷链物流有限公司"，专门为川北一代的农业"耕种收"服务。还特别负责充国香桃、西凤脐橙、黄心红苕等有机农产品的冷藏保鲜和运输工作。他的这一举动受到了老百姓的夸奖，认为"何厂长实现农业机械化的梦想，儿子帮助实现了"。

何文在心里感到高兴：我有一个争气的儿子，又捡到当了一个大爸，已经是天公赐福了。他自信：我们何家、我们国家，有这样一些晚辈，有好政策，生机无限了！

第二天，龙滩河畔的"太保山青禾山庄"，何家、周家、任家，还有一直与何家人来往密切的老领导刘畅、老朋友简德经以及任守青"龙滩河青禾有机农业有限公司"的股东、街坊邻居，何文"龙滩河现代农业园区"的全体股东、员工，人人都"两个肩膀抬一张嘴",只带情不送礼,为周玉这个共和国国宝级的老兵祝寿。

远处杨梅推着彭晨朝这边走来,彭晨"哇哇哇"地说着听不清楚的话,杨梅翻译:"他说'祝周老太爷寿比南山'。"他们是受何光明的邀请,前来参加外祖祖的百岁生日的。

彭晨生病后,在太保山的密林里,修建了医养结合的"太保山老年康养中心",供周围的老人养老。他要把这些年赚的钱回馈社会,报答家乡父老。何斌一家人对彭晨、杨梅的到来,非常高兴。他老人家还表扬孙子何光明有风度,有善心。长江后浪推前浪啊。

经过几十年的风风雨雨,时间和生活磨平了大家彼此之间的恩恩怨怨、是是非非。仿佛大家的人生辛辛苦苦转了一大圈,又转回来了。"胖嘟嘟"任守青看见推着轮椅的杨梅和坐着轮椅的彭晨,像什么也没有发生过一样,彼此还主动打招呼哩。

刘畅陪周玉在荷塘边远眺青山绿水,周玉感慨地说:"中国古代有贞观之治、康乾盛世;现在的'中国之治'必然出现新时代的盛世啊!"

"是啊,这个社会好啊,一切都在向前发展,老祖宗的优秀传统都在回归。这就是返璞归真啊!"刘畅今天畅快得很。

宽阔的太保山青禾山庄,四周都是森林。林子里有已经故去几年的何雍老革命喜欢的香樟树林,树上的"啄木冠"随处可见,小孩子们见惯不惊了,再也不会为一个"啄木冠"争抢了。还有桃树、李树,桃李芬芳啊。山庄正门前面还有一座一平方丈的月牙岛,四周都是小荷塘,只见一朵朵荷花洁白如玉,尽情绽放。

左边山梁上是青草养殖场的鸡鸭牛羊猪,它们正轮流为周玉老爷子唱生日祝福歌。

鸡群肯定还是已经七八十多岁的任拔群、梁秀芬夫妇教的："咯咯咯儿""喔喔喔儿"，那是母鸡和公鸡的协奏曲。他两口子还训练了一批鹅和鸭，一摆一摆地前来为主人跳圆舞曲哩。

右边山坡上的牛羊和不善言语的猪也通人性，在声嘶力竭地喊"哞哞哞""咩咩咩"，为主人助兴。那是"憨娃儿"何永顺的队伍。

周玉的一百岁诞辰，刘畅老书记献了一副对联。

上联：抗倭寇　打老蒋　跨过鸭绿江　深入敌后堪英雄

下联：村支书　大队长　荒山披绿装　身先士卒皆模范

横批：玉汝于成

刘畅概括了周玉光辉的一生。他生于1921年8月26日，与中国共产党成立同年，今年刚好99岁，明年与党都是100岁哩。按照家乡的习俗今年就应该做100岁的生日。他是一九四八年入党的老党员，为国家戎马半生，当的都是侦察兵，本来应该是离休干部，却回到农村从乡上"万斤校"的书记、生产大队的大队长再到一个普普通通的农民，默默为家乡建设贡献力量，用平凡写就了伟大，这是集抗日战争、解放战争、抗美援朝的国宝级老兵呀！没有他们老一辈共产党人当年抛头颅洒热血，哪有今天的幸福生活啊！

在开席之前，人们看见每一张桌子上都摆了何光明端上来的充国香桃、西凤脐橙、跳蹬河的脆李等用现代科技手段存储保鲜的水果，仿佛像刚摘下树一样鲜艳水灵、娇翠欲滴，无不称奇。何光明解释说："传统有机农业还要和现代科技的智慧农业紧密结合，大家品尝吧，这就是现代农业的成果！"

何家三个重孙艾青、光明、艾武给外祖祖周玉奉上了寿桃、长寿面。周玉身上挂了解放军渡江的纪念章，抗日战争五十年、六十年、七十年国务院、中央军委发的纪念章，还有抗美援朝的纪念章。老寿星还特意挂了中国共产党党徽章，笑得合不拢嘴，享受五世同堂的幸福和快乐。何光明抱着还在吃奶的小儿子给老祖祖做阿弥陀佛，一家人欢声笑语，一起享受着天伦之乐。

何斌带领家人和所有来宾向国宝级老兵致敬，祝福！艾青还带领大家唱起了生日祝福歌。摄影师"咔嚓、咔嚓"按下了欢乐的快门，定格了"五世同堂"的全家福。

秋高气爽，天蓝地绿。农庄里鸟语花香，人们笑逐颜开，山下田野里收割机正在演唱丰收曲，真是美丽如画，好一幅天人合一的田园风光啊！

正午时分，吉时已到，人们开始在农庄的草坪上吃坝坝宴。大家推杯换盏，觥筹交错，相互祝福，细细品味着任守青和何文提供的有机绿色食品纯正的味道，犹如品味各自不一样的人生，越嚼越有味道。

简析《情漫龙滩河》的题材坐标与文学质感

杨贵飔

一

蜿蜒舒缓的龙滩河，巍峨挺拔的太保山，壮硕厚实的鳖鱼石，是位于全国著名有机农业第一县——四川西充县西南面的真实地理标志，也是呈现在长篇小说《情漫龙滩河》中承载悲欢离合故事的文学坐标。拜读西充本土作家范海钟先生的这部小说，情感的激流总是在这山水坐标间恣意倾泻，一发不可收拾。心为龙滩河而牵挂，意为太保山而升华，情在鳖鱼石上积淀，这是一次净化心灵的阅读，一次文学盛宴的独享。

从不在手机上浏览超过万字长文的我，这次却鬼使神差般捧读了将近30万字的《情漫龙滩河》，字小眼累兼有心灵震撼，引发数次热泪奔涌，眼前一片模糊。这也许就是《情漫龙滩河》的文学意象和审美欣赏对于身心产生的剧烈化学反应——我看到的是"一轴用八百抗日壮士家乡的黏土为墨锭，用龙滩河清流精心研磨，泼在西部有机农业大地上的浓墨凝成的精彩画卷"。（作者意）我爱不释手，心旷神怡。

《情漫龙滩河》描写的是二十世纪七十年代中后期及以后几十年间，生活在龙滩河畔的抗战老兵、老八路和他们的后代几位回乡知青之间的人生和命运故事。年轻人辛勤劳作，情窦初开，在国家恢复高考后，何文、何武、任大青、任小青四个青年中高考全部上线，除最漂亮的守青姑娘被人诬告未被录取外，另三人都进入了大学中专，由吃苦受累的农村人变成了梦寐以求的城里人。在何文毕业之前，任守青与恋人偷食禁果而怀孕，躲到亲戚家生下孩子后一直在家务农。何文、何武、任小青毕业后分配回到市、县不同岗位上勤奋工作。随着改革开放的深化，任守青承包荒山创业，在县乡领导支持下发展有机农业，何文在县农机厂改制后毅然决然回乡发展农业产业化，何武在乡镇、县财政领导岗位上改革创新，他们在抗战老兵、老八路关怀教育下，共同努力把充汉县建设成为全国有机农业第一县。

　　小说透视那个年代城乡巨大差别对人们思想、婚姻、家庭、事业产生的决定性影响，表现城乡二元体制撕裂社会、阻滞发展的不良后果，刻画了抗战英雄、老八路、年青一代、市县乡领导紧跟时代发展，勇于改革开拓的实干家形象，鞭挞了彭晨、蒋副县长等以投机取巧一切向钱看的反面典型，塑造了任守青、何文、何武、刘畅等新时代开拓进取的英雄群谱。作品深植时代土壤，刻录社会变迁，深烙时代印记，解构人性命运，抒写时代发展，描摹地域特色，是一部时间跨度长，题材坐标实，人物形象活，想象维度大，构思布局巧，思想主题深，感情描写真，文学情怀浓，艺术水准高的鸿篇巨制，也是一幅呈现百年来人民群众踊跃参与重大历史事件，积极推动社会进步发展的历史人文画廊，更是一部值得奉献中国共产党成立百年的文学厚礼。

二

　　《情漫龙滩河》的主要特色和技巧，是作者创设三维文学坐标，把多样性题材巧妙地投放于这个坐标内，挖掘它们的内在联系，恰当排列组合，与坐标原点建立辐射关系，鲜明地突出主题思想。这些题材主要有抗战英雄、老八路的军旅生活，"文革"前中后的农村状况，恢复高考及学校生活，企业产品创新及改革改制，乡镇基层工作，市县领导决策部署、财政经济，农村改革发展，有机农业产业化经营等现实题材，另有人物情感纠葛，悲欢离合，命运走向等软件题材。这些题材尤其是许多现实题材风马牛不相及，要把它们演绎成故事支撑和突出主题思想，具有相当大的难度，非常考验作者的想象力、应变力、统筹力及构思技能、审美特质。不难看出，作者突破了这一难题的磨炼与考验。他根据题材内容的不同把它们植入坐标四个象限，由其丰疏长短引出直线或曲线与坐标原点相连结，构成了具有独特景象的文学立体坐标，而这些直线与曲线就是经过提炼的一个个鲜活生动的故事，它们各自完成穿越或交织，又从原点向外辐射，就把农家子弟梦想脱离土地——变成了城里人——复又回归土地的厚重主题演绎得鲜明夺目。这正如米兰·昆德拉在《小说的艺术》中所言："主题存在于小说故事之中，并通过它不断地被发掘。什么地方小说放弃了它的主题并满足于讲述故事，它就在什么地方变得平淡。"《情漫龙滩河》之所以远离平淡，就在于作者发掘的故事完全承载着主题，即是那一条条直线或曲线，把原点内核升华、放大到更高一层的价值意义——从陈旧的土地复归新颖的土地。那么，如何在所有题材中挖掘、构思精彩的故事，才能更好地建构和提升主题，展示其诗意的内核呢？《情漫龙滩河》的笔触游走于存在之镜和想象之镜两个镜面的有机观照之间。据作者言，小说中的副军职军人何雍曾被错误处理回乡、龙滩河所在县为西部有机农业第一县、那个年代农村青年千方百计"脱农皮"、想找吃国家供应粮的对象等现象真实存在，通过"存在之镜"的照射与反射，开启、激发作家从存在的积累中发散思维，点燃催化剂，引爆想象力，捕捉转瞬即逝的美妙灵感，从而提炼、建构一个个摩擦力、弹力、张力强劲的人物和故事，实现存在之镜与想象之镜的双重跨越，从而充实、丰富和美化三维文学坐标。这也正如著名作家马平的经验："我明白自己不是搬运工，不是到生活中去搬运现成的东西。一个作家，永远不要指望下了乡就一定有一个好的故事在村口等你，不要指望有一个典型的人物在村口等你。文学上的成功全靠作家平时的点滴积累，主动或被动的材料堆积，到了一定的时候，灵感会主动找上门来。"这番存在之镜与想象之镜的论述，也许就是《情漫龙滩河》成功的秘诀。

三

对人物命运、人生走向的追寻、探讨和发掘、揭示，是文学作品尤其是小说的主要任务，也是优秀作品应该迸发的铿锵文学质感和优雅动人的旋律，更是小说品质和存世感的生命线。范海钟显然充分发挥了他的写作才华和超越优势，竭力营造浓郁的文学质感氛围。与他的第一部长篇小说《铜鸳鸯》相比，《情漫龙滩河》更加注重对非战争年代人物命运的安排、探寻和揭秘。以

"义贯众象，而无定质"（皎然《诗议》）"超以象外，得其环中"（司空图《诗品》）的情感、认知、意蕴等审美特质，超越了《铜鸳鸯》所塑造的人物意象，完成了人物命运律动与现实冲突的有机交响，从而把作品的文学质感和艺术价值提升到了一个高度，这是《情漫龙滩河》文学性的一个质的飞跃。

　　《情漫龙滩河》对人物命运的安排，主要集中在任守青和何文、何武等人身上。前二人是一对有情人，受到城乡二元结构高墙的阻隔而难成眷属。任守青未婚先育后宁可守在龙滩河务农且终身不嫁，后来成长为全省有机农业的先进典型；何文进城读书后分回县城农机厂工作，同城里姑娘的同学杨梅结合，他在工作事业中作出重大贡献，但在企业改制大潮冲击下，在靠贩卖假货起家的同村青年彭晨围追堵截下，不得不与杨梅离异，又回到龙滩河转型发展生态有机农业；何武善于基层治理，穷尽财政杠杆作用，敢讲真话受到责难但最终晋升为副县长。三个人的命运轨迹各不相同，坎坷曲折，既在情理之中，又在意料之外，构思巧妙，想象丰硕。这样的命运安排，看似平凡不显玄幻，但格局宏大，别有深意，增添了作品的文学厚重质感和艺术真实感、仪式感。尤其是何文决定转行开发有机农业，回到龙滩河时，与任守青及非婚生女儿任艾青相遇的场景，呈现极强的文学穿透力。命运的秘密三人心知肚明，但对话中都不去挑破，任守青、何文依然两情相悦，但直到整个作品谢幕都无破镜重圆之意，任艾青仍叫何文为大爸。这样的命运安排，让人充分领略到文学作品抒发深挚感情的巨大感染力和留白手法的想象力，感人肺腑，催人泪下。这就是"诗缘情而绮靡，赋体物而浏亮"（陆机《文赋》）的文学集体心理的作用。

同所有的文学作品一样，小说的文学魅力和影响力还取决于文本酿造的精神深度和思想力量，正如莎士比亚所言："没有思想的文字进入不了天堂。"《情漫龙滩河》明显在这方面有了质的突破。它由生活的真实推升到形象的真实，又演绎为艺术的真实，再提升为思想的真实，给读者传递了精神的图像和理性的张力。主人公任守青坚持对土地和家园的守望，何文返乡回归生养他的土地，何武支持有机种植而反对奶业兴县等构思和设计，使作品的思想性、艺术性结合相当绵密，深化了作品的认知作用和理性教育作用，揭示出人们命运因人而异，各有千秋，但都可归纳为人类的一切关系，都是人与土地的关系。任何人、任何时候都割舍不断与土地的关联、与家园的情结，而当今要深化人与土地、与家园的质朴关系，就是要更好地开发利用和保护土地的价值，实施乡村振兴，发展有机生态农业，实现城乡一体化发展，建好人类的物质家园和精神家园。这就是《情漫龙滩河》带给读者的思想路线图和精神文化愉悦。再从小说以时空交替、物件更迭、叙述角度转换、暗喻、日记体、恰当的方言等表现手法来看，也强化了作品的文学质感，对此不再分析。透过《情漫龙滩河》的文学坐标，期待作家在充汉县这块文学根据地上辛勤耕耘、探索创新，力争形成自己的风格流派。

　　（杨贵飏，本名杨贵数，长期从事报告文学、散文、诗词、电视专题片、博（展）览馆解说词、演讲词创作，共发表、出版、展用上述作品110万字。系中国报告（纪实）文学研究会会员、四川省作协会员、南充市作协副主席、报告文学专业委员会主任，原南充市政协干部。）

川北城乡改革开放四十年的缩影
——长篇小说《情漫龙滩河》鉴赏

赵文宝

长篇小说《情漫龙滩河》的作者范海钟先生是我师范的同学，他虽然学的是理科，但在文学方面却造诣匪浅，功底深厚，使我这个学文的老同学自愧不如。他在文学创作上可以说是大器晚成，退休后的短短5年间，先后创作了两部鸿篇巨著。继《铜鸳鸯》出版面世后，又一部长篇佳作《情漫龙滩河》如今又呈现在广大读者面前，真是可喜可贺，可圈可点，令人钦佩。

细读小说，发人深思，令人回味。这哪里是一部简单的文学作品，这分明就是一幅宏大的历史画卷，是一代社会主义新人艰苦奋斗几十年的创业史，是川北城乡改革开放四十年的一个缩影，很值得欣赏。

小说观点正确，主题突出，满满的正能量。

文艺创作要为政治服务，要为广大人民群众服务，这是我党一贯主张的文艺方针政策。一部优秀的文学作品，往往就是一份宝贵的精神食粮，它不仅要深受广大读者的喜闻乐见，而且要与时代合拍，与党的大政方针政策相符。《情漫龙滩河》

作者立足于新时代，记述了 1977 年恢复高考至 21 世纪 20 年代这一辉煌的历史进程，反映了改革开放以来人民生活大改善，人们思想大转变，各行各业大发展的社会现实。歌颂了改革开放的伟大成就，歌颂了党的伟大、正确、英明。小说命题中，一个"情"字在整部小说中得以充分体现。这种情是对党和国家的热爱之情，对家乡的眷恋之情，对心上人的珍爱之情，对美好生活的向往之情。情由心生，情以事显，一个"情"字贯穿于小说的始终，使主题得以升华。不难看出，小说观点正确，政治思想鲜明，主题突出，与党的文艺方针和创作方向相吻合，满满的正能量。

小说选材典型，富有时代特征和川北乡土气息。

作品围绕中国从恢复高考拉开改革开放帷幕后，农村土地联产承包责任制的实施、乡镇企业振兴、国有企业改制、精准扶贫、振兴乡村等等一连串的改革为线索，特别又以发展有机农业为主线，反映了川北充汉县农村翻天覆地的历史巨变，歌颂了社会主义一代新人。小说在选材、用材、谋篇布局上都有独到之处，对每个历史阶段的记叙与描写都力求做到神似与形似、人物与事件、内容与形式、点与面、情与景的有机结合，可以说没有作者的亲身经历与生活实践，没有对生活的热爱和细心观察，作品的选材和用材是达不到这样完美的程度，是创作不出这样的好作品的。

人物塑造典型，形象鲜明，极具代表性。

小说的人物塑造有血有肉，十分鲜活、生动、典型。小说以主人公任守青、何文的传奇经历，歌颂了社会主义一代新人，他们是各行各业的精英，是改革开放的拓荒者、弄潮儿，是社会主义建设的中坚力量。作者通过人物个性化描写，辅以曲折的爱情故事，真实地反映了那个年代年轻人尤其是恢复高考后的年轻知识分子复杂的心理状态和精神面貌。小说的人物塑造具有多面性，既有古代的人物作背景，又有现实人物中的老一辈作铺垫；既有工人、农民，又有干部群众；既有先进，又有落后，好人有好报，恶人自有报应；自然法则，人生哲理，无不在小说人物塑造中得以体现。女主人公任守青在受到情感挫折之后，经过一番痛苦挣扎，终于走出阴影，承包荒山开发有机农业。男主人公何文学有所长，回报家乡，爱岗敬业，为家乡的农机事业发展奉献了青春年华。然而改革洪流大浪淘沙，在历史潮流中，他再次作出了艰难痛苦而正确的选择，最后两人又都当上了有机农业排头兵，演绎了一段爱恨情仇、悲欢离合的爱情故事。财政局长何武为地方财政精打细算、苦心谋划、协调和平衡来自多方的压力，在夹缝中求生存，真实地反映了充汉县穷财政的历史现状。还有蒋副县长的升官记，不法商人彭晨的发家史都写得形态各异，善恶分明。

构思巧妙，故事情节曲折生动，不失为小说的一大特色。

小说共42章，分上、中、下3篇，每篇突出一个主题，每章突出一个中心。记述手法灵活多变，有顺叙、倒叙；有日记、民间歌谣；有历史典故、人物表白。故事情节跌宕起伏，情景交融；或留悬念，或留伏笔，曲折生动，扣人心弦。

语言生动活泼，乡音乡土气息浓厚。

小说大量地使用歇后语和方言，辅以民间歌谣，使川北农村浓厚的乡土气息跃然纸上，有效地传承了地方语言文化，这不失为小说一大语言特色。

（赵文宝，大学文化，西充县地方志办公室原副主任。《西充县志》主编，四川省地方志协会会员，南充市地方志协会常务理事、南充市地方志书审查验收学术委员会委员，主编了《西充县志》《中国西充县党史》和城建、财政、水电等部门志以及《西充县工业集中区志》《西充县有机食品基地建设志》等文献20余部；荣获省地方志分获多个一、二、三等奖和优秀奖多个，编著出版报告文学《人民英雄蒙炳和》，先后两次被省人力资源厅、省地方志编委会授予"全省地方志先进工作者"称号。）

后　记

　　《情漫龙滩河》（以下简称《情》）是我摄取家乡的沃土，捧起母亲河泛起的涟漪，放在老祖宗留下的端砚上静心研磨之后，再与脑汁搅在一起，精心描绘的一幅美丽乡村的山水画。

　　我写《情》的夙愿由来已久。我的第一部长篇小说《铜鸳鸯》是一曲热情褒扬抗日军嫂的传奇颂歌。当这部小说付梓后，我身边还有一大批和平年代的英雄，他们渗透人性光辉的许多精彩故事，依然萦绕在我的脑海里挥之不去。他们有的在我国计划经济的困难时期，在农村以农产品剪刀差的形式向城市经济输血，特别是在改革开放几十年的峥嵘岁月里，与命运抗争，参与了土地承包、发展乡镇企业、脱贫攻坚、振兴乡村；有的随着恢复高考的钟声，走出了大山或端上了铁饭碗，或进城务工，但仍然情系家乡建设，有的还经受了下岗的考验。但有一点是共同的，那就是他们无论在城市还是在农村，都是异曲同工、殊途同归，最终都参与城乡一体化建设，为国家由穷变富，由富变强作出了巨大贡献。如果我不把他们的精彩故事请进我的小说，就有一种食不甘味，甚至良心上还有枉自喝了几十年龙滩河水的负疚感。

2019年春，正当我跃跃欲试想写和平年代中家乡平凡中见证伟大的英雄的时候，我县一批业余文艺爱好者在文广旅游局领命创作庆祝新中国成立70周年的文艺作品。当时，局长程芳同志希望有人以有机农业为题材创作"有机西充，生态田园"为主题的作品。我想，有机农产品的生产过程不用人工合成的化学品，不就是顺应自然，传承优秀的农耕文化，兢兢业业做事，老老实实做人的过程吗？其有机产品纯绿色、纯天然、无污染，不正与我心中的那些英雄既形似又神似吗？就这样，我写《铜鸳鸯》续集的想法自然而然与写有机农业的要求高度契合。于是我请命写有机农业。程芳同志不仅支持我，而且她对龙滩河流域"龙凤文化"的见解，还引起我极大的兴趣，启迪了我创作的灵感。最终，我的创作激情得到了各方面的激发、鼓励和支持。

当然，提炼主题也是一个艰难的过程。新中国成立以来，人们的思想观念有一个从政治上高度统一到改革开放后由乱到治的过程。特别是"八荣八耻"的荣辱观形成之前到社会主义核心价值观逐步成熟的过程中，人们的心路历程受内外因素的影响，好像和自然轮回相仿，都有一个回归本真的曲折过程。在这个过程中，形形色色的思潮与传统的讲良心、树美德的品行相互博弈，甚至杀得火花四溅。曾几何时，我们身边有物欲横流、苍蝇蚊子满天飞的乱象，有假冒伪劣农产品充斥市场的怪相。但，自然和社会最终总是优胜劣汰，从而推动历史的车轮滚滚向前。伟大的中国共产党带领人民经过波澜壮阔的改革，我们国家终于实现了国富民强。此时，工业开始反哺农业，三农难题得以破解，城乡差别、贫富悬殊、贪污腐败等等不公平、不合理的社会诟病随着改革的深入，在"中国之治"的作用下，逐渐得到了有效治理。与此同时，有机农业受到人们的青睐，人工合成的农药化肥终于被淘汰，过去越抠越穷恶性循环的掠夺式开发得到了遏制，货真价实的有机食品成了人们餐桌上的最爱。生态环境包括政治生态都正本清源，一切都返璞归真。自然在轮回，社会有回归，这就是中华传统文化的精髓"道法自然"的作用。

通过以上思考，一个"以发展有机农业为载体，反映我国改革开放以来人们捍卫生态文明，包括自然生态和社会生态的心路历程，歌颂在建设社会主义新农村过程中平凡而伟大的英雄，揭示自然和社会回归本真的现象，展示一批共产党人的光辉形象，从而赞美奋进中的祖国"的小说主题，逐渐明朗起来了。十分欣慰的是，我的构思得到了著名作家省作家协会马平先生、南充作协主席李一清先生的指点。还有本土作家何国均、杨贵飏和马明月、王跃进、黄洋春等也十分赞成并支持我的构思。

故事框架，我之所以把它搭建在具有深厚文化底蕴的龙滩河太保山下，是因为龙滩河是我的母亲河，那里的一山一水皆是景，一草一木均有情，我都了如指掌。至于具体人物、故事，它们都烂熟于我的心。特别是太保山历史上曾经是"一门四进士"的"宰相之乡"，是我县耕读传家的典范之地。近代又有老八路何雍，附近又有抗战老兵、老共产党员、抗美援朝功臣冯周玉。关键是我心中选定的主人公原型——搞了一辈子有机农业的省劳动模范、省政协委员任守斌，是我十分了解的同学。一大批对家乡深情、对爱情痴情、对朋友真情、对党和祖国钟情的人和事，他们深情迸发，可谓情漫龙滩河——都在我的记忆里。

　　故事跨度实际上有将近一个世纪，但我重点写了1977年恢复高考后的事情。理由是，这年的高考不仅是年轻人的拐点，而且它拉开了我国改革开放的帷幕，也是新中国的一个拐点。但我不认为，只有考起学校的幸运儿才是"天之骄子"，扎根农村的农民中同样有英雄。所以，因种种原因"落榜"的女青年任守青反而成了我笔下的第一主人公。她是洁身自好、积极向上的典范，是讲良心的楷模，是良心种养殖的能人，也是家乡有机农业的第一人，是我们这个时代需要的人。当然一批党员干部、退伍军人、工人、木匠，甚至残疾人都是建设社会主义新农村的有生力量，都是我笔下的英雄。还有一点是我感到骄傲和自豪的，那就是他们都与我是同时代的四零五零六零人员。我们这一代人有太多的苦、太多的累、太多的心里话要向党倾诉；同时又有太多的爱要向祖国母亲表达。在这一点上，我认为这批农民、工人、知识分子、退伍军人与当年高考的"幸运者"都是改革开放后建设社会主义的"天之骄子"。

　　至于作品跨度如此之大，我是怎样驾驭的？语言文字的艺术加工、乡土气息的增加与糅合，肯定是我创作的着力点。由于女性的贞洁最能表现良心种养殖的有机农业，所以我把男原型变成了女性。至于所有技巧成功与否，更应该接受读者的检验。

　　总之，我的这部拙作，前后经过四年的酝酿、素材搜集和键盘欢歌，终于赶在中国共产党成立100周年之际出版，算是我和支持帮助这部作品的人们集体向党献了一份薄礼，向父老乡亲，向在社会主义初级阶段奉献了青春年华的一大批奋斗者，有了一个简单的交代。有机农业方兴未艾，前途光明。我也希望该作品能够成为一大批为中国老百姓的餐桌革命、饮食安全奉献智慧的人的赞歌；同时期盼食品安全，能引起广泛的关注。

值此《情》成书发行之机，感谢上面提到的同志和省作家协会、市县宣传部、文化广播电视旅游局、财政局、文化馆、图书馆、老年大学的领导以及相关人员的支持，感谢杜延聪、谢林、赵文宝、赵建平、马明月、李青、李雄、何斌全、黄洋春、阳体书、何斌、何小松、庞定聪、何立新、蒲润康、冯澄、任守斌、何荣秋等亲朋好友的厚爱并参与作品修改。感谢任晓静、杜荣波、王益等同志的支持。感谢龙滩河沿岸的人们和广大读者的厚爱和支持。

由于本人水平有限，加之要赶在党的百年华诞之前献礼，时间紧任务重，拙作遗漏甚至错误肯定难免，殷切希望行家和读者斧正。值得说明的是作品从法律角度已经避开了故事发生的地点和人物，希望读者勿对号入座，更勿妄自猜测、张冠李戴，免生歧义。

范海钟，2021年5月23日（阴历四月十二）于家乡的跳蹬河山庄。